恶意镇

[意] 萨奇亚·纳斯匹尼　著

崔鹏飞　译

SPM 南方传媒　花城出版社

中国·广州

图书在版编目（CIP）数据

恶意镇 / （意）萨奇亚·纳斯匹尼著 ；崔鹏飞译.

广州 ： 花城出版社，2025. 3. -- ISBN 978-7-5749
-0215-2

Ⅰ. I546.45

中国国家版本馆CIP数据核字第20244MM556号

合同版权登记号：图字19-2023-354号

Original title: Le case del Malcontento

Copyright © 2018 by Sacha Naspini

出版人：张 懿
项目统筹：陈宾杰 蔡 安
责任编辑：曹玛丽
责任校对：李道学
技术编辑：凌春梅 林佳莹

书 名	恶意镇
	EYI ZHEN
出版发行	花城出版社
	（广州市环市东路水荫路11号）
经 销	全国新华书店
印 刷	天津睿和印艺科技有限公司
	（天津市武清区大碱厂镇国泰道8号）
开 本	787毫米×1092毫米 32开
印 张	13.25
字 数	303,000字
版 次	2025年3月第1版 2025年3月第1次印刷
定 价	68.00元

如发现印装质量问题，请直接与印刷厂联系调换。
购书热线：020-37604658 37602954
花城出版社网站：http://www.fcph.com.cn

目录　>

迪沃·瓦伦蒂

退休矿工

大家都说，那团银色火球是沿着小店门前的大路飞驰过去的，那里是进村的必经之地。南乔尼家最小的儿子菲利普当时正好从那里经过，那是一个急转弯，如果不刹车，你就会飞到那个总是不说话的马尔凯人的橄榄园里，虽然他好像已经在那里住了快有百年之久，却仍旧不轻易和外人费半句口舌，就算钢刀架在脖子上也一样。菲利普是个傻子，这谁都知道，不过对于走路这件事，他有自己的想法，他喜欢轧着公路上的标线走，当那团恶魔化身成的火球来临时，他就是这样走着的。幸亏他是个腿脚利索的年轻小伙，不然早已经葬身悬崖。托尼内利就是这么没的，那是一九七四年的事。虽然距今已经有三十年，但这件事还是会时不时地被人提起。当时他刚从海边度蜜月回来。托尼内利带着自己的新婚妻子去了切齐那附近，那里的海滩是白色的。我说的新婚妻子是西尔维娅，也就是费拉里家的傻女儿，她家里开织品店，卖的都是些上等货。在我这一辈人里面，仍然有一些人一提起这件事就忍不住扼腕叹息。可以看出，当时两个人肯定是亲热得昏了头，因为地上连一点刹车的痕迹都没有，车就这么直愣愣地大头朝下摔了下去。那辆福尔维亚^①轿车的火一着起来，新婚的小两口就什么都没剩下。在每月固定的某个时间，托尼内利家的老头都会带上一束花，来到儿子坠崖的地点祭奠。有时就是这样世事无常，马尔凯人看见过小鸟落在那片橄榄树上。

今天早晨，菲利普就差点没能活下来。"差一点儿我就上西天了"，今天下午，他在山下新镇的罗道尔夫酒吧这样说道，去那里的都是些喜欢在背后搬弄是非的人，咿咿呀呀地说个没完。我们马索这里就不一样了，大家都是老实人。我本来不会经过那里，因为斯塔乔利有周三翘班的习惯，那天我把这茬儿给忘了。玛丽埃拉说，如果我再收不来秸秆就要关我的禁闭。她是个说到做到的人。有一次我让她给我带烟，她却给忘了。但是那次我下班回家之后抽她的那几鞭子，她倒是直到今天都记得一清二楚。每天吃晚饭时，她在我面前只用半边屁股在板凳上虚坐着，整整一星期都是这么过来的。

之所以说这些，我就是想告诉你们，传言是真的，交叉路的那个恶棍回来了。我不知道他怎么还有脸回来。就先不说他的排场了，镇子上的人可都是低调做事的。而这人就在那里，刚刚打开了那座老宅的窗户，那是已经去世的埃塞德拉生前居住的地方。我们从小就在一起玩儿。打仗的时候，就因为她的那头金发，德国人误将她认成了同胞。她以前吃起巧克力来就跟不要命一样，不过，她那个时候心眼儿好，会给我们这些住在山下的孩子每人分一小块。天知道她怎么摊上了这么一个浑蛋孙子，他今天差点儿就害死了南乔尼家的小儿子。不过埃塞德拉几年前就已经咽气了，自己埋在地下，安安稳稳，却留给我们这些人一块难以下咽的面包干。

---

① 意大利汽车品牌蓝旗亚 20 世纪六七十年代的一款汽车。

菲利普·南乔尼

无所事事者

　　他们都说我是村里的二傻子，其实呢，我比他们不知道要聪明多少。千万别轻易下定论说别人是傻子。装傻也是有饭吃的，但愿有一天他们能明白吧。就比如，有时候我会去扒纳尔迪尼家的窗户，她是个裁缝，村里女人去她家试衣服时经常就只穿着胸罩。一发觉玻璃上有个人影，她们就开始吱哇乱叫。后来她们发现那其实是我，这时纳尔迪尼就会对女人们说："好了好了，是南乔尼家的菲利普，他是个傻子，被他看了就跟被小狗看了一样。"她还挥手跟我打招呼，然后就拉上窗帘，但是白肚皮的影像已经牢牢地刻在了我的脑海中，回到家躺在床上的时候，如果来了感觉，我就会把当时的画面调出来再欣赏一番。这只是我现在能想到的例子之一。

　　而且，全凭着我弱智的外表，我爸一直都没让我干过活儿，我的兄弟们就没那么好运气了，他们天天都要在锯木厂里卖命。到吃饭的时候，我就和他们坐在同一张桌子上，而且还是吃得最多的那个。而我的兄弟们都已经累到半死，喝汤的时候困得头直往下掉，就跟傻子一样。"我的老天爷，别动锯条！"当我爸看到我在车间里晃悠的时候，他就会这样大喊。"你就算不切掉自己一只胳膊，也会把别的什么人搞残废，那我们还不得赔死！"然后就朝我屁股踢一脚，赶我去闲逛。

所以锯木厂里全都是我的兄弟，打早晨一睁眼，他们就得跟锯较劲。不过那里也有些外乡人，他们连意大利语都说不利索。他们的额头都挺窄，头倒是大得很。他们相互之间说话的声音就像猪在哼唧，但也能明白各自的意思。他们之中有个貌似工头的人。我之所以记得他，是因为他不用开口，甚至只需要一个眼神，他的同伙们就会像导弹一般蹿出去。就连我爸说话都不管用，而且工钱也是统一结给那人的。而且呢，这个不说话的外乡人还有个特点，那就是他帅气得像座雕塑。另外他从来都不服软，跟爱德华多也不例外，要知道后者可是一心想当头儿的。有一次，我的这个兄弟招呼他去干这干那，他连动都没动，因为当时休息时间还有五分钟才结束，大家都想休完再说。爱德华多的火气就上来了："动起来！快点儿！"那个家伙还是待在原地，嘴里嚼着一块奶酪，眼睛看着地面。然后爱德华多就只能自顾自地吵嚷着说，这些懒骨头只想着自己得劲儿，没有一点儿团队精神。五分钟后，外乡人的头儿才重新站起来，紧了紧腰带，开始忙活起来，其他人就像小猫一样紧随在他的身后。他就像在对我的兄弟说："把工钱给我拿来就行了。"工作结束后，帅气的外乡人会招呼同伴们上卡车。有两个人能和他一起坐进前面的驾驶室，其他人则像牲口一样挤在后面封闭的车厢里。他们就这么走了，在土路上留下深深的车辙。

这些都不关我的事，反正我是傻子，一大早我就出门到街上闲逛，反正家里有人做饭。我会站在每家窗户前往里看。今天正是个扒窗的好日子，十月初的阳光虽然不很灿烂，也还算和煦。我来到最后一所房子前，那里是拐过急转弯之后老教堂的残垣断壁所在的地方。我敲响了格拉齐耶拉家的门。

她的家里永远都不缺笑声，真是有福之人，老太太应该有一百岁了吧。一般来说，她会热上一壶牛奶，像待亲孙子那样让我在厨房里坐下。她每次都这样对我说："亲爱的菲利普，你比我小了半个世纪……"不过，她对感兴趣的东西绝不会放过。只有当她摘假牙的时候我会感到一点儿恶心，因为那样的她就像个真的老人。

就这样，当天气不错的时候，我就会一直溜达到路尽头的那所房子。格拉齐耶拉就在那里，她给我牛奶喝。在此期间，我会想一些最近在纳尔迪尼家窗户里看到的白肚皮。

今天恰恰就是这么一个日子。才刚一大早，我就感觉自己像是喝了个半醉，之所以这么说是因为我从来没喝过酒。我爸说我不能喝酒，因为我可能会上头，引起惊厥。所以，当我从拐过急转弯后的最后一所房子里回来的时候，我就假装体验了一把酒醉。我对自己说："喝酒应该就是这种感觉吧？"

当我正沉浸在这些想法中时，突然，我就听到了"嗡"的一声。那一瞬间，我感觉像有个鬼魂要把我撞进菲奥拉尼家的地里，那里不缺死去的冤魂。我真的是在最后时刻才抓住了护栏，这时候那个火球已经在前方一公里开外了。我对自己说："菲利普，这是有神仙保佑啊。"

我一般不会被吓到，但这一次，我花了足足十分钟才回过神来。此时，我想起了我爸的话。每个周六，我的兄弟们都会打扮得人模狗样，准备出门找乐子，在他们出门前，我爸会对他们说："小心别喝多了，只要一个不注意托尼内利就会是你们的明天，那样的话公司就只能靠我这个糟老头子了。"

今天早晨这句话应验了，虽然我并不知道喝醉是什么样子，他们也从不会把家里面包车的钥匙交给我。从今天早晨开始，我就暗暗发誓："亲爱的菲利普，他们说你是村里的傻子，但你可别真就变傻了。下次再去格拉齐耶拉那里的时候，要当心。因为说不定就会从哪里蹿出来一个像刚才那样的疯货，把你撞进马尔凯人的地里面，那里死的人就跟那里的橄榄树一样多，他们在过急转弯时要么没留心，要么心存侥幸。如今，他们正在地狱的大锅里像羊羔一样哀号着。"

格拉齐耶拉·塞里

算命人

美丽的玛丽埃拉，这不是我说的，是塔罗牌的谕告。如果你看到了一张棺材的牌，先不要慌，没人要升天。这一点毫无疑问……这是张好牌，代表"有新消息"。这张牌在猫牌的旁边，这两张在一起就是代表齐声唱："小心与你太过亲近的人。他们前脚还满面堆笑地跟你打招呼，后脚就对你中伤诋毁。"

作为过来人，我要提醒你，外面全是些会嫉妒你的人。自从可怜的马尔蒂诺被我主召唤享受圣恩，我就有了一笔可观的抚恤金。那些穿小裙子的贱货可没有这等福气。她们家里通常都有个光会戳在电视机前看天气预报的木桩子，连句晚安都不会说。每个星期二，我会摆上餐具和蜡烛，忘记那些婆娘的恶语，享受一会儿自己应得的闲暇。要去镇上的时候，我会往文胸上绑一条红色缎子的流苏，你也该这么做。可能会有人对你说："玛丽埃拉，你可真俊啊！"这时候你就把手揣兜里，不过之前先对他比个牛角①，这样就能击退他的施法。

---

① 比牛角是意大利常用的侮辱性手势，代表"你戴绿帽子了"。

不过最重要的还是你最后选的那张牌，也就是你放在星星中央的那张：隐士。这张牌决定了你的一切，就像是动物尸体上的乌鸦。你会遭遇一件意料之外的事。这逃不过我这种老手的法眼。

就连砖墙都知道，交叉路口的那个恶棍回来了，以往大好人埃塞德拉经常出现的那个窗户现在已落入他的掌心。用你的小手可抓不住这个魔鬼。这就像住在强盗家前面一样，那人到哪里都是个坏蛋，你们家也免不了要遭殃，毕竟和他只有一墙之隔。他们都说，那个魔鬼在城里躲了很长时间，街上尽是些要依照我主的意思将他绳之以法的人。后来案子竟然搁置了，一想到这里你真想一头撞死。谁知道是哪个搞的鬼。总之呢就还是那么个世道，穷人豁出命去打仗，在矿场里埋头苦干四十年才能休息那么一分钟。我可怜的马尔蒂诺不就是吗，愿我主赐予他荣光。他们还传染了肺病给我。像他这样的人，万一哪天有账单忘付，就会有人把房子收走，那可是用实打实拼了命的血汗钱换来的。然后他就决定报复社会，搞一次大屠杀，然后案件被搁置，好像无事发生一样任由他在你身边游荡。如果有人因此想上衙门找管事的聊聊，他们还会抱怨个不停。你只要打开电视就能看见这些荒唐事。

我唠叨这些其实是想说：离那个阳台远点儿。这是塔罗牌的意思。朝那边的窗户也不要打开，就算想通通风也不行。风会把那个恶棍的憎恶带进来，那可比蛞蝓的口水还恶心。跟你的男人说少招摇些，我可知道他是个什么货色。要是有人寻衅，他可不是吃瘪的主儿。但是我们走在一条没有出口还满是毒蛇的道路上，厄运可能降临在村子里任何人身上。至于那个交叉路口的恶棍，就让他自己待着吧。他和我们呼吸着同一处的空气，光是这一点就够吓人了……这就是塔罗牌说的话，亲爱的玛丽埃拉，现在我把话转述给你。

马里奥·斯尔维斯特里

杂货店主

她玉指如葱，就像用画笔的笔尖绘出。她切香肠时如同翻书。她那张小嘴，像是含苞欲放的少女，又像初享人间欢愉的少妇……每次给村里的那些母夜叉拿货我都恨不得钻进墙缝，但只要听见她的一声丽音我就会热血沸腾。

一早，我看见她站在商店门前，宛若初生处子。她道了一声早安，我感觉头发立马竖了起来。我突然回到了五十年前，当时我经过满是阳台的巷子，看见阿德莱德，她从台阶巷的第一个窗户里向我打招呼，头上绑着高高的金色发髻。但她身边总是会出现另一个人，看到这里我真想自我了断。到店里时我手心全是汗，难以抑制胸中的悸动。爸爸对我说："去呲楞呲楞波南蒂，他家赊的账都够修铁路了！他们想要滑头，可我们也是人，谁还不得吃饭拉屎啊！"于是我像个傻瓜一样高兴地骑上自行车去找那家人要账。在过去，波南蒂一家每次都会赖叽一通，一个劲儿地哭诉他家爷爷怎样卧床不起，贾科米诺的支气管炎如何一直不好，等等。这次开门的是多纳泰拉，她像个从未出洞的老鼠一样伸出头来，嘴里的牙全都掉光了，身上发臭。我开门见山地说："我爸说了，再不给钱就别想拿到面包。"她立马开始呼天抢地。但我眼里完全没有她，我看到的是阿德莱德金色的发辫以及她在阳台上对我说的那句"你好马里奥"，就如同花瓣一样美丽。

这让我不禁感叹韶华易逝。老爸常说："有人踏实走路，有人四下闲逛。"这话是为了鞭策我埋头苦干。但我如今想问，这么苦干是为了什么呢？满是阳台的那条巷子我已经走了快半个世纪，尤其是下雨的时候，但从来都没什么特别的事情发生。总是走相同的路，我甚至快把镇上的石板路犁出沟来了。我还是原来的那个倒霉蛋，而贾科米诺昨天又上了报，他在附近开了很多工厂。显然除了支气管炎他还拥有别的东西。

如今，阿德莱德再也不会从窗户里看我了。她现在躺在我把她娶回家时买的那张婚床上，一天天地疯掉。我把她的头发编成绺，每天早晨下楼前我都会向她许诺："明天我就用枕头把你憋死，亲爱的。"她好像读懂了我的心里话，总是泪水汪汪的双眼像是在祈求，要我一定信守诺言。最后，看着我快要出去的时候，她说："你怎么抹发蜡了？"

然而，艾莱奥诺拉却正值妙龄。要我想的话，这花样的年华正是我第一个要撕掉的东西，然后才是她的衣衫，接着看看下面藏了什么宝物。她赤足走进生活布下的陷阱里，而我突然进了店里的卫生间，急促地呼吸着。我看着每天打照面的有些生锈的镜子，低声说："马里奥，就别犯晕了。"然后用水洗了把脸。回去的时候我看见她站在柜台后，已经穿好了围裙。我真想跑出去给自己一枪，因为我感觉似乎又看到了黄金时代的阿德莱德。她正在为一辈子都嫁不出去的吉娜内斯基包奶酪，那双小手我真是怎么都看不厌。每次为一位顾客服务完，艾莱奥诺拉都会说一句："再会。"她说这句话的方式让我感到明天是多么美好的一种存在。"你一边为阿德莱德哭泣，一边又感谢正将她抽髓蚀骨的病魔？"我这样问自己。"没有这场病的话，你也就不需要一个二十岁女孩来帮你料理生意，应付那些总想捡便宜的乡里人了。"这就是我在为陪伴了自己一生的发妻洗腔时心里所想的话，那时钟表刚刚指向一点。我给她穿上裤子，心里想着艾莱奥诺拉，为了避免来回颠簸，她中午会留在店里。这段时间我就回来给阿德莱德喂饭，她的口水流得到处都是，还经常无来由地哭泣。"我们连个孩子都没有，"有时她会喃喃地说，"我们干吗在这儿受这份苦呢？"

艾莱奥诺拉喜欢听乡里的故事。她常说自己的家乡蒙特马西全都是老人。"镇子里到处都洋溢着青春气息！"第一次听她说起这件事时我是这样回答的。她把一绺头发别到了耳后，说："我家那里全都是些老掉牙的家伙。他们互相连早安都不说，要知道他们可是一起上过学打过仗的。"

后来我就同她讲了乡里某些人的故事。比如寡妇伊萨斯提亚夫人，她一辈子看起来都像个老太太，上校还在世时就是如此，那时她家的产业还没被上校输得一干二净。据传言，在输掉了最后一所房子时他说："今天晚上可算是玩尽兴了。"之后他就消失了，活不见人死不见尸。寡妇伊萨斯提亚夫人在一个破房子里过了一辈子，那里原是乡里的监狱，但她只要出门必定戴着熠熠生辉的耳环和金光闪闪的胸针，平常日子里也一样。她进店之后就会去找次等的水果，然后拿去称重，付一半钱，因为我们这里不搞施舍。

村里没什么年轻人，疯子倒比比皆是。另外一个就是埃塞德拉的孙子，那天他突然带着那张流氓面孔来到了镇上。从城市回到马莱玛[①]的山里是个不错的选择，这里与世隔绝，三十年来都不曾有门上挂过蝴蝶结[②]。马索说得对："一个没有孩子的地方就等于死了。"

我一闭上眼，脑海中就会浮现在拉维纳或圣马尔蒂诺度过的某个星期天，那是二十年前的事了。那时天气晴朗，埃塞德拉和阿德莱德都喜欢坐在那王座模样的大石头上，而那个孩子在平地上不知疲倦地跑来跑去。他妈妈已经去了法国，至于爸爸是谁没人知道。但埃塞德拉走到哪里都是一副骄傲的样子。这个孩子来得完全出乎她的意料。阿德莱德采了些栗树叶子做了个印第安人的那种花冠，孩子戴在头上之后就去玩了。"萨穆埃莱，你要再这样肯定得摔个狗啃泥！"奶奶大声喊道，但小孩可不听这些。我还记得有那么几次，虽然有其他人在唤他，他仍然呆站在那里，眼神空洞，好像在聆听鬼魂的低语。也许那个时候我们大家就该意识到，在那个小脑袋瓜里激荡着什么奇怪的念头……接着他就重新变回了魔鬼。想到后来发生的事简直让人不寒而栗，他作为社会的畸形儿频频出现在电视报纸上，最后以逃犯的身份回到了乡里。

按理说我已经见过了些风浪，可今天早晨当那个人出现在店里时，艾莱奥诺拉吓得连大气都不敢出。当时她正给塞拉利尼找零钱，那也是个经历丰富的主儿。她爷爷是个土匪，家里的产业是杀了半个大区的人换来的。排队买东西的还有唐·劳罗。商店的门砰的一下就被推开了，我们所有人都震惊地张大了嘴巴。其中最受震撼的要数艾莱奥诺拉，甚至有两枚硬币从她手里滑落，掉到了柜台的搁脚板上。

---

① 马莱玛位于意大利托斯卡纳大区南部，以山区和沼泽为主，经济相对落后，且多发匪患。

② 家中有孩子诞生时的习俗。

"这就是看见年轻人的感觉。"我心想。又或许她认出来在电视上见过这个家伙。反正我这个平原来的小姑娘闭上了嘴，双眼只敢盯着地面。我猜到了马上要发生什么，近前一步来到柜台前，这时那个丑鬼开始点东西了。艾莱奥诺拉自始至终都躲在角落里，直到那人离开时才胆怯地打了个招呼。

"你知道他是谁吗？"我凑近了问她。艾莱奥诺拉笑了笑，说自己需要去趟厕所。

不过那还不是当天最糟糕的经历，傍晚六点时那个外乡人出现在巷子口，我亲眼看着那个花一样的小姑娘和他一起消失了。他的动作像个动物，也从来不靠近商店。他就在远处，穿着皮靴，一张黑脸，抽着烟。艾莱奥诺拉对我说了一句"明天见"，接着就像一只被操纵的猴子朝那个家伙跑去。他甚至连个招呼都没给女孩打，只等着她跑来，把烟头扔到地上，两人就结伴走向中街。我朝山上的家走去，想到回家就会看到拉了一床、圆睁双目的阿德莱德，我的脚底就像有无数针在扎。

我再也不想从阳台下经过，就算下雨也不想。

阿黛莱·钱蒂尼

伊萨斯提亚家的寡妇

当我赤身躺在沙发上，最美妙的要数刚开始的寂静。卡拉马约进了丽日旅馆的112房间，看到我已经就位。他首先来到窗边拉开窗帘，然后打开一扇气窗，放些冷空气进来，让我的皮肤保持紧致。接着他搬来写字台当画架，从行李箱中拿出活页本。他放好画笔和木炭，坐下，没脱外套。我们就这样对视了几分钟。他坐在扶手椅上，距我五步之遥，我躺在红色的天鹅绒上，沙发已经被压出我身体的形状。起初的寂静是最美好的。通常打破沉寂的是他的一声咳嗽。最后他会微微探出身子，就像在挑选决斗时用的武器。他总是选上次用剩下的那支蜡笔，然后开始画起来。

第二次寂静像深不见底的湖水，我迷失在里面，而他沉浸在自己独享的狂热中，一脸肃穆。他不断猛烈地敲击着纸页，让我想起了刨地的耗子。那是唯一能听到的声音，混杂着一些类似嘟囔的呼噜声。他甚至开始出汗，虽然窗户完全开着。与此同时，我和身上戴的各种饰品一起陷入了沙发的最深处。丽日旅馆112房间里洞开出一个通往过去的时间隧道，我进去了。

　　每次我都想到，所有的一切都始于一九五四年九月的那一天。当时我十三岁，为了不让人看出我在哭泣，我啃咬着口腔内侧的颊肉，甚至尝到了生铁的味道。通过这种方式，我可以把注意力集中在肉体的疼痛上，从而忘掉精神的苦楚，为此我已经在出发前连续三天水米未进。母亲很生气，因为不吃饭脸色就会变得苍白，黑眼圈也悄然显形。"我还在这儿省吃俭用呢！不就是为了让你到伊萨斯提亚家的时候像个洋娃娃一样吗！"她生气地捶着桌子。说完她就跑进屋里，拿来香粉涂在了我的颧骨上，嘴巴四周也抹了一些。"等到了伊萨斯提亚家，如果哪天早晨起床之后没精神的话，你就这么办。"她最后嘟囔了一句。然后她把我拉到镜子前，让我看明白该做到什么程度。"现在去把脸洗了，回来自己涂一遍。"

　　我生得清新脱俗，而母亲从中看到了自己获得补偿的机会。其中就包括对父亲亡故的补偿，他去往希腊战场作战，再也没有回来。我只是从两张照片上知道他的。上面的父亲很帅气。每次看到那个年轻人时，我都会感到腹腔中一阵悸动，我明白了自己美貌的来源，但这却成了我的诅咒。

　　相反地，母亲干枯丑陋，眼睛总像在生气。我真不明白照片上的那个英俊小伙是怎么看上她的，跛脚不说，她的脑门正中央还长了一块胎记，上面长着毛。她的手还十分粗大，就像男人的手，往上面涂指甲油还不如给脚丫子上颜色。

　　而我就算背上一袋土豆也能让它们显得熠熠生辉。她总是朝我发火，不是发髻要整理，就是衣领又歪了，抑或走路的姿势不对。有时我还会突然发现她在盯着我看。我不禁后脊发凉，因为那不是母亲看女儿的眼神。那双昏暗的眼睛好像在说："老天爷啊，这可是个值钱货。"然后她就回到缝纫机旁，脚踩着踏板的时候好像口水都要流下来。

一个家里如果没有男人，过日子的难是能真切感受到的。我经常主动问母亲有什么针线活可以帮忙，尤其是在工期将尽她不得不熬夜赶工的时候。"快去睡觉！"她大叫着，每当她提高音量，声音总是像从鼻腔里发出来的。"你得睡足十个小时，杂志上都这么说。要是被我抓到你少睡半小时，就罚你泡一整天的澡。"

这是每个周日去做弥撒前我们例行的公事。天刚蒙蒙亮，母亲就去山下广场的水龙头处打两桶水，天还没亮的冬日也不例外，下冰雹时也是。我一睁开眼就能看见床边已经摆好的浴盆。而她正在抱起桶往里倒水，力气大得像个男人。

小时候的我每次都会哭闹一番，被扔进冰冷的水里时，刚刚睡醒的我简直快要昏厥了，似乎有一千根钉子嵌入了皮肉。那种感觉更像是被獠牙啃咬，能一直咬到骨头。她说："你越挣扎越难受。"于是我就不再哭喊，任由自己在桶里死去，我只有进气没有出气，一声都叫唤不出来。"看这瓷器一样的皮肤。"她默默地说，就好像在洗盘子。她连吃口饭的时间都不会给我，用采石工人一样的胳膊把我的头按下，我感觉大脑在颅腔中爆炸了。

我一分钟在水下，一分钟在水上，她则在一边说："还差九下。"水刺痛着我的毛细血管，接下来的两天里我会一直咳嗽。一分钟在水下，一分钟在水上。休息结束时，她将手按在我的胸口，又重新开始。

我就这样在水下看着她，我的妈妈。她高声数着数，声音仿佛从地板下传来，和我的心跳声混杂在一起。与此同时，她用手牢牢地将我按在盆底。十个回合下来，我屈服了。我浮出水面，甚至没有张开嘴呼吸。最后一次下潜时我已经灵魂出窍。我浮出水面，甚至没有张开嘴大口呼吸。妈妈把一条毛巾放到了我头上。"这么多事儿，"她说，"但你看看你自己，之前你只是漂亮而已，现在简直是天仙。寒冷能让皮肤紧实。"然后她就开始捏我的脸颊，好让我恢复血色。从盆里出来时，我就像个重生的女神。

她让我在一张椅子上坐下，开始用刷子刷起来，赤身裸体的我打着寒战。她说："现在我们就出去走一圈，让那些臭农民看看，谁才是这个破地方最漂亮的女孩儿。"

后来有消息传来，镇子的老爷们要另外找个用人，妈妈马上去了趟圣芭芭拉，一心想要得到这个恩惠。她星期六一大早就出门了，带着路上吃的干粮。"这就是培养你的目的，"出门前她说，"现在你就待在家里，谁来都不要开门，哪怕是耶稣本人也不行。"

她先到了蒙特马西，接着途经梅莱塔、普拉塔和加贝利诺。她回来时已经是星期一晚上，嘴唇上带着吻过尼乔莱塔守护神像的印记。从斯蒂齐亚诺到这里有四十公里路程。进门看到我之后，她说的第一句话是："路上我看见了一匹狼，是个好兆头。"然后她就进了屋，饭也没吃就睡着了。

第二天早晨是我把她叫醒的。虽然闹钟已经响了半小时有余，她的房间里还是一点动静都没有。我的手刚碰到她，那两只眼睛就睁开了，就好像她只是在沉思，这是夏天最热时她的一个习惯。"我睡了。"她说，声音很正常，完全不像刚醒的样子。她一个鲤鱼打挺坐了起来。"我睡了！"她又说了一遍，但这次的声音有些沙哑。然后她就看了看我，先是看身上，看我搭配了什么衣服，然后看脸，看我的妆化得怎么样。"我真是什么都没教会你。"她抱怨说。这时她开始看时间。她在那里僵了几分钟，瞳孔中充满着不安。她似乎是因为想要说和做的事太多才僵在那里的，整个人迷失在不可名状之中。然后她就疯了。

公共汽车满载着母亲们和她们刚上过彩的女儿。"谁知道还有多少人正从附近的山村赶来。"她一边上车一边说。她上前和罗莱塔打招呼，后者的女儿拉凯莱默不作声地低着头。"这朵小花是谁啊？"说话间妈妈捏起了我这位低年级时同学的脸颊。拉凯莱是个胖子，长了个猪鼻子，牙缝大到可以伸进去一根手指。她被塞进了一件租来的衣服里，看上去就像个变了质的杏仁糖。这一点她自己也知道。

我们在车尾找到座位坐下。妈妈用手肘碰了我一下，凑到我耳边说："看看她们，所有人加起来都赶不上你一根指头。"

那天是我第一次亲眼见到伊萨斯提亚家的宅子。和对面的老镇一比，他们的住处就像座城堡，有一条路从老镇一直通往塔楼。我们来到圣巴斯蒂亚诺广场，那里的人多到令人害怕。

马莱玛所有的女孩都来了，当然还有她们的父母。妈妈四处听人闲聊，她过来告诉我说，最远有从佛罗尼卡和奥尔贝泰洛来的。在广场四周的围墙上坐了一圈男孩，他们的人数还在不断增加，他们不断互相推搡着，好看得更清楚些。他们从上面看着，不时有人喊几声，然后男孩就都哄笑起来。偶尔有女孩回应两句，这时她就会收到来自父亲的耳光，母亲则在一边大叫，因为好不容易梳好的头发又乱了。"帕尔米罗，"女人大叫道，"我们过来不就是让他们看卡特里娜的吗，就让他们看吧！"

妈妈从大楼入口处的一个矮小男人那里取了一个号码。她给我看了看，上面有手写的我的名字和号码。"说不定得等到晚上。"她悻悻地说。

后来又不断有带着女儿的家庭到来，我甚至还看见了个跛脚的女孩。人们三五成群地聚在一起，逐渐熟络起来。然而每当我试图和其他人互动时，妈妈总会像猎鹰般出现："别抬头。"然后就抬头向大楼的某扇窗户望去。"他们在偷偷看这里，可能正在看这些丫头片子里谁最值得信任。选人已经开始了。"

下午过半时才轮到我。当我的名字被叫出时，喧闹声骤然减弱。我来到堵住大楼入口的侍者面前，他看到我之后眨了好几次眼睛，就好像被苍蝇叮了一样。他看都没看就接过了号码，然后闪到一边，为我留出了一条通道，而妈妈刚要尾随进来就被拦下了。"家人在这里等。"那人说。他指了指一个角落，那里摆着一只巨大的花瓶，里面没有花。过了一会儿，来了一位穿着围裙的胖老太，她喘得像头牛。"这边请。"说完她就从门厅横穿过去。

我像是行走在梦境中。我看着天花板上的壁画，镇上的教堂都无法与之相比。还有画、烛台、整面墙的镜子……我感觉心脏跳得厉害，跟着走路有点瘸的老太太上了楼梯。我呼吸着富人们的气息。那是湿材的味道，夹杂着一点含羞草的芳香。上楼时我遇见了一只多毛猫，它四处游荡，好像自己才是这里的主人。接着我穿过一条从头至尾都铺着地毯的走廊，两边全是房间。我们在一个房间门口停下，从里面透出一束光。那里有一张椅子，老太太立马坐了上去，用围裙扇着风。"要是能活到今天晚上都算我命大。"她没有看我，自言自语地说道。然后我听到了脚步声、喘息声。一束光突然照亮我全身，一个面色苍白浑身颤抖的女孩差点撞到我。她似乎刚刚从一场大屠杀里逃了出来。老太太咬了咬牙，一下子站起来。"又该走了，"她自己轻声说了一句，给了我一个似乎有些嫌弃的眼神，"我把这个带下去，再带另一个上来。如果你结束得早就在这里等着，什么东西都别碰。"

我看着两个人的身影渐行渐远，最后消失在一个孔雀雕像的后面。走廊里的空气很闷，突然我听到从里面传来一个声音："进。"我的双腿开始打战。我的动作可能是慢了一些，声音又一次传来，比上次更响，还拖着一个尾音："进!"

那是个大到没边的大厅，把我家全塞进来都有富余，可能还放得下屋后放杂物的棚子。墙上贴着天蓝色的壁纸，几乎没挂什么东西，只间或挂着几幅画。有光透进来之后，面向广场的两扇窗户显得格外大。两扇窗之间是一个男人，他坐在一张巨大的写字台前。

"开头不怎么样，"我听见他说，"在这个家里同样的话不会说两遍。现在请您站在那里别动。"我站在了一个有些破口的瓷砖上，低着头，目光朝下。

接着是一片寂静，我快要疯了。有那么一瞬间我以为自己要不行了，恐惧让我浑身无力。坐在写字台前的那个人什么话都没说。我试着偷偷瞄一眼，但反光让我看不清任何东西。最后那个人清了清嗓子。"姓名、出生日期。"他说。我如实回答，声音回响在房间里，听上去甚至都不像我的。我知道另一个人在做笔记。然后："您会做家务吗？"我快要笑出来了，回答说会的，那是我的专长。我这辈子其实就没做过别的事，但身处这么大的房子肯定是头一次。"有许配人家吗？"这个问题让我犯了难，我叽里咕噜地说自己没和男孩有过来往，猫倒是养过不少。我脱口而出："对了，刚才上楼的时候我看见了一只很漂亮的猫。"面前的男人发出了一阵讥笑。"它叫埃托雷，是个饭量很大的爷……"我听到了椅子挪动的声音，这让我更加紧张。一个影子笼罩了我，我试着看两眼，但对方仍然只是个轮廓。他的脚步如同钟鸣。"是个好名字。"我小声地说。然后他站到了我面前，呼吸声粗重而深沉，还有烟草味。"请让我看看牙齿。"他说，声音就像喘气。我的双手交叉在身前，为的是掩饰自己的颤抖。我抬起头，张开了嘴。男人往旁边挪了一点，我淹没在了阳光里。这样的姿势我保持了整整一分钟。我能听到从他鼻子里传来的喘息声，而他的眼神就好像要深入我的五脏六腑。接着他深呼了一口气，回到了桌旁。"请出去吧。"他有些没好气地嘀咕了一句。"另外还请让埃塞德拉进来。"

接到通知的时候我还在房间里。伊萨斯提亚上校找到了心仪的人选。我从左边的大窗户看着广场。母亲们在安慰着女儿。而另外一些则气呼呼地拖着女儿分开众人离去。最愤怒的还得算父亲，他们白白浪费了一个工作日，就因为任性的妻子坚信自己生出的是世上独一无二的存在，而现在她却必须赶回家削土豆。

上校派车把我们送回了家。我不时看看妈妈，她惊恐地死盯着路，看上去像一只受惊的动物。她双手放在膝上，就算遇上颠簸也不眨一下眼睛。到了之后，司机说周日早上八点会再来，这样我就有时间收拾停当，周一就能开始上班。

这一天的纷扰一瞬间全部袭来。我将自己摔在餐桌椅子上，脸上的皮肤感到阵阵刺痛，好像凝固了一天的血液才刚刚开始重新流动起来。而妈妈已经在衣柜那里忙活起来了，她取出衣服，把五天后我要带到伊萨斯提亚家的箱子腾出来。她像鱼雷般突然蹿出来，打破了我刚刚获得的宁静。"啊，我们得说清楚。"她说，好像这番话之前已经开始了一样。"工钱能让我们过得很宽裕，别忘了寄回来。但不要忘了我们还有别的目标。众所周知，上校已经丧偶五年多了。这么大岁数了，需要个年轻漂亮的妻子，我说得没错吧？"

唐·劳罗

牧师

亲爱的上帝，我是爱你的，这一点你肯定已经记下了。你给予我指引和慰藉，但请原谅我，我还是要说：我真的不明白你为什么要如此惩罚我。

现如今已经两年了。两年的嘀嗒嘀嗒……也许你看到我现在这副半痴半傻的样子会笑出声来，那也挺不错。但我真的自打摩西时代就没合过眼。嘀嗒、嘀嗒、嘀嗒……这太可笑了，如果换个人的话，可能早就跳楼自杀了，但牧师不能这么做。

同样，牧师也不该去药店买强力药水，能把马放倒的那种。我能想象出萨尔基尼医生会怎么说："你老是说人得有信仰，唐·劳罗，可晚上焦躁不安的时候该找谁开药方呢？说一句万福马利亚可不管用，苯二氮却可以。"就算到死我也不会让他占到理，但如果这样继续下去的话，难保哪一天我真的就要伸腿瞪眼。我每天晚上都得不停抽烟。到最后，除了嘀嗒之外肺气肿也会找上门来，那时候我就只能开香槟庆祝，驾上云彩去找您老人家报到了。

您召唤我来到这片被上帝遗忘的土地，这一点都不容易。我是个有信念的牧师，被扔到这里吓不倒我，哪怕此地刚到十月就会升起笼罩一切的浓雾。我的心中有你，我把对你的信仰带到此处，甚至比之前更坚定。虽然这段时间里你一直喜欢捉弄人。

也许你还对十年前的那件蠢事耿耿于怀，但我已经用各种方式请求过原谅。玛丽埃拉也有一百年没正眼看过我了。连她都已经忘了那次偷欢，一想起来就会感觉羞耻，现在过得幸福而知足。虽然无比尊敬你，我还是要说："在这件事上，必须说你有点小心眼了，我的上帝。"

又或许，你是恼怒那次我偷了教徒的捐款去买酒？亲爱的耶稣，我们这些小牧师可没坐拥金山银山，倒是罗马那里有人穿着普通基督徒要花一年的工钱才能看上一眼的拖鞋。而且这件事我也道过歉了，第二天我就把钱放了回去。好吧，行为本身确实……那该怎么办呢？用雷劈我吧！把我扔到什么鸟不拉屎的星球上吧，这样我们就两清了。但我还是想看看谁会来参加我的葬礼，我想听听那些寡妇和矿工会悄悄对我说些什么，他们平时就像些孩子一样，抱怨自己把人生浪费在了工作和持家上。很多经书中都说，人心暗藏魔鬼。但是在我看来，无聊的生活也好不到哪里去。

亲爱的耶稣，本职工作我是会做的，而且做得还不赖，我自己觉得哈。就比如贾内西家的漂亮姑娘克拉拉，她有梦游的毛病，不知道哪天晚上就会上头，像圣父您将她送到人世时一样赤身裸体地跑到村子里。那是去年的这个时候。因为失眠的缘故，我的眼睛几乎要裂开了。我对自己说："唐·劳罗，我的朋友，去散个步吧，要不然这无休止的嘀嗒嘀嗒会让你失去圣主的恩宠，到那时候就麻烦了。"

你把我带到了一个斜坡，从那里往下走，能到达马莱玛峡谷上高墙对面的小路。接下来的一幕会让任何一个正常人作呕，但他还是会继续向前走：有条狼狗。贾内西家的克拉拉跪在地上，不到十八岁的她正是光彩夺目的年纪。而那个野兽就在几步之遥的地方，耳朵垂下，后腿在刨着地上的石子，随时准备好冲锋。

你在上面也看得很清楚：你当时就该拿石头砸那来自地狱的畜生，而我则高声诵读着天主经。但那个东西可不想放过美餐。口水从它嘴里流下，就算有人拿叉子驱赶，它也不会轻易离开。你会看到它在镇子四处游荡，搜寻着剩饭的踪迹，而此时它瞄准了那个正赤脚享受风之爱抚的可怜女孩……最后它被一个瓦片正中脑门，一声不知是哀号还是狂吠之后，它转过身来看向了我，眼神漆黑。我马上对它喊道："快滚吧你这个地狱的恶魔！"为了让它听懂我的话，我又扔了一个石子，正中它的面门。这时它才朝海滩的方向跑去，消失在那里的灌木中。即便在逃走的时候，它的后腿仍然在不住地刨着地面。

贾内西家的克拉拉还在那里，赤身裸体，脸被垂下的头发遮住了。要我说的话，恶魔本尊也没有她更吓人。我走过去对她说："来吧，克拉拉，我领你回家。"我把自己穿的外套给她披上，她的身子抖动了一下，就像刚从梦中惊醒。"唐·劳罗，我为什么在这里？真冷。"她的声音很微弱，浑身都在颤抖。

亲爱的耶稣，如果说你需要验证我的勇气，那上述之事应该绰绰有余了。好吧，有些小事我是做得不对，但总的来说我都谨奉汝命不敢逾矩，就连恶魔之涎都不曾吓退我。但如果继续这样下去的话，我要把话说明白：再过不久我就要和小克拉拉去做伴了，不久前她刚刚下葬。

你们在圣巴斯蒂亚诺教堂给我安排了住处，我在那里住得很不错。"教堂住家"，这是人们的称呼。我在那里待了将近三十年，从没抱怨过什么，这是实话。然而，有一天你却突发奇想，决定晃一晃镇子下面的石头。你不是还有很多事要操心吗？不过我们也知道，圣父你有自己的一盘大旗……大棋……所以说呢，虽然不明白，但我也不在意。也许你时不时晃晃村子是在说："孩子们，不要害怕，我心里有你们。虽然你们被发配到了狗屁不如之地，主仍然在看着你们。"也许有人会信。这里的老人们都说，高镇建在了一个沉睡巨人的身上，地震不过是他在持续了上千年的睡梦中偶尔的颤抖。人们也都已经习以为常，感觉到地震时他们会说："他又动了。六月他刚动过。"说完所有人就抬起头看看吊灯。那都是些小震，连屋檐上的石子都掉不下来。两年前的那次就是这样，当时是凌晨三点，大部分人甚至都没有感觉。第二天早晨，那些已经不知道多少年的房子连一条裂缝都没有，唯独我住的房子的屋顶完全掉了下来，只有我睡觉的那个角落除外，这样我才捡回来一条命。

"奇迹啊！"看到我全须全尾地站在他们面前，人们不禁惊呼。"奇迹啊！"亲爱的耶稣，现在我的信念前所未有地坚定。虽然刚开始我也这样想过："看看天堂里的那群人是用什么方法让我换住处的。"

我挺乐意把自己的那些破烂儿搬到钟楼里，从那里我可以看到无穷远的地方。我对自己说："过往的事我们先不提，亲爱的耶稣把我安在镇子的最高点，这用意很明显：人啊，唐·劳罗在看着你们，他是基督的使者。"然后我就发现了嘀嗒声的存在。每个小时报时的钟声就不用说了，那都是小事，主要是齿轮。弹簧和带锯齿的木条让我头顶上的指针转动着。嘀嗒、嘀嗒，我越不去想它，那个声音就越清晰，就算我离开这里百里之外也一样。除此之外，这些吃面包和野猪皮长大的人还抱怨。两年前，市政府的工人就用围栏将圣巴斯蒂亚诺围了起来，现在还没拆，而市政厅派的维修队压根儿就没露过面。

而你还在抱怨，我的上帝，就因为我从募捐箱里拿钱买了瓶酒喝了个烂醉，最后倒在地毯上不省人事，美美地睡了一觉。

还是让萨尔基尼赢一次吧，他看上去挺懂科学的。不过这样就违背了你的训诫。我就是这样，活得像个星野之下的畜生，接受着对我那与生俱来的宽容之心的考验。

玛丽埃拉·曼托瓦尼
家庭主妇

　　格拉齐耶拉喜欢扮富婆，然而她却连副假牙都不买，说话的时候，她的嘴就像在跳塔兰泰拉舞①。想想很久以前她还像朵小花一样，个子矮小却乳丰臀肥，头脑简单。那是十六岁时该拥有的美好，每时每刻都有新发现，此时关闭大门难言不可惜。我们经常拿着破布娃娃去山下的栗树林。我们假装和乘马车前来的王子一起喝茶。布娃娃满足不了我们之后，我们就把裙子一掀，尤其是热天赤脚走进小溪里的时候。格拉齐耶拉给我一根手指，我也给她一根。我们可以这么待上一下午，泉水就在七月的夏日里静静地流淌着。我爱上了那里，当时的场景直到今天我还会想起。我对她说："我的格拉齐耶拉，我们就永远待在这儿吧，享用这欢愉，谁还能杀了我们不成！"然后我们用那个年纪的女孩特有的方式接吻，心跳得有些厉害，因为害怕有路人或者手持猎枪的猎户像想白吃一顿的猪一样不知道从哪里钻出来。

　　栗子树还在，每到十月它们都会长得茂盛而漂亮，结满了果实，

———
① 意大利的一种民间舞蹈。

就像现在一样。然而我们的花季早已远去，已经过了觉得未来会越来越好的年纪。但我还是会时不时地尝试，我会顶着烈日，一口气走到老洗衣房那里。过了急转弯之后我就到了那座房子前，小时候我横穿村子只需十分钟就能走到那里。格拉齐耶拉在开门前会拉开窗帘看看。也许只是我的错觉，但我感觉，每次她看到是我站在门口的时候，她满是皱纹的脸上总会焕发出一丝容光。几秒钟后门开了，她说："我的玛丽埃拉！真是个惊喜！"

和过去一样，那里还是满屋子的饼干味。我刚迈进一只脚，记忆就如潮水般涌来。过去的我们一有机会就会找时间独处，互相倾诉心事，如今就算没人过来催着回家，我们也只会聊聊天气，说说各自腿疼的症状。然后我们就来到桌旁，我会让她用纸牌给我算命。

她这个本事是从她祖母那里学来的。小时候她就提到过用小鸟血做成的蜡烛，她还说把尿壶放在门口可以阻止孤魂冤鬼靠近。村子里的人都说，她的奶奶维莉亚是个巫婆，会在半夜三点对着镜子召唤魔鬼。妈妈时常对我说："还是和她交朋友为好。他们说，她只看了一眼就毁了贝内德蒂家的庄稼，现在他只能跪着去找市长施舍点面包才能挨到明天。"所以我们才去了河边，享受我们的欢愉时光。格拉齐耶拉经常对我说，维莉亚奶奶觉得自己命不久矣，但在归西之前她要将关于塔罗牌的一切传授给孙女。当时的我压根儿不信这些，但我疯狂地爱着我的朋友，能在她身边我就知足了。我对她说："有一天我们会各自嫁给某个蠢蛋，但你要发誓，我们会再来小溪这里偷偷地抱在一起。"只不过生活的波折把我们一点一点地带往了另一个方向。她嫁给了马尔蒂诺，一个长着青蛙脸的人，而我和迪沃走到了一起，他虽然生性暴虐，但没在物质上亏待过我。

有一天晚上，格拉齐耶拉看到我和那个年轻人一起跳舞，她非常伤心。那时我们还不到二十岁，家里人说这是我的最后机会，要不然会一辈子都嫁不出去。于是我就抓住了第一个出现的人选。一天早晨，我在家门口发现了一串项链，上面有个奇怪的挂件，是用头发串起来的两颗石子。我对自己说："这是格拉齐耶拉在对我说她还想着我。"然后就过了四十年。

在镇上这都是常事：你们一起长大，然后就忘却了彼此，尤其是生了孩子之后。丈夫的笑日渐冷漠，日子像从一个圣诞节下到另一个圣诞节的冰雹一样一天天过去。直到两年前，那是在马里奥家里，那个老朋友碰巧坐在我旁边，她说："玛丽埃拉，你气色不错啊！你平时怎么不来我家坐坐？我们喝杯茶，随便待一会儿。"就这样，毫无来由。

从那以后，每隔一个月我都会走到急转弯那里。但格拉齐耶拉已经不是过去的样子，她真的在用纸牌给我算命，而不是以此为借口重温过去的某些午后时光，那时我们的脚嫩白如玉，而现在则像是长满了硬块的铁熨斗。总之，格拉齐耶拉装作什么都不记得，这让我有些不悦。凭着这身岁月赐予的肥肉，我们当然不能宽衣解带，在床上云雨一上午。但嘴上说说总是可以的，这样有些事也不至于只能在脑中重温，毕竟我已经这么过了一辈子。然而我的朋友却说起了迪沃，问他是否还像以前那样易怒，以前矿上经常因此把他送回家，发的工资只能撑到每个月的二十一号。她还问起弗洛里亚诺是否已经在锡耶纳站稳脚跟，那是我的儿子，很久之前我们就把他送出了镇子。于是我也不再说话，扮演起了奶奶的角色。我当然不能对她说，虽然那个在我十六岁时俘获了我芳心的格拉齐耶拉已经不见，我最后还是找到了能让心绪安静的方法。即便如此，在偶尔神经紧绷的时候，我真想把心里话一股脑全都说出来。

　　我也不知道自己看到男人时为什么会是那个样子。那是从一九六五年开始的，当时我刚结婚一年。不管体验是否美妙，我想到的第一件事就是下面和后面受到的冲击，那里感觉就像个无底洞，应该是种病吧。可能用那种方式将我充满的同时也就封闭了我的肚子，然而真爱的缺席却是真切的，我无助地对着风儿狂吠。或者，这是年轻时格拉齐耶拉对我施下的魔咒，因为她看到我跟那个年轻人在一起。后者当时还是个满嘴俏皮话的人物，一点都不像现在，恨不得要对他轰一炮才能挤出半句人话。

　　可怜的迪沃，我的丈夫。他总是生气，但我也能理解他。这些年里，无论年龄长幼，我让每个和自己有一腿的同乡都感受到了欢愉。唯独他没有，虽然我们还在一张床上，却睡在了两头，因为他呼噜打得很响，还经常在梦里给我几拳，就好像在另一个世界里有人将我在果园里做的事都告诉了他。四十年了，他的枕边并不是我的脸，而是一双脚后跟。

　　矿井的工作让迪沃的手变得畸形，指甲非常小。而脖子几乎已经被岁月磨没了。这就像把出生的过程反了过来：出生时很不错，慢慢地整个背弓得像个炉子。冬天时我尤其讨厌他，由于天寒冷，他在床上会把脚伸到我那里，用粗大的脚趾碰我。起先我是缺不了那玩意儿的，即便他刚在笼子般的矿井里做了两班工也会要个不停。现在我已经有一千年没见过他的裸体了，但是作为补偿，我给他洗了一辈子内裤，让他出门时像个体面人。我不知道这些年他是怎么抑制欲望的，我也不想知道。我表面上像个贤妻良母，这样就够了。

　　格拉齐耶拉应该算得挺准，这一点尽人皆知，我也没有资格反驳，但这些事情她绝对算不出来。或者，也许是她不想说。不过最近一次她又说了萨穆埃莱的坏话，后者在外面做下好事之后回到了镇子。"跟他问好就相当于跟魔鬼打招呼。"她提醒我说，"就假装他不存在，关好窗户。"说得容易。我是看着萨穆埃莱长大的，虽然他在最好的年纪离开了，那时他刚刚懂得了些人事。曾经有过几个男孩让我欲罢不能，比如大贾尼。他现在住在梅雷塔，有两个孩子，其中一个和他完全是一个模子里刻出来的。我们会忍受着恶臭，冒着被蛇咬的危险去鸡舍里私会。我把腿立在空中，尖叫着："大贾尼啊，看在上帝的份儿上喘口气吧！你要是不小心泄了，这一天就这么交代了！"他却管不了那么多，眼睛继续直勾勾地冲击着我的下体，有时我甚至感觉被捅到了嗓子眼儿，开始哭起来。"你要是停了我就杀了你。"我对他说。大贾尼的体格生来就是最硬的那种，能把大锤砸扁，像个狂暴的骡子。我回到家时双腿已经瘫软了。迪沃看我走路的姿势感觉奇怪。"怎么了？你又腿疼了？电视上说要变天了……"最难受的是第二天，我感觉从头到脚的皮肉似乎都要绽开。

而关于萨穆埃莱，我记得的是他刚长出的小胡子和幽暗的眼神。当时我从窗户里看着路上的他，同时跟从隔壁阳台探出身子的埃塞德拉聊着天。他精瘦，脸色还有些苍白，身材如雕像般利落。我直接就招呼他，没兜圈子："我的朋友，如果我小个三十岁的话，肯定让你这个孙子像夜莺一样唱个不停。"他笑了起来。我心想："我得让他尝尝我的厉害，等哪天我把他关在地窖里，看看那个水龙头能喷出什么水。"但我没机会这样做，他后来去了格罗塞托上高中，再也没有音讯。后面有他的消息就是一年前他上电视新闻的时候。

现在的我虽然兴致依然不减，却已经过了肆无忌惮地玩的年纪，每每看到那张进入过我身体的人名单我就惋惜不已。我的那个秘密藏在厨房，就在放餐具的塑料垫的下面，那个抽屉到后来只有我自已在用。有一天，我又有一个战利品需要记录，却发现那张纸不见了。我为此惶恐了好几个星期，心想大概是被迪沃发现了，此前我从未想过这滋味儿会这么不好受。想想我偷欢过的年轻人加在一起甚至能成群结队，而我连一个指甲都没给过他……晚上上床后，我留心着他的动静，但他好像没什么异样，还是那副法西斯分子一样的臭脸。一段时间后我就不再当回事，对自己说："应该是我不小心给扔掉了。"第二天我又开始寻求撞击，但已经没了将名字记下来以求不朽的兴致，以防哪天落入他人之手。

他们说的是对的：人一旦上了年纪，很乐意回忆一些往事，但有时脑袋会不灵光。如果能有一本重现当年场景的日记就好得多，能让人看得想要吃手。偶尔想起某头公牛还是挺美的，就比如现在。他是蒙特巴姆博利人，大家都叫他活塞。这个名字就能说明一切。我突然笑了起来，因为好像看到自己躺在栗树下，手里拿着内裤。正在看电视的迪沃转过头来说："你笑什么？你血管通了？"我看着他，继续把晚饭端上桌。突然我的膝盖抖了一下。"谁知道呢，"我回答说，还是和平常一样的话，"可能是到季节了……"

阿德莱德·弗兰奇

病患

为我们祈祷，为我们祈祷……唐·劳罗，请您帮我个忙：开点儿窗户吧，这个房间快要热炸了，我感觉已经来到了地狱的入口。你念悼词感谢天恩，念得嘴巴都快裂开了，最后都是图什么呢？就因为我这辈子曾有过那么一两次罪恶的念头？那还是别生出来为好，我就是这样想的。来到这里倒是容易，可我如今在床上动都动不了，能不能活到星期五都难说。如果我主能放我到天堂门口，但愿他们能按本来的样子给我留影，而不是生命尽头这副哭哭啼啼的德行。我知道阿德莱德·弗兰奇原本长什么样，但凡他老人家有点记性肯定也知道，说到底是他把我带到这个世界上来的。如果因为我说过的某句话或产生的某个想法就耿耿于怀，那是他自己的问题。

亲爱的唐·劳罗，这些都是一个将死之人的话，但我并未丧失理智，对于这一点我要感谢在上面看着我的那个他。哪怕我傻一点也好。那样一切看起来都会是全新的，我也不会感觉这个房间满是苦痛哀伤。我会对丈夫微笑，像个小姑娘一样扑过去一把把他抱住。那个可怜人给我擦屁股时，我也会少流些大象才会流的大泪珠。但是能看出来，这些在我主眼里都是奢望。他更愿意让我保持清醒，当那个替我脱衣叠被的人认识我时，我还是花一样的年纪，现在他给我盖被子时几乎是用扔的。这比病痛本身更让人伤心。

不。我要说的话，还不只这些，既然我们是来忏悔的，我还想拔掉那根带毒的牙齿，一了百了。

我说的是那个小贱坯子。当我被病痛席卷全身时，她堂而皇之地站到了柜台后，那里是本人待了一辈子的地方。

您要知道，亲爱的唐·劳罗，我经常遇见索尼娅·塞拉利尼，尤其是星期三，那天她会去公墓给丈夫换花。在回家的路上，她会来我家待一会儿，手里拿着刚买的东西。你也知道当我看到那些纸袋，闻见刚刚切下的莫塔代拉火腿的味道时是什么感觉……索尼娅很喜欢揶揄我，她常说："我的阿黛莱啊，你头上的那三根毛得好好洗洗了。"我也不放在心上。在她面前我不觉得丢脸。借着这个机会我会问关于马里奥的事情，问他在店里时怎么样。索尼娅是个话痨，也站在我这一边，因此她给我带来了很多第一手消息。

比如我就知道，虽然艾莱奥诺拉表面上看是个正经人，实际上每天跟着一个从阿尔巴尼亚海滩偷渡过来的家伙回家。镇子上的年轻人一般才上到高中就会走上邪路。不过这也是二十年前的事了，那时的人们还有胆量生孩子。就这样，由于半个省都找不到年轻人，南乔尼一家只能找来这群丑八怪，从而继续维持锯木厂的生意。其中，就有我上面提到的这位。

"他就是头牲口。"索尼娅说。起初，那些人经常去马索家的双门酒吧打发时间。他们穿的靴子里满是泥浆，推杯换盏地喝个没完。生性粗野的他们没有几次不与旁人扭打在一起，有时甚至还往地上摔酒瓶。有一次甚至叫来宪兵才平息了事态，其中有两三个人被遣返回了国。也许因为马索本人上年纪了，来双门酒吧喝金巴利酒的

都是些三十年代生的老家伙，他们还是年轻人的时候就是这里的常
客。他们之中最强壮的人连牙都没剩几颗。面对这么一群人，你就
知道那些天生的罪犯都会以什么作为消遣了。他们都是只会锯木头
和蹲班房的材料。

所以呢，马里奥找来顶替我的这个贞洁女就是和这些人中的一
个好上的。索尼娅·塞拉利尼说，那人有着低能儿的那种凹陷前额，
不过整体上来说还算帅气，如果不算他那公牛一样嵌在肩膀和头之
间的脖子的话。他穿的鞋至少大了两号，就像修道院里总是捡家人
洋落的孤儿。大家也都不知道他俩晚上会躲在哪里。唯一可以确定
的是，艾莱奥诺拉每天搭七点的车上班，而那也是钢铁厂上夜班的
工人下班回家坐的车。一到晚上，她和那个败类就不见了踪影。

为我们祈祷……可不得祈祷吗！唐·劳罗，有一件事，只有那
么一件事，我每呼吸一下都心头一紧：早晨马里奥会上发蜡。我也
不知道他是中了什么邪，但我就是难受。我对自己说："难道我们之
间美好的童话故事就要这样终结吗？故事的开头以窗边的互相问候
开始，现如今他就因为这个小丫头片子被挑起了欲望？她的年纪都
能当他侄女了。"我的怒火确实地烧了起来，甚至病痛的感觉都被盖
过。我绷起脚尖，用手挠着这张已经无法忍受我的床垫，我同样也
忍受不了它，我不断喃喃自语道："我十七岁那年就抓住了马里奥，
现在他还是我的！即便老了之后我们变成了这样，甚至不如年轻时
的碎屑。"

您知道的，唐·劳罗，这不是什么容易的事。您真该听听那个
傻瓜是怎么吹口哨的。每天早上闹钟一响，他嗖的一下就跳下床。
就在两天前，他可能是太得意了，甚至忘了给我把窗户开一条缝透
气，这是在狗身上才会发生的事吧。他只看了眼床头柜上的电话，

确认听筒放好了，砰的一声把门推开，然后一溜烟就跑掉了。

对我来说，一切就像一本打开的书一样明了。晚上他回家之后，我能从他的眼神里读出来：与其和一个臭烘烘将死的老婆待在一起，他宁愿把自己的头打烂。他给我端来汤，拿过椅子，在床上摆好。他偶尔会给我点酒喝，不过条件是我不能哭闹。但我并不是自己想哭的，那是一阵狂潮，足以剥夺我所有的理智，就像焦虑那样无休无止。然后我就开始哀号，抓我仅剩的头发。我问他能不能把我挪到别处，这个原本美好的地方如今只是个没有出口的牢笼。他会跑去厨房，给我端来一杯水。"一口气喝了，亲爱的。"他说。于是我大口喝掉，那是萨尔基尼为我开的抗抑郁的药。过了一会儿，闹钟又响了，重新开始了这一天的热闹。

不过我要说的是，正是因为那个小蹄子每天早晨都从蒙特马西的平原爬上来，才让我保留了一点心气儿。有一点我要诅咒她，如果没有这个艾莱奥诺拉横插一杠子，我可能已经被消磨没了意志，上天去享受圣父的荣宠了。我被迫加入了这场比赛，它一方面败坏着我的身体，另一方面又让我不断积蓄着力量。

话说回来，我说这些都是为了讲昨天的一件事。那又是个周三，索尼娅·塞拉利尼去了墓地然后又买了东西。"他就在我面前。"她说。后来她跟我讲了店里发生的那一幕，当时顶替我的小浪蹄子正在找零钱。

房间里的电视一直都开着。有一点是极好的，你只要交了钱，就能看一些专门放给老人看的陈年节目。下午电视上会放一些黑白电影，这时我就开始哀号，但不是我之前提到的痛苦的哀号。那是出于怀旧，我仿佛看到了和现在这个丈夫在电影院里共度的无数个星期天，也正是这个人，明明已经七十好几了，却还幻想能和个贱妇搞出点什么。"再来场五四年的那种爆炸吧。"我有时会想。只她家爆炸就行了。

我全都看见了，我说的是埃塞德拉孙子的事，社会上的那些糟烂事儿。我看了逮捕的过程和媒体的七嘴八舌。我看了法庭上的来言去语和等候在法庭外的人群，他们个个都恨不得把他生吞活剥了……有一段时间，我还会让人给我带杂志看。这样我才能打发时间，同时时间也在打发我。我心想："我们镇子里的人可不一般。上电视的原因竟然是毫无理由地杀了一个漂亮的女孩儿。继已经糊涂了的泰姆佩斯蒂之后，我们的名人就是这些人。"

然后我想起了萨穆埃莱小的时候。他会来店里取埃塞德拉买的东西，愿上帝保佑她。他的两只眼睛幽深而不安，不时闪现出一丝疯魔的味道，就和我二十年后在电视上看到的一模一样。他不怎么说话，也不和同龄的孩子混。那个年龄段的孩子用一只手就能数得过来，和他一样，他们也长到一定年龄就不知道跑哪里去了，为的就是逃离这个一无所有的乡村。这里的冬天，下午五点就已经和半夜一样冷清了。

现在您听着，唐·劳罗：昨天早晨，我们这位不走正道的同乡就出现在了店里。"我看见他的时候血都凉了。"塞拉利尼说。所有人都知道，在逃过了法律的制裁后，他回到了家乡的老宅藏身。索尼娅说到这里时简直绘声绘色："那个艾莱奥诺拉，你真该看看她当时的样子。她刚抬起头，脸唰的一下子就白了，两个眼睛瞪得像车灯。她从头抖到脚，甚至还掉了几个硬币。这时候马里奥就过来了，因为那个小妮子好像掉了舌头一样……你觉得这反应正常吗？事出反常必有妖。"

而我呢，唐·劳罗，我是真不知道这里面有没有猫腻。但我知道我的朋友索尼娅·塞拉利尼一向看人挺准。如果她说那个弱智的漂亮小脸上上演了一场风暴的话,我完全相信,而且对于"你觉得这反应正常吗?"这个问题,我的答案是:一点儿都不!不仅如此,我还想问,这个在我病倒之后马里奥借口替我找来的小宝贝儿到底隐瞒了什么呢?晚上她到底和那个阿尔巴尼亚来的水牛跑去哪里了?重新现身的埃塞德拉的孙子就更不用说了,他能逃过那场审判简直是奇迹。真要说的话,他本来可以逃到国外啊。然而他没有,他就像个迷路的斜眼一样,再次降临在这小山丘上。而里波拉的这位艾莱奥诺拉刚看了他一眼,就激动得差点儿连膝盖都碎掉。

我这样当然不是因为我丈夫,我选择跟他的时候他还会抚摸我的脚尖,这种荣幸我就留给那只平原来的蟑螂享受了,他爱摸哪里就摸哪里。但这是我家,就算病成这样我也没有丝毫畏惧,腰杆儿反而挺得还更直了。马里奥想乱搞,但这里还有我这个仍然爱他的妻子,我的爱就和第一天一样,那时来到街上的他还是一头闪亮的卷发。我肯定不能任他沦为笑柄,镇子里的人嘴上不饶人,一下子就能毁掉你一辈子的清誉。我还要说,想到杀了那个狐狸精的时候,有时我还会有快感。这样我才开心起来,把牙龈上流出的血当沥青一样吸掉。就比如今天早晨,照着房间里的这面镜子,我感觉自己的皮肤光滑极了,尤其是鼻子这里。可能我要准备好回光返照了。又或者,难道我之前说的是对的?把那个粪坑里来的小婊子扔回老家能让我变得有精神?怎么了,她想打架吗?来就是了。本人阿德莱德·弗兰奇从来都不退缩。这也就意味着,如果圣父非得做个死脑筋,那就请他帮我把这个仇给记上。

托尼诺·马南蒂（人称马索）

酒吧店主

我可怜的爸爸在世时，酒吧里甚至有从佛罗伦萨来的顾客。那时的气氛完全不一样，我感觉镇子就是世界的中心。我用两只小手扒着柜台，翘起脚尖努力向上爬，当时的我也就刚刚能露出鼻子。然后我就看见了爸爸，英俊、挺拔，就像教堂地基里的石块。他的肩上老是挂着条用来擦杯子的抹布。他露出灿烂的微笑，那张笑脸我能看上一整天，到现在我还牢记在心。然后他会过来对我说："看我孩子多漂亮！"说完就一把抱起我在空中转圈。

春天，我们会把椅子拿到中街上，即便那里很窄，只有正午时才能晒到太阳。我最喜欢的还是圣诞，我们安稳地躲在屋里，任凭风雪敲打着窗棂。酒吧里烟雾缭绕，到处挂满了橘子皮做的装饰，工人们开怀畅饮到很晚。我在那里就像块奶酪一样呆坐着，要么看比赛，要么就听一些我不怎么明白的对话。而爸爸则和一些单身女人调着情，她们的男人都战死了。爸爸留着小胡子，额头很高，但让女人们疯狂的还是他喜欢逗乐的天性。他给我使个眼色，然后朝通往后面房间的门帘走去，那里是我们放塑料箱和玻璃瓶的地方。他身边总是少不了年轻女人。"托尼诺，你来当老板！"他对我说。这时我根本就想不起妈妈，她正一个人在村子的另一头做着针线活。我像青蛙一样挺起胸脯，站到柜台后面。虽然我在努力掩饰，但在给某个汗流浃背的年轻人倒酒时，我的心其实跳得很厉害。

突然回想起这一切时，我正站在同样的位置上，只不过中间已经过去了许多年，时光荏苒，足以让每个人捶胸顿足。如果用几句话总结应该这样：有一天爸爸把我拿起来放在柜台后，我就在里面被困了一辈子。

在俄国打仗的时候他挨了颗枪子儿。被送回来后，他的右腿很长时间走起路来都不利索。我一直缠着要他讲远方和炮弹的事情，可他不是很情愿。有时他会突然消沉，眼神空洞，在一杯烈酒前发起呆来。然后他突然打个冷战，又回过神来继续口若悬河地说起他的棋。

那种棋我从来都没听说过，爸爸是在军营里学会的。战争快结束时，帐篷里挤满了像他一样的伤员。每次聊起这种棋他都会说："这里面都是人生。"然后我就不说话了，眼中全是崇拜。直到有一天，他去格罗塞托买了一副棋回来。

看着这项消遣在当地流行起来让人很想笑。只有最冥顽不化的老年人还坚持玩牌，后来就连他们也开始忍不住瞄上两眼。年轻人就不一样了，他们大大方方地来预订下棋的席位，周日时最为抢手，他们称其为"方桌"。不久之后消息就传开了，开始有人从萨索佛尔提诺和蒙提耶里慕名而来。甚至马萨的人也来了，要知道，那里的人到了我们这里一般是要挨耳光的。双门酒吧的比赛一般会持续整个下午，晚饭后才会结束。赢家能将所有人的钱都带回家。那不是一笔小数目，相当于一天的工资，更不用说获胜者还能享受在智商

上辗轧当地所有人的快感。爸爸经常对我说，让对手占上风就像被
吸血一样难受。就算奖金有一袋金子那么多，也比不上对手的王被
稀里糊涂地吃掉后落败时的眼神。

这份贪念很快就在当地的农民和矿工的身体里滋长起来，打完
仗回到家的他们几乎丧失了对人世的任何兴致，让他们有机会做医
生或律师都无济于事。其间也发生过某个外乡来的修鞋匠只用十步
棋就赢下比赛的事情。这时那些大块头就上了头，企图用拳头挽回
自己在智力上丧失的颜面，最后却适得其反。到晚上清扫的时候，
除了满地的木屑之外，我和爸爸偶尔还会发现几颗牙齿。

真正的意外来自尼科德莫·泰姆佩斯蒂。他是个寡言孤僻的年
轻人。我对他的印象是一无长技二无家资。和打过仗的其他人一样，
他的脾气也很暴躁，到处惹是生非，让妻子、妈妈和女儿们的生活
毫无乐趣可言。但尼科德莫并不是唯一将不适带回家乡的人。整天
瘫在躺椅上无所事事的男人比比皆是，但他们最后也都动起来了，
毕竟一天到晚装死容易，但饭桌上的贫瘠是实实在在的。后来他也
回归了正常的生活，不再无故发火，也不再担心每走一步就有被炸
飞的危险。接着他又开始蠢蠢欲动，只不过这次改变的似乎不只有
肉体，还有性情，好像换了个人，他那寡居的母亲也因此好过了一
些，过去她每天早晨起来上山，去那里给每家每户倒马桶。那份工
做久了，人早晨醒来时嘴都是歪的。在打仗的那几年里，他们说她
还往家里带过男人，那些人没有入伍，留下来在矿井和工厂里值班。

和其他人一样，尼科德莫也会站在一旁，观看大厅中央的桌子
上进行的比赛。比赛现场通常像墓地般安静，只有当某位选手下错
一步，或者一个不小心被吃掉王或后时，人们才开始低声嘟囔起来。
那个犯错的人有时会起身把板凳给掀了。但最精彩的还是那些战到

最后一刻的比赛：原本处于劣势的一方只用一步棋就扭转了局面，而那个之前已经吃了对手两个车，本以为自己已经高枕无忧的家伙突然发现，自己的王被对手的兵困在了角落。也有把棋盘整个儿掀翻的人，这时棋子就会散得到处都是。然后那人就逃出双门酒吧，之后再也无法踏足进来。这时爸爸会凑过来对我说："那人得郁闷一星期，他宁愿给自己一枪也不愿意输给托齐尼，这家伙数数连二十都数不到。"

某个星期天，尼科德莫的名字出现在了对阵表里。所有人都说，他是拿了他妈给高街区那些老头子舔皮的钱交的报名费。不过他什么都没说，只是安静地等待自己的轮次。轮到他时，他只用了五步就赢了那个人称"公爵"的人，对方住在钟楼附近，家里有个女儿，生来就像鱼一样没有腿。这位公爵要求重赛，理由是观众的喧哗让自己分了心，但这理由肯定不管用。"那我就去找个人痛快痛快！"他使了个眼色，意思是自己身上还有点找女人的钱。尼科德莫并没有接招。不仅如此，那天下午他一连击败了十几个对手，为了报复比赛中受到的羞辱，落败者无不宣称自己会排着队去玷污那个女人的嘴巴，其实那样的话她儿子就等于赢了两次。快七点的时候，大家已经没有了看生瓜蛋子泰姆佩斯蒂继续耀武扬威的兴致。尼科德莫赢了比赛，带走了一笔不菲的奖金。之后的那个星期天，他的名字又一次出现在了对阵表上。

我现在都还保留着那天的照片，我专门从报纸上剪下来的。因为没过多久，我们的尼科德莫就成了名人，再没有人能击败他。当时他刚二十岁，当其他人都在矿井下吸着粉尘时，他只靠比赛奖金就拿到了同样的收入。某个星期天，从阿雷佐来了几个人。他们戴着白色礼帽，马甲上挂着怀表。其中一个人在对阵表上写下了自己的名字，他叫唐克雷蒂。我之所以还记得，是因为直到现在老人们还不时提起这个名字。轮到他出战的时候，他一副趾高气扬的样子，掏出自己的怀表放到桌子上。他看着对面的年轻人说："小伙子，如果你赢了，这个你就拿回家。"然后尼科德莫就赢了，虽然比平时多花了五分钟时间。不过这位唐克雷蒂一点儿都不生气，反而张开双臂，露出了欣喜的微笑。接着他就把尼科德莫叫出酒吧谈事去了。

确实，生于贫贱的人一旦发了财，一般都会迷失方向。我们的这位老乡就是这样。双门酒吧的矿工们看着报纸上的报道咒骂着，因为他们都是一辈子挖黄铁的命，而有人却将游戏变成了正经工作，不仅报酬丰厚，还有去美国的机会以及其他各种好处。于是他们更加疯狂地下棋，就像在说："这位置我也能坐。连那个傻子都能成功的话……"那个傻子现在人称大师。人们传说他在佛罗伦萨买了套公寓，娶了一个用漂亮两个字都不足以形容的演员。为了舔舐伤口，矿工们这样反驳："最起码我上过他妈，而且要我说的话，其实也没什么意思……"然后有一条新闻传来，那些人又开始嫉妒起来。

不过有件事我必须说：尼科德莫·泰姆佩斯蒂从来都没还清过欠双门酒吧的债。说到底，他是通过这里周日的比赛发迹的。我可怜的爸爸去俄国挨了一枪才把这个机会带了回来，可最后连句谢谢都没得到。一九五四年我父亲去世时，他连封电报都没发。

尼科德莫回来时已经七十岁了，不仅染上了喝威士忌的恶习，家财也几乎被老婆掏了个空，于是只能节衣缩食，只有如此他仅剩的积蓄才能勉强够余生的用度。他的生活又变得像以前那样困窘。只不过现在他再也没有可以连赢一下午的对手，也没有当妓女的母亲帮忙贴补家用。所有人都知道，自己跟他在棋盘上有笔账要算。

他们气得就像动物，因为当他们在高炉边和平原上的峡谷中损伤着肺泡时，有人却迈着装腔作势的步伐周游世界。在生命终结之前的最后几年里，尼科德莫·泰姆佩斯蒂又得过几次大病。如今他的吃喝全要仰仗唐·劳罗，从信众那里募集完食物之后，唐·劳罗每个星期三都会给他带吃的过来。

迪沃是最冷酷的那个。看见对方独自坐着，他连招呼都不打一个。不仅如此，他还大声嚷嚷："苦啊，挖矿。你吐出来的都是黑痰，可最后连吃食和睡觉的地方都没有。不过下矿井讨生活能让你清醒，远离那些花花肠子。不像某些人，尽想着不劳而获，最后落得个人不亲狗不理。"然后他就看看我，"马索，给我来杯给劲儿的，我手痒了。有两种人我最受不了，共产主义者和懒汉。当然，他们本来就是一类人。"

这些话尼科德莫根本没听到。他就在那里坐着，面前摆着他的棋盘，不是以前的那张，不过也是木头的，和罗道尔夫新城那里的酒吧买的那种塑料棋盘不一样。他们那里很快就能把本儿赚回来，因为还兼卖香烟。就这样，他们不仅抢了我的生意，还把斯塔乔利家烟草店的后路给抄了。

大家很难不注意到尼科德莫。无论春秋寒暑，每天下午四点他都会准时出现。二十年来，他一直坐在左边电视下被大厅拱门挡住了一点的那个位置。他有着老人特有的涣散眼神。我会把棋盘和威士忌一起端给他，说："晚上好，大师。"他把拐棍靠墙放着，端起杯子抿上一口，连一滴都没喝进去。"一股泥炭味儿。"他有时会嘟囔一句，然后就把杯子放在桌子对面，也就是原本对手坐的位置。接着他从一个皮袋子里拿出自己的棋子，先摆好白棋，再摆黑棋。

他每下一步都要转一次棋盘，威士忌里的冰块都化没了。有时我会忧心地看着他，因为他会连续半小时一动不动，像梦游者一样瞪着两只眼睛，就像是死了。这时他的手动了，挪了一只马，接着是一个象……他嘴里咕噜咕噜地，像是在自言自语。这时我就想："没错，我是被困在双门酒吧了，但也比这个可怜虫强，他的监牢是这个黑白的笼子。"下完棋之后他来到柜台。"我请了。"我说完就朝那个孤独的杯子使了个眼色。他回答："啊……"眼神呆滞地看向一边。"那今天是谁赢了啊？"我问，想看看这回他能不能认出我，接住我抛出的话茬儿。他严肃地看着我。"我！"最后他喊了一句，声音似乎是从某个钢管里传来的，"要不然还能是谁！"

走的时候尼科德莫·泰姆佩斯蒂总是会忘记关门。我从柜台出来，趁这个机会擦擦桌子。那杯威士忌我就自己喝了。其实我不能喝酒，否则等化验结果出来之后，萨尔基尼又要大做文章。他一向如此。

起初爸爸说棋盘上浓缩了整个人生，看着这个老头吃力地走向门口，我感觉确实如此。他从这个方寸之间起步，将来有一天也会在这里下完他人生最后的棋局。偶尔想起那封从来都没发来的电报，我还是会生气。然后我又会觉得自己很傻，因为说到底，泰姆佩斯蒂真的无须感谢任何人。他在双门酒吧的回归就像一次复仇，他就像在说："看你们把我害成了什么样子？"如果我可怜的爸爸当初没在俄国吃那颗枪子儿，这个苦命鬼的一生可能就会完全不同。我自己也是。

其实后来我开始同情泰姆佩斯蒂，不想看到他就这么孤苦伶仃地走完余生。有件事我已经想了很多天：如果哪天他在路上遇到萨穆埃莱怎么办？他甚至可能被打，毕竟之前那人还干过更离谱的事。

据其他人说，埃塞德拉的孙子已经回来一个星期了。我们是看着那个顽童在双门酒吧长大的。他既不喜欢去田野里追逐动物，也不和同龄人来往，一心只想玩球看电视。当时他喜欢棋，甚至将泰姆佩斯蒂看成自己不曾拥有的父亲。相应地，尼科德莫也把他当成自己的儿子看待，只要一开始下棋，那小孩儿准会在旁边缠着他。这是他讲人生道理的方式，为的是让这个年轻人走正道，可不要像没有引导的树一样走上邪路，风向哪里吹它们就往哪里倒。泰姆佩斯蒂拿起一个兵，他经常说的一句话是："有了他们才能建功立业，不过要小心，事业随时会崩塌，你自己也难以幸免。"我一直不明白，他到底是在教人，还只是在讲自己的故事。

第一次打击是萨穆埃莱离开镇子的时候。那时泰姆佩斯蒂坐到自己的位置上，一杯接一杯地喝，无论从身体上还是经济上来说，当时的他还能喝得起。喝醉了之后他就像往常一样，一边和自己下棋，一边自言自语。但真正的打击还是在女孩的事发生时。他仍然坐在那里，而头顶的电视里，他钟爱的孩子正在被人生吞活剥。就这样，我看到了恐怖的一幕：屏幕上的萨穆埃莱正被人唾骂，而下面的尼科德莫仍然铁青着脸挪动马和后。最坏的几个人朝他讥笑，用手肘戳戳彼此，扬起下巴使个眼色，嘴里说着这样的话："快看看我们的大师。他先是自毁前程，然后又教出来个疯子。就这么个只会摆小人儿的家伙能指望他干什么？看，他还在那儿下呢。"

也许正是那些日子里尼科德莫的脑筋才坏掉的，之后他就开始发呆。可能他原本也会走到这一步，但萨穆埃莱的事无疑在火上浇了桶油，才让他彻底走上了这条不归路。

最后我想：可能他已经认不出这个自己在酒吧里认下的干儿子了。就算我们整个下午都朝他喊那个名字，泰姆佩斯蒂也只会用手里的拐棍指上一指，就像攥着一柄那时候没杀死我爸爸的剑。又或者，他会由于受惊而心脏爆掉，就这么死了。

那样又何尝不是种解脱呢？

阿黛莱·钱蒂尼 – 2

伊萨斯提亚家的寡妇

卡拉马约没好气地将画本摔在写字台上，站起身开始走来走去，两只手在空中甩着，就好像不小心碰到了滚烫的炉子。然后他停住了，深呼吸一口，又坐回到扶手椅上。他把刚才一直在画的那张纸撕掉，又像刚开始那样严肃地盯着我，就像有一阵浓雾升起……就在这时他的身子突然抖了一下，他的这个样子每次都会让我想起渔夫终于等到鱼上钩的那一刻。灵感回来了，他又开始画我。

在离家前的五天里，我的训练内容只有一项：怎样入场。妈妈先是让我去卧室等着，然后突然叫我。接着我就进了房间，步伐得体，面带微笑。"你就像个痴呆。"她揶揄我，"过去，拿出点儿样儿来。"然后我又回房间在床上坐下。有时我得等上好几分钟。

下午四点时我还会练习陪膳：摆好空的盘子，为想象中的客人倒水。"永远不要直视他的脸。"她想象着可能的场景，嘴上训诫道，"还要注意，脸上永远要保持微笑，哪怕就要上刑场也一样。另外一件事你也要记住：要让他看你左边的脸。确实，你整个人都漂亮，但那半边脸真的能让天使都开始唱歌。永远不要正脸面对上校。你得养成习惯，不管什么时候都往右偏一点。"

她就像在训练士兵。妈妈说，要学会像飞吻一样抛媚眼，上晚茶时手指应像羽毛一样轻盈。"有你这样一个仙女似的人物在身边，那个老帮菜会感觉跟做梦一样。只要看上你一眼，连死人都能活过来，更不用说那个退休上校了。不过等到那个时候——这几乎是肯定会发生的，你得听你妈我这个身经百战的人一句话——不要马上答应。要让他渴望你，渴望到忍不住要用手指去挠墙皮。每天早晨，他醒来后第一个看到的就应该是这张遗传自你父亲的小脸，晚上服侍他就寝时，你要保证他像某个年纪的男人那样躁动不安。你开口的那一天，也就是你一网打尽的时候。无论房子，还是半个马莱玛的土地，全都是你的。"

在那里我度日如年。一方面，离家给我带来的痛苦如同开膛破肚。而且，我还得每天看着那个老头子的嘴脸、那个大鼻子，以及那撮被烟草熏黄的胡须。一想到要委身于他，我恨不得立马溺死在浴盆里。直到到了出发的日子，行李已经收拾停当，妈妈在门口对我说："你注定了要过这样的生活，我的小星星。"接着她凑到我耳边说"要记住"，她嘴里呼出的热空气让我的耳朵直发痒，"等他爬到你身上的时候，千万别胡闹，接住种子之后就紧紧地关好大门。"

起初，伊萨斯提亚公馆里的生活并不能让人称心。每天晚上，我都在自己的小床上辗转反侧，泪水一遍遍地打湿枕头。埃塞德拉对我不好，什么家务活都只教一半。她是故意的，为的是让我焦躁不安，最好像在水晶上跳舞般战战兢兢。每隔十分钟，她就要在众人面前让我出一次丑，用她那母鹅一样的大嗓门管我叫乡巴佬或是笨蛋。"上校他着了你这张小脸的道儿，现在你这不会干活儿的苦可都得我来受。"这句话每五分钟她就会说一遍。她派我去打扫阁楼，那里一半都是空着的，却有很多动物，我只要看上一眼就会发疯。

有一次，一只青蛙跳到了我手上，就是腮会涨得很大，动起来还慢悠悠的那种。我当时差点儿就直接晕倒在地，身上的痒一直到晚上还没有消失。"你以为呢？"埃塞德拉看着没有一丝血色浑身战战兢兢的我说，"你们就是得有和虫子较量的本事。"

一个月过去了，月底的一个星期天我回了家，一进门就紧紧地抱住了妈妈的腿，央求她不要再把我送到那个地方。那里甚至连猫都不是什么好东西，它会专门挑我拿着花瓶的时候一脸不屑地从我两腿间穿过。她让我好好哭了一场，接着递过一条手帕。她脸上如雕塑般油光锃亮。"上校呢？"她说，"他看你了吗？"

我对他可以说一无所知。只有在摆放晚餐的餐具时，我才能和他打个照面。白天他就把自己锁在上次我逆着光看见他的那个大房间里。他偶尔会拉绳唤人过去，这时楼下的用人就会拿一杯法国酒给他。但这都是埃塞德拉的活儿。我干的都是些零碎活儿，主要是跪在地上擦地板。每个周五的早晨我去市场采购，然后把找零如数带回来。

妈妈待在那里有半晌的工夫。接着她说："所以就得让这个叫你不好过的老婊子碰上点儿什么不走运的事。最起码也得让她在床上躺上那么一两个月，我们好有机会干我们的。"

十月末的时候，埃塞德拉从楼梯上摔了下来。不过她不是从最上面摔下来的，她只摔了最后一段，也就六七级台阶的样子。当时午休刚结束，房子里开始重新有了动静。我在楼下叫了她，说地板打蜡的事情我搞不定。回答时她的声音就像女妖塞壬。"是不是什么破事儿都得从头到尾跟你讲一遍啊？"她的声音大到简直能深入我的骨髓。说完她就晃着那水桶般的大屁股开始下楼。接着她就绊到了我事先拴在扶手上的三股绳子。为了能绊倒她，捆绳子时我用力到差点叫出声来，不过最后我还是忍住了。下一秒埃塞德拉就双脚离了地，此时她才意识到发生了什么，像野鸡一样挥舞着双臂。最后她像水桶一样摔了下去，不偏不倚地停在了我的脚下，这时她已经摔晕了过去。

我赶忙跑去把绳子收好，塞进围裙兜里。转念一想，我最后把绳子缠成一个小球，扔进嘴里，吞了。这时我才开口求救。

事情进展得比预想还要顺利：髋骨骨折。而且她还少了两颗门牙，我好像终于将耳光扇在了那张总会爆出恶语的嘴上。被人用担架抬走时，她就像头垂死的水牛。自那之后，服侍上校的工作就派到了我头上。

每次听到铃响之后，我就会端着椭圆形的酒器上楼，这个物件是纯银的，还有金质镶边，价格够得上妈妈一年的收入。然后我就敲门。有时不会有任何声响从屋里传来，我只得呆站在外面。不过我很快就了解到，上校有耳背的毛病，于是我就放开了胆子，像打响指那样用力敲门。"进。"那是一种数小时没有开口之后的独特音色。我进了房间，从落地窗透进来的光打在我的脸上。

起初，我并不知道他研究的是什么要紧事。我所做的只是将酒杯放到写字台旁边的小推车上而已。台面上总是摆着一些用黄铁或石英压住的纸张。有一天上校对我说："亲爱的阿黛莱，您有没有想过，为什么要让你们一趟又一趟地跑上跑下，而不是把酒水全都放到推车里呢？"我摇摇头。"我没想过，先生。这是我的工作。"我脸上的微笑一刻都不曾消失。我简短的回答似乎让他有些吃惊。他清了清喉咙。"因为我了解自己。如果让我随手就能拿到酒的话，晚上你们就得把我抬到床上了。那样就不太雅观了，是不是？所以我既是为自己好，也是为你们好。"我笑得更灿烂了，因为我感觉他像拿着一把冰刃的匕首。"在这个家里，任何事情都不能沾染上你们所说的怜悯的气息，尤其是你们自己。"没说几句话，上校就眨眨眼睛。他胡须下的嘴露出了一丝僵硬的微笑，就这样保持了几秒钟，好像在聆听从隔壁房间里传来的音乐。然后他的身子一阵战栗，头抬了一下，示意我看桌上的纸张。"您知道这些是什么吗？"我往前进了一步，俯身下去。"好像是地图，先生。上面都是您的领地吗？"上校盯着我看了一会儿，然后张开嘴大笑起来。"如果是那样就太好了，亲爱的阿黛莱！我也想拥有整个欧洲！"他最后笑到要掏出手帕来擦泪才行。他好容易才重新喘匀了气，接着用一根手指点在了地图上。"这是巴黎，举个例子。"

后来，这就成了我们打发时间的项目。有几个下午，他甚至让我搬个凳子坐到他旁边。我装作感兴趣的样子，而且故意坐在能展示出自己好看的那半边脸的一侧。当上校说话时，我有时会出神地看着他的嘴，然后他就故意停顿一下。我挤出更灿烂的微笑，重新看向他的眼睛，此时他的眼神中充满温柔，还有一丝惊愕带来的迷离。

他研究的是这一辈子输掉的战争。这也是他整天将自己关在屋里，而不是去名下各处别墅花园里闲游的原因。他仔细分析着那些将意大利带入战败深渊的关键步骤，像孩子般兴致盎然，同时还有指挥官身上的那种兴奋，他正站在山顶上，目睹自己的部队兵败如山倒。他不想接受眼前的一切，又重新打起了精神。"都是那条疯狗的错！"有一天下午他突然大喊道，"我说的是墨索里尼。阿黛莱，您知道我说的是谁吗？"每当这时我都无比恐惧，因为我即将暴露自己的无知。"我经常听到这个名字，"我小心翼翼地回答，"从我记事开始，妈妈就每天诅咒说要他下地狱。"接着上校真的发火了。"骂

得好！就因为一个傲慢的小丑，整个国家都要受牵连！"然后他开始
专心致志地讲解地图，按照时间顺序一个月一个月地向我展示部队
的移动情况。"还是那个上面的白痴！"他又开始大叫，为另一场演
说开头，"他眼里只有那个狗屁元首，他也想得到同样的玩具，也就
是一个强大的国家。但人家入侵法国和波兰就像郊游一样易如反掌，
而我们却像个孱弱的小国，现在也一样！德国人的那种军事力量我
们连想都不要想。但那个娘娘腔还在罗马一边跺脚一边吹胡子瞪眼，
最后还得是阿道夫爸爸来给他糖吃：'乖，去侵略希腊玩儿吧，这样
你能消停个十分钟，我们在北边还有正经事要做呢。'这就是灾难的
开始。我们的大龟公跨过了亚得里亚海，一会儿工夫就被人收拾得
服服帖帖。最后还是德国人从别处拼凑出一支部队来救场，最惨的
时候我们连汤都得让德国人给煮。从那以后，亲爱的阿黛莱，一切
就急转直下。不过在希腊的失败最起码宣告了那个啃土豆的蠢货的
末日，他每次开口说的话都像从屁眼儿里喷出来的。不过话说回来，
真正在德国身上划开第一个伤口的就是那个猪一样的墨索里尼。然
后我就想：所以最后还要感谢他的愚蠢了？我发誓，想到这里我会
疯掉。"

我很喜欢他讲历史大事时的样子。站在地图前的我们好似两个
巨人，观看着一场蝼蚁们献上的演出。在我的脑海里，地图无限延
展开来，我甚至能想象得出士兵们度过的日日夜夜、行军埋伏，以
及寄走的家书……

当我说到父亲就是在希腊战场上失踪的时候，伊萨斯提亚上校
好像被人勾住了心弦。也许正是从那时开始，他看待我的方式变得
不一样了。

太阳落得很快。112房间已经被染成了黄昏时分的金黄。室内的温度已经很低，我甚至感知不到双腿的存在。看到自己这个样子如同梦境。眼前这摊肉泥绵软无根，但有那么一段时间，我只消在大街上一走，就能收获男男女女为之碎裂的灵魂。卡拉马约仍在用手中的画笔在纸上刀凿斧刻，但我其实连一张画都没看到过。"阿黛莱夫人，请再给我一点时间。"作画结束，我穿上睡袍，有时我会要求看看画，这时他就会说，"很难画。"然后赶紧把东西都装起来，走了，还一脸不悦的样子，就像个刚和小伙伴吵了架的孩子。

圣诞节期间我回了家，我说上校开始有点可怜我了，妈妈开了一瓶香槟。我讲了地图的事，以及我们俩在大书房里共度的那些时光。这时妈妈愣住了，眼神注视着前方的空洞。"我的小阿黛莱，时机是很微妙的。"她喃喃地说，"要让我们亲爱的伊萨斯提亚陷入热恋，这一点就不用说了，而且不能仅仅是暮年里短暂回春那么简单。确实，你们俩差了足足五十岁，他可能连走路都费劲。有些老马站着就能睡着，这几天我会告诉你怎么踢才能让他们醒过来。"

主显节将近，我回到了伊萨斯提亚的宅子。我的心情和前一天在镇子时截然不同。我拖着行李费力地爬着楼梯，已经等不及要快点穿上女仆的衣服，好投身到家务中。做家务确实很累，但接触的毕竟是大理石和天鹅绒。而且听到铃响后我还会兴奋地一跃而起。正沉浸在这样的幻想中时，我走进了一楼的客厅，这里是上校接待重要来宾的地方。我发现那里有个女人。

她正坐在壁炉旁的沙发上看书。火光照亮了她，我马上就看出她是个美人。虽然还不及我，但她身上有一种重量，一种厚度，让人第一眼就能觉察出来。她放下书，探出身子，把桌上一个冒着热气的杯子够过来，抿了一小口。每一个动作都能当礼仪范例的程度。她刚要继续看书，可能是发现有人在看自己，于是转过了头。

在那双冷若冰霜的眼睛的注视下，我僵住了。她的发髻像木雕般盘得一丝不苟。她身穿一件白衬衫，一条刚刚过膝颜色艳丽的裙子。她没笑，什么动作都没有，好像一具被精心保存的美丽尸体。她开口了："怎么了？走啊。"这时我才动起来，胃里像是被人捅了一棍。我低着头穿过整个客厅，进了与之相通的其中一个房间。我马上就明白，除了美丽高贵之外，那个女人还不是个善茬儿。

琪娅拉·玛利亚，上校的独女。听厨房里的人说，她平时住在佛罗伦萨，和自己那个能干的大块头丈夫在一起。"她男人是罗雷诺家族的一支。"厨娘斯泰拉对我说，我和她是那种一见如故的朋友，"你只要知道这些就够了。"但是闲聊怎么可能有节制，我后来又得知，这位公子哥要去北方料理些家族生意。"自己一个人在圣十字的大宅子里待着，我们漂亮的琪娅拉·玛利亚小姐感觉自己被抛弃了。"大家都这么说，丝毫不掩饰语气中的揶揄，"所以她才空降到这里，为的就是给我们这些人找不自在。你得小心，有大小姐在的话，就连上校他老人家也听话得像条狗一样。"

摇铃从此消失。伊萨斯提亚上校不想让女儿知道自己每天下午四点都要来一杯小酒的事，所以，他沉寂了。晚饭的时候，他也不再看自己喜欢的报纸，而是和女儿聊两句关于产业的事，而我们则依旧按照二十人用餐的标准准备晚饭。厨房里的人这样说："那个婆娘来也不是没有好处，至少剩菜够我们这些人吃到饱。"有一天晚上，我吃的是橙子烩鸭肉。起初看到这盘菜的时候，因为和某种东西颜色相近，我的胃里翻江倒海，但在五分钟后，我就已经在舔手指了。

不过上校还是用热切的眼神看着我。起初我差点儿没注意到，不过我马上就拿出了自己的招牌腼腆微笑，就像一只在浓密的田野里烁烁放光的野兔。他会喝上一小口葡萄酒，拿刀叉的双手颤颤巍巍，就像握着一根吊在悬崖上的绳子。午后时光是漫长的。铃声不再响起，我忙于家务，就像埃塞德拉在的那些日子一样。我第一时间就想到，按照这个女人的脾性，她肯定会再选一次用人，到时候外面的小广场上又会挤满从各处慕名前来的女孩子。不过并没有人提起这茬儿，原因很简单：有我就够了。我腿脚利索，干起活来毫不惜力，有能将指甲陷进骨肉里的劲头。有时我会在走廊里碰见上校。远远地看见我之后，他差点摔了一跤，就像有个幽灵在背后推了他一把。他说了些客套话："亲爱的阿黛莱，今天的活儿做得怎么样了？"看到我花一般的面庞，他一下子睁大了眼睛。"能让您满意是我们最大的心愿。"我答道，有时还会稍稍欠下身子。然后我就很自然地一个跨步从他身边走过。我一直能感觉到背后来自他的灼热眼神，直到拐过弯才结束。这时我整个人靠在墙上，心脏像落锤般剧烈地跳动。

二月末，我又回了趟家。我发现妈妈已经胖了几公斤，这证明我寄回来的薪水起了效果。我对她说起了这位琪娅拉·玛利亚。"有她在的时候，家里就像寒冬一样冰冷。"我低声说，"用人们已经暗地里抱怨几个星期了，就差没有明目张胆地喊出来。"

听的时候她一如既往地眯着眼睛。突然她说："也不知道从哪里冒出来这么个女人，让我们都不好过。"妈妈问了关于她的一切，从她在壁炉边看的书，一直到晚餐用刀叉享用的美食，无一遗漏。"她很喜欢吃奶酪。"我说，"她简直是成斤成斤地吃，最喜欢搭配无花果酱和蜂蜜，早餐也吃。"我还介绍了她的有钱丈夫，据用人们说，他们生不出孩子。确实，琪娅拉什么都没生出来过。很多人认为这是她的性格所致。我还说这种日子应该不会太久，因为大家都在传言她就快回去了，具体说是周二早晨。妈妈停下在玉米粥里搅拌的勺子，好像有人在耳边对她说了什么。然后她开口了，声音中闪烁着发现了宝藏的兴奋："我们亲爱的女继承人喜欢奶酪吗？那我们就给她几篮子，另外附送点儿草绳什么的。"

琪娅拉·玛利亚·伊萨斯提亚是在下午三点十分从急转弯那里坠下的，有个赶车人目睹了经过，当时他正在从齐维泰拉回家的路上。那人名叫内洛，我经常在市场里见他摆摊，卖的是从山上带下来的辣椒，辣椒一般都会被绑成护身符的形状。他向赶来的宪兵警察讲述了发生的惨剧：汽车在拐弯处轧到了一些石子，不知是什么人扔在那里的。正是这一点点和石子的接触让上校的女儿和司机一起掉下了悬崖，一齐殒命在橄榄园里。

宅子里开始人来人往，葬礼前的整整两天里，我们这些用人一刻都没休息过，到了晚上才有些喘息之机，我们上床的时候骨头都已经快要散架了。就算没有这撕扯着灵魂的疲惫，我也无法马上入睡，因为我脑子里想的全是宅子里的某个房间，那里正有一具尸体被四盏蜡烛环绕。而且还有一件事如鲠在喉：我的母亲。我已经极力不去想，但一闭上眼睛我就能看到那台坠下的汽车。而她就躲在旁边的林子里，一身黑衣，事故发生之后她就像动物般消失了。

我也并不是很肯定，但万一是真的，这无疑是件缺德事。这时如果有位圣人看到我，肯定能猜出我心中的疑问。我惶惶不可终日，最后站在母亲面前时，我有时甚至开始问自己：妈妈真能做出这样的事来吗？

上校那里听不到任何动静。大家说，自从消息传来之后，他就卧床不起，不曾说过半个字，只是看着窗外。"他战争也输了，女儿也没了。"索利诺说。他是厨房里干重活的帮佣。他就着火腿的肥油啃了一口面包，说："你们知道最后会怎样收场吗？上校会死，我们所有人都得下车。还是趁着有吃的赶快贴点膘吧。"说完他又吞了一块猪皮，这次是连毛带皮。

到了饭点，我会到楼上的房间去，但那里一直都有人。我默默地将餐盘放在推车上，旋即离开。等晚饭时间再上去的时候，我发现餐盘摆在那里，原封未动。接着我将食物拿到后厨，眼看着它落入某个用人的肚子里。

上校连葬礼都没参加，所有人都感到错愕。缺席独生女儿葬礼这件事令这桩意外死亡让人更加扼腕叹息，整个省都为之震惊。挂满了勋章的军服已经准备好，但他根本站不起来，甚至连喂到嘴边的热酒都喝不到嘴里。家里的人只去了我和斯泰拉两个，我们跟在最后，就像是一条分水岭，隔开了佛罗伦萨来的富贵亲戚和镇子的普通人，后者都低着头跟在灵柩两侧，感知着她的灵魂，因为这里几乎每家每户都有个受雇于她家的儿子、表亲或甥侄。我亲眼看着琪娅拉·玛利亚葬在了家族墓地里，紧挨着她母亲的墓穴。砌下最后一块砖之前，斯泰拉碰了碰我的手肘。她画了个十字，然后朝入口处使了个眼色：该回去了，天色已经暗了下来。回去之后，我感觉自己老了十岁。我感觉自己背负着整个宅子的重量，这里静谧、深沉。任何风吹草动都能惊动我，我无法正常呼吸，胸中好像积压着一团黑暗。此时此地，有一位没能陪女儿走完最后一程的爸爸。想到这里，我的血液都快要凝固了。我有种感觉，好像地板开始变得扭曲，其中出现了一个洞，要将所有人都吸进去。

一个星期过去了，然后又是一个星期。每次送餐时我都有索利诺陪着，他的胳膊有普通人两个粗，他把上校拽起来，在上校身后放两个枕头让他坐好。我还放弃了一次休假回家的机会，春天的脚步悄然而至，上校却没有重新绽放的迹象，虽然如今他已经可以自己握住叉子。不过他还需要人照看，因为大家都害怕，怕他一个不小心就插到自己的喉咙，那样的话我们这些人分分钟就会被遣散。其余的时间也需要有人看着他，这个累活被派给了马尔切洛，他同时也是上校的司机。他和斯泰拉轮班，主要负责看夜。"他能挨到八月中旬都是奇迹。"索利诺下楼的时候对我说。后来有一天我鼓起勇气，在厨房里对大家说想到了一个可以继续领工资的主意。我刚说完桑托就闯了进来，他一般都在面朝马莱玛盆地的后花园里修剪植物。他只有一只胳膊，另一只在亚平宁山脉上和德国人作战时失去了。桑托平日里总是沉默不语，吃饭也一个人躲在角落，但那一次他站出来了，说："得试试。我们需要让一场新的战争爆发。我们得试试。"说完就回到了自己平时待的地方，也就是宅子的一个后门旁边。

第二天，我们又端去了午饭。索利诺把上校扶起来在床上坐好，又放好了餐盘。我们就这样看着上校吃饭，动作一如既往地慢，慢到足以让你失去任何知觉。他眼神涣散，已经好几个星期没有出过房间。每隔几天我会进去用毛巾给他擦身子。擦洗完毕，他会喝上一杯餐后惯常的咖啡，然后重新倒头躺下。我大声地对他说："上校，今天有个大新闻。"可他连看都没看我一眼。

我撤去了盘子以及刺绣花边的餐巾，将酒杯和餐具放到一边。我坐在床边，将上校的一张地图摊开在他面前。地图上是欧洲，但只有北方的部分。我随机指到一个点上。"德国佬刚经过这里，他们要入侵瑞士。"我低声说。我又挪了挪手指。"这里是匈牙利前线，意大利人赢得很轻松……"我如此说了几分钟，最后伊萨斯提亚上校终于将视线挪到了地图上。索利诺睁大了眼睛，差点就说出什么。我也同样惊讶，但已经停不下来了。"当法国向意大利宣战时，我们就像在背后被人捅了一刀。"我说，"那是一九四一年的四月。"

上校突然爆发了，他两腿乱踢，差点没从床上摔下去。"一派胡言！"他的声音因为支气管炎变得浑浊，"是那个可怜元首的意大利从背后偷袭了法国！干得真不错，那些吃奶酪的法国人家里已经有德国人了。那是一九四〇年六月的事。其他的蠢事我就不说了，就说一件，意大利所谓的那次'轻松取胜'只不过是一次巨大的耻辱！"说到这里他看了看我。他仍然瞪大了眼睛，瞳孔周围已经没有最近这段时间一直笼罩的晦暗，就像一个经历了数日的黑暗之后刚刚从井里被打捞上来的人。"阿黛莱，你为人善良又亲切，"他低声说，"做我的妻子吧，别管上校的地图了。"然后他的目光移到了索利诺身上，后者的在场让他有些惊讶。他的脸一下子僵硬了。"我的老天，我能知道帮厨为什么在我房间里吗？而且，还穿着工作服。到底怎么了，这世界疯了吗？"

多梅尼克·菲奥拉尼
农民

　　他们指着我的鼻子说我是马尔凯人，还埋怨说有一次我穿过市场的时候没有抬起头问候"你好"。让他们都爆炸吧。名单上的第一个就是那个我称呼他为"爸爸"的浑蛋。总有一天，我会走过去对他说："米莫，看这天儿多好啊！"然后"嗒！"我就把刀插进他那苍白的肚子。

　　有时候我会做这样的梦。醒来时我浑身是汗，心怦怦直跳，然而我的灵魂深处同时又感受到了一种现实生活中从未体验过的幸福。我就这么沉默了几分钟，最后对自己说："如果这是上帝的意愿，那我就不怕了。或许我得蹲监狱，但总比现在这种糟心日子强。"然后梦就结束了。这时我只能在凌晨三点去厨房，拿起酒瓶猛灌几口下去，只有这样我才睡得着。听见公鸡打鸣的时候，我真想饮弹自尽，这一切当然是我认识的某个人的错。而且，他还是我醒来后见到的第一个人，一大早上就开始骂骂咧咧。

　　他甚至都不屑叫我的名字。我一直都想象着这样的场景：我不知道自己是从哪个女人的肚子里来到这个世界，他一脸厌恶地看着我——这种厌恶他一辈子都没丢掉过，而我做梦都想用锤子把那张脸砸烂——他嘴上对市政府的人说"多梅尼克",和他同名,就像是在说:"把那个可怜虫身上的粪给洗干净,再把我送回家,我还有橄榄树要修。"

而且也从没人说过他就是我的父亲。家里没有照片、信件,什么都没有。这就是我,好像是个来自传说中的人物,不过都是些不堪的传说。如果有人让我讲自己的故事,用三句话就能讲完:我来自佩尔格拉,在马尔凯。出生的时候我就把妈妈给开膛破肚了。第二年,那个人渣生身父亲把我带到了马莱玛,可能是因为在这里不会饿死,我就一直住了下去。完了。基督徒可能会对我说:"你的命已经挺好了。"那我肯定要把他的一排门牙打掉。只不过也不曾有人问起过我的经历。

会问这个问题的正是小时候的我,一般是吃晚饭的时候。我会突然看着爸爸说:"妈妈漂亮吗?"如果有兴致,他就会抬起头来。"吃你的饭。"他回答。不过他一般只是拿起电视遥控器,换到播天气预报的频道。

打我记事开始,悲伤就一直伴我左右,上学之后可以说雪上加霜。我得一个人起床,一个人从盆地步行去学校,无论寒暑。与此同时,那个人已经在地里干了一小时的活儿。我在路上啃着一块奶酪。看见我穿着双满是泥的鞋,小孩们会捉弄我,因为我整个人都散发着脚臭味。还有那个塞拉菲尼老师,但愿魔鬼能彻底吃掉他的灵魂。"菲奥拉尼到讲台上来。"他让我解一道数学题。我总是玩哑剧,因为我不好意思当着大家的面说话。当我回座位时,孩子们会在我背后送上嘲讽。"你拿一会儿粉笔的话,回家的时候手上最起码还能有那么一点儿干净的意思。"没过多久塞拉菲尼说。他指的是白粉末会盖住已经浸透到我指甲下面的污渍。两年前,那个老师被人发现死在了家里，听到消息之后我去了马索那里喝酒，怎么喝都喝不够。

正是上学的时候我开始有了这个念头，直到现在还依然记得：也许我那个马蝇一样的爹就是在这样一个周五从市场买来的我，我的亲生父母可能是一九六六年的时候穷得过不下去的那种人。他也从未有过一个名叫玛丽亚的妻子，之所以有时候会这么说，只不过是他演戏罢了。他需要一个给自己盛饭的黑奴，仅此而已。而且十月他也需要有人帮他在地里支帐篷，在地窖里铺席子，同时准备好收橄榄时用的梯子和围嘴，就是那种绿橄榄，上餐桌直接吃的，很好卖。

要不然就无法解释他为什么会这么不关心我。小时候，袜子破了个洞，我让他帮我缝一下。由于一整天都赤脚踩在固定鞋跟的钉子上，晚上回家时我已经是一瘸一拐了。脚上整整一天皮开肉绽，我哭了起来，和皮革接触久了，双脚散发着恶臭。他对我说："什么事儿都得自己做，这对你有好处。"这是他最常见的说辞，可以用在任何事上。我的裤子大一码，"什么事儿都得自己做，这对你有好处。"我让他辅导我写作业，"什么事儿都得自己做，这对你有好处。"直到今天也是如此，比如我发高烧时需要自己找盆打水，准备凉毛巾，即便我已经到了一下床就会晕过去的程度。后来我也就不再问了。

最后我说：如果说那个碰巧成为我家人的恶魔做过什么好事的话，那就是他什么都没教过我。现在我这双手什么都会干，无论是做一碗仙露一样的汤，还是干脆利落地劈柴，虽然为了学会后者，我付出了十二岁就失去一个小脚趾的代价。

今年，托了圣马太的福，刚进入秋天树木就一派繁盛景象。往附近的田地里一看，到处都是像过节一样准备好收获的人：表兄弟、

叔伯、爷孙……我感觉自己要死了。因为我们的地里还是死一样地
沉寂，我觉得这些橄榄油是有灵性的，只会流到看得顺眼的人嘴里。
那个混球仍会从床下对我猛地怒喝一声，把我吓到全身的毛都竖起
来。然后我们就一路无语地走向田地。他在地面有坡度的地方插上
木棍，而我负责把布铺开。他架起长梯子，我就从下面用耙子清理
低处的枝条。但他想确保我在他的视线范围内。如果他有一刻看不
到我了，我就会听到："看不见你了。"我真想连他一起把橄榄树都
烧了，作为对他的回应。几年前我还以为他这样是为了看我活儿干
得怎么样。后来我才明白，他根本不关心我会把橄榄修剪成什么样。
他在意的是不能让我来到梯子旁边。他害怕我会在下面踢一脚，让
他狠狠地摔到石头上。这就是我们父子间的信任。

托尼内利那桩惨剧发生时我八岁。当时已经过了午夜时分，我
还在睡觉。我甚至没听到爆炸声。直到听到房门突然开了，我才从
床上跳下来，那个声音和风吹进兔舍时一样，而那是因为我忘了拴
好兔舍的门。我一睁开眼就看见那个禽兽穿着工装裤和睡衣。"有东
西掉下来了。"他说。他出去的时候没关门，意思是让我跟上去。

此前我从没见过死人。在那么一个寻常的夜晚，我一下子看见
了两个。爸爸用手电筒照亮了最后一排颇为茁壮的橄榄树中的一棵。
有一辆汽车从急转弯那里一头栽了下来。后面的一个轮子还在转动。
那株植物已经被拦腰砍断，但这不是重点。我看见了一个女人的上
半身，就好像她被人齐腰埋进了土里。她的双臂张开，头颅垂下，
散开的头发遮住了她的脸。看到她的背像咳嗽时那样抽动时，我的
双腿开始打战。

我感到有人用力地抓住了我的脖子。"那是神经抽动。"那个禽
兽般的家长说，"下半身还在座椅上。"为了让我看得更清楚些，他

照亮了汽车，后者的风挡玻璃已经凹进去了。还有一堆弯曲的铁片。就在那中间，她的肢体，无精打采地挂在那里，卷曲的引擎盖沾满了血迹。"要吐就跑远点。"我听到他说，然后他放开了我。还没等我意识到，我就一屁股瘫坐在了地上，感觉头晕目眩。我感觉眼前有几颗金星在闪烁。

当时四下里一片漆黑。除了眼前的金星之外，唯一发光的就是还在四处扫射着死亡现场的手电筒。那周围到处都是撞击发生后散落的行李。爸爸把行李捡回来，归拢到散发着汽油味道的汽车残骸旁边。我看见他蹲下身子，应该是在研究什么新发现。他不时地往衣服口袋里装着什么。然后一个声音传来，就在我身边不远的地方，我一下子叫了出来。

地上有个男人，腿已经完全扭曲了。但他还能动，像只猫一样呻吟着。他的脸很干净，一丝血迹都没有。爸爸只是拿手电筒照了照，那个男人好像想要睁开眼睛，但失败了，就好像连续晕倒了一百次。

"我去叫萨尔基尼医生。"我说，然后准备开始跑，虽然我感觉身体活动起来还有些奇怪。爸爸的手又一次抓在了我的背上，这次很用力。"别干蠢事，"他低声说，然后递过手电筒，"拿着亮儿。"

我看着他把那个可怜虫的衣服口袋翻开，最后找到了一个小包。我原以为他在找证件，好知道去找谁帮忙，但他拿了里面的钱就把包扔掉了。他还拽走了那人脖子上挂的项链。然后他抓住了那只无力的手，费了些力气才把戒指取下来，但他马上又寻思了片刻。"嗯，还是不拿了。"他小声地自言自语道，"这个得留着。"然后就把戒指给那人重新戴上了。

"西尔维娅……"那个家伙开始呻吟，声音仿佛来自另一个世界。"西尔维娅……"爸爸抓住了那人一只胳膊，将他朝那棵断了的橄榄树拖去。那人像袋土豆一样被扔到树干旁。我又跟他来到女人残破的身体旁，这时她已经一动不动了。他用同样的方式将女人也拉到了橄榄树那里，不过这次是放在了汽车前面，正是她悬在那里的下半身的下方。爸爸转身对我说："去灌一瓶柴油，再拿一块抹布。"

我当时八岁，脑子里一直盘旋着某种低声细语，似乎头颅里进了只黄蜂。我去茅屋里拿了他要的东西。回来时爸爸还在到处捡行李和衣服。不过现在男人说话了，而且不是昏迷造成的呓语。他的声音听起来很疲惫，每说一个字都伴随一阵抽搐。"你是谁！"他说，"我在哪里！"

爸爸拿起装柴油的瓶子，在女人的尸首旁倒了一点，还特意在刚才拖在地上的部分多浇了一些。然后他把抹布一扯为二，用柴油浇湿，打着打火机扔了出去。接着他转过身来。"跑到镇上去，"他说，"去敲萨尔基尼医生的门，就说有一辆福尔维亚汽车从急转弯掉下来了。"

我瞪大了双眼看着他。他意识到我没有动，就突然往前迈了一步，好像在吓什么动物。我拔腿就跑。身后那个可怜虫仍在呼唤着已经一分为二的西尔维娅。但我停不下脚步，似乎背后有魔鬼在紧紧追赶。我爬出盆地，来到大路上，这时我才稍微停了片刻。下方的山脊处已经燃起熊熊烈火，然后就是爆炸声。

宪兵随即赶来。托尼内利的这次坠车事故还上了报纸。葬礼举行时，全镇子的人都去了，还有很多人从附近的山区和平原赶来。众多的人脸形成了一条令人恐惧的长河。我从报纸上剪了一条报道，上面说这是里波拉煤矿爆炸之后出席人数最多的一次葬礼，只差部长没来。只有我那个畜生爸爸没露面，可以想见老乡们肯定会对这事耿耿于怀，因为不出席这种场合简直禽兽不如。我去了，不过主要是为了远远地瞄两眼城里人都穿些什么，然后我就回家准备做饭了。回家的时候那副丑陋的嘴脸正坐在餐桌旁，他在数钱，另一只手则在掂量金子的重量，那些都是他在爆炸前从死者身上搜刮下来的。他朝那堆财宝使了个眼色："这就算他们毁了我们一棵好树的赔偿。"

从一九七四年开始，我们的地里就不断有小礼物从天而降，不过如果事发在白天，我们就得稍微收敛一点，因为可能会被旁边的住户或者在森林里的什么人看到。晚上就不一样了，如果有撞车的声音，只需要竖起耳朵等半个小时，不要开灯。之后我就会听到行军床铁丝的窸窣声，这时我才掀开被子下地。

听起来有些奇怪，但确实有不少人摔出护栏。尽管已经竖起了各种警示牌，但他们还是情愿从上面飞下来。主要是一些酩酊大醉的小年轻，还有一些忍不住在车上拥吻的年轻情侣，但路显然不管你在干什么。或者还有一些不太习惯急转弯的外乡人。一个不留神，就可能和这个世界说再见了。

确实，我很恨我这个白痴爸爸，如果哪天他死了，十分钟之后他们连我的尸首也得殓走，因为我会高兴得活活笑死。但就这一件事上，我完全赞同他的做法，每一次事故中，我们都有橄榄树被毁，但从没有人上门道过歉，他们能把尸体收走我们就谢天谢地了。而在这里劳作的人一辈子从没有过庆祝什么的机会，五岁开始就在地里流血流汗，而且还得交税。每隔五年，那个浑蛋爸爸都会下山到格罗塞托卖金子。一九八七年，我们买了辆新拖拉机，到现在还能开，真不赖。

不过最近我们的餐盘开始哭泣了。可能是他们重新铺了沥青，也可能是现在的车刹车变好了。不再有什么倒霉蛋从急转弯处摔下来供我们扒下衣服，尽管我会趁晚上在路上撒些石子，好让他们打滑，但也无济于事。

最后一只小鸟是两年前的事情。我们是第二天早晨才发现的，因为车掉下来的时候没撞毁围栏。我们当时判断应该没人看见，所以并不着急，没有动人身上的东西，以免引起怀疑。我甚至还想什么都留下，毕竟应该没什么活物会跑来找我们要人。"我要不把摩托车留着吧，"我说，"我刷个其他颜色，过一年再拿出来，就当是我买的。"爸爸用他那无神的眼睛看着我。"你最好别给我进去，你连个老婆都还没有。"他说，然后就开始翻找死者的口袋。

但我还是想要一辆闪闪发光的摩托。我想涂成红色，发动机的轰鸣声能吓死那群在罗道尔夫酒吧外面打发时间的老头儿。有这么个高级货，拿下什么女人都不在话下。那时候我就不去丽日旅馆找苏珊娜了。"娶我吧，多梅尼克。"她会这样求我。她还会紧紧抱着我，不断亲吻我的脖子。她还像小姑娘那样化妆，但口红已经涂不到嘴唇上的褶皱里了，这一点让我没了胃口。有时候，苏珊娜在那里摆弄了半天我都没反应。结束时，悲伤让我想要将自己一分为二，而她全裸着躺在床上，一边哭一边说："你原来是爱我的，就算我比你大了十岁。"不过从旅馆吧台买的咖啡我还是会付钱。

像我一样五十岁上下的女人中间，我最喜欢的是大乔瓦娜，即便她身材很胖，腿脚也不方便。按照惯例，周五我来到市场里摆摊卖地里的收成，内心无比期盼着能看到她那肥硕到爆肉的双臂。有时候她会把身子探过来问价，我看着她丰满的手指头，不大的指甲涂成了粉色。我经常忍不住给自己肚子上来一拳，心想："如果能和这个肥臀共度良宵，我宁可像只老鼠一样被掐死。"我还想吼醒她："你还看不出来吗？除了外乡佬和老光棍之外，镇子就只剩下我们了，而你总归是要嫁人的。"但是哪怕乔瓦娜只是斜着眼问我一公斤西葫芦多少钱，我都已经心满意足了。然后我就到了回老镇的路上，一次都没回过头。我想到了为她留着的那串金项链，脑子里想的全是怎样送给她。首饰原本属于沃尔泰拉的某个企业主，一个周日晚上他从天而降。挂件是红宝石的，做成了小鱼的形状。

没错，乔瓦娜的大屁股很带劲，坐在摩托后面能把整辆车都盖住。而我像魔鬼一样开着摩托在通往佩罗拉的满是急转弯的路上纵情驰骋。我会故意放到空挡上，因为哪里需要刹车我自己最清楚。

十几天前我有过一次机会。我看见那颗鱼雷从锡耶纳的山坡上一路落下。听到轰鸣声时我正在锄地。我抬起头，视线离开这块再熟悉不过的土地，心想："就让你再扑腾一会儿，过不了多久我就能看你在这里摔个稀巴烂。"颗粒无收的日子已经两年，是时候了。前一天晚上我刚在那里撒过石子。

我把下巴靠在锄头杆的顶端，看他过了最后的几个弯。同时我瞄着周围，附近的田地里连一片活动的叶子都没有。猎人们的枪声在上午十点左右就停止了。急转弯那里我只看到了南乔尼那个傻子，每隔一段时间他就喜欢到圣马尔蒂诺走一遭。"那就是小菜一碟了。"我想。虽然当时还是大白天。我已经准备好扔下锄头飞奔到那个傻瓜即将掉落的李子树附近。但你猜他是怎么做的？就在最后时刻他踩了刹车。不仅如此，转过弯之后他还踩了脚油门，就好像在对我说："乔瓦娜的大屁股就交给我了。"然后就不见了。

如果他在更往前一点儿的地方摔下来掉到栗子树那里的话，我也同样会很高兴，但是我这个农民的祈祷上帝从来都不听。

镇上大家谈论的话题只有一个，虽然那个家伙现身时，双门酒吧的马索都会示意大家小点声。迪沃故意这样说："如果有人回到镇子，要么他是把事情搞大了，要么就是什么都没搞出来。"

我挺赞同他的观点，但有时候我也想反驳他："你就比别人厉害吗？吸了一辈子灰尘，打个喷嚏都带灰。而且你老婆还到处给你戴绿帽子，甚至还和神父睡，她也和我睡过，当时我还不到二十。"

就算迪沃是耶稣基督的话，他也无法保持冷静。他说话时眼神里永远都带着怒气，大家就点头附和着，脑子里想着自己进入那个每天给他端汤盛饭的女人的身体时的场景。镇上戴绿帽子的人很好辨认，他们普遍喝大酒，而老婆直到一百岁还烫头。他们脾气都很臭，然后突然有一天就会跑到地窖里给自己一个枪子儿。

"今天一大早我就看见他了。"昨天晚上我在双门酒吧说，"我说的是那个萨穆埃莱。他当时在跑，穿着制服和运动鞋。他是从老街下来的，然后就拐进了帕里西家田地旁边的小路，从那里又上山了。"

迪沃生气的时候不但会满脸通红，还会把我暴揍一顿，于是我就逗他。"我能把他打跑，"他嘟囔道，"我就照着他的屁股踢，踢得他从塔楼一直跑到山顶。"

我丝毫不关心人们对埃塞德拉孙子的那些议论。如果非要说我关心什么的话，那也只能是他停在家门口的那辆银色火球。三天了，我每天看着那辆摩托驶向盆地，不自觉地丢下手中的锄头。看到火球消失在视野中，我就像小时候一样走满是坑的小路上坡去看。但岁月不饶人，以前我都是一路小跑，现在走上个五分钟，我就要在老镇城墙后面喷泉旁边的长椅上喘口气。再往前面一点我就到了急转弯那里。

那辆摩托很漂亮，它好像会说话："米莫，快坐上来试试，我们一起去出出风头。"有时候我有机会碰一下扶手，但就一小下而已，因为说不定玛丽埃拉就在周围，被她抓到就完蛋了，如果被乞丐看到就更麻烦。然后我就回家，下山时我的两条腿已经不属于自己了。此时我在想："我的朋友，但凡有这么一辆摩托，整个省叫乔瓦娜的女人都能为我而死。"

我那个狗爹完全不了解我这层心思。星期天下午，我醉醺醺地回了家，我故意试探他的反应："我可能就拿最近得的钱买辆摩托车了。"就算是给自己的礼物，回报这五十年来的辛苦和血汗，也可以说是为了娶老婆。"不要露财。"他说。听完我真想用指甲把他的喉咙撕开。和财税警察一个样，那些人一听说哪个辛劳了一辈子的人想给自己一份奖赏时，天线就会立马竖起来。"给别人看钱包就等于给别人看脑子。"那个好爹说，他宁肯和蚂蚁说话也不愿意搭理我。然后我就跑出家门，对着树木大喊，用手捶打着沟里的灌木。

为什么，为什么人要干活，要去市场上卖东西，要从死人身上扒衣服，却连一点乐子都享受不到？如果没有银色摩托，大乔瓦娜肯定不会答应跟我，此刻她正带着自己那肥美的双唇走在老镇的街上。和新到的一批黄瓜比起来，我毫无吸引力。

索尼娅·安蒂奇

塞拉利尼家的寡妇、家庭主妇

我的阿奇勒，每天中午，为了做出一顿基督徒可以吃的像样的饭，我都要忙到四脚朝天，而你却连一句好话都没对我说过。更过分的是，你宁愿挽着佩皮塔的脖子，让她趴在腿上陪你一起看电视。客厅的瓷砖上总是带着怎么擦都擦不掉的污迹，而窗户的玻璃上则能看到一圈其实并不存在的光晕。圣母知道我暗地里盼着你出事。有一天，她听到了我愤怒的祈愿，让你在圣露琪亚节这一天下坡的时候在冰面上一脚踩滑。你摔到了巴尔贝里尼家的台阶上，一命呜呼。可怜的约兰达。那天早晨她一打开房门就看见了地上的你，就像个乞丐。"他眼睛还睁着。"后来她对我说，"但脸上的表情很正常，好像在排队等着理发。然后我就看见了他鬓角的瘀青。"他们来给我送信儿，有那么一瞬间，我感觉自己获得了重生。"你们说真的吗？"我问。但就在短短五分钟之后，不适感像潮水般向我涌来。"没了阿奇勒我该怎么办？"我说，"我还给谁缝裤子？"因为这都是真的，每天晚上我都会带着自责上床，紧张感像是要把我的胃吞噬掉。此刻，如果能再次看到你拉着脸喘着气穿过客厅，我愿意付出一条腿。

以前你会偷偷地过来抱我。有时为了这个拥抱我能在黑暗中等一小时，最后你健硕的双臂到来时，我的腹部感到一阵灼热。我甚至会发抖，心脏飞快地跳动，同样的感觉发生在小时候的主显节，父母会在那天带来装有杏仁糖和橘子糖的袜子。其间你一句话都不说，这是我最喜欢的一点。我任由你亲吻着我的嘴唇和前额，站在那里一动不动，接受着你的全部。我们看不到对方的脸，在喘息声中融为一体。你充满爱的抚摸让我疯狂。即便已经六十岁，我们的美丽仍然不输整个世界。

我不知道你究竟怎么了。也许出生时你就被人下了咒。早晨你有气无力地对我说早安，整个白天你都几乎不怎么看我，注意力全在猫身上。嫉妒让我如坐针毡，我偷偷瞄着沙发上的你，猫在你腿上满足地打着呼噜。然后我就躲进卫生间，看着镜子里疯子一样的自己。"人真的会嫉妒一只猫吗？"我想不通。有的时候我也会忘掉这一切，甚至能开心地笑出来。夜晚，在黑暗中，你又化身为天使，将我整个人照亮。

我的阿奇勒，现在你不在了，一天当中最糟糕的就是天刚黑下来的时候。我一个人吃饭，佩皮塔绕着我的腿转圈，希望能从我这里获得些施舍。很多次我都把盘子直接放到地上，一口都不吃。接着我就像现在这样来到这里，来到我们的床上，周遭的黑暗和寂静快要将我压垮，让我无法呼吸。我还是躺在自己的这半边。我想象着被子的摩挲声，想象着你突然转过身来。有时我的想象太过真切，我似乎真的感受到了你的存在。我屏住呼吸，一面是恐惧，因为自己在被鬼魂抚摸，一面则是无处宣泄的情感，最后我终于大叫道："阿奇勒，是你吗？"但你从不回答我。我打开灯，有时会发现原来是猫撩动了被子。它总是会去你原来放脚的位置躺下。然后我就把它抱过来放在身上，我们两个就这样，一直到天明。

今天下午安乔利诺来了。每次我都告诉他："来之前你得先打电话，我好有所准备。"但他从来都没听进去过。每每他散完步之后就会给我来个突然袭击。我下楼时慌里慌张，两只拖鞋丢在地上。如果门开时没看到这一幕，他还会很惊讶。总有一天我会像你一样摔个干脆的，和世界永别。

这是你给我留下的判决：一个孪生弟弟，就像是和你从一个模子里刻出来的。连走路姿势和声音都像。安乔利诺进门说着天气，从那开始我就什么都不知道了，手里的东西撒了一地，心脏一次次撞击着胸骨，我甚至能感受到皮下的刺痛。我看着他在屋里走来走去，马上就问出了晚上在寂静中问出的问题："是你吗？"然后我就去给他冲咖啡了，而他喋喋不休地说着自己又在哪家的地窖里发现了一本大部头书。这是你们俩唯一的区别：安乔利诺话多。他连一分钟都安静不了。接着他就说起在瑞士的日子，那是他觉得自己唯一没有浪费的时光。"镇子上的人连报纸都很少看，就算看也只是关心星座运势和比赛结果。"他的声音和你一模一样。此时佩皮塔已经跳到了他怀里。而我已经快要坚持不住了，随时都有可能说出："我们关上灯去房间里吧，就十分钟能怎么样？"有一次我曾试着把他当成你，但是一想到这里，我就有种灵魂出窍的感觉。我不知道自己到底是厌恶，还是喜欢到已经出现了生理反应。

那是葬礼后不久的一天晚上。我不知道该怎样熬过去，突然就披上了外套，穿过整个中央大街，任由像鞭子一样的寒风抽打着脸颊。开门的时候，安乔利诺就像看到了一个鬼魂，我看他也一样。他说："索尼娅，你穿着拖鞋走了这么远吗？还这么冷？"

我的阿奇勒，你的孪生弟弟有一样好：他不满足。镇子曾试过改变他，让他变成像其他人一样，毫无抱负，在一天又一天相同的日子折磨下冰封自己的情感。但他选择了抵抗，方式就是书以及从地窖里找出的那些无足轻重的小玩意儿。只需要三个里拉，镇上的乡巴佬就会把自家的老物件儿卖掉，然后你的孪生弟弟就把自己锁在书房，就着灯光研究一整晚。他喜欢观察过去的东西。他可以盯着一个坐垫塌下去的沙发看一下午，想象着百年前谁曾在上面落座。他还会去还原很久很久以前山顶上那些人的生活。凭借这种方法，他得以从这个镇子逃离，而我就不能，哪怕只是意念的逃离，像他一样。

那天晚上他让我进屋了。"索尼娅，去炉子边上烤烤火。"他说。我这样回答："我真想整个人进去烤。"然后我转过身来看着他，他的身子抖了一下。在他看来我肯定已经绝望到了极点。"你为什么这样看着我？"过了一会儿他说。听完我跳到了他身上。

那天晚上，安乔利诺任由我亲吻他的嘴和脸，一句话都没说。我当时已经疯了，头发离开发卡的束缚披散开。不知不觉间，大颗的泪珠落下，落在他脸上，我尝到了咸味，但我没有停下来。我又感到心脏一阵绞痛，像是要脱离我的身体而去，这时我也不曾停下。直到我发现自己坐在地上，衬裙翻了出来。我哭得自己都害怕，因为我感觉永远都停不下来了。这正是最糟糕的一点：泪水能止得住，但我的战栗不会，我知道。然后我放声哀号了起来。

有时候，我是真的想让你下地狱：你留给我的不仅是个孪生弟弟，还是个二尾子。镇上的有些人甚至不跟安乔利诺打招呼。看见他从身边经过，迪沃甚至会在地上啐一口痰。你的孪生弟弟已经有三十年没有踏进过双门酒吧的门槛，那里坐的都是些猎人、老人、老猎人，时刻准备着用言语羞辱他，发泄酒精带来的情绪和无趣。

要搁以前，他们还会犹豫一下，因为怕把你们俩搞混，自从你摔死在巴尔贝里尼家门前的楼梯之后，他们就不再有这方面的担心了，只要看见他，远远地就开始鼓噪起来。

说实话，有那么一段时间我也这样想过："我怎么就摊上一个同性恋当小叔子呢？"哪怕他对女人有那么一点儿兴趣也好，我就可以把他当成你享受拥抱。但安乔利诺只想让别人从背后弄他，就算他已经不年轻了，现在也没五分钟就得用手抠抠自己。不用说我也能想象得出来，那个魔鬼打开埃塞德拉家大门的时候，他肯定正躲在百叶窗后看着。

今天下午他还对我谈起了那个人，萨穆埃莱。"我和他奶奶会互相打招呼，"他说。"她拿扫帚敲几下屋顶，而我就跺跺脚回应她。"然后他睁大了眼睛看着我。"索尼娅，你就想想，大晚上的，突然我就听见挪家具的声音。之前我都不知道他回来了。我就想，这下埃塞德拉可没有安生日子了。"

要我说的话，就算一百个鬼魂加在一起也没有萨穆埃莱真人可怕。好在我还从阿德莱德那里领了个任务，要不然我肯定无时无刻不会去想你每天进入我的那个地方。我的这位朋友的血液已经在腐朽的边缘，她活下去的唯一理由就是要打赢和那个二十岁女孩儿的仗，即便她如今已经卧床不起，头上的毛也都快掉光了。

我的阿奇勒，也许你正在上面看着我，看到我和阿德莱德嚼舌根，你也许会不住地摇头。埃塞德拉的孙子也因为那个平原来的女孩儿动了心思。那天早晨在马里奥店里看见的一幕好像在我的耳朵里放了跳蚤。正是这样我才又开始定起了闹钟，还是白天的。

两点，闹钟准时响起，这时所有人都已经吃过午饭，正在午休。镇子四下里都没什么人，小巷子里跑着猫。我从神父路拐进了一条通往钟楼的小路。从那里我可以透过玻璃看见商店的全貌。没有太阳的时候，由于少了玻璃的反光，我甚至连里面都能看清。

那个艾莱奥诺拉确实是个可人儿，大大的眼睛，身上要什么有什么。但她肯定有什么猫腻，这可不是我自己瞎猜的。

就比如昨天，我在平时的地方埋伏着，那是下午三点，我心说："我的朋友，今天凭着这种消遣方式你是等不到什么结果了，还是像往常一样回家哭一场吧。"然后商店的门就开了。我想："看看，她又要去散步了。"我等着她拐进笼子路，随后就跟了上去。

小时候大家都说我特别擅长玩捉迷藏。他们说那是因为我有个强盗外公，当时他就像个目无法纪的野人，随时会把穷人的牙打掉。我们这些小孩会约在圣安东尼奥教堂见面，然后一起攀登到岩石峭壁上，那些石头在我看来十分巨大。我们一直爬到山顶，那里裂成了两半，远远看去就像两只翅膀。就这样，有晚霞的时候我们就会说："我们到翅膀上看海去吧。"幸运的话，我们甚至能看到厄尔巴山的山顶。但这并不是我关心的。所有的孩子都用手遮着太阳看向海湾，而我看的是另外一边。就在我的脚下，马莱玛的平原就像一口深不见底的绿色水井。我说："很久以前，我有一个外公，他是这些土地的王，能看到的地方都属于他，看不到的也是。但我从没见过他。有一天，那时我还没出生，来了一伙宪兵朝他脑袋上开了几枪。"

就这样，前天我一边跟踪那只死猫，一边回忆着大盗外公，我身体里还流淌着他的血液。我似乎看到自己打起了精神，好像终于有机会续写那段被一声枪响打断的故事。我将重新夺回马莱玛，按照法理它就是属于我的。我会隐居在森林里，身边是自己的手下，每个人脖子上都扎着一块面巾。我们会抢劫富人老爷的金子分给快要饿死的穷人。我们还会把那个浑蛋宪兵的孙子抓起来碎尸万段，趁晚上把尸块撒在圣巴斯蒂亚诺广场上以儆效尤。

我的阿奇勒，小时候我就幻想各种冒险故事，但生活却把你给了我，我也没有抱怨。你每天拉着长脸，我从此没了夺回半个大区的胆识。我没做成女强盗，而是变成了家庭主妇，把面巾绑在头上的那种。现在你不在了，我就得找点事做，好让大脑活泛起来，我甚至可以每天把整个屋子从头到尾打扫两遍。第二天早上我把自己从床上拖起来，如此循环往复。

我并没有意识到的是，艾莱奥诺拉的目的地其实很明显。最后她来到了交叉路上，也就是埃塞德拉家的门前。

她故意躲在临近的一个街拐角，根本不知道身后有人跟着。我心想："她要么是个傻子，要么是在偷窥什么。"我紧紧地贴在小巷子里的砖门上，那里面有个秘密的房间，无政府主义者从前经常在那里集会。我看着这个女孩，她躲在阴影里，看起来焦躁不安。她像受惊的动物一样小心地探出头，又马上缩回去。她整个人都在抖，不住地跺着脚，就像在憋尿。前面是片开阔地，以前那里是学校，再往前就是那个房子。一看到那里拉下来的百叶窗我就不寒而栗。

亲爱的阿奇勒，我不知道这个魔鬼女孩为什么要来这一出儿。你真该亲眼看看。她的双腿突然不听使唤了，像晚上从双门酒吧出来的醉汉一样打了个趔趄。她还低声自言自语。接着她深吸了一口气，好像准备出去了，但还是没成功。四点的钟声响起，她一下子跳了起来。她突然转过身，朝后走来。我快要吓死了，整个人紧贴着砖门。我心想："她要发现我在跟着她了，我该怎么说。"然而她像死人一样面如死灰，一心只想着回店里和容光焕发的马里奥一起当下午的班，对年轻肉体的迷恋，再加上岁月不饶人，后者已经有些神志不清了。她像一道闪电一样从我身边走过。那时候就算有十个我站在那里，她也根本注意不到。她进了小巷子，然后就消失不见了。

外公过去和大盗提布齐一起吃面包嚼奶酪，我应该是从他那里遗传到了什么。外婆达利亚常对我说："柯西莫经常悄么声儿地就不见了。你一个不留神他就没了，连身上的狐臭味都没留下来。然后等哪天我去拿菜板的工夫，他就又突然出现，抱起我就是一阵乱啃。"

现在的事实是，镇子上游荡着一个恶棍。他占了埃塞德拉家的房间，玷污了我们关于那里的记忆。而且，还有个焦虑的女孩儿跑去偷看他，一副想要死在他身后的架势。而同时我又在偷窥她，为的是让阿德莱德把那一口气憋住。

这里还要提一句，在交叉路那里，透过二楼的百叶窗，肯定还有两只眼睛关注着萨穆埃莱的一举一动。因为他曾经说过：他确实放荡，但也挺英俊的。我说的是安乔利诺，你的孪生弟弟。我都不愿去想当埃塞德拉的孙子在院子里擦洗瓷砖时，窗户下面他的那两只手在干些什么勾当。

我感觉自己要被抛弃了，我的阿奇勒。我们像动物一样互相追逐着，镇上的日子消磨着每个人的神经，看不到尽头。世界在自己的道路上蒙头狂奔，而我们都留在了原地，除非来场地震，要不然我们连动都懒得动一下。

有时候我想：这一代老人没了之后就到我们了。满是废弃房屋的老镇似乎就是预演。我感到嗓子眼儿一紧。我想到自己可能会孤独地死去，就像阿德莱德那样，无人照料，我的肚子里像是被塞进了一颗石头，上不去也下不来。我们住在山上的每个人都有同样的担心，虽然平日里都装作无事发生。我们摆出笑脸互道早安，然而与其说那是笑容，不如说是一个骷髅面孔。疯子们可能已经被关起来了，但我还是想请个好大夫到这一带走一遭，他会发现很多值得研究的病例。在每一扇门的后面，都藏着一些反刍着孤独的房间，让你惊恐地睁大双眼的那种孤独。我们就是一群可怜虫，早上拖着身体去买东西，每个人的脸上都被不安占据，泪眼汪汪，那里正是萨尔基尼的酒和马索的酒杯做窝的地方。看着我，我的阿奇勒：为了打发下午的时间，我甚至会去跟踪年轻女孩，而她们中了魔怔，一心想要投身于扁额头的外乡人。

我该诅咒我自己，我也该诅咒你，因为小时候爬到乱石中去的那个索尼娅浑身散发着光芒。但镇子会禁锢你的灵魂。镇子就是直插在马莱玛里的一颗黑心，它变身为充满梦想的样子，等你上钩了就从后来狠狠地弄你。人们在两只翅膀上开始幻想将来，然后在双门酒吧抱着酒瓶，把自己的大脑丢到一旁。

最起码你曾经像外公一样，激起我内心的澎湃，那是个没有善终的志向，没人在乎。那个像鬼魂般神出鬼没的柯西莫，正是他有一天把一个漂亮姑娘抓到了无花果树下，在她肚子里孕育出了我可怜的妈妈。外婆总是说："他到了我家，留着小胡子，身上绑着枪。他看了眼爸爸说：'亲爱的阿尔切斯特，你女儿是我的了。这是钱……你就偷着乐吧，和强盗攀上亲就代表你这一辈子都不用愁了。'"说到这里外婆达利亚满眼都是泪水，不时就需要擦一下。"我们桌上从来就没缺过面包，"她说，"从来都没烦心事，后来那个畜生宪兵就来了，让我们重新过起了苦日子。"

然而我却嫁给了你，亲爱的阿奇勒。冒险什么的就不用说了，你光是上教堂的十个台阶都要喘上半天。每次出门上工的时候，你都像是要去挨枪子儿。你从来都没说过："看看我的漂亮媳妇儿做的这一手好菜！"一句都没有，一个字都没有。你只会拉长着脸，看不到尽头。但晚上你又化身为天使。你用粗壮的手指抚摸我的头发，然后是那潮水般的情感，我甚至都无法呼吸了。最后你回到了自己的那半边床，我像现在一样看着眼前的黑暗。皮肉像一件轻盈的衣服一样在我身上颤抖着。沉浸在幸福中的我心想："柯西莫外公可能是森林之王，但我能和我的阿奇勒做爱，我就是整个马莱玛最厉害的那个。"

埃米利奥·萨尔基尼

医生

在这样的一个镇子当医生，最后的结果就是，你已经熟悉了每一家的味道。你们可以把我的眼睛蒙住，随便带进某座房子里，我能马上说出："这是格拉齐耶拉家。"或者："这里住的人喜欢吃麦片。是纳尔迪尼家。"如果闻到的是稀释剂和烂洋葱的味道，我就能百分百确定："快向卡拉马约大师致意，他除了画画什么都不想。"我们可以就这样挨家试到明天早晨，我的线索就是霉味、花香和锅上小火炖煮的食物。当有人求医时，我就准备出发，就像今天这样。如果是去某个将死之人的家，我还会打开治咳嗽的外用药膏的罐子，用手指抹一点在我的小胡子上。只有这样，当我面对死皮的腐臭、爆裂开的囊肿和闻起来像腐肉一样的脚趾时，药膏的薄荷味和樟脑味才能为我提供一个屏障，我也才不至于在余生里吃不下任何东西。

小时候，我喜欢在喝汤前先闻一闻味道，这时妈妈总会说："别挑三拣四的。"爸爸也在一旁帮腔："等你长大见识了女人就知道鱼汤的好了。"十六岁那年，我告诉他们说我想当医生，他们先是面面相觑，然后放声大笑。妈妈说："什么？就你？你连用叉子碰意面里的肉都受不了！你就想想以后怎么给老头们检查直肠吧！"不过后来她刚一得病就来找我了，现在想想好像已经过去了一百年。妈妈倚着床头看着我。有一天早晨，她说："埃米利奥，我的孩子，你快听听我的肚子，里面咕噜咕噜的……"三个月后，她被葬在了爸爸的身旁。

我对你们说话时声音很大，但同样是对牛弹琴。不得不说，你们家里就只知道干那事儿，那两个一出生就又聋又哑的侏儒兄妹就是证明。大家都知道你们在被子底下干什么，那是近亲结婚横行的一代人……这就是结果：两个怪物，他们完全不顾伦常，行起了夫妻之实，最后的代价却需要由全社会来承担。但你们仍是这个世界的孩子。对此，很多年前我是发过誓的。

你们家里是汤味和木头霉味的混合，另外还有一种味道能让人联想到猫尿，虽然家里并没有养猫。除此之外，你们的公寓还不错，到处摆满了书。每一面墙都是书，甚至摆了两排。你们就是这么挥霍自己的社会救济金的。这次我不得不说是国家失算了，据我所知，像你们这样的人平均寿命也就四十岁多一点。可现在你们已经六十了，而且还在接着往下活。真应该让电视台报道一下，让大家看看镇子里的水土有多养人，就连出生时先天不足的也能养好。

你们知道吗，后来我有了这样一个想法：在聋子的家里有一种不一样的寂静。那种寂静本身会生气，因为没人听它的话。然后他开始像孩子一样叫得更大声。外面来的人能马上发觉这一点。如果我被蒙住双眼来到你们家，我第一个想到的不是臭味，虽然我对其很熟悉，我首先想到的是寂静，就像一只掏进你身体的手。

唯一存在的只是你们发出的痴呆一样的噪声。尤其是你，亲爱的朱利亚诺。你可能自己都没注意到，但你真的一直在哼哼。就像有只猫在你身上撒了一泡尿之后又堵住了你的嗓子眼儿。

你妹妹就体面多了。看看她，朱利亚诺。她就像个洋娃娃，只不过身体里的棉花有点移位了，有点变形，这里空了，多挤点棉花过来，那里有些鼓了。两个人之中，皮耶拉的脑袋更大。但她的手脚小得像是用木头凿出来的。每次我敲背检查时，她都不会咳嗽，而是扭过头来用鲇鱼一样的眼睛看着我。她还总是像鱼一样张着嘴，仅仅是为了呼吸。她还会发出一种嘶嘶的声音，就像喜鹊的鸣叫。有时候我就想，到底是谁在这块土地上设计了镇子这样被人遗忘的角落，明明没有罪却还要接受惩罚。你们受到的惩罚是双倍的，还有肉体的惩罚。这时我的身体里就有一股怒火升腾起来，我想到了唐·劳罗，面对世上的这些苦难，他不仅漠然视之，还要从中获利。"这都是上帝的旨意。"他说。也许吧。在我看来，如果宇宙里真有这么一位白胡子的上帝，他对这片山区的设计就像某个突然感觉无聊的人在书页边缘画的涂鸦，而且事后他还忘了有这么一回事。

唐·劳罗很会说话："真正的奖赏都在来世。"然后他就又开始讲那一套，说什么落在最后的就是排在最前面的云云。最后，他就把受布施的篮子递给听众，大家纷纷掏钱。受到这个无耻之徒的恐吓之后，所有人都不敢与老天为敌。要我看，真相应该是反过来的：有一天你来到彼得①的门前，对方会立马给你撕一张支票作为退款，借口就是不符合公司政策什么的。

就这样，镇子的人都执着于双膝跪在忏悔木上，在牧师的栅格前讲那些自己不曾犯下的罪过。我最喜欢两个聋哑矮人。我会在他们那里待很久，一直说，一直说，而他们瞪大了双眼盯着我嘴唇的运动。

---

① 圣彼得，又称圣伯多禄，是耶稣的大弟子。

把肚子里憋着的话说出来就像同时放出了一百条杂种狗，你会感到暂时的轻松，但只是暂时的，之后那些野兽又会回来，重新开始吞食你的心肝。

是的，我说的还是阿尔弗雷多，我的儿子，四十年前的一个早晨，他没能醒来，永远地做着一九七六年九月九号那天晚上的梦。希望那是个好梦。可能正是梦太美好了，他年轻的心脏才停止了跳动，当时刚刚站上二十三岁的门槛。威尔玛不同意我们碰他。她就那么坐在扶手椅上，看着儿子。我靠近时，她会挤出一丝笑容，说话的语气就像间谍："让那些人都轻点儿。你没看见阿尔弗雷多需要休息吗？"葬礼之后，她这种状态又持续了三个星期。她会到山上马里奥那里买东西，如果有人过来表示哀悼，她也诚心接受，不过带着一丝戏谑的语气："行，我那个丈夫确实长得跟青蛙一样，但也不至于表示哀悼吧？"然后她就走了。一天早晨，她上了去格罗塞托的巴士，说想去周四的市场上转转，然后就人间蒸发了。我们搜遍了奥姆布洛内河的河床，但一无所获。就这样，我的儿子被一场梦拐走了，妻子也不知去向。

然而，我还是选择坚持下去，我亲爱的朱利亚诺。我发过誓，现在几乎每晚我都要把誓言默念一遍。唐·劳罗大肆宣传着他那千百条祷词，而我只要向希波克拉底①宣誓一次就够了。早上我打开诊所的门，发现床上躺着的濒死的人有整整一列那么多。有时候我知道那人得的是不治之症，但我不会说。我只会拍拍对方的肩膀，开一剂治支气管炎的糖浆，打发他回家。或者我会开一片舒缓神经的镇定药。最后，我再受邀参加葬礼，没有人在乎。"之前他还好好

---

① 古希腊时期医师，人称"医学之父"，《希波克拉底誓言》是所有从医人员学习的第一课。

的。"他们说。"才一个星期，这么快他就去享受主的荣宠了。"我什么都不说。而且，我还能享受半天的安宁带来的好心情。我想到了那个可怜人，还想到了他的未亡人，正是我帮助后者摆脱了照顾病患的命运。我去马索那里点上一杯酒，四下看看。也许我会看见迪沃，那我就问问他三个月前我给他挖掉的甲状腺囊肿怎么样了，前提是他还记得这事儿。或者我会在路上遇见可怜的伊萨斯提亚家的寡妇，早衰的她走路已经颤颤巍巍，如果能看见她爬坡我还是挺高兴的，虽然我担心她那缺钙的双腿哪天会走着走着就断掉。如果她足够幸运，也许可以一下子撒手人寰，就像两年前的塞拉利尼一样。要不然她就得躺好几个月，双腿动弹不得。真到了那时候就离上天堂不远了，也就跳一支舞的工夫。

　　我亲爱的小矮人，同样的事情也会发生在皮耶拉身上，我就大声说这么一次，虽然肯定也是对牛弹琴。这个怪物小洋娃娃有呼吸的问题，是心脏的毛病，她可能快要迎来谢幕演出了。幸运的话她也许能撑到月底。谁知道呢，可能明天早晨你一觉醒来就会发现她硬得像石头一样，嘴巴张着，就像我儿子死时那样。然后你就会心碎难过，不久之后你也会步她的后尘。就算失去这个残疾妹妹没有让你一命呜呼，你也早晚会被埋进佩科拉河的河泥中。

　　那样我也挺遗憾的，到时候我还能跟谁讲自己这些不为人知的善举？总是奉献，而得不到感谢，时间久了人会伤心。哪怕偶尔有一句感恩的话也行，但这里全是些从早到晚哭哭啼啼的废物。然而，一旦有了什么头疼脑热，你们又会像身上的虱子那样贴过来。要我说的话，就别管他们了。白费，全都是白费，到头来落得一场空。如果可以的话，我就不用抗生素，我给每个人都开上助消化的药，以此结束这种罕见的浪费。然后用左轮手枪开一枪，可能还能给哪家的墙上点颜色。

但我也说过，镇子里也有些硬骨头，有坚决不肯从命的死硬分子，也有像我这样一直带着情感工作的人。他们好像是故意的。就比如弗兰奇，有那么一阵子她好像随时会闭眼，最后却全须全尾地活了下来。我去看她的时候，她一直在喋喋不休。我测了她的血压，发现数值已经和濒死之人没什么两样了。她浑身长满褥疮，按照卫生标准，她早就不应该待在那张臭气熏天的床上了。总而言之，她就剩最后一口气了。所以我才说："阿德莱德，看到你挺好的我很高兴。"但她根本没听我说话，还在继续说自己的。你们真该亲眼看看她当时睁大的瞳孔。只有一件事让我伤心，那就是她说了这么多，却连一句人能听懂的话都没有，我想："最起码她开始发癔症了，这是最后崩溃前夕的回光返照。"两天后我又去了，她还是那样，胡话说得比以前更多了，但这最起码能让她的血液保持流动。

阿德莱德嘴里说的全是平原来的女孩和埃塞德拉家的萨穆埃莱之间的奸情。她说的话我听起来很吃力，因为每次她想不起下一句的时候，我都会强制她停下，这样一来每次她都得重新开始。按照医书，她应该已经死一个月了。我听她说年轻人是怎样荼毒这个镇子的，这时一阵悲痛从我胸中涌来。现在我也该问问你们了：真的有必要刮来这阵年轻的风吗？我发誓，这件事让我夜不能寐。他们这些年轻人只能拉低一下人口的平均年龄，却把我一生的功业毁于一旦。幸好今天早晨从西尔维斯特里那里打来的一通电话让我好受了些。

"她晕倒了。"马里奥说。来到商店时，我发现那张漂亮的脸蛋毫无血色。女孩被放在了商店后面的长桌上。马里奥把围裙卷起来垫在她的头下面。"呼吸。"他像个父亲一样殷切地说。"她偶尔会睁开眼睛，也会对我说话，但看不到我，然后就又睡过去了。严重吗？"

我亲爱的朱利亚诺，我亲爱的皮耶拉，你们要知道，在镇子里触碰年轻肉体的机会可不太多。最近被我碰过的就是吉纳内斯基家的乔瓦娜了，但光是解开她衬衣的扣子就能把人累个半死。我不断地对她说，早晨一醒来就要吃三块浸满油的面包，再来点儿香肠，这样对身体好。"你的骨架大，"我说，"你得有力气撑起来。"仅仅过去这一年，我就让她胖了六公斤。有时候我看到她费力地走在中街上，步履蹒跚，而且还时不时地用手捂着胸口喘气，我就十分开心。只不过，要想把这种吨位女人的血管都堵死可不是一天两天的事儿，但我又不是要着急赶火车。

然而，艾莱奥诺拉是朵含苞欲放的小花。"现在让我来修理修理你吧。"看到那张惨白的小脸时我这样想。我拿了一些盐给她闻，她马上睁开了眼睛看着四周，过了一会儿才知道自己究竟在什么地方。

马里奥商店后面的那张木桌上堆满了商品，在那里为那个小女娃看病非常奇怪。我感觉几年前的一幕再次上演了，当时阿德莱德突然倒地不起，那是她第一次发病。她应该是给退休老人切火腿的时候晕倒的。"我去把门关了。"当时还年轻的丈夫说，今天他又说了一遍："我去把门关了。"而我不断提醒女孩不要动，最起码要等血压升上来才行。但我刚要解开她领口的扣子她就躲开了，下嘴唇颤抖着。我试图帮她挽起袖子时也一样。"我没事。"她一直重复着这句话，其实我也是这么想的。她可能是有点贫血，从她没有血色的嘴唇内侧可以看出来。等着瞧吧，就是缺铁才导致她摔倒在柜台后面的。除此之外，接替了弗兰奇位置的这位艾莱奥诺拉简直可以当健康的模板。这时我发现了一些瘀青。

它们就像孔雀开屏一样绽放在那白皙的皮肤上，有紫的，有蓝的还有黑的。我敏锐地在脖子下面发现了一个大的，就藏在她赶忙扣好的第一个扣子下面。她胳膊上还有一些，应该是被人用力握住留下的。我心想："有人在这个小女孩身上写写画画啊。"但我没说出口。相反，我露出了平日里的微笑，意思是：我的姑娘，你健康极了！接着我说："我的姑娘，你健康极了！"我拍了拍她的膝盖看有没有膝跳反应。然后我就让马里奥给他的帮工拿一杯糖水过来。他二话不说就照办了。

我讲这些就是想说，弗兰奇说的那些话一点用都没有，一方面是因为病，另一方面则是因为愤恨。她原来待的那个位置被一匹漂亮的小马驹给占据了。但那个艾莱奥诺拉也没有好果子吃，晚上回到家时肯定有人好好招待她。也许有一天就会有惨剧发生，让我的工作难以为继的来自青春的威胁怦然碎裂。

这些事我不能跟唐·劳罗说，他会职业性地无动于衷，而过一会儿宪兵就会找上我的家门。既然说到了神父，最近两个星期我发现了一件事：每次我去马里奥妻子那里的时候，安眠药总会不翼而飞。而恰恰一天前那人就去过那里，也就是我们亲爱的牧师，因为他总是殷切地去听取濒死者的临终遗言。也许是我想错了，也许他只是想多一些熟睡的时间……所以我决定在下一次给阿德莱德开的药里面加点佐料，要么是送病患最后一程，要么就把那个话痨给毒死，他一边厉声斥责众人犯下的罪过，一边又去偷一个卧床老妇的药。这已经无关私人恩怨，而是关乎信仰，唐·劳罗。他会被人在广场上剥皮，甚至都来不及敲响诊所的门，不需要像其他人一样请求我开药方把他毒死。

我亲爱的朱利亚诺，这也许是我最后一次站在活人面前说话了，至少是一个非动物形状的人形轮廓。我们都知道我会继续下去。因为镇子里有一种恶需要被铲除，为了达到这个目的，需要释放所有的囚犯，就像被关在笼子里很久的鸟儿，让这里成为空城，关闭每一扇窗户，让在街上行走的只剩青蛙。

镇子是个怪物，我们每呼吸一下它就长大一分，所以我就一个个地把它关起来，最后一个就是我自己。镇子饿了的时候就会震动大地，我们吓得浑身冷汗，心跳加速。但它已经到了濒死的边缘，教堂的钟经年累月地为它敲响丧钟。出席葬礼的人已经越来越少，有人已经长眠地下，而有人被囚禁在家。老镇上夜晚被灯光照射的百叶窗不时地就会减少一个。怪物的呼吸越来越慢……有一天我会往自己嘴里开上一枪，那天应该会很美。

乔瓦娜·吉娜内斯基

老姑娘

　　你一个我一个，漂亮的小母狗。全都吃了吧，反正你再怎么吃都不胖。我真嫉妒，我想把你掐死。你一个我一个……对于你那个空空如也的肚子来说，每块饼干都是珍馐佳肴。一看见我伸手进盒子里你就往前凑，链子都快把脖子给勒断了也不在乎，还用爪子不断地挠着地面，口水流了一地。从你嗓子眼儿里传来几声呜咽，听起来像是一个困在深井中的孩子。饼干又香又脆，用黄油、焦糖和榛子做成，我喜欢你渴望它的样子。妈妈常说："别把点心给牲口吃，把它养刁了就不服管了。"但她不知道这其实是我的计谋。如果我不下到这个小房间来，这一包饼干我半小时就能吃完，后果就是我的腿会变成现在的两倍粗，腰围肥到能把衣服都撑爆，所以我才你一个我一个。最起码我能平息一下贪嘴的喉咙，同时也能把肥肉减少一半。

　　妈妈还说了另外一件事，不过最后她又不太承认了。她说的是骨头。"你的骨头变形很严重，你得小心，别让它发展成病了，萨尔基尼也这么认为。医生总比你懂得多吧？"然后我就看着镜子中自己赤裸的身体，变形就摆在眼前。有时候我会盯着自己看好几分钟，看到最后我甚至觉得自己很美。倒影中的乔瓦娜身上有很多赘肉，拖累她的是一种不良的积累，其实并不关脂肪什么事。但那个乔瓦娜仍在勉力支撑，虽然脚踝已经不堪重负。

你一个我一个……我的小母狗，其实他们该带我回去，回到二十岁左右，那是我正式发胖的开始。当时迹象已经很明显。我是镇子剩下为数不多的年轻人之一，但没有人正眼瞧我。然后妈妈就进了我的房间，我还在睡，她把手搭在我的背上。"我的孩子，"她说，"你想干什么？你真的要留下给哪个流浪汉当老婆吗？你真的要这样浪费自己的生命？"现在我已经年过半百，一切依然如旧。唯一不同的是，我开始出现更年期的潮热了。

你知道的，我其实是想体验让男人进来的感觉。那得是某个你爱的人，而你就像暴风雨中的小船，尽情享受着冲击……我连接吻是什么感觉都不知道。我一无所知，我的小母狗。而我已经越过了那条线，越过之后我就不可能再回头。也许正是他们开始在我名字面前加上"大"字的时候，在每个人的心目中，我都变成了一个在中街上费力滚动的球，就算是三九天，我前额的头发也会被汗水黏在脑门上。就算我明天就减下来五十公斤也没有用。"看，大乔瓦娜来了。"他们已经这么说了好几年了。

我也不知道我为什么老是想把肚子填满。像今天这样的夜晚有很多：我突然就睁开眼睛，感受到一种无底的饥饿，就好像我一辈子都没碰过面包。而且我并不是不吃晚饭的那种人。我仍然会饿得发抖，浑身都在抖，肚子里就像有个深渊，如果不及时盖住它，整个人就会被吸进去。然后我连拖鞋都来不及穿，变身成一只蜻蜓。我像影子一样轻盈地在房子里穿梭，完全没有了体重带来的束缚。周围一片漆黑，打开冰箱或食品柜时，我化身为用脚尖行走的舞者。

我拿出点心或者吃剩的香肠，下楼梯时难掩心中的骚动。我回到你身边，我的小母狗，好对半分。凌晨三点钟，你闻到我带着美食而来，也可能是听见了我内心的呜咽。你也知道稍微大点声就会把妈妈吵醒，她马上就会冲过来让我回床上睡觉去，那样的话点心什么的就拜拜了。

反正已经无可救药了，我错过了本来可以给喉咙上把锁的时机。关于诊断结果，萨尔基尼从来都只有一句话。"亲爱的乔瓦娜，这就是你的体质。"他每次都说，"要么加，要么减。"我选择加，主要是加体重。另外我还有血压高的毛病，头晕的程度取决于更年期的情况。三个月前，亲爱的大夫脸上笑开了花。他说："我的乔瓦娜啊，看看人生多么奇妙。小时候我就是你的儿科大夫，现在我终于可以告诉你，你的潮热仅仅是因为，你要跟大姨妈说再见了。总之，这个讨厌鬼终于要离开了。你高兴吗？只不过你要做好胖几斤的心理准备，一般都会这样……"我朝他爆发出一阵大笑。

正是从那一次开始妈妈变了。也许她之前还想着要给我找个男人，但她眼看着我一下子就老了，脖子被脸上颤巍巍的肥肉盖住，下巴每天肉眼可见地沉下去。意大利面的量被减了一半，面包我才吃了两片就被撤走，柜子里的果酱也不见了，我从六岁就开始去那里偷吃了。由此带来的后果就是，我晚上越来越饿。睁开眼睛时我脑子里只有一个念头："如果不能把剩下的半根香肠吃了，我就从阳台上跳下去。"两分钟之后我就冲到了你身边，我的小母狗。你起码能帮我分摊一些卡路里。

我们之间就像开始了一场战争。最近三个月里，就连早餐都变得单薄，虽然萨尔基尼建议说："骨架越大，需要的水泥就越多。"然后我妈妈还是那句唠叨了一辈子的话，虽然她现在有些不好意思说出口了。她采购的时候恨不得用勺量，冰箱里也总是放着只够第二天吃的食材。突然之间，置物柜放蔬菜的那一格就被装满了，油瓶也总是快见底的状态。当我晚上忍不住饿时，往嘴里塞三根胡萝卜是家常便饭。

然而，我饿着也就意味着她也得饿着，虽然没什么必要。我遗传了爸爸的体格，他死的时候我们甚至叫来了运输公司的工人，他们有推车，想用人力把他的棺材沿着老镇的路一直抬到灵车那里可不容易。饭快吃完的时候，妈妈用手指把食物残渣聚拢到一起放到嘴里舔，可以说已经搜刮到了极致。我怀疑，如果能得到一块蛋糕泡在牛奶里吃的话，她甚至能把我卖了，不过最后她还是起身去刷碗了。三个月内她的腰围小了两个尺码，然后她就会再次说起那个话题。她就站在水池旁，而我在看电视，因为刚才那顿鸟食一样的饭，双腿正在饿得打战。"我觉得那个米莫还不错，"她说，"真的太能干了！可能话有点儿少，但也不是毛病……你觉得呢？"

你想知道我怎么想吗，漂亮的小母狗？我觉得找男人和挠桶底还是有区别的。而且，我都这个岁数了。如果那个老农十年前向我求婚的话，我可能还会考虑一下，而现如今我一想到这件事就已经感觉招架不住了。而且这还没算他免不了会对我动手动脚，一旦被这庄稼人传上脑膜炎我该怎么办。

上小学的时候，我们就见他穿着一双沾满泥的钉鞋从盆地那里爬上来。他臭得像头浑身湿透的驴，让他说一个字都费劲。三年级的时候他就盯上我了。一天早上，他在门口等着我，往我手里塞了一张字条。我连看都没看。而且，我还把字条踩了个稀巴烂，在一群孩子的哄笑中把纸屑扔了他一脸。

我后来反思了，一辈子都在反思。我也许不应该专挑那个时刻展现自己的恶毒，就是那天早上，在老学校门外。米莫就这么走了，带着众人的讥笑和孩子们的推搡。而我笑得比谁都大声，那是一种孩子特有的不仁慈的恶毒。然后我就摇了摇头，如果真的有一位上帝掌管世上的一切，而他恰恰被这种恶行激怒了，我们就会首当其冲。让一个人因为其小时候做过的蠢事而背负一辈子污名肯定是不对的，不过他同样也没放过我，从那以后，我就变得越来越像个水桶。但凡是个正儿八经的基督徒都不会正眼瞧我，只有那个米莫会。也正是这个米莫，曾经鼓起勇气写下了我这辈子收到过的唯一一次甜言蜜语，而我连看都没看。

逢集市那天，他看着我穿过整条街。他那张丧家犬一样的脸让我看了就想吐。妈妈知道这个农夫的弱点是什么，以此来占他的便宜。我们每次都能拿到比其他人多的蔬菜，而且只需要付一半价钱。就好像我在乎那些蔬菜一样，有本事就给我块排骨。

今年夏天，我在广场上晕倒了。几天前，萨尔基尼的诊断书到了。我之前一直在补铁，但仍然感觉头晕目眩，尤其是天热的时候。那天早晨镇子热得就像魔鬼的肚子。我突然脚下一软，手里拿的袋子摔在了地上。当我再次醒来时，密密麻麻的人脸遮住了太阳。众人之中，妈妈正朝我大叫着。但我什么都听不见，耳边只有一种嘶嘶的声音。那是种无声的嘶响，类似风穿过缝隙的声音。不，更像是扎破的自行车胎发出的声音。我当时甚至想："好嘛，我的脑子终于给扎破了，这样我是不是能稍微放点气出来了？"

他们先是扶我坐了起来，有人还给我递来了一包糖。巴尔贝里尼家的用手绢给我扇风。最后我终于活了过来，但感觉到前所未有的虚弱。我连胳膊都抬不起来。突然我感到身体一震，心脏没来由地突然跳了一下，我开始深呼吸起来。我全身都被汗水浸透，是冷汗，我的衣服因此变得透明，肥肉赤裸裸地暴露在外面。然后在所有人注视之下，那一幕就发生了。

他们想扶我站起来，我的小母狗。他们四只胳膊一起架着我，但我纹丝不动。而且他们一松手我就又一屁股坐下了，他们只能在我身后架着我，要不然我就又会躺倒在地。我甚至开始哭了。如果当时有人手里有枪的话，我会求他快点给我来个了断，那里离圣巴斯蒂亚诺教堂的大门只有十步之遥。迪沃说想给急救打电话，因为他们确实没办法抬动我。他甚至连衬衫都脱了，只穿了一件汗衫。他像我一样满头大汗，脖子上的青筋有绳子那么粗。他喘着粗气，两只手掐着腰。他突然朝我笑了笑，给我一些鼓励，但他眼里那种怜悯让我几乎无法呼吸。他好像在说："可怜的女人，还不如一了百了算了。"我闭上眼睛，真的想问问到底是怎么了。我不断诘问着，甚至感觉自己真的飞上天了。我离开了地面，飞向云朵中。

当我重新睁开眼时，我看到小广场已经在下面很远的地方了。我刚想说："终于解脱了。"但妈妈的脸出现在我面前，也打断了我的思绪。"我的孩子啊，"她一边说，一边擦拭着我额头的汗水和脸上的泪水。我蒙了。虽然我感觉身体还是那么疲软，但我已经站了起来，同时众人七嘴八舌地说着："我们要给萨尔基尼打电话吗？"或者，"乔瓦娜，来荫凉底下坐坐，凉快凉快。"

那个米莫也在，我的小母狗。正是很久以前曾经被我把撕碎的字条扔在脸上的那个米莫。他从我身后扶着我，我甚至没有发觉。发现我这个胖女人摔倒之后他就过来了，三个人都搀不起我，他一个人就做到了。他扶我来到教堂前的台阶上，这里是烈日晒不到的地方，他扶我在第一级台阶上坐下，全程一言未发。我也一句话都没对他说，而且我还对欠他一个人情感到一丝紧张。妈妈不知道从哪里找来了一个扇子，手在我面前一刻都停不下来。她负责不断向众人致谢，而我只是死死地盯着脚下。慢慢地，我恢复了些力气。广场上过来帮忙或者看热闹的人群逐渐散去。最后米莫也走了，我只是勉强地朝他笑了笑。等到他已经足够远的时候，我有气无力地说："我敢保证。他已经徒手捆了一辈子柴火，扶我起来还不是跟玩儿一样。"

我的小母狗，有的时候我会对自己说：也许我是该妥协了。要找一个能轻易把我举起来的男人可不容易。但就在下一秒钟，想到要和那个乡巴佬同床共枕我就想吐。我八岁的时候就感到恶心，直到今天还是如此。但妈妈已经准备好让我面对这场折磨。她有一天没一天地敲着那颗钉子。"对了，"昨天，又吃了一顿寒酸的晚餐后她这样说，"听他们说菲奥拉尼家出了新油。明天下去打一桶留着过冬用吧，怎么样？"我站起身，什么都没说就回了房间。我打开抽屉，拿出日记本，有时候我会重温一下，顺便哭一场。

你一个我一个……我想消失，我有时候会这样想。能消失就好了。就像商店里那个女孩，她已经一个星期没来上工了。他们搜遍了她未婚夫的家和她父母的家，什么都没找到。没有信，也没有字条，就这么人间蒸发了。真幸运。那是风和日丽的一天，午休结束的马里奥回来准备下午开门营业，但那个艾莱奥诺拉已经不在了。每次看到报纸上她的照片时我都会心想："亲爱的姑娘，你要么就是鼓起了勇气，要么就是遭遇了不测。"我很喜欢听大家议论这件事。他们都在说，我就假装他们说的是我。听起来像是有点精神不正常，但我从中享受到了无尽的乐趣。因为一旦有人突然消失，人们就面面相觑，完全摸不着头脑。活不见人死不见尸时，他们就会想象出一个惊天的秘密计划，所有人都被蒙在了鼓里，丈夫、妻子和孩子无一例外。一年过去了，两年过去了，剩下的人开始相信，是火星人带走了那个人。

那是我一九七六年夏天写的日记。"我想消失"，我当时这样写道，同时每页日记的边缘写满了他名字的缩写。虽然我从来不曾知道吻的味道如何，也不曾得到男人对我肉体的渴望，但爱情我是认识的，而且它有一个确切的名字，那人让我心碎了两次。

这个故事你都能背出来了，我的小母狗。每次我找你的时候最后总会说到这里，说到阿尔弗雷多。但有些伤口是注定愈合不了的，这辈子没有什么能够取代那种情感，它曾经重重地将我击倒，面对桌上的晚饭丝毫没有胃口。那时候我还不是如今这副模样。我除了他什么都不想，其他所有的事都不重要。我那时处在人生的高光时刻，青春给了我傲慢的权利。世界上最大的恶毒，就是让一个人曾经拥有美丽，然后突然剥夺她的一切。

直到今天我还在回味阿尔弗雷多走街串巷的样子，特别是夏天进行马上比武的时候。他耳朵后面总是夹着一根烟，两鬓的头发略长，长到能盖住眼睛。但最能让我的血液停止流动的是他的笑声。从他那露出大白牙的大笑中，我能听出世界上所有问题的答案。一天晚上，我鼓起了勇气，决定派瓦伦蒂娜·考凯蒂出去，她现在生活在法国，两个儿子在巴黎读书，活得像电影里演的那样。我一边从远处偷偷地关注着一切，一边快要把萨布里娜·格里的手给攥骨折了，后者后来嫁了个牙医，住在佛罗伦萨，她每年都会给我寄圣诞贺卡，但我从来都没回过。"我要死了。"我说，心脏像鼓一样怦怦直跳。同时我看着那群男人旁边的瓦伦蒂娜，人群中，阿尔弗雷多像焰火般格外耀眼。"她怎么还不回来？"过了一会儿我开始说。

"我想消失"，这是我在一九七六年写下的。确切地说是八月六日。然后我就哭了出来。我眼前一遍遍地重演着当时的情景，我最信任的好朋友在那里笑得前仰后合。然后阿尔弗雷多就取下耳后夹着的香烟给了她。也许漂亮而苗条的乔瓦娜就是在那一刻死掉了。

十年前我在校门口对米莫的羞辱以同样的方式降临在了我自己头上。之后的那段时间里，我只是哀号。我晚上也会醒来，然后把头深深地埋在枕头里。中午妈妈会把饭端到我床上，就像在照顾病人。一小时后，我又把食物原封不动地还给她，连一片面包都没动过。到月底的时候，我就瘦得只剩皮包骨头。我整天盯着天花板，任由这场悲剧将我一点点地蚕食殆尽。我听到有人说："我的孩子啊，你现在还是花一样的年纪……"或者是"海里面有的是鱼，你等着瞧吧……"爸爸只敢把门开个小缝往里看看，然后就走了，因为他从来都是个不善言辞的人。直到发生了什么事。有一天，也许是悲伤又高了一个等级，不过最起码我又开始喘气了。同时，这也是我变坏的开始。

那时已经是九月的开头。一天晚上，他们看着我钻出了自己的巢穴，面无血色，蓬头垢面，身上只有一件及膝的汗衫。我像骷髅一样在地上拖了几步，来到桌子旁和他们一起坐下。妈妈笑了笑。"亲爱的，"她说着递过来一碗汤，爸爸马上给我倒了半杯酒，"是时候了。"他嘟囔着说。电视的音量就像在医院里一样开得很低。我就坐在那里，看着桌子上的东西。然后我就开始吃了，一句话都没说。

我把这些日子里没吃的饭全都补了回来。我越嚼越想嚼，妈妈整个人扑到灶旁，打鸡蛋，煮肉。爸爸切了很多面包，拿出一罐罐的油浸朝鲜蓟、一块块奶酪、火腿。过了不久，看到我活过来的喜悦就变成了担忧。因为他们刚把食物端上来，一眨眼工夫我就能全部吃掉，而且吃完我还想要。也许我是想用这种方式自杀，直接坐着撑死？但饥饿仍在继续。我吃完了一板巧克力，又吃完了半个梨派。无花果酱几勺就能吃完。仍不满足的我还吃起了水果，消灭了桌子中央摆着的桃和李子。这时我突然愣住了，睁大了双眼。妈妈跑去拿了一条毛巾，准备好迎接更糟糕的场面。爸爸一下子站起来，说：“我扶着你的头。”然后我就排了出来。

那是一个嗝，一个很响的嗝，猎人们会打出来的那种，响到能让玻璃都颤抖。又响又臭。我一边打嗝，一边用手扶着桌子，就像在经历一场大地震，大到能让天花板都晃动起来。他们目瞪口呆地看着我，而我和他们一样惊讶。就像一个没有边际的旋涡。与此同时，我感到胃里有东西正在散去，就好像我正在吐出某个在我身体里筑巢的鬼魂。之后有那么一刻我害怕了：因为要专注排气，我感觉自己已经不知道怎样往里吸气了。我以为自己要打嗝打死，所以就站了起来。直到把嗝打完。之后，一阵寂静降临，就像我真的把屋顶掀翻了一般。我深呼吸了一下，然后看了看妈妈。她盯着我，好像我刚杀了人。“没其他吃的了吗？”我说。

阿黛莱·钱蒂尼 – 3

伊萨斯提亚家的寡妇

卡拉马约露出了一丝微笑，合上了画本，开始把画笔装进箱子。每当这时候我总感觉需要去安慰他一下，但又不知道安慰什么。他站在那里，脸拉长得快要掉到地上了。他向我投来厌恶的眼神，好像在求我不要跟他说话。"今天画得怎么样？"我问，同时小心地探出身子去够浴袍。我身上的每一个关节好像都在碎裂的边缘，转动脖子的时候我感到头的后面有沙子噼啪作响的声音。他已经尽力在笑了，但看上去还是像个面无表情的木偶。"嗯……"他说话的时候就像个被人逮到躲在角落慌里慌张地收拾工具的年轻人。看到他这个样子我这边就有了底气。"可以看一眼你画的吗？"卡拉马约低下了头，他抓住扶手椅的靠背，也就是五分钟前他挥汗如雨地作画的地方。"嗯……"他又说了一遍。这一次他的语气中透露出了一些不自信，我知道他又要说那老一套了。"亲爱的阿黛莱，我找不到灵感。"他的声音如此之含混，好像自己的内脏被放到了写字台上。"那个点确实有，我脑子里也是知道的，但一拿起画笔我就找不到了，我都快疯了。"

我已经耐心地等了两年，但我也没有坚持一定要有个说法。卡拉马约收拾好自己的东西，出门之前他转身看了看我，冲我稍微点头致意。"如果您这边可以的话我们就下周二同一时间再见了。"他说。我一般都不会回答，只是笑笑。我看着他小心翼翼地把门打开，出去之后又同样小心翼翼地把门带上。然后丽日旅馆112房间就只剩我一个人了。我先是点了一根烟，这是这个星期的第一根。然后我来到窗前，看着外面一望无际的湖面。

从痛失女儿的创伤当中恢复过来之后，上校疯了，主要是因为我。妈妈的设计很快就成了现实。不过他看我的方式让我窒息，因为能看出来那是一种充满癫狂的兴奋，兴奋到双脚离地。刚开始还挺有趣。上校意识到除了地图之外，还有其他方式可以打发时间：比如我这样的花季少女。我的光彩和美貌足以照亮他最后的晚年。

宅子里的人看我的眼神开始怪异起来，但我一直都在强调：我还是以前的我，并不是大家想的那样。然后他们都赶紧摇摇头，说他们根本没在想什么。"最重要的是把工作保住。"斯泰拉说着朝我眨了眨眼。索利诺则说："反正你总比那些蛇蝎心肠的强。"桑托连招呼都不和我打，埃托雷也一样。

上校每天很早就会把我叫醒，然后带我去巡视各处的宅子和土地。农场的工人已经像待公爵夫人一样待我，总是低头致意。在路上，我看到马尔切洛通过后视镜露出了狡猾的眼神，我明白他也是站在我这一边的。到了地方之后，他甚至会下车给我开门。

但拥有这一切的主人连碰都没碰过我。他确实会经常盯着我看，但也不会有逾矩之举。四月末的时候我把这件事告诉了妈妈，我看着她跪倒在地，感谢圣芭芭拉的护佑。起身之后她说："别管什么种子不种子的，我们已经牢牢地把他拴住了，只要再给他上个锁就够了。只要有耐心，猎狗也能变得服帖。"

　　和伊萨斯提亚上校一起的日子漫长而快乐。一天早上他对我说："亲爱的阿黛莱，今天我带你去开开眼。"听他这样说我还有些怕。透过汽车后面的玻璃，我看到了里波拉平原，我感到身体里面有什么被扯开了。我从没到过离群山这么远的地方，从这里的任何一个屋顶都能清楚地看到罗卡斯特拉达山的山顶，就好像摆脱了父母的监视，然后就到了海边。和铁路平行的那段大路刚一结束，海就突然出现在了那里。然后是佛罗尼卡湾，之前天晴的时候，我曾在伊萨斯提亚大宅的顶楼隐约看到过它，从那里只能瞥见一个影子。好像一片天空坠入大地，厄尔巴山如鬼魅般立在一边，人只能依稀辨认出它的轮廓。有一次我还哈着气在窗户上画出了它们俩。但如今这一切就在我的眼前，我感觉自己像飘浮在梦境中，海里有无尽的水供我调遣。

　　上校在海边步道旁有一所宅子，名叫玛尔塔别墅。"用的还是我母亲的名字。"他说。他去的时候没预先通知负责打理那里的那家人。看到主人出现在门口时，负责人的脸色变得煞白。他都没马上去开门，就僵在那里，嘴里像是有千言万语要说。"我能进自己的家吗？"上校说，连日安都没说，语气也是一如既往地生硬。

　　我只是草草地看了一眼走廊，接着就跑出去，跨过了护栏。有生以来我第一次将脚埋进了沙子。但我不想再往前走了，海面的广阔让我目眩。这辈子我从未感觉自己如此渺小而无助过，也许我是害怕海会突然将我吞噬。然后我感到有个人走到了我身边，是上校。他也在看着远处的天际线。岛屿像是变成了某种掩体，让我们不至于一下子坠入视界的无限之中。"我想带你去法国。"过了一会儿他说。他没再说什么，我也没回答。当我转身看的时候，他已经不在了。

　　那种生活很滑稽。我只是接受而已，如果没有其他指令，早晨我就会穿上工作服。其实伊萨斯提亚家的活儿没有多少，我只需把早餐拿给上校，听取今天的安排，一般他会马上让我脱下围裙。不过到了晚上我还是回到我的保姆房里，脑子里全是这一天看到的新鲜玩意儿。一到白天我就被扔进某种天堂，黄昏来临时我再回到自己本来的位置。

虽然刚一开始厨房里的人都表现出对我的好感，时间一长，他们看我的眼神就开始变得奇怪，虽然上校能恢复过来完全是我的功劳，但是上校一带我出去的话，我本来的活就得由他们承担。所以我出去游玩，工资照拿，而他们的工作量却要加重。上校还突然起了让我学习的心思。不出去的时候，我们就整个下午待在他的书房里，坐在巨大的摆满了石英和黄铁的写字台旁。他一边以军人的步伐走来走去，一边向我讲历史和地理。他也喜欢文学，而他也正是用文学引我上钩的。讲完之后，他会到楼下的大厅里，认真地从覆盖了整面墙的书架上选一本书。"这是你的作业。"他说着给我递来了一本大部头。

也许伊萨斯提亚上校正在精心培养未来的妻子。他想去除我身上那种出身于蒙昧的劳苦大众而特有的粗笨。然后他就让我去和其他人一起吃饭。我刚跨进厨房的门槛，那里就会变得一片死寂。吃饭的时候没人开口说话，斯泰拉也不会特意为我留什么好吃的。甚至她只会给我打剩下的饭菜，盛的时候动作就像在涂墙，眼神里全是怨恨。

当上校拿出礼仪手册的时候，我知道他是认真的了。不过妈妈之前教了我很多，尤其是礼数方面。不过，什么都无法与我从小经受的训练相比，尤其是美丽开始以一种丑陋的面目出现的时候。伊萨斯提亚上校会模拟很多场景，其中他着重模仿了一位受训者的模样，这个人已经死了，但上校还是如鲠在喉，甚至想把他从地里刨出来挂在广场上示众才能解恨。"就是想让你看看我都见过什么人。"他说，然后就变成了这个军官，连声音和走路的姿势都变了。退了三步之后他就进入了角色。他走上前来说："我的荣幸，小姐。"说着弯腰做了吻手礼。光是这个动作就有大学问。有一天我见他突然一惊，"阿黛莱，别这样！"他大喊。"你碰了我的背。你知道这个动作是什么意思吗？"我赶忙摇头，他喘了口气说，"你还是不知道为好。"然后他又喝了口酒压惊。

六月底的时候我们出国了。这一次的撕裂是彻底的。我感觉被世界吞噬了，吞噬如此致命，我感觉自己变成了另一个人。我还是穿着阿黛莱·钱蒂尼的衣服，但皮肤下流淌的却是全新的血液，我的心脏一阵阵悸动。我走在蒙特卡洛街头，感觉自己如同在月球上漫步。我紧紧地抓住上校的胳膊，一刻都不让他离开，哪怕只是去买包香烟。我尝不出香槟酒的味道。大街小巷里人们说着一种外星语言，吃饭时一道道精美的珍馐端上来，让我想起了斯泰拉从锅底给我打上来的混合着仇恨的剩饭。晚上则更难过，跟上校道过晚安后，我就把自己关进了酒店的房间，我连酒店的名字都不会读。那时我真的是一个人了，彻底迷失，离家的苦楚将我吞没。

我之于上校有无数种用处，但有一种是最重要的，那就是让他感觉到自己是英俊的，并且能向我显示自己的重要性。我看到事物时的讶异是一道他怎么都吃不够的菜。在女儿死后，他脑子里应该有什么东西坏掉了，这是我从各种细节中推断出来的，尤其是他陷入狂躁的时候，那时他会用一种让人不寒而栗的眼神盯着我，我心想："这个人随时会疯掉，那样的话我就彻底迷路了，在这里我连要杯水都不会。"

　　这种情况主要发生在赌场里，特别是打牌的时候。刚开始我自己都没注意到，因为我满眼都是黄金珠宝，而且，随处可见的镜子让它们显得更多。我观察着贵妇们的穿着，她们的发式看得我目瞪口呆，她们优雅地穿梭在大厅里，手里拿着雪茄，不断地吞云吐雾。有一天，我看见有个女人用绳拴着一只白猫，我还以为来到了疯人院。侍者也看不得我手里没有杯子，我刚放下一杯就会有另一杯递上来。于是我对他笑笑，这是我唯一会做，也是唯一能做的。

　　但上校会要一瓶很贵的酒，一般会从头喝到尾。他喜欢让我坐在旁边的小凳上，吸引所有玩家的注意力。一天晚上他对我说："他们看着这么个漂亮姑娘就顾不得看牌了。他们会想：'这个老家伙选的都是上等肉。'这会让他们感觉我很强。我一半的局都是这么赢下来的，这就叫战略。这和打仗是一个道理：看到你装备精良后，敌人的心气儿马上就没了大半，光是想就够他们想半天的。然后嗒的一下，破绽就露出来了。"赢了一局之后，他把塑料筹码敛好，转过头来对我眨眨眼，脸上被酒精熏得通红。还有一次打完牌之后，他还给我看了一张纸。我们当时正在回房间的路上，我搀扶着他，他说："这就是罗雷纳的一间公寓。"他把纸折好塞进口袋。我们又往前走了几步，为了不显得自己过于无知，我说："上小学的时候我有个同桌就叫这个名字，她是从布拉卡尼来的。罗雷纳·巴塔里尼，她说话大舌头。"上校整整笑了十分钟。他最后只能背靠着墙，后来直接跪倒在地，因为他笑到开始止不住地咳嗽。

　　当我又一次和母亲坐在餐桌上时已经是七月的一个星期天了。我滔滔不绝地说个不停。我讲了在法国的见闻，还有我看过的那些画廊。她张大嘴看着我，但并不关心我在说什么。她偷偷打量着我身上的衣服和饰品，这些都是上校在格罗塞托为我定做的。突然她说：

"现在不应该要点儿回报吗？比如你总去的那所海边的房子？你跟他说我要住，就说我想吹吹海风。"然后我深呼吸了一下，从包里拿出一张纸放到桌上。

我说上校把这个阶梯路上的房子给了我，就在伊萨斯提亚公馆旁边。那里原来是老镇的监狱，后来被改造成了公寓，那所房子正是其中的一间。"现在那里闲着，所以上校就收拾出来让我去住。"我小声说。"就在我们说话的时候，他们正把我的行李带去，有原来的也有新买的。"

妈妈已经两眼放光了。她像是被人打了一拳，口水已经流到了嘴角。她用一种类似蛇摩擦地面的声音说："这还只是个开始。"下一秒，我就跪倒在她面前，两只手捂着脸开始哭起来。

最后她拿来了一个锅铲，大叫着："你还记得这个吗？"我仍然没回过神来。我真的不想去那所房子里住。我更喜欢我的厨娘小屋，隔壁就是斯泰拉。有时我也让埃托莱过来陪我睡觉。"我会把你一直踢到彼得拉城堡，让你刺啦一下滚下去！"她声嘶力竭地叫着。"神灵的荣宠不容玷污！同样，一个没有子嗣的上校好心好意赐予你尊贵的蓝血，你还要什么？难道你要对他说：'非常感谢，我不需要？'就好像我们富得流油一样，不要脸的东西！"

看到我变得完全面无血色之后妈妈才冷静下来。我哭得喘不上气，说不出话，胸口像是堵了一颗大石头。我感到一阵头晕，她来到我后面扶我在椅子上坐好。我衣服的前襟已经被泪水浸湿。"小可怜啊，"她在我耳边轻轻地说，一边抚摸着我的头。"来，慢慢呼吸，一会儿就好了。"接着她拿来了醋瓶，往掌心里倒了一些，然后用手指蘸了点醋涂在我鼻子下面。"我就是这么过来的。"她小声地说。"但可不是因为要不要房子的问题。我是饿的，大半夜的活活饿醒，那感觉就像是被人开膛破肚了。那时候喊妈妈也没用。"过了一会儿，看我恢复了些血色后，她又坐到我面前。她抓着我的手，用一个妈妈似的口吻说："能告诉我你那个小脑袋瓜怎么突然有这么多情绪吗？"

是鬼魂。镇子每个人都知道。到了晚上，阶梯路就能听到那些囚犯的惨叫声。那些鸽笼一样的监房里关着的犯人每天都痛苦地挠着墙皮，有不少人都因为受不了选择结束自己的生命。如今他们仍然拖着沉重的脚步在里面游走，经常突然抓住你的头发，甚至让你双脚离地。就算是白天，当地人也不愿走那条巷子。大家传说，打仗的时候德军曾把那里分给军官住，但他们只坚持了三个晚上。"能吓到那些死硬的德国人，那可不是一般的东西。"这是斯泰拉对我说的，那时我们还很亲近。就连猫都绕着那里走。负责改造那里的建筑商后来连一块砖都没卖出去，甚至白送都没人要。那条街看起来就让人不寒而栗：陡峭，像迷宫一样从岩石那里延伸上来，台阶的高度还不尽相同。"我宁可去睡墓地。"我最后哭着说。然后我看着妈妈坚定地说："今天晚上我就回伊萨斯提亚公馆，把这张纸还给上校。"

她的表情很滑稽，好像马上就要憋不住笑出来。她站起来，什么也没说就进了另一个房间，然后我就听到了一阵噪声。过了一会儿我跑过去，看到她把行李箱打开放在了床上。她只看了我一眼。"能把我吓到要放弃一套公寓的鬼还没生出来呢。"她说，"我和你一起去。你就跟亲爱的上校说'我母亲需要照顾'，他肯定不会反对。完了我就给安东内利写信，十年前他就说要买我们这所房子给他女儿出嫁用。"她叠了一件冬天穿的粗羊毛大衣，看着我说，"我们也得开始有点积蓄了。"

傍晚时她会来圣巴斯蒂亚诺等我，我们一起走过那条小路。妈妈拿了一口用布包住的锅，她打开一角，把鼻子伸过去狠狠吸了一口。"今天有鸡吃！"她有时候会忍不住笑出声，然后高兴得步子越迈越大。

上校帮我们卖掉了我从小在那里长大的房子。他给我们派来了一位公证员，后者什么费用都没收。当天早晨我们去银行开了个户头。合同签订的那一刻，妈妈几乎有一种空虚感，因为有积蓄的感觉非常不真实，那笔钱多到用一块砖都盖不住。我是一切的中心，在她面前我就像跟我在一起时的上校，我时刻要显示自己的重要性。我为她关闭了一个世界的大门，她再也不必终日劳作，靠整晚整晚缝衣服度日。但和她住在一起并不容易。她一大早把我叫醒，那时经常天亮还不到一小时，就帮我梳洗打扮。洗澡的时候，她用海绵狠劲地搓我，我感觉皮都快掉了。然后她再帮我梳头、穿衣、化妆。"分毫不差。"她给我上牙粉的时候总是喜欢这么说，这让我想起了画家们完成画作时签名的样子。特殊的那几天，她会格外警惕。"如果今天他想要你，你也不要拒绝，不过衬裤一定要穿好。你不能第一次就让那污秽的东西被人看到。男人的兴致很容易消失，要不然你长这张漂亮的小嘴是干吗的？"说完她就在我嘴上轻轻拍一下。

不过并没有发生什么，妈妈急得肝儿疼。"这朵肉玫瑰就在他眼前放着，他连碰都不碰一下。"她不满地说，眼神就像正在看着世间一切的神灵。伊萨斯提亚上校给我买了带宝石的帽子和首饰，然后继续培训我，教我怎么收租，但就是不碰我，连像吻孙女一样吻额头都没有过。一天早晨他给了我一大笔钱，说："叫上马尔切洛去一趟格罗塞托，买点儿冬天的衣服。"那时已经是十一月了，镇子被浓雾笼罩，连自己的脚都很难看清。我们走到梅拉塔时在路边停下，车灯开着。马尔切洛很生气，那样的天气里他宁愿被开除也不愿开着车沿着山路下到山谷去。我试着跟他聊天，说那也比让我跪着擦一天地强。"感觉像在云里一样。"我说，窗外的雾越来越浓，像牛奶。"雾会让我有种感觉，好像自己根本不存在。"我接着说。"你甚至可以把一个基督徒给宰了上帝都看不见你……"马尔切洛看了看后视镜。我还在说话，但已经解开了衬衫的第一个扣子。

阿奇勒·塞拉利尼

亡人

最大的挑战就是起床，接着穿上他的衣服。我不喜欢照镜子，因为每次看镜子我都会心跳加速，感觉那个影子会自己跑掉。我总是等着看他做那副鬼脸，然后突然爆笑着说："亲爱的兄弟，我看你穿上我的衣服还不赖嘛。"然后我赶忙刮胡子，大早上的就连呼带喘。安乔利诺每天都会刮胡子，然后像娘娘腔一样喷点古龙水。每次出门时我都感觉想吐，正好跟邻居们道声早安。

然后我就高昂着头穿过整个老镇，我不喜欢低头。我得和整天潜伏在阳台上的那些女人打招呼，把手背在后面是不行的。她们全都对我说："安乔利诺，地下室有给你的礼物呀！"或者说："安乔利诺，我又在阁楼上发现了一箱子小玩意儿……你想看两眼吗？"然后我就会模仿我那个兄弟的沙哑嗓音。当我夸张地微笑时，我内心里的那头公牛眼睛瞪得滚圆，因为它知道屠刀正在逼近。

现在已经快一千天了，我还没适应，一点儿都没有。我演了快一千天的戏，每天我都去斯塔乔利那里买报纸，从罗多尔夫店里取牛奶，然后像一个无事可做的神父一样往回走，而我的胃里就像放了颗鱼雷。一般在那个钟点，双门酒吧里已经坐了一些端着杯白葡萄酒的人。尤其是迪沃，他不会放过每个骂人的机会。有时我刚从他身边经过，他就会往地上吐口痰，以表明自己的立场。但我从来不会有出格的举动，即便我心里有个声音让我把他狠狠地揍一顿。我会把他那张脸顶在墙上，用我自己的声音，丝毫不带伪装地对他说："我亲爱的老乡，看谁从死人堆里回来了。这是阿奇勒的那双手，你还认得吗？"然后把他满嘴的牙都打掉。

事实上，扮演安乔利诺一点儿都不简单，时间越久，这身衣服就显得越重，就好像口袋里会长炮弹一样。只有当一天结束，我插好门，把一切虚假关在门外时，我才能回点血，不过虚假并没有结束，而且还会在寂静中显得愈加清晰。看到我自己穿着亡兄红色的睡衣站在客厅里时，我感觉自己在小声说："现在我可以摆脱这个世界了。"接着我就想起了索尼娅。

也不用跟你们绕弯子，最大的困难就来源于她。有时候我真想对她说："看，是我。"然后就像一个离家两年的战士一样紧紧地拥抱她，接着我肯定得给她一些解释。不过这时我会回过神来，我曾无数次对自己说："我亲爱的阿奇勒，回不去了。原来的生活你连一个指头都不会拥有了。"这时我会出门假装散步消食，虽然我什么都没吃。我去敲响那个家的门，为了那个马莱玛角落的房子，我在矿井下整整挨了三十年。每次索尼娅开门看见面前这个稻草人的时候，她都像是被击中了一样，差点就倒下去。她抓着门闩，面无血色，两眼通红。她低声说："啊，安乔利诺，你来转一圈啊。"这句话是说给她自己听的，以便相信面前站着的不是鬼魂。然后她就又重新把我的心伤一遍，即使我还能感到一丝苦涩的宽慰，"她还想着我，"我想，"她还没忘了我。"

索尼娅从来不会提到我，她给我端来茶壶时手都在抖。然后佩皮塔喵喵叫着过来蹭我的肋骨，因为它认得我。于是我把它抱到腿上，虽然安乔利诺几乎不会这样做。我把佩皮塔放在腿上，就这样在餐桌上坐上一刻钟的时间。

最美妙的就是寂静的时刻，索尼娅会留我一个人在那里，说要去一下洗手间。但我知道她到里面是去对着镜子深呼吸……当我在那里时，有时我会觉得什么都没发生。那里有我，也有我爱的猫咪，还有我曾经生活的味道。只是现在我的存在就像教堂里的鬼叫一样离谱。我曾经的妻子瘦了很多，眼神因长期独居变得迷离。每一次我去找她，我都感觉她离变疯又近了一步，就算想再待一会儿我也会控制住自己，编造个借口，说要去某家的地下室看看，这是我的孪生弟弟常干的事情。她只好答应，狠命咽了口口水。她陪我走过走廊，那里挂着我们某年夏天在佛罗尼卡度假时拍的照片。然后我就把自己扔到外面，像晕厥了一样靠在门上。

有一件事我做得不地道，那就是我从不会提前打电话说我要来，如果那么做她就会提前准备，我也就不能抓到什么了。如果她没有准备的话，我就能随时打乱她的一切，这一点对我来说很重要，因为我真的想把那顶每天都要戴的弱智帽子扔到地上，对她说："我的妻子，炉子里烧的是另外一个人。我活得好好的，只要看到你就抑制不住胸中的情感。"

要我说，哪怕我的孪生弟弟不那么基佬也好。按照上帝的旨意，我的到访会持续很长时间，这样就能堵住因我离开带来的空缺，之前索尼娅也有相同的热忱。由于绝望，她甚至会彻底栖身于此。就像事情刚发生时的一天晚上。那天的暴风雨好像能把百年老树连根拔起，而她穿着拖鞋横穿了整个老镇。她停下的时间刚刚好。如果她继续吻下去，那天我会因为忍不住说出真相而死在她手里。所以我才得把最隐秘的一面藏匿在深处，把想要落在双门酒吧那些嚼舌根的人脸上的拳头收起来，在自己家里时表现得像个客人。同时，我继续像个活着的鬼魂一样游荡在中街。

起初我还不习惯听见别人为我哀悼。他们会在街上拦住我说："亲爱的安乔利诺，振作点。啊，人死就不能复生……"我装作沮丧的样子，但一拐过街角就会给自己一巴掌。后来就发生了一些小插曲。

自从南乔尼家为阿尔巴尼亚来的野兽打开了大门，镇子就有人用年终奖金给自家窗户装了防盗棂。我跟索尼娅说得很清楚："我不会花钱让自己活得像蹲监狱。万一我发现有什么畜生胆敢挠我们家窗户，我就用棍子让他好看。"

那天已经过了半夜，我毫无睡意。突然我听到有人在碰安乔利诺的门，我正好在火炉旁，就顺手抄起了火钳子。我心想："这些毒蛇，竟然还配了钥匙。"我往门口挪过去，站在衣帽架旁边。我听到对方很小心地开了门，动作精细得像偷钱包的贼。刚看到那个人影从我面前经过，我就突然跳出来大喊一句："抓到你了吧！"然后就用火钳子砸了下去，正中对方的膝盖后侧。

不过被砸倒在地的却不是什么外乡人，而是马索。他疼得直打滚，骨折的疼痛甚至让他叫不出声来，只是张着嘴。他看了我一眼就晕过去了。我就站在那里看着他，心想："马索跑到这里来干什么呢？他怎么有安乔利诺的钥匙？"

下一秒我就想到了答案。这不是什么高深的科学，就连小孩也能明白。晚些时候，我开车载着他从佩罗拉的山丘一路向下，朝格罗塞托驶去，而他哭得像塞壬。"没良心的！"他说，声音像个漏音的小号。"你知道今天是星期三啊！"我一言不发，而马索哭喊着就说出了一切。"都十年了！又不是才一天！今天晚上你竟然拿棍子打我！对，你是死了个哥哥……那你就拿我撒气啊？"

简单来说，我们可敬的双门酒吧的店主和那个顶着我的名字埋在某个墓穴中的血亲有一腿。他们应该每逢星期三的晚上都会来一次私会，而这一切轮到了我的头上。"最起码跟我说声对不起啊！"他还在说，鼻涕已经流进了嘴里。"你是怎么了？为什么你打完我还这么鄙夷地看着我？"

把这事告诉他老婆还不是小事一桩。把最后的醉鬼赶到街上之后，每天都是他关上酒吧的门。而我呢，由于睡意丝毫没有来敲门的意思，我决定出去透透气。我慢慢地走着，突然感觉到哪里传来了抽泣的声音。我拐进有喷泉的那条窄巷子，就发现了那个身体躺在地上，浑身抽搐的人。

"这样你就能学会过小年轻的生活了，"克莱利亚对他大叫着，接下来的几天都是她陪着丈夫去关店门。"你见过哪个七十岁的基督徒每天晚上都带着威末酒的味道回家的？"而他在那里，腿上打着石膏，两眼空洞。但就算这样，双门酒吧也没关过一天门。

看见我从面前经过时，他脸上的表情变成了绝望。一个星期后，醉鬼们已经忘了塞拉利尼的事，重新过上了嚼舌根随地吐痰的日子。马索则天天倚在拐杖上，像恋爱的人一样天天长吁短叹，活像个停在栖木上的鹦鹉。他用那种西西里人被背叛时特有的眼神看着我。那时我才明白，此前他满怀爱意，而我一棒子就给打没了。杀了我的孪生弟弟没什么大不了的，但替他和姘头私会肯定不行。

有时候我也会突然问自己："阿奇勒，打碎了你那个弟弟的头你后悔吗？"我想了想就坚定地对自己说，"一点都不，我的朋友，而且我还很骄傲！"

我们俩无论身形还是姿态都很像。至于剩下的部分，我们俩之间的差别就像白天和晚上一样大。比如我就对什么古物不感兴趣，也不想有个瑞士男朋友。每年圣诞节那个瑞士人都会给我们发贺卡，每次都直接被我扔进炉子里当燃料了，连上面的外国邮票都没撕下。年轻的时候，我每天下午都去找个小娘们儿，而他则染上了一生的恶习，那就是趴在桌上看书。再往回倒一点的话，和我一起玩的小孩儿根本不想来我家吃点心，就是怕染上这种病。在学校里，我会坐到教室另外一边的座位上，以此向所有人表明：我有个长坏了的弟弟，但我不一样。

自从在我之后一分钟降生到这个地球上起，安乔利诺就讨人厌。他能让妈妈哭泣，让爸爸暴怒，被皮带抽多少下都不知悔改。而且妈妈抽他的时候，为了炫耀，他还会故意背诵一些句子。大家过生日从来都是请我而不请他。如果他说喜欢什么，我就得说那是大便。他选白，那我就选黑，或者就反过来。人们都很奇怪我为什么长得粗粗壮壮……然后世界就疯了，突然之间他就成了被人喜欢的那个。

我敢保证，他是受某头山里的骡子宠幸才发达的。那是个身家多到像一千零一夜故事里的粗人，他们是在锡耶纳认识的，他们有水晶器具无数，镜子有一面墙那么大。他们满载着礼物归来，所有的亲戚都追着他们屁股后面跑，除了我之外。我跟他们连手都不握。尤其是那个吃奶酪的红头发瑞士人，他脸圆得像月亮，总是毫无来由地开心。

索尼娅天天在我耳根子旁边念叨："比安奇亚尔迪家的地窖已经挂牌出售一个月了，价格就跟白送一样，马上就能回本。只要从厨房挖过去，我们就能拥有一个富人家那样的地窖。"我用几个字回答了她："我是挖矿的。"对于一个正常人来说，这个回答应该就足够了，但她还是重复那同一首歌："他家老人都死了有一段时间了。剩下的人都住在外地，这里的房子他们根本不在乎……这就是白捡的买卖啊！转手马上就能赚一倍！"说得好像我们有了地窖就不再是从前的我们一样。我真想把她带到矿井下面待一天，这样她就能知道矿工每个月到手的薪水是怎么赚到的。接着一天下午，索尼娅突然就说："我跟安乔利诺说过了。"我只是看了看她。她把手伸进围裙的口袋，拿出了一张纸。"他说这算是为家族投资的……这是合同，都签好了。"

我马上到那个孪生弟弟家，当面对他说："大家都知道我不喜欢欠别人的。"然后把那张纸扔到了他脚下。他看我的时候像个马上就要念出来台词的女演员。我又继续说，好让他明白是怎么回事，"我不需要别人给我喂到嘴边。我也不需要你从外国带来的那个基佬送我房子。"安乔利诺的脸色马上变了，一副受到冒犯的大老爷模样。他说的话让我更生气了："反正地窖已经在你的名下，如果不想要就让它烂在那里吧。"后来的十年里我确实也是这么做的。

索尼娅不时地就会重新提起那个话题："明明有钥匙还不用，这可不是浪费吗？"不过更令她感到难过的是，明明是孪生兄弟，我们之间竟然一句话都不说，就连生日当天我们也不打电话。对我来说，这完全不构成问题。在此期间，安乔利诺一直还着地窖的贷款。如果哪天我收到银行的催款通知，我会毫不犹豫地马上穿过中街，把地窖送给政府。

当瑞士人在一次事故中死掉的时候，我去厨房开了一瓶香槟。不知道哪天，我那个见过世面的孪生弟弟就回到了镇子，过上了安稳的日子。索尼娅每天去安慰他破碎的心灵。我看着她拿口带盖的锅出门，根本不问她要去哪里。有一天，迪沃认错人，调笑了我两句，我一点儿都没饶他：他住了二十天院，又在家卧床了两个月，其间一条腿只能吊着。但他也让我付出了昂贵的代价，我的肋骨全都断了，鼻子也被打开了花。他被揍的新闻还上了报纸，上面直接指名道姓。而我一生的积蓄就这么给了那个戴绿帽子的以及里波拉来的律师们。但这还不够，最后安乔利诺也掏空了口袋。当索尼娅告诉我已经说服了他时，我说："他这是尽义务。我揍迪沃也是因为他的错。"我现在也这么认为。

不得不说，人生的转折很有意思。以前我那个弟弟让我讨厌到挠墙，我觉得他就是把我的各个长坏了的部分重新拼在了一起。现在我却变成了他。现在我走路也像他，说话也像他。我还穿着他那臭的像小女孩一样的衣服。但我还是得小心，虽然马上就要到一千天了。上个月我咳嗽得特别厉害，连窗户玻璃都开始震动，最后我给萨尔基尼打了电话让他来看我一眼。我可不想死第二回，第一次大家都知道，而这第二次谁都不会知道真相。萨尔基尼到的时候一脸严肃，拎着自己常带的小皮箱。他刚进门就立住了，开始用那个大鼻子闻来闻去，空气将他的肺部撑得鼓胀。他说的第一句话是："我觉得这里有什么东西不对。"而我穿着弟弟在家常穿的凉鞋说："我没觉得，医生。来吧，现在请来房间检查一下我的气管吧。我都快咳出来一个果酱工厂了。"

"咳。"这个孪生弟弟死了之后还在继续祸害我，为了模仿好他我还得去认字。"抱怨""稚气"这些词我之前连做梦都没想到过。当我去我家里，索尼娅会端来茶，我竖起小拇指抿上一口，说："美味。"

不过我还是要说，虽然我讨厌安乔利诺，但我的表演却很成功。我骗过了所有人，包括那个和我睡了一辈子觉的老婆。我还记得他那张和我一模一样的脸，他突然就瘦了下去，因为他把积蓄都掏出来赔给了迪沃。"阿奇勒，把比安奇亚尔迪的那个房间卖了吧？"他对我说，"也让我缓一缓。"说得真好。他先是送我，现在又想要回去。我是这样回答的："我从没问你要过什么，现在你也别跟我要。"这时他眼中的怒火被彻底点燃了。"我都啃了一星期面包洋葱了，你有难的时候我连眼都没眨一下，你是个坏人。"然后他就含着泪离开了。我一如既往地对他说："我不一样，尤其是和你不一样。"

后来他过来告诉我，说自己找到了一份宝藏，那时他就完全换了副嘴脸。他把一本从阁楼的灰尘中找到的厚书放在我面前。书名是《巴黎的奥秘》。我看着他，耸了耸肩说："我拿它干什么？"他的眼神显得更加狡黠。"书本身我一点都不感兴趣。我关心的是在里面找到的这张纸。"他打开书，拿出了几张发黄的纸，然后开始大声读起来。

那是我在一九八四年四月七日写下的一些话。上面兴高采烈地说着我和一个名叫玛丽埃拉·曼托瓦尼的女人的事，就在下面波南蒂的葡萄园里。那是我三十岁时有过的一段孽缘，当时我结婚已经十年了。那个女人身体里藏着一个魔鬼。她在你身上疯狂地发泄着欲望，永远都没有尽头，就算已经做了一个小时也不够，放在任何人身上这时都已经腻了。"我爱你，"她的睫毛抖动着，然后下一秒她又说，"阿奇勒，快使劲儿，我疼得再厉害叫得再大声也别管。"前后一共持续了几个星期的时间。我下了班就从后面上到老镇去，不走中街。玛丽埃拉走普莱泰拉出口旁边的那条小路。然后我们就像两个小孩一样翻墙出去。"我爱你。"她一直都在重复这句话，我感到害怕，因为我们本可以什么都不说，直接办事儿，根本不需要什么你侬我侬的。我们又不是要结婚成家。然后我就对索尼娅说我错过了两点的班车，有时我就说在圣巴斯蒂亚诺广场坐在长椅上聊了会儿天。接着有一天她说："你都一个月没赶上班车了，一般你都是直接回家的。而且听你说你在外面跟人聊天我也很奇怪，你在家里能不能也说句话！"然后她就没再说什么。

现在我的这个孪生弟弟就在我面前，这本书至少已经在镇子流传了二十年，而他正好就发现了玛丽埃拉不知什么时候夹在里面的纸。读完之后安乔利诺就盯着我，他说："地下室卖吗？要不然就让我把这封信交给某个人？"这个畜生养的，亏得索尼娅还这么关心他，现在她却成了要挟我的筹码。我刚要开口，他把纸张翻过来打断了我："我还另外存了一份，想清楚你要说的话。"我看着地面，整整一分钟没说话。然后我抬起头看着他："我们去看看那个破房子怎么样了。荒了这么多年不知道破成什么样了，然后我们再商量价钱。"

索尼娅见我回了家，不过我没脱外套。她手里拿着一块抹布，这时她发现了安乔利诺。这一幕应该让她有些暖心，毕竟她已经很长时间没见过我们俩如此近距离地在一起。她看着我翻出了长久以来一直没用过的地窖钥匙，说："给你们煮杯咖啡吧？"我没有回答。

门锁已经满是铁锈，我费了好大力气才打开，手腕都快累断了。就着从路上照射进来的微弱光线，这是我第一次看见比安奇亚尔迪的地下室。

我差点儿骂出声来：这房间真的很漂亮！里面全是以前留下的家具，应该有上百年历史。还有一辆公路自行车，和以前我们可怜的爸爸的那辆一模一样。房间中央还有一个石头做的拱门。安乔利诺走到一个柜子前，打开了一只抽屉，我听到一阵金属摩擦的声音。然后他说："这地方真是个金矿。"我不禁讥笑说："矿什么样我可是知道，和那里一比这里就是国王的宫殿。"但我的孪生弟弟根本没听见我说话。他魔怔了，他翻箱倒柜，拉开窗帘，蜘蛛和虫子随之掉在地上。然后不知道他从哪里拿出了一张唱片，他用大衣袖口擦拭了上面的灰尘。"我不信……"他开始用一种近乎哭腔的声音说。"我不信……光这个就值十个比安奇亚尔迪的房间。"他刚要转身向我展示自己的新发现，太阳穴就受到一击，倒在了地上。

我跑去把门关上，留了一点缝，以免我往回走的时候碰到什么地上的物件。我又把手里的那条桌子腿安回去，由于潮湿，那个茶几已经腐朽了，上面全是污物。我摸着黑在我那个弟弟身边蹲下，用手捂住了他的口鼻，然后在心里默数："一、二、三……"

当我数到二十四的时候安乔利诺开始了挣扎。他挥舞着双臂，想要在黑暗中找到一个支点。但因为刚挨了一闷棍，他的力气不大。"三十八、三十九……"我的头往后仰着，以免被他抓到脸。我听着鞋底碰撞地面的声音回响在地窖里。"四十八、四十九……"

安乔利诺死在了第六十四下，数字和他的岁数相同。有时候也会出意外，为保险起见我又足足捂了两分钟，把孪生弟弟的头抱在怀里不免让我有些心软，这是这辈子的第一次。然后我站起来，拍拍身上。我从比安奇亚尔迪的房间出来就径直回了家。索尼娅看见我把大衣挂在了衣架上，小声说："别告诉我你已经决定了。"我看着她，点了点头。

那是我和她睡的最后一晚。我把头深深地埋进她的头发里，好闻到她的一切。我紧紧地抱着她，吻她的额头和嘴。我们办事的时候从不说话，但那次她几乎是用气息小声地说："你为什么在抖？"我用更多的吻回答她，吻遍她的脖子和全身。

做完之后，索尼娅沉沉地睡去。等到钟楼敲响四下，我起床了。我穿上前一天穿的衣服，在床前站了一会儿，试图将泪水憋回去。

最后我跪在妻子面前，在她的两只眼睛上留下了最后的吻，她动了一下。然后我就走了，走之前我去了趟厨房，佩皮塔正在一张椅子上睡觉，我摸了摸它。

我在比安奇亚尔迪的房间里把安乔利诺的衣服脱了。他的身体已经开始变硬，只要一挪动就会从他嘴里呼出腐臭的气体，我差点忍不住要扶着茶几才能站住。我给他穿上我的衣服，包括内衣在内。然后我再穿上他的，那些衣服浑身上下充斥着妇人的气息。当轮到给他戴戒指的时候我感到一阵战栗，因为我感觉自己像是要娶他。

出去之前我往巷子里看了一眼，钟楼敲响了半点钟，我心想："镇子到傍晚五点都已经没人了，更不用说凌晨五点。"我回到里面，背上安乔利诺就走进了十二月的雾中。

我把他留在了巴尔贝里尼家的门口，到了冬天，由于路面结冰，下坡变得非常危险。我把安乔利诺放在台阶附近歪着坐下，然后赶紧上坡。裤子里装着这个房子的钥匙，从现在开始我就要像个大自然的玩笑一样生活在里面，继续我孪生弟弟未完成的人生。不说别的，早晨我还是会出去买报纸。

让大家相信的关键还有那一脸的胡子，那一晚，它在刚死之人的脸上继续生长，为安乔利诺赋予了一种我身上才有的气质。我担心的主要是手，因为这才是可能被识破的地方：我的手是做工的手，而他的手却翻了一辈子书，到了晚上还要抹护手霜。但大家只看一眼就够了，打消大家疑惑的主要是索尼娅，她绝望地痛哭着说："他退休之后就经常一大早出门，我不知道说过多少次不要逞强。十二月里摔倒的人可不是一个两个了……哦，我的阿奇勒！我的阿奇勒，现在我可怎么办啊？"

连验血都不需要，那个被人发现倒在巴尔贝里尼门口的就是我。

他身上还有我的证件，手上戴着我一直戴着的戒指。最坏的就是被人发现我手指上的戒指印。但我穿得很多，还戴了手套。到现在我还十分注意不在公共场合露出左手，结婚多年的烙印不是那么容易就能抹掉的。

当他们过来给我送信儿时我正穿着那身娘娘腔的睡袍，直到今天我只要在家也都会穿着。我还演了一出晕倒的戏。为死者守灵时，每次来人我都费力地抬起头，无言地向对方致意，葬礼时也一样。我挽着索尼娅的胳膊，戴着手套的手深深地插进大衣的口袋。但当我看见火化炉被砌上最后一块砖的时候，我真的感觉到一阵头晕。事件的前后经过在我眼前重演，有那么一刻，我甚至觉得躺在里面的真的是我自己。我感觉自己消失了，其实这也不算假话。那阵眩晕就像又一次痛苦的释放，然后他们就送我回家了。

过安乔利诺的生活是一趟永远不缺少新发现的旅程。刚开始的时候，为了不让别人抓到我犯错，我开始看他那些大部头的书。我还整理他的笔记和日记，为了模仿我孪生弟弟的签名，我写废了成堆的纸。接着就发生了一些事，正是那时开始我才明白了这场判决真正致命的点：我有个老学究弟弟，还热爱艺术。看他笔记的过程中我慢慢体会到了乐趣，因为安乔利诺很厉害。当我整天在井口劳作，才刚刚买得起一台冰箱的时候，他就去寻找被人遗弃的宝物了。现如今，这些宝物全都落到了我的身上。而且我也不觉得自己有错：世界上最美的东西也不能换来一个知道丈夫出轨而心碎的索尼娅。与其让她知道我对她不忠，还不如让她以为我已经死了。最好让她疯掉。那样的话，我爱她的这个想法就会像圣巴斯蒂亚诺教堂下面的那颗巨石一样坚固，直到永远。

这座房子就像个魔术，每天我都能找到些新的物件。书里夹着各种从远方寄来的明信片和干花。我仍然在收古董，偶尔装装行家。然后上个月就发生了一件怪事：我当时正在吉娜内斯基家的地下室里翻找，脸上沾满了蜘蛛网，你猜什么跑到我手里了？一张唱片。就是安乔利诺被打翻在地前手里拿着的那张。我告诉那家人说，想把唱片给那个商人看看，他每两个星期来一次镇子看我的新发现。就和我的孪生弟弟活着时做的事一模一样。然后我就赶紧走上了中街，他最后说的话像锤子一样一次次敲击着我的大脑："我不信……我不信……"

那是一张黑色封皮的胶木 78 转唱片，封面上什么字都没写。碟片的标签原来应该是金色的，现在则褪成了某种卡其色，连年份都看不清。碟片的划痕也数不清，但都没有多深，不会让磁头跳掉。

我死了之后，多年前属于比安奇亚尔迪的那个房间的所有权转到了索尼娅名下。最后还是我说服的她："卖掉吧，你自己也攒点儿钱，没坏处。"对于吉娜内斯基一家来说这是笔好买卖，即便他们住在两条街之外。和大家一样，他们也有攒了一辈子的东西，什么都舍不得扔。于是他们为那个地窖开了很高的价格，而如果我不是这么畜生的话，那里原本该是我的。为了给自己的东西腾地方，他们把前人留下的东西扔掉了。就算是想要留下点回忆的话都是需要付钱的。不过那张唱片他们倒是留下了，不知为何后来他们又放到了一边，最后扔到了自家房子下面的地下室里。而上个月，它正好被我找到。

笑声，唱片里录的全是笑声，两面都是。刚开始我有些摸不着头脑。我心想："他们录这些玩意儿干什么？有什么好处吗？"不过我还是继续听了下去。安乔利诺的唱机是烫金的，发出一种沙沙的底噪，但就像新的一样好用。笑声，就像海浪一样。刚开始几乎什么声音都没有，后来出现了低声的笑，然后场面突然活泼起来，有人甚至开始开怀大笑。那些都是真实的笑声，和演出来的不一样。用喉咙装出来的笑一下子就能听出来。甚至还有拍膝盖的声音，人们跺脚的声音，好像他们就在你身边。然后一切安静下来，准备好从头开始新一轮的娱乐。

詹卡洛来到镇子之后，我先是给他看了一堆小玩意儿和从壁炉上拽下来的破画，后者是这一带的农民在周末闲来无事来了兴致的时候随便画的。最后我才拿出了那张唱片。看见前面那些破烂儿时他毫不在意，直到我拿出 78 转唱片他的眼睛一下子睁开了，眼神变得像蛇一样锐利。"这个宝贝是从哪儿来的？"他说着马上就把手放上去摸了摸。

在所有人之中，真正让我面临危险的正是詹卡洛，而不是索尼娅，或者那些和我一同长大、一起下矿井的人。阿米亚塔来的这个商人早晚会发现自己面前的这个安乔利诺不一样了，原来的安乔利诺整天谈的都是古书和古董。有一次和我见面时他说："你可能还没走出来。你的脑袋还没回来。这一点你比我清楚，想在这个地方挣钱需要灵感。你需要休息。"不过菲利普一世牌的沙发我还是懂的，镇子的阁楼里到处都是这东西，不过大部分都需要往里续点儿海绵。我刚结束做自己的生活，在我看来，粉红大理石的洗手池和露底的洗衣机以及病人睡过的床垫一样，都是可以眼睛不眨一下就扔进垃圾回收站的东西。

我说唱片是从一家人手里买来的，没说是谁。我还说现在我不考虑卖，想了想我的孪生弟弟生前最后留下的话，我说："我知道它很值钱，我突然就有了一种灵感，我应该是在哪里读到过它，但不记得是哪里了。"

詹卡洛让我放给他听听。他看我的眼神就像我拿着圣杯。碟片开始转动后，他闭上了眼睛。刚开始是一些低语，还有几声咳嗽，这些我都已经烂熟于胸。然后是几声清嗓子的声音。直到听到第一阵大笑时他说："太棒了。"他好像是在聆听天使的歌声。

过程是这样的：他们让一些人坐在剧院，舞台上表演着哑剧，与此同时他们把观众发出的声音录下来。这些 78 转唱片是卖给穷人的，他们一辈子都在苦难中度过，在黑暗中弯腰劳作才能让自家餐桌上有汤可喝。到了晚上，这些可怜人就聚在壁炉旁，打开唱机，听取一些过得比他们好的人的笑声。

詹卡洛看起来有种中邪的感觉。他说："你想想，这些人全都死了……市面上剩下的这种碟片也就三张，最多五张。我说的是全世界。我知道有一些收藏家宁愿把亲妈卖了也要得到你手里这种尖儿货。我现在就可以给你开个好价钱。"从那之后他就不断地奉承我，最近一次他的眼神都有些奇怪了，被这张唱片记录了笑声的这些富人生活在一百年前，如今肯定已经被蛆虫啃咬殆尽，但是为了能够得到这张照片，他似乎连裤子都愿意脱掉。

除了听那张唱片之外我什么都不干。它让我颤抖，但它比我强大。这就像是在看在家具里做窝的那些畜生，它们的腿只有汗毛那么细，身体完全透明。看着它们我恶心得头发竖起，但我仍然会忍不住在那里看上一个小时。同时我会挪走某些东西，就着壁炉的火光打开一本厚书……两天前，我又有一个新发现。

卧室和客厅之间的地砖是活动的。这我之前就知道，因为我搬到那里的时候就听见那里有"咔"的声音。前天，我俯下身子想一探究竟，然后那片瓷片就到了我的手里。

我首先想到的是我那可怜的爸爸的话："镇子的房子都有眼睛和

耳朵。这可不只是说说而已。"小时候我曾经就此幻想过很多。我想象有那么一个村子，里面的每个房间都通往另一个房间，没有终点。那一个版本的镇子最后就只是一个房子而已，通道在石头和砖块之间穿梭，通往每一户人家，包括教堂和钟楼在内。当时我应该很乐意在晚上从费拉里家的大衣柜伸出头去，花一个小时吃她那光秃秃的小花。

安乔利诺的所作所为从来都对不起自己的父母，但这并不妨碍他有个为其着想的爸爸。爸爸生前不断对我们说："你们一生下来就是两个人，也让我需要付出双倍的辛劳。"为了买地，他把自己从父母那里继承的房子一分为二，把一楼挂牌出售。那是五十年代，战后人们重修了道路，还改造了马莱玛平原。凡是想通过诚实劳动获得好生活的人，在这里都能找到属于自己的肥沃土地。比如说，马塔菲利一家就在自家地下室里做甜点卖到商店里。他们的手艺很棒，产品大受欢迎，最后把自己的家改造成了商店独立经营。他还买了我们家的一楼，那里很宽敞，他身边还带着漂亮的埃塞德拉。爸爸眼睛都快看直了，翻着账单说："有这么一笔钱，谁先结婚我就给谁买座房子。"现在那座房子里住着索尼娅，由于没有我在身边，她不知道什么时候就会疯掉。

我看着砖的空洞，墙体中间有一个刚刚能塞进去的软木塞，就像一个盖子。我一提就把它拿了下来。

那是一个洞。卧室和客厅之间的地面上有个洞。塞子的另一头不知道什么时候被涂成了白色，应该和楼下的天花板是同一种颜色。

因为我可怜的爸爸不是那种喜欢大张旗鼓的人。我小的时候，睡觉前就经常听一些关于隐藏的窥视孔和秘密衣柜的故事，我会一直想，眼睛盯着天花板，直到很晚。"这都是原来打仗的时候有用处的东西，是用来对付端着冲锋枪的德国人的。"我的生身父亲说。面对着这个孔，我又想起了他的话。"那时候有很多游击队员来到镇子治伤，或者只是求一顿饱饭吃，他们都是在森林里过了好几个星期的人。"就像我们在电影里看到的那些场景一样，比如画里有会动的眼睛，或者一面墙突然打开，往里一看是个密室之类。这是用来监控隔壁人的行踪的，以便及时赶去帮忙或者逃命。

在杀了我的孪生弟弟之后，我才发现原来我们家的房子也有秘密的眼睛。过去谁也没想过要用水泥把那里糊上，他们只是封住了楼梯口，把房子简单地一分为二，然后就把楼下钥匙交到了埃塞德拉丈夫的手里。如果我小时候知道的话，肯定会每天趴在地上。

我就跪在那里想着上面这些事。身边还播放着死者的笑声，我心想："亲爱的安乔利诺，原来你还喜欢偷窥啊，被我抓到了吧……"下一秒我就趴在了地上。

窥视埃塞德拉家的客厅总会让我有种特殊的感觉，那下面就是我降生的地方，而从八岁之后，我就再也没踏足过那里。这让我有些怀念从前，就好像那个房间也在窥视我一样。"看啊，阿奇勒，我还在这里，以前的日子我都记得……"好像一动不动的它在这样对我说。我把脸贴在灰尘中，重新抬起头的时候，我脸上的灰已经有了那个洞的形状。

于是我像个疯子一样趴在那里，这个新发现让我头晕目眩。突然我听到两声沉闷的响声。接下来我就看见奇亚莱塔的儿子在我眼皮底下走过，我一下子抬起头来，甚至扭到了颈椎。

奇亚莱塔很受大家的喜欢，虽然还比不上费拉里，但也相差不多。她看人的方式很特别，好像自己在玻璃后面，像一个展示中的商品。她的皮肤白皙，双唇红润，还有一双灰色的眼睛。那是一种没有灵魂的灰，就算有的话也是一种能将你吸走的灵魂。奇亚莱塔不是那种会在晚上和你在被子下行鱼水之欢的母马。虽然和其他人一样生在镇子上，她却有一种来自外面世界的气质。她很少笑，这是我最爱她的地方。她和那个过路的外乡人好上的时候，我也确实难过了好一阵子，虽然我手里已经有了索尼娅。据说那是个法国人，或者是个德国人……那个人让她怀上了一个孩子，而她选择丢下孩子不管。后来两个人都消失了，没有人知道他们的去向。照顾婴儿的任务就落到了埃塞德拉头上，可以说是晚年得福了。

现在透过那个洞，我就能看见那个孩子。这是如今镇子每天的热门话题，已经有二十来天。据说他在外面犯了事，现在回到老家舔伤口。那些闲言碎语我从来都不关心。和我有关的我只想一件事：如果那个萨穆埃莱没有让那所房子重新亮起灯光，那里是给他既当爸又当妈的奶奶的房子，那么我能看见的就只有一所废弃的公寓，而不是我从小生活的那个房间。而且，到了晚上每个人都有一些找上门来算账的鬼魂。

即便如此，第一天听到楼下动静的时候，我还是很激动。在瑞士人死后，安乔利诺就成了这所房子唯一的主人，他经常说："幸亏我还有埃塞德拉，她每天都来敲门，我们会喝着茶聊上差不多半小时。我们还一起剥炒栗子吃，晚上我们就用响声互道晚安，我用脚跺地板，而她就敲敲天花板。她用这种方式表示自己就在我身边。"

不久前当我听到那些脚步声时，我还以为那是我孪生弟弟的鬼魂，好像他又回到了原点，回到了我们过去住的地方，那里和我现在住的楼上的格局一模一样。我整晚都没睡，心脏怦怦直跳。但我已经准备好说什么了，有时候我会看见他的脑袋从地板上冒出来："亲爱的弟弟，你死了也不想让我安生吗？把我惹生气吧，这样我就到那边去再杀你一次，然后把你扔到地狱中的地狱。我现在遭受的惩罚对你来说还不够吗？我又没丢你的人。你现在看看我，安乔利诺。看看我，回答这个问题：你觉得，我们俩谁更像鬼？"

墙砖对你说的话很清楚，你要么看要么听。两天前，我的脖子差点因为趴的时间太长而断掉。根据动静的不同，我有时候用眼睛看，有时候用耳朵听。因为楼下发生了一些非同寻常的事情。

我看见那个萨穆埃莱背对着站在门口。但我只能看到他腰部以下，还是逆光。下午两点时，有人进来了，他们在谈话，那个时间镇子上的人们还在午休中。我转了转头，脖子的骨头随之噼啪作响。我把耳朵贴在那个洞上，听到一个女孩子的声音说："你不知道我经历了什么。"然后就是一阵响动。我又换成用眼贴住那个洞。

光线好像不一样了，客厅里出现了另一个人：艾莱奥诺拉，阿德莱德患病卧床之后马里奥找来顶替她的那个小女孩儿。她就站在那里，双臂交叉，就像有一团冰正从她身体内部吞噬她。她往四周看着，颤抖着，然后继续小声说着一些我听不清的话。

萨穆埃莱在几步远的地方看着她，摇着头。我重新把耳朵贴在了洞上。

"我回不去了。"她哀怨地说，"让我留下吧，我来的时候没人看见。"

正看得入神的我突然听见后脖颈咔嗒一声，声音很大，有那么一刻我甚至怀疑楼下的人也能听见，但他们有自己要操心的事。艾莱奥诺拉激动地舞动着双臂，而男人有一下没一下地做着安抚的动作。那个姿势保持得久了，血液循环开始让我有些难受，血液全都冲向了太阳穴的位置，就像我的心脏长到了头里。我看见女孩儿逐渐平静下来，男人向她走过去，一把将她抱住。

　　我直起身，喘着粗气。血液循环恢复了正常，这让我浑身发痒。笑声已经停止好一会儿了，唱机磁头在 78 转碟片上空跑着。我心想："我还不是太明白，但那个萨穆埃莱和艾莱奥诺拉之间肯定有猫腻。"

　　虽然考虑到我的年龄以及我现在的身份，我本不应该考虑这件事，但如果我是埃塞德拉那个走歪路的孙子，我也肯定会马上答应那个姑娘。"让我留下吧。"她对他说。"我回不去了。"我肯定会把那个哭得梨花带雨眼神黯淡的艾莱奥诺拉留下，哪怕能发泄一下在我身体里沉睡了一千个日夜的欲望也好。我也没办法自我解决，因为每次尝试的时候我都感觉自己分裂成了两个，而我正在给我那个孪生弟弟做手活儿。这时我就会恶心得想吐，也就什么兴致都没有了。

　　不过最后我想到了另一个问题，和楼下两个年轻人的口角没有关系，那就是，安乔利诺在世时也会往下偷看吗？如果答案是肯定的，那他大概从埃塞德拉时代就开始了，那时萨穆埃莱还只是个十五岁的毛头小子。想到这里，我浑身的汗毛都竖起来了，因为这意味着我的孪生弟弟之前不仅是个基佬，还道德堕落，他很可能经常一边偷窥楼下的孩子一边自渎……事情进展到这里我才遭受到了真正的迎头一击，不管过去怎样，而我现在还在继续他的丑行，我就像中了一道魔咒，自己曾经亲手杀死血亲的事实再一次被血淋淋地呈现在我的面前。故事讲到这里，我突然看见照片上出现的自己的身形，无论是身体还是生活，我都实现了对那个人的完美复刻，而他如果当初就被打掉的话，对所有人都会是好事。这时我的心和灵魂一次次地飞到一座房子里，那里住着一个在漆黑的半夜我再也无法拥抱的索尼娅。有时我会看见她从教堂那里回来，手里拎着买来的东西走在街上。我得马上找一个巷子躲进去，身体的战栗和剧烈的心跳才能平息下去。就和我们年轻时一模一样。唯一的区别就是，当时的我会马上回到家，对着镜子一遍遍地练习邀请她参加仲夏节舞会的说辞，那里正是我们爱情开始的地方。而如今我只是回到这个家里，背景音乐来自一张唱片，里面的死人正在嘲笑我。

苏珊娜·科奇

旅馆女老板

亲爱的上士，在此事先声明，在下敬畏的是法律，而不是什么神灵。如果我实在需要表示尊敬，我也宁可亲吻科尔西上等兵制服上的绶带，也不愿屈膝于穿长袍的教士。这句话请马上记在我的口供里。

哦，唐·劳罗人还是不错的，我说的可不是他。不过他还是像其他穿黑袍子的一样，只要听到什么为其所不齿的事情就开始叽叽喳喳地说个不停。最近经常可以看见他脚步匆匆地穿梭于大街小巷，就好像家里灶上正坐着锅，但真正管用的人都在这里，在军营，这里可不会跟天父费什么口舌，直接就能找到那些祸害乡里的罪犯。因为镇子里就是这样，可能一千年都相安无事，忽然有一天，所有能想象到的灾难纷扰都在一瞬间降临了……我这里指的主要是发生在可怜的菲利普身上的惨事。他是南乔尼家的小儿子。

您还指望我说什么呢，这件事连石头都知道了。大家都知道他是个傻子，不过也有很多人说他其实是装的。这大概是因为他就指望着父母养活，自己明明没在锯木厂干过哪怕半天活儿，也照样饭来张口衣来伸手。不过小伙子人还是不错的，从来不生气急眼，总是面带微笑,眼睛里有光。他碰见我时总会问:"苏珊娜夫人,丽日旅馆生意可好?我来看看游客如何?"夏天他在饭厅里有个属于自己的角落,住客的一日三餐都在那里吃。菲利普喜欢看陌生人。我让人给他端去巧克力奶,条件是他不准去问客人一些蠢问题。有件事我可能不该说,有天早上他看见自己的爸爸和一个叫蒙特马西的女人下了楼,后者一直给他家公司管账。当时已经快中午了,菲利普一抬头就看见了这一幕,他刚要大声说什么来引起父亲的注意,在最后时刻我拧着他的耳朵把他拉走了。"那也是顾客。"我对他说。他用自己毫无智慧的眼神盯着我。他往门口走去,看见父亲在秘书屁股上拍了一把之后就出了门。然后他就又开始看来来往往的法国人。

亲爱的上士,有一点是很清楚的,我们的工作就是,无论谁要房间都得给,至于人们的秘密我们绝对不能透露。房间里是无主之地,前提是不违法,这一点要说清楚。然后还要给房钱,清洁费也要付。宾馆后面还有个小门,方便那些不想在奇怪的时间段(尤其是下午)被看到出现在丽日宾馆附近的人。因为午后正是我们宾馆客满的时间,就连吊灯都会晃动,有几次地震了我们都没察觉。

哦,只要我自己愿意,我能列举出一长串的奸情,按照首字母顺序把半个省的绿帽排好。当地和非当地的各色人等在丽日旅馆进进出出,就好像是公交车上下客,还是下午四点的那班。如果要把出轨事件写成书,就会没完没了,旅馆房间里面发生的事普通人根本想象不到。要举个例子吗?已经结婚很久的老夫老妻竟然秘密约好在旅馆见面,还要求在床头柜上放一瓶上好的香槟。要我说的话,难道他们就不能在自己家浪漫一把吗?还不花钱。难道不花两个钱那旗杆早晨还直不起来不成……你如果在街上讲这些事,别人会把你当傻子。还有一些劲爆的日子里，一楼是他，二楼是她，还都有各自的伴儿。这样一来，我们的工作量就加倍了，因为顾客的隐私是第一位的，他们可不想在走廊里撞上。还有晚年出轨的男男女女。又或者，这边厢女儿在和齐维泰拉来的情人幽会，隔壁浓妆艳抹的妈妈也正准备和萨蒙塔纳来的游客共度良宵。必须得说，不是一家人，不进一家门。所以我们才需要日历。有某位裤裆骚动的先生打来电话了，我会看一眼预订表然后说："不好意思，客满了。"这句话的意思是："妙啊，你们家已经有人想让下面透透气了。"对方明白了我话里的意思，就会颇为哀怨地哼唧两声。知道自己并不是家里唯一一个行苟且之事的，这事儿放谁身上都不会乐意，然后他就会另外挑个日子。

在马莱玛省开旅馆就是这样，这里是个盛产奸夫淫妇的地方。完事儿后十一点钟他们就去做弥撒。可能衰老这件事毁掉了所有人，所以他们就放纵自己投身于这些蝇营狗苟之中。有时候我们还得叫救护车，因为会有男人的心脏从那活儿飞到喉咙。

亲爱的上士，这就意味着，即便是淡季我们也得睁大一百只眼睛。所以说，如果最近我们没留意可怜的菲利普说的话，您可能也不该怪罪我们，愿他的灵魂能永远安息。和大家一样，我们也是爆炸发生时才意识到的。

没错，他有时会说那件事。他偷偷摸摸地来到我身边。"苏珊娜夫人，我发现了一处宝藏。等我把钱存到银行里我也在旅馆开个房间，开上一整年。"然后就拍拍我……他有种想被当成顾客的执念。"那处宝藏闪闪发光。"他又说，满脸地得意，"每个星期天我都挖一点儿，就在离丽日旅馆一百步的森林里，但别问我在哪里啊！我又不傻。"

两天前的那次爆炸震动了旅馆的玻璃。我当时心想："在这么多次预演之后，镇子终于要被彻底震塌了。"我赶快跑到窗户边，原以为会看到整个老镇都塌陷下去，但什么变化都没有。然后我就朝森林方向看去，发现那里升起了一个黑色的烟柱。

我后来看报纸上说，人们只发现了一个大坑和一些倒下的树木，它们呈扇形散开，就像热恋中年轻女子的下身。另外有一些铁块，还有一些烧焦的肥肉仍在吡吡作响。他们通过衣服的碎片认出了可怜的菲利普。这些碎片飘散到周边，持续了一下午，最后落到栗树高高的枝头，丽日旅馆的停车场里也有不少，最后这些灰尘都是我亲手清理的。那时我对他说："亲爱的菲利普，你都化成渣了。我本该告诉你，那处宝藏是颗一九四三年埋下的炸弹。"我真傻，我怎么没好好地问问他，为此我愿意就地接受拘捕。已经两天了，我浑身上下都不自在。一想到那个不灵光的孩子变成灰落得我满身都是我就受不了，最后必须重新洗一遍头才行。

放任一个弱智的孩子到处乱跑就会是这样的下场。在这个全是老人的地方，菲利普没有朋友，只能和我们这些稍微会理他一下的人闲扯两句。有一次他对我说："爸爸不想让我在厂子附近待着，因为像我这么傻的说不定就会闯什么祸。所以他就用这种方式保护我，让我从早到晚在外面闲逛。我也没什么可抱怨的。"这就是最后的结果，一个里面空空如也的棺材。照片当然还是得拍一张，一撮头发，还有一双烧得只剩了一半的鞋。晚上我连饭都不吃了，因为自从爆炸发生后我就感到牙齿缝里嵌进了沙子，也就没了胃口，所以我还要说。我对他说："亲爱的菲利普，不要再变成灰飘到旅馆附近了，你把我们大家都吓得不轻……"

对于我们这些不容易忘事的人来说，这就像胃囊被人打了个结，亲爱的上士。那么年纪轻轻的一个孩子就没了，虽然他有点傻。在这件事上，唐·劳罗让我感到恶心，面对这样一场惨剧，老人们坐满了教堂的长椅，去听他喋喋不休地朗诵赞美诗。"让我们为那个可怜无辜的灵魂祈祷。"他说，然后所有人都低下头。而就在两小时前，如果瞄到菲利普·南乔尼出现在视野中，他们就会马上关闭窗户。现在他死了，原因正是大多数人的疏忽，而他们却一口一个"可怜"地说着。本来大家只需要专心听他说十分钟，他也就不会在大街上缠住任何人。这是因为他和谁都没什么可聊的。而且我们谁都想不到，这样一个孩子竟然能自己跑到森林里发现什么意想不到的东西。看见今天早晨出席葬礼的那些老家伙，我真的想用机关枪一通扫射，把他们都干掉。那样的话我这会儿还是会出现在您面前，亲爱的上士，但心里想的就是可能下辈子要在监狱里度过了。不过如果能为这个世界除害我还是很乐意的。这些罪孽可不是去教堂里坐个十分钟就能一笔勾销的。

在镇子里，有些事就算过了六十年也会找上门来。它们的岁数比你还大，历经多年风吹日晒，最后在正确的时间点在你的手里爆炸。镇子处处是陷阱，其中最大的陷阱就是这里住的人那些生蛆的脑袋。是的，亲爱的上士，我还在说，现在要提到另一件您操心的事情。

我至今还记得，当南乔尼为那些阿尔巴尼亚人打开锯木厂的大门时，人们是怎样一副嘴脸。这是不久前的事情，最多两年。只要有从亚得里亚海另一边来的年轻人从身边经过，这些令我作呕的同乡就会趁机推推搡搡。"他们偷了我们的工作。"他们说。就好像我们这里多的是准备好做辛苦活儿的年轻人似的。这里的最后一批年轻人是二十年前的事，他们酗酒，让父母留下的公寓成了无人居住的废宅，而自己却长眠地下，骨肉被蛆虫啃咬得干干净净。但最恶毒的话还是来自那些住在阁楼上的长舌妇。"上次打仗的时候我们没把他们消灭干净，现在不就找上门来了吗？ ①"这还是她们之中话最少的那个。在磨合了一个月之后，突然之间丽日旅馆就爆满了，尤其是在周日的上午。教堂的钟声提醒信徒们履行义务的时间到了，而此时我们三楼的客房快被挤爆了。那些之前在阳台上进行恶毒诅咒的六十多岁的太太，如今突然返老还童，纷纷像影子一样从后门溜进旅馆。然后在某个年轻人的轰炸之下，她们就把皲裂的脚后跟伸到空中，前者虽然不善言谈，却很擅长在下面怼的活计。那些年轻人可能一共只认识三个意大利语单词，但关于那事儿甚至连标点符号都很熟悉。

可能听起来像我在抱怨，亲爱的上士，但最近的事真的让我感觉不吐不快。这个破地方的居民就盼着能路过一个外乡人，然后把所有侮辱的话全都发泄到对方身上。只有通过这种方式他们才能得救，才能在生活拒绝了自己一辈子之后，找回一丝自我存在的重要性。之前我对他们还有些可怜，现在只剩下不齿。很多次我都想把旅馆盘出去，拿到钱之后就搬到世界上某个人活得不像狗的地方去住。这些狗咽了一辈子的泔水，还互相拍着肩膀说，镇子的吃食天下第一。

是的，我还想说说那个凭空消失了的女孩。菲利普的故事重新上演了，前一秒钟，所有人都根本不会用正眼瞧她，甚至还会嘲笑她爬坡时的步伐。现在他们一个个追悔莫及的样子，双手捂脸，恨不得连续祷告九天。不用说，唐·劳罗做梦都得笑醒。看着长凳上

---

① 意大利曾在第二次世界大战中入侵过阿尔巴尼亚。

挤满了黑压压的脑袋，他甚至不敢相信眼前发生的一切是真的。然后他就装作悲痛交加的样子，再次讲起迷失的羔羊之类的故事。进行到最后，他再把募捐篮发到人群中传递。

亲爱的上士，那个凭空消失的艾莱奥诺拉是何许人我不清楚，但我知道这些人说了她坏话。一般最恶毒的版本都出自老城墙外的那些蛇蝎女人之口，这次也不例外。原因也很简单：艾莱奥诺拉年轻，而她们不。据她们说，她的相好是一个拥有最多情人的阿尔巴尼亚人，但我从来都没见她来过丽日旅馆。所以我要说清楚我的看法，那个小姑娘的唯一罪过就是年轻，如果您真的要问我该去哪里找她，我肯定不会去翻找那四个漂洋过海来给南乔尼打工、最后还被克扣工资的可怜人的公寓。我更愿意去一些被嫉妒腐蚀了灵魂的人家里的地下室看看。正是这些人，前一天他们还在和你嚼别人的舌根，第二天就在教堂里跪倒在地痛哭不已。把他们都烧死吧，就现在，我说话的时候。

就算这样，其实也并不需要什么。如果说镇子教会了我什么，那就是知足才能常乐。镇子将你残忍地撕碎，让你不再对生活抱有任何美好的期待，十五岁时你就能看到自己生命的终点，一辈子穿着同一套衣服，只不过会越穿越紧。如果你没有办法或者没有勇气离开这座山，那老镇的城墙看上去就会是另外一副模样。之前，只要跨越它们你就能进入广袤的世界，而现在你被囚禁其中，看到它们你的双眼不再熠熠生光，反而会感到窒息。然后你开始低头，对自己说："还有人过得更不好呢。"这才是致命的罪孽，而唐·劳罗并没有向众人指出这一点。因为后来这成了一个借口，而你也真的信了。看过了身边的人事流转，你会觉得，在这座山丘上，可以在生命中完成的作为真的可以忽略不计。妈妈在世时每天像念经一样在我耳边念叨："苏珊娜，去外面看看吧，别在旅馆这一棵树上吊死。家里有产业仅仅是机会，不是要背负一生的十字架。"但是以前的我根本听不进去。现在如果有一个神像以她的面目出现，我肯定会从早吻到晚。如果说为爱情而毁掉自己是弱智的行为，那把自己的一生浪费在一份得不到回报的温柔上就是该遭天谴的，而这也正是我的故事。当我意识到这一点时，列车早已开走。我在那个站台上慢慢变老，能生育孩子的年华早已挥着小手向我道别了。这就像是菲利普找到的那颗炸弹，没准儿哪天就会在你心里爆炸，威力大到能把镇子和整个马莱玛炸掉。但愿吧，你浪费的时光无止境地在你身体中嘶吼，没有一刻让你消停。就像那个农民从未兑现的诺言一样，他借口喝咖啡来找你，实际上只是为了满足自己的欲望。前一天他还对你说："苏珊娜，明天我就娶你。"然后突然有一天说，"我们都老了，就别让乡里乡亲的笑话了。"

所以我的结论就是这样，亲爱的上士，归根结底，错在于这个地方。镇子是棵树，而居民们的所作所为就是树上腐烂的果子。可怜的菲利普之所以会被炸飞，就是因为圣巴斯蒂亚诺山顶上的神诏是基于冷漠和流言而生的。平原上来的那个漂亮女孩失踪也是如此。当地人的性格就是这片土地的性格，后者时不时地抖动一下，窗帘和家具也跟着晃动，就像自己长了腿。有时候我们会感到一阵眩晕，就是要让我们找不到平衡，也同时向我们宣示，我们并不能掌控自己的命运，他能。及时逃走的人得救了，那些出去了又回来的人要么是快要疯了，要么是魔鬼，回来寻求安宁……然后还有其他所有人。就比如那一群没有土地的阿尔巴尼亚人，亲爱的上士，他们就像弃儿一样突然出现在这里。还有其他一些人，就比如科尔西上等兵，他在一个秋日从维特尔伯出征，那年的大雾似乎永远没有结束的时候。有句话说得很公道："托生到这个镇子上并不平白无故，亲爱的上等兵有他自己的罪。没完没了。"

乔瓦娜·吉娜内斯基 -2

老姑娘

事情发生时是早晨，当时我在吃早饭。我听见爸爸回来了，他每天都去双门酒吧取报纸，有时他会给我带热炸糕。进家之后他就在走廊那头说："塞雷娜，你来一下。"妈妈往门口走去，两个人在那里嘀嘀咕咕。过了一会儿，两个人同时出现在厨房门口，我注意到爸爸既没脱外套又没摘帽子。他的妻子走上前一步，脸色铁青，最后甚至要找张椅子坐下。她努力想挤出点笑容，但脸上的表情像死一样难看。"我的宝贝……"说完这么一句她就继续不下去了，话被咽回到肚子里。她深深地吸了口气，再次尝试开口："宝贝，发生了一件很不好的事……"

我只是看着她而已，嘴里继续嚼着我泡在麦片里的饼干。她说完了我都没停下来，她说话的时候浑身颤抖着，声音小到像是在耳语："亲爱的，你听懂我说的话了吗？"我又拿了一块饼干，泡在汤里，吃下去。眼睛盯着电视，因为妈妈突然开始说起一种外语，所有的词听起来都没有意义。

前一天晚上阿尔弗雷多死了。他被人发现时嘴巴微微张开，好像为了方便那个心急的灵魂飞走。阿尔弗雷多让我心碎了两次，而我一开始就预定好了一百五十公斤的爱。

我连葬礼都没去，又或者去了，但我想不起来。之后的几个月我也全然不记得。就在一天夜里，阿尔弗雷多就此长眠不醒，让我甚至没了复仇的机会。他选择了比我大一点的柯凯蒂，一个只会傻笑眼睛滴溜转的女人。不管是好是坏，所有人的生活都在继续，包括我最好的朋友在内。两年后她秃了，也怀孕了，而我却迷失了自我。

现在想想，我甚至不能说自己受苦了。我每天被一种沉重的睡意掌控。我游走在两个世界中间，在我发呆时，它们有时还会混在一起。阿尔弗雷多的死触碰到的是我内心一片秘不示人的自留地，一只无形的手熄灭了那仅存的微光。不过我确实还能吃得下饭，而且还吃个没够。我一个人在巷子里一圈圈地闲逛。我有个固定路线，一周七天从不间断。回家的时候，妈妈给我准备好一颗粉色药片，就放在点心旁边。晚上我再吃一片白的，和睡前的牛奶一同服下。

你一个我一个……亲爱的小母狗，我一遇见你我就明白了：你也同样是被抛弃的。你没有主人，到处漂泊，眼神黯淡无光，乳房肿胀，里面全是爱的冲动，而这种爱只会损耗你的身体。你也认出了我。我们激动得稍微打了个招呼，就在下面的帆船巷。接着我对你说："来我家吧，我给你冲杯热茶。会有用的。"

无论谁看见你都会明白，你之所以这么一步步往前走着，是因为大家都这么教你：要一步步往前走。但视线所及之处连一点希望的影子都没有。只有远处天地相接的地方有一条模糊不清的线，一团巨大的黑色光芒没有尽头地伸展开来。在你的眼中我看到了我也有的那种不安。不过你倒是没闲着：头发是新烫的，指甲也涂成了大红色。身上穿着礼服规格的衣服，即便那只是一个寻常的下午。

你记得吗？我们一直聊到快吃晚饭的时候，我的小母狗。家里只有我们两个，爸爸去上班了，妈妈像每天一样去纳尔迪尼家的裁缝铺接一些他们做不完的单子，所以那可能是个周二。"我可能想自杀。"你说，"阿尔弗雷多死后就没什么意思了。"但你没哭，只是坚毅地看着桌子，爸爸去皮翁比诺的高炉上大班之前把装面包的包袱背在身上时也是一样的表情。我起身去取茶，茶壶已经在炉子上烧着，这会儿刚烧开。但我没给你倒第二杯茶，而是突然把热水浇到了你头上。

你只是身体抖动了一下。从后面我看到你做的发型一下子瘫在了背上，除此之外你连指头都没动一下。但等我挪到你旁边，我看见你张大着嘴，什么声音都发不出来。那是一种无声的哀号。你看向我，仅此而已。你脸上的皮肤马上变紫了，妆变成了一条条的，一直流到了下巴，然后你就疼得晕了过去。

现在我还是想不起来你到底叫什么，我的小母狗。你一直活在黑暗中，被链子拴着。你的头发长到没边，应该已经有你身高的两倍了。你四十年都没站起来过，双腿交叉着，看上去就像只皮肤透明的蝗虫。你的耳朵在被沸水浇过之后已经有点儿塌了下去，而且随着时间的推移越来越严重，现在就像是气球打结的地方。眼睛也一样，不过还是能看出衰老的痕迹。你只是从喉咙里发出些声音，说不了话。晚上听见我走近时，你会像动物一样嗷嗷叫。这是我带来一些吃食的时候你表达喜悦的方式。

不过，在距今已经很久远的那一天，我看着地上的你。我就站在那里，手里的壶还在滴水。然后我听见有人说："怎么了？你打翻东西了吗？拖把就在老地方。"

是妈妈。我深陷震惊之中，连她进门我都没听到。我没回答，直到她进了厨房。"你在那里假装雕塑呢？"她开玩笑说。接着她看见了椅子上方的包，于是往前走了一步。看到地上的你时，她的脸色一下子就白了。"我的孩子啊，你干了些什么？"她用手捂着嘴说。

我才不会让你自杀。如果我要留下受罪，那你也得受。抹上口红，跑到教堂后面的山顶跳下去也太便宜你了。也许你当时还不明白，但一切都是从你的肚子开始的。就是从萨尔基尼医生一时兴起在你肚子里埋下一个孩子的那天起，我的毁灭就开始了。在你们孕育了一个生命的那一刻，也毁掉了一个还在路上的生命，也就是我自己的。当时快到圣诞了，距离阿尔弗雷多的死还不到三个月，而我已经胖了十公斤。

你是唯一能和我感同身受的人。这是我从你的眼神里读出来的，我的小母狗，直到今天，语言都无法解释那层蒙蔽人双眼的黑暗。你不能让我独自承受那份痛苦，毕竟这痛苦本就是你造成的。我走在两个世界之间，突然就明白了，如果我能让你痛苦到发疯，也许我就能让自己保持某种平衡，最起码是大多数人认为的平衡，但你得活着。

当你开始动的时候我怕了。你的一只眼已经被烫得快睁不开了，脸上开始起泡。"我要进监狱了。"我说。妈妈连忙摇头。"别说傻话。"然后她脸上露出了一种不常见的凶狠，转身来到桌旁。她拿起我手里的壶，在你头上重重一击。你一下子就睡了过去，像个天使。

我从小就听丹特外公的故事，现在我越来越喜欢到地下室把这些事讲给你听。打仗的时候，他一直在森林藏身，有一次他中了德军的埋伏，挨了枪子儿。子弹从他膝盖稍微靠上一点的位置穿过，腿骨骨折。当时丹特外公浑身都是弹片。战友们一把他抬起来，他就会疼得晕过去。不过某天晚上，他们还是设法把他转移到了这个在镇子的岩石中凿出的洞穴里。妈妈说镇上到处都是这种密室，虽然其中不少在美国人来的时候被封住了。不过还是有老人会在生气的时候说："你给我小心点，把我惹毛了我就去墙里面！"他们的意思是，墙的背面是他们的储物间，里面存放着他们和法西斯分子作战时使用的左轮手枪和猎枪。

妈妈说镇子到处都是失落的宝藏。原来用来藏匿游击队员的地方，如今人们把一生的积蓄放在里面。但那家人几年后就不在了，可能是因为没有子嗣继承遗产。于是房子就悄无声息地死掉了，但在墙的后面可能就藏着无数财宝，现在它们只能随着时间消失在岩石中。

而我家墙的背后是你，我的小母狗。不过，要先走下这垂直的十二个台阶，打开厨房地面的一块木板，然后就能看见入口。木板上铺着和房间里其他地方一样的地砖，关好之后，谁都想不到那里还有个秘密洞穴。丹特外公也正是在那里打完了自己的最后一仗，之后就饮弹自尽了，享年二十四岁。他不断地问游击队是否已经端掉德国人在高山上构筑的碉堡。"他们把天线破坏掉了吗？"他说话的时候伤口还在渗出血水，肉已经开始腐烂。一天早晨，有人告了密，八个警察组成的一队人马踢开了我家的门。当时妈妈刚六岁，但如果有人问起的话，她会说自己什么都记得，一切就像发生在昨天。法西斯分子们没有兜圈子，直接就问外公藏在哪里。安布拉外婆直到最后一刻都没有开口，泪水在脸上滑落，任凭警察们推搡着自己。后来她明白，如果不说的话这些人会把房子从里到外搜个遍，这时她才走到桌旁，在地上跺了两下脚，这是在发信号。她马上被一个耳光打倒在地，接着警察就把她和女儿带走了。

亲爱的小母狗，那些法西斯分子比你还像动物，但他们万万没想到的是，丹特外公还随身带了弹药，以备不时之需。三颗英国炸弹外加十五把左轮手枪。当第一个警员打开密室入口时，第一发子弹就射了出来，正中他的面门。外公随后大喊："你们抓不到我！"然后就从桌子下面的入口扔出了第一颗手榴弹。厨房被炸成了碎片，同样被炸碎的还有里面的那几个无耻的士兵。

后来，丹特外公誓死不屈的故事还上了报纸。妈妈保存着当时的剪报，每隔一段时间就拿出来读一遍，尤其是需要振作精神的时候。她读着自己抗击德国纳粹的父亲的最后一战，战斗持续了一整天，就在这个洞的底下，还拖着一条伤腿。进来逮捕他是不可能的。那个游击队员已经准备好了，只要一听见什么动静就拉掉拉环，把手榴弹扔出去。他还时不时开一枪，以警告对方说自己的弹药很充足。"我要让你们都为我陪葬！"开最后一枪前他大喊道，然后就自杀了，但警察并不知道他已经死了。在接下来的几个小时里他们还在要求增援。时间越拖越久，面对进入房间拘捕对方结束战斗的命令，士兵们越来越犹豫。他们宁愿做逃兵也不愿意踏进这个房间一步。上一批这样做的人的头发已经被融成了黏液，正从墙上滴落下来。他们就这么等着，巷子里挤满了一队队的士兵，而他们原本驻守的地方已经门户大开。消息传到了森林里的游击队耳中。傍晚六点，一声爆炸传来，回音回荡在山谷。在丹特外公死了好一会儿之后，高山的山顶升起了黑烟。

我讲这个故事的意思是想说，这个洞穴见证过不少故事，也包括你的，你现在还住在这里，虽然牙都掉光了，头颅也陷进了皮肤里。四十年前的一天，我把沸水浇在了你头上，我的小母狗。然后妈妈用水壶在你脑门上猛敲了一下，送你进了梦乡。然后她用大腿抵着挪开了桌子，打开了这个十九世纪凿出来的洞穴，那时候的丹特外公还是个孩子。

刚开始的几天里你很狂躁，但我们还是得等到爸爸上班去了才能行动。只有那时我们才能下去给你点水，外加一炒勺剩饭。"你之前不是特别想死吗？"我一边说，一边冒着被你咬到的风险取下堵住你嘴的破布。你哀号的声音像个女妖，但你叫再大声也没用，什么声音都逃不出这石头洞穴。你拒绝进食，所以我就强行喂你吃。然而下一秒你就把食物吐得到处都是，包括自己身上。妈妈经常拿桶和刷子下去给你洗澡，特别是后来，我们决定脱掉你身上的衣服，因为地窖里冬暖夏凉，但你不肯在桶里洗。你以肉眼可见的速度瘦下去。"她已经放弃自己了。"一天下午妈妈给你搓澡的时候说，而你眼神涣散，和往常一样一言不发。"你就假装真的死了吧，"我在你耳边说，"你能有什么损失？就当是从教堂顶上跳了下去，这里就是地狱，更何况我们还在照顾你。"你只是看了我一眼，把毛巾扔进木桶里，脸上的最后几个水泡也爆了，里面不断渗出脓水。

你当时已经很疯癫了，这一点其实还不错，终日被困在一个黑暗的洞里让你接近失控。有一点很奇怪，每天我顺着台阶下去之后都发现你更像小孩了一点。你又开始讲话了，但到了第一个月末，你就根本记不起曾经生过一个儿子这件事了。你总是说起某个叫埃米利奥的人，他的小胡子总是打理得紧致利落，你深爱着他，却从未敢对他说一句话。我也试着和你一起想象，但实在难以接受萨尔基尼医生也年轻过的事实。然后他也从你的讲述里消失了，你又变成了二十岁，你说自己跟一个从瓦尔皮亚纳来的泥瓦匠有过私情，他肩上总是挂着条毛巾，手虽然粗粝但很漂亮。

妈妈想杀了你，分成小块一点点带出去。"万一哪天爸爸发现了呢？"她说。每一次我都得将自己的想法从头到尾讲一遍：没有你的话我也很快会消沉下去。"如果她能扛得住，那我就能。"我坚称。接下来你简直像个婴儿。听到木板打开的声音时，你恨不得对我摇尾示好。你退化到连话也不说了，不过和第一次不一样，这次你只是忘了而已。"她是装的。"妈妈说。但我能借着小灯的灯光看见你的眼睛，在里面我看到了一只小母狗的忠诚，看到了对于自己所拥有的感恩，就像现在这样。

到了晚上就很滑稽了，爸爸吃饭时会说："有时候这灾祸真是没个头儿，你们想想萨尔基尼，先是儿子死了，现在老婆也没了……"他们连翁布罗内河的河床都搜过了。报纸上登着你二十年前的照片，这也是镇上唯一的话题。

如今已经过去了很多年，我感觉一切又重演了。只不过这次失踪的是个年轻姑娘，年纪和当年把你关在地下室时的我差不多。不过，当时的我经常玩这样一个游戏，我会把自己想象成你，然后我就感到一丝慰藉。因为我们都遭受着同样的痛苦，就像骨肉相连的孪生姐妹。在众人眼里，你是消失了，同时也从苦难中解脱了，我也因此得以解脱。他们都说："她应该是被扔进某个山谷里了。"每次听到这样的话我就很开心。

爸爸死的那天是一九八三年一月六日，也是主显节。你还记得吗？那天早晨我和妈妈去圣巴斯蒂亚诺教堂参加十一点的弥撒。回到家时，我感觉到家中安静得有些奇怪，因为有人死在家里时的安静是不太一样的。"加斯帕雷，你在家吗？"妈妈挂好大衣后说，眼睛看着走廊的另一头，等着对方的回应。"加斯帕雷？"我耸了耸肩。"他可能散步去双门酒吧了。"我说，但其实连我自己都不太相信。让我开始警觉的是：厨房的电视开着。我并没听见声音，电视的音量小到几乎听不到。我是想象出来的：房间里透出的光线时明时暗。

妈妈往前走了几步，她的脸色已经很不好看了。"加斯帕雷？"她还在说，但声音已经气若游丝。最后我们来到厨房门口，我刚要跟着进去，她的尖叫让我停下了脚步。"加斯帕雷！"

你当时趴在地上，我的小母狗。白天的光线之下，你就像一只梦中的小动物：皮肤白皙，身躯佝偻，看起来有些不真实。你当时就已经像现在这样蜷缩着走路。电视上播放着动画片，你瞪大了眼睛看着。听到妈妈的尖叫声，你一动都没动，你的头发垂到地上，身体像青蛙一样蜷缩着，而眼神像是在梦游。脖圈挂在你脖子上晃动着，最上面那个铁环已经有些变形了。你可能还尿了一点出来。

最恐怖的是，房间里有一张翻倒的椅子。爸爸在另一侧，坐在地上，背靠着水槽的柜门。他脸上的那个表情让我感受到无尽的恐惧，因为那睁大的眼睛绝不正常。嘴也一样，就好像一个人叫得太大声，以至于颌骨都脱臼了。他的两只手僵硬地好像在抓什么东西。

萨尔基尼说他已经没有心跳了。"这药没起作用啊，上次检查的时候还没事儿呢……他一直在吃我开的降压药，对吧？"

但只有我和妈妈知道真相，一想到这里我就头皮发麻。我好像看到爸爸坐在厨房的餐桌旁，一手端着咖啡，一手拿着报纸，电视只开了最小的音量，只是想让屋里有些声响，一切如常。但突然之间，地板就被掀起了一块，从里面爬出了一只瘦骨嶙峋赤身裸体的野兽，脸已经完全变了形。那野兽只会一边喘着粗气一边嚎叫。这一幕超出了爸爸的承受能力，他吓得从椅子上飞了出去，然后心脏就停止了跳动。因为那天早晨他完全想不到，会从地里钻出一只野兽，好像随时要将自己拖进去。

"我可怜的加斯帕雷啊。"刚开始妈妈很伤心，"他肯定以为自己看见地狱入口了……"如果说之前她还有所顾忌的话，自从一九八三年一月六日以后，她就喜欢上了把你关在丹特外公地窖里的感觉。我一直在和她斗争，每次出门之前我都要千叮咛万嘱咐。然而有那么几次，我回来下到地窖的时候，发现你正蜷缩在一角哭泣。你害怕我走近，于是我用饼干吸引你。最后你往小灯这边看过来的时候，我看到了瘀青。那时我快气疯了，因为妈妈不该再偷偷下来打你了。爸爸心脏不好就该少吃点香肠，而不是等厨房的地砖松动时让心脏突然爆掉。

你一个我一个……之所以讲这些，我就是想说，我现在很爱你，我的小母狗。刚开始把你关起来，是为了不独自受苦，后来你证明了人什么状况都熬得过来。至于那个毁了我青春岁月的阿尔弗雷多，你是和他最接近的东西，也是我能拥有的和他最接近的东西。我在日记里存着所有的剪报。第一条是我那从未拥有的爱人在金色年华殒命时。第二条就是关于你失踪的消息，我翻啊翻，越来越觉得就像在看家庭相册。

我为什么开始收集关于那个刚失踪的女孩的消息，这我也不知道。可能是怀旧吧……不过想起平原来的那个艾莱奥诺拉时，我都感觉身体里的血液在涌动，就像在春天里那样，整个人都充满激情。我甚至可以抱着报纸连续研究一小时，脑子里想象着一个残暴的故事。哦，我总是幻想很多……这样最起码我不会感觉孤单。我问自己："到底是哪家人把她关起来了？"妈妈一直都说："这个镇上可有不少墙值得扒开一看。"于是我开始想象其他的秘密入口、洞穴和带夹层的地窖。也许在其中一个里面，就藏着一个像你一样的艾莱奥诺拉，我的小母狗。对她而言，濒死的体验才刚刚开始，她并不知道这场灾祸的来由，但一切又像是应该预见到的。

那个小姑娘的事重新点燃了我的一些想法，我已经想了好几天了。这个想法主要来自镇上关于格拉齐耶拉的一些传言，大家说她可以用塔罗牌算出怎样挽救被厄运击败的生命。我很想会会她，看她能否猜得出我的秘密，就比如我把一只动物关在地下很多年这件事。我最后提的问题是："如果您如此擅长解读人的恶意，那为什么还不快把那个小女孩儿被关押的地方说出来？难道她已经入土多时了？"

今天早晨，当我把这件事告诉妈妈时，她的眼睛瞪得像车灯一样大。"你又想搞什么？"她突然说，"那都是骗人的，这你还不明白吗？你要是上钩那就傻了。格拉齐耶拉已经有一笔可观的养老金，她可不需要我们的钱来糊口。"但我没有放弃，我已经盘算好怎么才能征得她的同意："我想听她算算米莫的事。"我还假装害羞了一下。"你成天在我耳边说，现在我已经忘不掉了。我想一个人去。"

关于格拉齐耶拉，我只知道那个大家都知道的传说：她会巫术。除此之外，我只知道她享受着马尔蒂诺去世留下的抚恤金，关于后者我几乎不记得什么，因为他平时一心只想上工，几乎不在镇上露面。我还知道，直到小学五年级他都是跟着妈妈上的，那时格罗塞托还在遭受轰炸，老学校的窗户玻璃都会随之震动。

总之，混乱一直没有离开过镇子，不断有女孩失踪，或是弱智因为误触一个世纪前的炸弹而丧命。每个人脑子里都绷着一根弦，我也不例外。直到妈妈受不了了为止。她大声地跟我讲道理，因为她已经打定了主意要让我们变有钱。这件事她一直都在说。她要么让我嫁给米莫，要么又开始做暴富的梦："我想在厄尔巴买所房子。"她失去理智时就会这么说。"这样死前最后几年我就能看海了。"我什么都没有说。当发现我没和她一样开心时，妈妈就会生气。"你真的是镇子上生的人！"她生气地说，"就和那些整天在这个垃圾堆里转悠的人一样！都是榆木脑袋！怎么，突然之间变成阔太太你难道不开心吗？"

她回到房间时暴跳如雷。我已经很多年没见她这么激动过了。"要么是有人死了，要么是我们中彩票了。"我说，不知道该笑还是该大叫。为了给我一个答案，妈妈把我叫到厨房餐桌旁，拿出一张纸来给我看。"是你说的第二个，"她嘀咕了一句，"虽然是别人中的奖。"

纸上写的东西我没太看懂，或者说我看懂了但我觉得那是骗人的，过了一会儿我抬起头。"你在窄街买了个地下室？"两分钟后，暴跳如雷的人换成了我。"你疯了吗！"我大叫道。"你把所有积蓄都花在一个房间上了？我都快更年期了，你是脑梗了吗！"我将胸中的怒火一下子全都发泄出来。而她就那么看着我，甚至有些挑衅的意思。"说完了吗？"她说，这时我已经坐到了椅子上，心跳得飞快，脑袋里像是藏着一个魔鬼。接着她给我讲了个故事。现在我把故事复述给你，我的小母狗。我也许只是想让自己相信过几年我们不会去睡桥洞子，从斯提齐诺来的火车会从那上面经过。又或者我不会因为欠债被迫嫁给菲奥拉尼家的小子，那样的话我的余生就要在散发着羊膻味的床垫上度过。

当时有这么一家姓比安奇亚尔迪的人，妈妈说他们都是黑脸怪。他们和大家一样都是生在镇子长在镇子，大家都叫男人手哥，虽然他的真名叫斯特法诺。他因为自己的职业而得名，凡是用手的活儿他都挺在行。战后他甚至没去工厂工作。他更喜欢每天一睁眼就有不同的工作等着自己，比如换个管子、修个顶棚之类的。"他无论锄地、拧螺丝还是刷墙都是一把好手。"妈妈说，"鞋、发动机、铰链、水龙头，这些他都会修。"他不交税，所以收费也比较优惠。镇子每家每户都有他的号码。后来有一天那个比安奇亚尔迪就不干活儿了。

"那是一九六七年，突然就不干了。"妈妈现在还记得，就像记唱诗歌词那么牢，"那时候距离有传言说有人中奖已经过去一年了。"

那时候我还是个孩子，但当时的喧嚣我现在还记得。消息传遍了整个意大利，还上了电视，镇子上有人中了彩票，奖金有两亿三千三百万里拉。人们互道早安晚安时都保持警惕，两只眼睛就像 X 光机，任何细节都不放过。与此同时，那个幸运儿仍在隐藏身份，大摇大摆地走在街上，就这样过了好几个月。之后不久，大家都开始有了些抱怨，他们说，这位同乡最起码可以给斯塔乔利送上点心意，毕竟是他在某个周四在自己的烟草店里加冕其为百万富翁的。但什么都没有，连一个子儿都没有。人们都在留神身边有没有缺勤半天的人，因为他很有可能就是去公证员那里签署文件了。"还是保持原样好，"不满的人说，"钱越多，烦恼就越多。"不过说完他们就气得肝儿疼。就这样，有一天，上天突然眷顾了山上住着的某人，而他甚至没有请大家在马索的酒吧喝杯咖啡。胆小的人还在继续自己的生活，就比如迪沃和萨尔基尼，他们会说："要是我该多好……"然后就回家往肚子里灌半升劲儿大的，用这样的方式获得和中奖人同样的欢愉。

当一年后比安奇亚尔迪不再早起出工时，已经沉寂很久的话题马上再次热烈起来。如果在街上被人遇见，他就会说自己的背和膝盖出了问题。"我需要点真正的阳光，海边的那种。"同样的话他跟不同的人都说过，"我这老胳膊老腿儿是该松快松快了，一上年纪这病那病的都来了。"他还说自己有腱鞘炎，一到晚上就疼得睡不着觉。

但是镇上的人记性都很好。事实已经很明显了：那个幸运儿就是他，为了不再碰工具箱，他已经准备好了世界上能想到的所有借口。他开始像个隐士一样住在镇子上，能不出门就不出门。他的孩子们已经离开有一段时间了，有的在锡耶纳求学，有的在佛罗伦萨当兵。这些孩子都是在镇上长大的，后来都去投靠了城里的亲戚。手哥本来也能享受社保，但他还是自己存了一份养老钱。妈妈说，他有一句话天天挂在嘴边："我这里攒两个，那里攒两个，到老了就不会受穷。"然后他就用自己那双牛眼盯着你。"您觉得我说得对吗？人之所以要埋头苦干，就是为了到老了能少点烦心事儿。那时候看病可得花不少钱……"现如今，幸运女神为这个勤劳的人带去了一份像模像样的财产。镇子上就有人想了："那我呢？我难道不是每天累死累活的？而且我还做好事了……"还没说完就放下了手中的陈年老酒。

我亲爱的小母狗，我跟你讲的还是同一个故事：你刚看见一丝光明的时候，黑暗就会再次降临，而且比之前更甚。要是毒舌一点的话，那比安奇亚尔迪一家就是一次性交待了。"先是老婆死了，"妈妈说，她的语气里真是惋惜，"突然她就被查出血液出了问题，那是四月，到五月底的时候她就入土了。"当灵柩经过时，镇上的人们纷纷脱帽，但同时他们也在嘟囔着这样的话："如果你没那个命，财富就会把你吃干抹净。现在就剩手哥自己坐壁炉旁边享受了。万一这钱落到了他儿子手里，就凭他们身上的基因，一个月就能把钱花光，到最后还不是落得泰姆佩斯蒂一样的下场。"

但比安奇亚尔迪不一样，妻子去世之后他更加深居简出。他可以一星期都不出门，直到有一天邻居们闻到了一股臭味。当宪兵把门撞开时，他们发现手哥坐在沙发上，满身苍蝇，电视遥控器还握在手里。据说他已经死了至少三天。当时正值盛夏，尸体腐烂的速度可想而知。

"他赢来的所有财富都藏在某个壁龛里。"妈妈说，她是认真的。

她在家里走来走去，围裙随之飘摆。"打仗的时候，比安奇亚尔迪他们家也藏过游击队员。他们家肯定也有这种密室。"接着她就愣住了，眼睛直勾勾地看着什么。她看了看我说："我看见卖房广告时就想，'这是上帝的召唤，与其把那笔奖赏白白扔掉，他还不如送给第一个有脑子的人。'就当着塞拉利尼家的面扔的，房子买来这些年他们从没去过那里，他们是给我们留着呢。"

我对此寄予了厚望，我的小母狗。这也是因为，如果没成的话我们就彻底输了，我就得卷铺盖卷走人，去菲奥拉尼他们那垃圾堆一样的家里委身。"那几个孩子回来的时候可不像是有钱人的排场。"妈妈想到那笔财富时会这样窃窃私语。"老远就能看得出他们的衬衫都是从市场上买的。这大家都知道：就是没钱。也许他们根本没怀疑过父母是否被天上掉的馅饼砸到了，那两个人可能还没来得及说就死了。他们人没了，现在你就去跟亲爱的马诺洛说那个钱白花了。"

手续办好之后，我们把房子里的所有旧东西都清了出来。我们只留了一些小物件，用来装饰房子，我有点忌讳把死人的东西摆在柜子上，所以我就用消毒水都洗了一遍。还有些小饰品我们拿到了下坡处的家里，因为我们觉得，那些东西如果任其烂掉太过可惜。而且我们还得听听安乔利诺的意见，这些东西他挺懂，时不时就会发现什么可以送进博物馆的好物件儿，等月底的时候就帮忙卖掉。不过当他来看这些新的旧的物件时，他只买了一张我特意存起来的唱片，连眼睛都没眨一下就给了我两张两万里拉。有时候我就想："难道真正的宝藏是这个吗？"然后我就想到了我那个经常小题大做的妈妈。"还是别声张了。"我对自己说。然后我就按照上帝的旨意去马里奥那里买东西了。

后来我就在想，为什么一到晚上我就饿得难受：我敢保证，妈妈每天下午都在那个可能让我们破产的房子里的墙壁上敲敲打打。她把耳朵贴在墙上，轻轻地敲，然后用铅笔标记出她觉得有可能是空的地方。比安奇亚尔迪的地窖里现在到处都是打的叉，可能是用小勺挖出来的。"我们总不能用大锤吧，"每当我问起她都会立即反驳。"那边还住着索尼娅，可不能让她发现什么。而且你想想，如果要动砖头的话，那就随时有可能把她家的厨房凿穿，那她还不得像你爸爸一样吓死。"

我心里想的是和格拉齐耶拉见面的事，我倒要看看，她能否看清我的本性，也许她能给我一直想要的答案。与此同时，米莫·菲奥拉尼已经准备好了捕鼠夹，张开双臂等着我，那里正是妈妈希望我最终奔赴的归宿，尤其，如果那笔悬在空中的财富真的化为泡影的话。到时候可就没有饼干吃了，我的小母狗，我们都会像饿狼一样狂吠。而且，如果我真的去了那个老农家里，谁来照顾你呢？难道靠我那个总是看你不顺眼、过几天就下来拿扫帚把你好一顿修理的妈妈？那时候她想的只有发泄无处安放的愤恨。所以我就想：如果你的脑子里还残存一丝做人的理智，那就赶快祈祷吧。好好祈祷吧，我的小母狗。祈祷那个女疯子幻想出的财富哪一天会突然从某块砖后面冒出来。要不然，你就得眼睁睁地看着我下到盆地里像马尔凯人一样在地里出力，再也不会有午夜零食。不仅如此，取而代之的只会有扫帚的捶打。

阿黛莱·钱蒂尼 - 4

伊萨斯提亚家的寡妇

112 房间的五斗柜上放着一座瓷质的小雕像。雕像是个小农妇模样的女人，她正递过来一个空空如也的盘子，如同在等待施舍。我摘下耳环、珍珠项链、铰链十分精美的金手镯、戒指，全都放到了女孩手中的盘子里。接着我去了浴室，打开浴缸的水龙头，没有加泡沫。妈妈过去常说："肥皂会让皮肤变干。"她一般去厨房抓一把粗盐，再往杯子里挤三个柠檬的汁，最后一并倒进浴缸。"这样你洗完的时候皮肤就会像铁块一样坚挺。"她说。

但时间并不能阻止世界的衰老，当我脱下浴袍时，我的心脏像停止了跳动。镜子里呈现的一切真实得令人发慌，于是我低下头，想要尽快忘记刚才所见的东西。对于曾经美丽过的人来说，衰老的痛楚来得更加猛烈。

伊萨斯提亚上校还是没有碰我，但他的司机却随时随地都可以和我温存。我不觉得这是爱情，这一点我对他说得很清楚："如果你胆敢以为我爱上你了，那你就再也不会见到我。"然后我就把自己交出去，并且以这种方式发现了自己闪光的另一面，那个凶猛的我。我只需要点一下头，他就会立马拜倒在我的脚下。接着他就贪婪地吃我的手和眼睛。最后，正当我们要开始穿衣服时，他又伸进来两根手指，拿鼻子闻一闻，又用舌头舔舔。"上校用的是古龙水。"他说，"而我用你的水，能管一整天，多有福气。"

跟妈妈我什么都没说。如果被她知道我没有继续在伊萨斯提亚上校身上做文章，而是和司机搞在了一起，她肯定会疯，因为如今上校已经深陷我的微笑不能自拔。但他没有把我带到自己的卧室，而只是跟我讲希腊人的事。就连墙壁都能明白：他不是想找妻子，而是在养女儿。他在我身上看到了一种别样的光辉，把时间全都用在了对我的教育上。然后那一天就这么到来了，那是圣诞节前一个星期的时候。

他把我叫到了书房，和往常一样我还是穿着工作服。"阿黛莱，亲爱的。"他说。我马上就看出他有些激动。他从巨大的书桌旁站起来，好像这样他才能开口讲话。他来到左边的落地窗旁，从那里照射进来铅一样沉重的光线。他把手背在身后，摆出立正的姿势。"你可能也听说我哥哥的事了。"他说。"我的指令很清楚：在这所房子里不能提他的名字。但我们都知道，用人们都喜欢说三道四，喜欢揭主人的伤疤，只有这样他们才能在生活的苦难中找到些慰藉。"

我看着他的背影。"您是在问我吗？"我问，心已经开始怦怦乱跳。"不过没有，今年还有以前我都从没听说过您还有这么近的亲戚……他叫什么？"

他叹了一口气。"阿黛莱，我刚才说过，不要提那个名字，就算有人拷打你也不要说。否则，我宁愿被人割去卵蛋，或者被自己的猎狗吃掉。"他微微转了一点头过来。"对了，桑托说狗生了一窝崽子，你听说了吗？健康不健康？"我表示不知道此事，他又看向了窗外。"不管怎么样，上帝确实想用我那个血亲来折磨我。那个卑鄙小人。我都能想象得到，琪娅拉·玛利亚死的时候他肯定在自己那跳蚤巢穴里开酒庆祝，到我死的时候也一样。如果我让那个吸血鬼染指哪怕一点马莱玛境内的产业，那就请老天爷用闪电劈死我。"

就算是个傻子也能明白，他准备的这一长串前言是为了说什么，但当他说出自己女儿的名字时，我感觉有霜爬上了全身的骨头。他之前从来都没说过，就是如此突然，就像说其他随便什么单词一样。接着，我感觉脚下的地面消失了，因为上校突然转过身。但是他没有动，仍在窗边站着。"你觉得一个有年轻女佣的父亲会冒将自己哪怕一丁点财产拱手让人的风险吗？"我赶忙摇头，头都快从脖子上晃下来了。伊萨斯提亚上校长出了一口气，好像突然之间他就累了。"我也可以捐出去，但那个畜生第二天就会提出上诉。"他的语气中满是愤懑。"慢慢地他就能捞到点什么。"然后是一阵安静。我站在那里，双臂紧贴着身体。"他们说还有个办法。"他说着开始走了起来，脚步声回响在房间里。最后他走到了离我很近的地方，我甚至能闻见他身上的烟草味。我感觉自己像是回到了第一天，和其他的女孩挤在小广场上的时候。我眨着眼睛，就好像在等从一个漫长的梦中醒来，听他对我说："小姐谢谢您，我们会通知您的。"然而上校抓住了我的一只手，嘴里说了这样一句话："阿黛莱，亲爱的，你能赏光让我拥有第二次婚姻吗？"

那天晚上妈妈不舒服，当她正要晕过去的时候，她还在止不住地又哭又笑。这一次，换成了我给她拿醋过来，我还不断拍着她的脸。她重新睁开了眼睛，认出我之后又晕了过去，就好像有人向她传来了我的死讯。我用勺子给她喂酒喝，好促进一下血液循环。最终，在不知道第几次重新睁开眼睛之后，她终于没有再晕过去。过了一会儿她说："如果你生的是女孩那就叫芭芭拉，同意吗？"

消息是直到最后一刻才对外公布的。上校害怕，万一风声走漏被他那个浑蛋哥哥知道了，对方也许会起贼心而将我杀人灭口，从而成为名正言顺的继承人。"要留心周围。"上校反复提醒着我，不过，就算婚期将近，他还是没有要动我的意思。"你要背后长眼，现在你身边的这些人也是以后服侍你、把早餐端到你床上的人。没有什么比天降横财更能让乞丐们生出毒血来。如果能让你沦落到和他们一样的境地，让你和他们一样吃着餐桌上的剩饭，失去自己仅有的那点儿微不足道的东西就不算是什么沉重的代价了。"

因此我还继续过着之前的生活，上午出去巡视领地，下午和书一起度过。我们上车之后，马尔切洛就一直盯着眼前的路，从来不曾从后视镜里看我一眼。然后等午休的时候，我会抓住仅有的一点儿时间让他进入我一次。如果他能做主，估计会把我的皮都给剥掉。

在婚礼前的一星期，上校宣布了婚事，妈妈和我也随之离开了阶梯路。一切都是突然之间发生的：我们到达公馆时，仆人都在入口处列好了队欢迎我们，包括斯泰拉和索利诺在内。马尔切洛也在，众人里唯独缺了桑托。负责家务的用人首先得到了消息。前一天晚上离开时，我还只是厨房的帮佣，第二天早晨，等我再踏进那个门槛，就已经是女主人了。"她的话也就是我的话。"上校声如洪钟，粗粝的嗓音在大厅里回响，"她的需要也就是我的需要，无须多言。"

伊萨斯提亚上校叫人把妈妈安顿在一楼的一个房间，就在我原来的房间隔壁，但她有出入的自由，每时每刻都待在我身边。只有下午我能在上校的书房里得一会儿清净，现在他连天文数字的收入账簿都给我看了。晚饭时母亲坐在我身边，帮我盛饭菜。她会自己先尝一勺，等个一会儿，确认自己还活着之后再让我吃。

有她跟在身边，再想和马尔切洛私会已经不可能了。更不用说还有一个想把我变成妻子的上校。身边的世界眼看要再次发生剧变，我也就任它去，什么都不做。不过有一天下午还是出事了，回房之后我发现妈妈坐在床上。她说的第一句话就是："不要脸的东西。"说完就朝我冲过来，她身上的那身新衣服暴虐地飞舞起来。有的人再怎么打扮也掩盖不住身上像癣一样顽固的贫穷。

她小心地关上门，没有发出任何动静。然后她把一张字条在我面前挥了挥。"这是有人从门缝里给你塞进来的。"她说，根本没让我看见上面写了什么，就把字条卷成一团塞进了嘴里。她一口把纸条吞了，就像一只鹅。"怎么，我们费劲巴力地培养你就是为了让你和哪个没名没姓的车夫乱搞？"她说话的声音就像毒蛇在塞窣。"万一上校知道了怎么办！他能把你扔到小黑屋里，那样的话我就把你杀了！"

我的脸色越来越白，突然我开始抽泣。她想到了更坏的可能："你可要小心，别告诉我你爱上那个畜生了！"她的声音只是像丝线一样微薄，瞪大的眼睛像是要飞出头颅。"只要再听到一点关于那个畜生的事，我就立马从楼上跳下去！我经历过两次战争，但也都没有这件事糟心！"

我走到房间角落的书桌旁，抽出椅子坐下。她看我的眼神似乎正在经历大地震。我深呼吸一下，然后说："我一点都不在乎那个叫马尔切洛的。"妈妈马上在胸前画了个十字，感恩地朝天上看了一眼。"不过有点别的事，"我又说，"我现在还是说了吧，反正早晚它自己也会出来。"我抬起头，"你还记得三个月前我没来月事吗？"

她整个人一震："那又怎么样，最后你不还是来了。你一星期的脏衣服都是我给洗的，第二天就像往常一样又干净又香地拿给你了。"

我又低下了头。"但那不是我的血，我偷偷溜进了厨房，用衣服沾上了动物的血，那是为晚饭准备的肉，虽然上校他几乎不怎么动。"

妈妈向后退了几步，最后又坐回到了床上，也就是我进门时她所在的地方。

"上个月我也是这么干的，"我继续说，"再过几天我本来还会这么干。"

接下来的寂静足以将我们两个人吞没。母亲的眼神涣散，就好像在看另外一个专门为她而打开的世界。然后她嘟囔起来，好像我并不在场一样，"这个狗东西……"好像在梦游。然后她又把事情复述了一遍，就像在跟鬼魂对话。"她本该早点告诉我，现在事儿闹大了，想打掉的话吃药可不够了。说不定肠子都能打出来……这一切就是为了偷腥，我可是教了她一辈子体面。"

我没说话，同时感到有大颗的泪珠从下巴落到裙子上，可我连大气都不敢出，而她仍然陷在这桩丑事带来的震惊中。突然她站起来了，朝着窗户的方向走去。她把窗户全部打开，寒风随之而来。"妈妈！"我站起来，几乎是喊出来的。她只是呆站在那里，脸上接受着狂风的吹打，眼睛看着窗外。这正是小时候她让我做的事，每当夜幕快要降临时，她都让我在走廊里站着，赤身裸体。突然她又转过身去，重新坐下。"现在不是胡闹的时候。"她说，然后迈着她那歪歪斜斜的步子向我走来。我以为她要扇我耳光，没想到她用双手捧住了我的脸。"我脑子里已经有办法了。我们就等到婚礼，到时候这些土地都是我们的，那是多少地啊。第一天晚上你就要争点气，让亲爱的上校进入你。什么女儿不女儿的，他马上要娶个年轻媳妇儿，这足以平息一个老年男人的躁动。你看着吧，婚礼上喝的酒也会帮忙……下个月底你就把消息告诉他。怀胎七月生子也不奇怪，常有的事儿。如果生孩子的才十六岁那就更正常了。你的子宫肯定没有牛啊马啊的那么结实。"

他们让我选了花和饰品，与此同时，贺信和礼物从托斯卡纳的各个角落飞来。"上校想去巴黎度蜜月。"有一天我对妈妈说。光是想想这件事我的心就提到了嗓子眼儿。巴黎对于我来说就像一种隐喻，而不是个真正的地方。镇上如果有人神气起来，大家就会说："看那个人，走路走得就好像他是从巴黎来的一样。"又或者"吃什么饭说什么话，你又不是从巴黎来的……"现如今，等到了春天的时候，我就真的要去那里，对我来说就像梦境。妈妈抓着我衬衣的领子。"别怕，"她说，"你如果受惊，孩子就有可能掉，那时候就得用钳子引产。那时候你怎么跟上校交代？你没见过一个刚怀上的孩子脑袋就有牛头那么大吧。那样的话就别想什么巴黎了，不仅如此，你这辈子都彻底交代了。"

马尔切洛什么都不知道。自从婚讯公布那天起，他就没怎么正眼看过我，一方面是受到了伤害，另一方面是为了配合，这都是挺好的。我剥夺了他偷欢的机会，但也帮他免除了养育第三个孩子的责任，更何况还是私生的。妈妈咽下去的那张纸条是他唯一的一次尝试。看到没有回信也没有眼神作为回应之后，他又回去做起了司机。幸运的是，现在有了我母亲以及上校那个哥哥的事，我们没有机会独处，也不再有单独开车出门的时候，从而断绝了肉体之欢的可能。

眼看就要到婚礼的日子。一天上午，上校把我叫到了宴客的大厅，一起开封新一批的礼物。妈妈就待在房间一角，坐在一张仅为了装饰放在那里的古董椅子上。她看着我撕开包礼物的纸，好像我就是舞台上的明星。如果我取出的是带花纹的盘子，她还会缓缓地鼓掌。最后他们给了我一个系着白色流苏的蓝色小盒。我看了眼纸片，是埃塞德拉送的。"亲切的女人，"上校在我背后低声说。"琪娅拉·玛利亚基本是她一手带大的。我欠她很多，不过听说她的髋骨已经好了，虽然那一跤都摔骨折了。她这么一伤手头肯定不富裕，但这也是她的心意了，我马上派人给她送十瓶葡萄酒。阿黛莱，打开吧。"

我解下流苏，打开包装纸。那是个玻璃小马，放在一个蓝色靠垫上。上校笑了笑。"光这一件的意义就能抵得上今天收到的所有银器。"说完他就拿起玻璃马，放在一步之外的大玻璃柜的隔板上。小马是跃起的姿势，只有后腿和尾巴着地。突然，一束阳光照亮了它，在墙上映射出五彩的霓虹。这场小型演出看得我出了神，突然我感到一阵发痒，往下一看，有一只大蝎子，黑得就像沥青。它就在我的手背上，爪子张开，吊钩笔直，浑身往下滴着毒液。

我就像疯了一样大叫起来。我用力挠着手，皮都快掉了。歇斯底里的我开始解衬衫的扣子，抓着头发。"它在那里！"我大叫着，而上校一脸茫然地看着我，不知道发生了什么。最后砰的一声，我抬起头看见了妈妈，她抬起了脚，蝎子就在那里，黄色的内脏溅了一地，就算这样它的身体仍然在动。这时我才停下，两腿一软。伊萨斯提亚上校及时从后面抱住了我，虽然年事已高，他还是没让我倒下。

索利诺出现在门口，他听到了刚才的喧闹。"怎么了？"他说。他马上赶到主人身边，帮他把我放到了沙发上。"快拿盐来！"但仆人并没动起来，而是像咸鱼一样盯着地上，好像在看一团迷雾，然后他看向了我。"盐不顶用。"他回答。听到这里我也抬起头，看到了地砖上的血滴。

妈妈赶紧跑过来。"我的神啊，偏偏这时候出乱子！"她把我架起来，刚要抬我出去，突然我感到腹中一阵灼热，一直蔓延到了眼睛。下一秒，我感觉就像有人在用耙子在我身上到处捶打。我开始撕心裂肺地大叫，叫声之大甚至让我感觉自己已经灵魂出窍，那是一种我从没听到过的声音。与此同时，我穿的淡紫色裙子迅速染出一片红色。我最后看到的就是斯泰拉的脸，她和其他用人都赶来了。她掀起我的裙子往里看了一眼，又马上放下。"快叫医生来！"她大叫道，脸色已经完全变得惨白，"阿黛莱快不行了！"

阿尔维塞·巴尔贝里尼
退休工人

她的声音就像一根又长又弯的钉子，深深地嵌入了我的大脑。

"椅式箱里你看过了吧？再看看储藏室。但你可要记住，这是最后一次了。我有自己要操心的事儿，而且还不少。你们是不是把我当陀螺了，只要抽就能动，那你们可就大错特错了！说不定哪天我就上了两点的公共汽车走掉，谁都看不见我。我亲爱的阿尔维塞，这不是你该给我的生活。你要知道，我每天都在祈祷，祈祷能回到一九六九年的秋节，回到你的蓝眼睛把我迷得晕头转向的时候。我可怜的妈妈一直在说：'你可得小心那些从塔提和里波拉来的人，就算他们本来不是疯子，能上来到这里也说明他们疯了。'但我这个傻子没听她的话。我当时着迷于美国电影明星一样的金发和稀疏的小胡子……同时我赶走了其他的追求者，比如帕里德·德·洛伦齐，萨索佛尔提诺的女人可都馋他馋得流口水。我下山的时候见过他在梅拉塔盖的别墅，每次我都想：'约兰达，看看吧，这本来该是你的房子。'还有其他的追求者我就不一一说了……可是呢！可是我选了阿尔维塞这个病秧子。我的朋友，你以前可能还挺帅，但如果上帝能把我送回那一天，我发誓，在穿得漂漂亮亮的下去参加舞会之前，我肯定会一枪打死我自己……所以呢？储藏室里你看过了吗？"

那天晚上我本来都没想去参加秋节，是吉莱拉最后说服了我，他一心想追求高质量女孩儿。"我和罗卡斯特拉达的一个小媳妇儿睡了一星期。"他说。由于过度摩擦，他的下面甚至有些擦伤，要往内裤里抹滑石粉才行，要不然连走路都会疼。"那个山上来的小贱货可真是如狼似虎，"他继续说，"我们还在这里看着镇子的地图大眼瞪小眼。这里可不是什么好地方，要说是块墓地还差不多。"

吉莱拉就是这样，他总是感觉自己被埋没了。所以那天晚上我们就决定开车带他出去转转，虽然暴风雨的雷电光亮已经在天边埋伏了一整天，但一滴雨都没下。当时有我、他，还有贾尼，我们当时都叫他蒙提耶里人。那时九月已经过了，但还是很热，衬衣被汗浸透，贴在皮肤上。向高处看去，斗篷一样的乌云正在一点点侵蚀群山的轮廓。

镇子人满为患。我们到的时候，男人们已经喝得烂醉。吉莱拉出神地看着他们，除了女人之外，他还对打架斗殴情有独钟。如果有人打起来，得两个人才能把他架走，因为他已经看迷了。贾尼就不一样，他会第一时间像苍蝇一样飞走。

我们买了一瓶酒，坐到矮墙上看别人跳舞。那里好像不是地球，周遭有一层薄雾，在近处根本注意不到，但离远了看就什么都消失了。各种灯光让这种感觉更强烈。贾尼一直在跟各种女人行吻手礼。"是我眼睛的问题还是你们看到的也一样？"吉莱拉严肃地看着他。"怎么了？"他说。"都挺正常啊。"接着贾尼的脸色就变了，像老人一样眯起眼睛测试着视力。

乐队在广场的另一端，远得就像在天边，但大喇叭直接把演奏的声音传到我们的头顶。一对对跳舞的人转着圈，不时消失在暗处，然后又被五彩缤纷的灯光照亮，呈现出几近完美的轮廓。"我想吐。"贾尼突然说。吉莱拉根本没有听，他反而用肩膀碰了我一下。"有个女的在看我。"他凑近了小声对我说，嘴里呼出的都是酒气。我也转过头，顺着他盯着的方向看去。一切正是在那时发生的：一片巨大的云遮住了镇子，一切随之消失。

"……还有你迷下棋也总该有个头吧。你看看你，都快待成个长号了。你就不能出去走走吗？哪怕从这个家消失个十分钟也好。那些老头都去马索酒吧里待着，就你一动不动。你就喜欢欣赏你这宫殿的恢宏是吧？可我也从没见你扫过一次地啊。亲爱的阿尔维塞，娶了我你可真是上辈子积德了。那什么，抽屉里你看了吗？那个卡拉马约都上街了，再过一会儿他就要来敲门了，每天三点，从来没停过，真是烦死了。这可是星期天啊，我说！我们亲爱的阿尔维塞你就不能说一句：'路易吉啊，今天就别下了。我得带我老婆去圣马尔蒂诺转一圈，她一周七天每天都在干活，也让她喘口气，可怜的女人。'这样的事就算做梦都不会发生。你们宁愿像两个魔鬼一样在那儿盯着棋看，连句话都不说。你最起码也找个上档次的对手啊！不说找个王子吧，为什么非得找个小学老师呢？他怎么就选了这么个连孩子都没有的地方度过余生，像个被流放的犯人一样，一天天的只能在楼梯底下画画。能看出来，和开心的孩子们在一起让他有点儿失落。老是一副苦相，你那个朋友，就像腿上绑了个死人一样。这个家里要是能有些乐子也好啊！不过要我说呢，就让上帝把我给劈了吧！不可能的！星期天还不如在家和我一起过，我就在厨房里，电视开到最小音量，因为声音一大我就容易糊涂，手上的动作就乱了。还不如像现在这样满屋找那个市场上买的小玩意儿，那可是卡拉马约好心好意从佛罗伦萨给我们捎来的，看见我们挂在壁炉上他肯定很高兴，现在却找不着了。我倒是知道去哪儿了也好啊。对了，抽屉里你看了吗？在里面吗？"

周围全是浓厚的乳白色。乐队已经停止演奏，蒙提耶里人像羊一样叫着，他在找吉莱拉，但后者不喜欢被男人碰，于是往对方身上推了几把作为回应。低头甚至都看不到自己的鞋，到处都是酒瓶和酒杯摔碎的声音，好像是从隔壁房间传来的。其他人都在笑。与之相反的是，女人们都在警觉地呼叫着自己的孩子。"米凯莱！"有个声音叫道。"米凯莱，待在原地，别动！"男孩开始哭起来。"有人踩我脚了！"他哭喊道。随之又传来几声骚动。

歌手通过大喇叭告诉众人不要惊慌，还是继续开心就好。但一秒钟之后传来了一个撞击声，广场上的人纷纷开始咒骂，我们才知道有个人摔倒在了乐器上，鼓和锣散了一地。贾尼开始大叫："我就说不要来！你们在吗？"我感觉他的声音越来越远，好像大雾把他吞没了。我用手往另一侧摸了摸，发现吉莱拉已经不在了。我碰到了我们买的酒，酒瓶也摔到了地上。我下意识地挪了几步，也就一米的距离，我迷路了。我搞不清楚前后都有什么。看着被灯光照亮的灰色迷雾，我有种晕船的感觉。贾尼仍然在哭喊，不过现在听起来更像是一只被关在盒子里的鸟在唧唧叫。而在此时，深一脚浅一脚地盲走了一会儿之后，我已经来到了人群中间，被他们团团围住。各种人影不断撞在我身上，就像在玩九柱游戏①。我才刚看清一个人

---

① 保龄球的原始形态，以打倒九根木桩为胜利。

脸的轮廓，旋即被人撞了肩膀。突然我感到裤子后面的口袋里插进了一只手，我立刻转身过来，什么人都没有，但钱包已经没了。然后又是一声大叫，就像来自一头被激怒的野兽。"有人摸我了！"各种身体开始移动，我几乎是被夹在里面。我听到身边有人倒地，一个人马上开始大叫："胳膊！胳膊！"那时真正的混乱才开始。所有人都像潮汐般朝着广场出口方向涌去，我只能任由人流拖着向前。一个小男孩撞在我身上，我想挽住他的脖子，要不然他有可能被人群踩扁，但最后手里却只握到了云雾。周围的人要么在叫别人的名字，要么在呼救。块头最大的推搡着别人为自己开路，醉鬼们之间的争执逐渐升级。接着我看到有个身影径直朝我冲来，我的嘴被人用脑袋撞了一下，随后就摔倒在地。

"……就好像我们必须挂在客厅里的那幅破画还不够一样！人家画的都是夕阳啊，孩子们在喷泉旁边玩啊……老天爷！可卡拉马约他喜欢的是什么？沙发上躺着个不穿衣服的女人，还不知道什么地方什么时候！那个人喜欢巴黎的调调。那种调调现在已经没有了吧，他就从书里抄，还把我们家的客厅搞得乌烟瘴气。餐边柜！看看餐边柜后头……我今天最起码要得心梗。啊，你以为我想每天晚上伺候你呢？想什么呢！这日子一天天地过的，我可是本来能住梅拉塔海岸的大别墅的。你会付出代价的，我亲爱的老公，而且还得付利息，陪我每月去做一次礼拜。你看着吧，你就看看德·洛伦齐在新镇的大路上碰见我时是怎么看我的。他开着他那辆大汽车，就从我身边经过，有时候还会瞄我两眼，全是暧昧。你要知道，老婆子我现在还是很招人。你是把我看成保姆了，但我这腰身在外面可吃香了！现在詹皮耶罗已经长大成人，我也就没什么顾虑，是时候去追随命运了。是啊是啊，但那之后谁来管你呢？你背疼的时候连脚都洗不了，我又不是没良心。我是想过过帕里德家的富贵日子，可家里那不就没有你阿尔维塞这个大傻子到处晃悠了吗，你个大傻子连煎鸡蛋都不会。所以我只能看看上面，然后说清楚：'上面如果真有神明的话，就请听听我的祈祷吧！我愿意永远做个好妻子，前提是这个老是不说话的老爷别再出幺蛾子了。一个天天窝在沙发上的人有什么用呢？还不如跟塞拉利尼一样，一头栽倒在地就呜呼了。让我这个一把年纪的老婆子一天天的就是打扫卫生，什么时候是个头……'你看看，我说这些话都是因为你。如果这些话比渎神还严重，那就不关我的事了。这都是你那张臭脸逼我说的。从来就没夸过一句，也没说过一句好话……你就想着和卡拉马约下棋，我还得跟供国王一样供着他。到底是怎么了，难道你老了老了发现自己喜欢男人？就跟那个屁股开花的安乔利诺一样？简直是家族的耻辱。是吗？我的阿尔维塞，你换取向了吗？你要相信，这也是种解脱。那样我就终于能从这个家里逃出去了，和心里的苦比起来，外表的衰老算不了什么，连句谢谢都不说……"

雾来得快去得也快，现在只剩下了薄薄的一层。整个过程持续了五分钟，不多不少。人群散开了，大家都出神地看着四周。云散去之后，一副有趣的景象出现了。之前这里是一派过节的热闹景象，而现在则像是刚刚打完仗的战场。

有些女人的凉鞋在混乱中被踩掉了，她们还踩到了碎玻璃，现在拖着流血的脚往前走着。哭喊的小孩尿了自己一身。还有人仍然扭打在一起，虽然他们身上已经有骨头断了。脾气冲的男孩仍然在打斗，惹得他们的女朋友一阵阵尖叫。而神父在照顾老人，帮他们从混乱中脱身，扶他们到长凳上坐下。还有人在捶自己的肚子，他们本来就喝多了，再加上经历了起雾之后的混乱，现在已经站不住了。不过大部分人还在寻找出口，但没有一个人注意到，他们盲目奔向的地方只是一所房子的外墙，几米之外才是能走出广场的那条路。他们像野兽一样往前挤，但一直没探到底。前面的人快要被挤死了，他们已经鼻青脸肿，身上到处都是瘀青，有的人已经失去了意识。

由于刚才那次撞击，躲在角落的我眼前还冒着一些金星。我听到有人说："你鼻子出血了。"这时我才发现身边站了个人。

她身着一袭黄衣，V字领刚刚开到胸口的位置。她的一根肩带被扯掉了，我能清楚地看到她脖子上的血管。她的眼睛是画一样的绿色，在灰色的薄雾中就像一扇通往另一个世界的窗户，那一边是一片草坪。我对她说："你额头流血了。"她用手碰了一下，然后看了看。她刚笑了一下就摔到了我身上，眼球已经翻了过去。

有的人受伤了需要医治，还有的父母在混乱中找到了自己的孩子，但我看到的是另外一个故事。仿佛这片云之所以光临镇子，就是要让我遇见现在我怀里搂着的这个姑娘。我惊讶地抚摸着她的头，心里已经做好了准备，我觉得随时会有某个火冒三丈的乡民过来给我一巴掌，然后把她夺走。乡民没来，吉莱拉倒是来了。"我没说错。"他一脸兴奋的样子，好像连他都不相信自己将要说出的话。"那个小媳妇儿是在看我。我趁着有雾在她衣服下面发射了。"他好像在自言自语，似乎想要让自己相信这不是梦。然后他转向了我。"不过最疯狂的是，我都不知道上的是不是刚才看我的那个。反正我是进去了，她丈夫还在一边喊：'玛丽埃拉！玛丽埃拉！'她握紧了我的手，就好像在说：'别出声，好好干活'……如果我出去说他们肯定会以为我疯了。"这时他才注意到我身上的女孩。他用头指了指女孩，这是他的经典动作。他好像总是讨厌身边的东西。"你这里也有个从天而降的人啊。但是她还小啊，能有多大，十六？十七？听我的，我们这些人就得找有经验的，跟着她们你才能学东西。只有那样你才能知道什么是真正的女人。那些能把你吸干的女人，你做完之后会感觉她们把你那里给吃了，一个星期都感觉不到它的存在。"

蒙提耶里人也来了，他的鼻子正在流血。他一边走一边用手接着滴下的血液，手心里已经积了一小汪。"你这是要干吗，带回家吗？"吉莱拉问，他突然又激动起来。他给了对方一肘子，结果贾尼的手就碰到了脸上，沾了一脸血。"你傻吗！"他大叫，脸上就像抹了果酱。吉莱拉没再管他，他把目光移向了广场，那里还有伤员在打架。他掏出一包烟，点燃了一根，呼出的烟马上就混入到雾中。接着他说："这一晚多刺激啊朋友们，我要玩到天亮。"说着就盯上了广场中央一个怒气冲冲的年轻人。

"哎我说，你把萨尔基尼开的药水给我拿点儿来。他怎么说的来着？'需要的时候来二十毫升。'就给我三十吧，虽然每次喝完都一嘴氨水味儿，还连着三天烧心……但我觉得血压有点儿高。全都是卡拉马约给闹的，就让他在拱廊下面爆炸吧。阿尔诺河最好这几天涨水，来回大的，一九六六年那种，把我们这个只会把别人家里装满自己买的或者画的破画的小学教员一直冲到比萨去。啊，你们是不是就想玩这个把戏，把我早早地气死，然后用块布蒙起来？然后你们两个小矮人就回到这个家，成天喝白兰地，把画挂得到处都是。亲爱的阿尔维塞，我知道左邻右舍都在说什么，我又不是刚出生的小孩儿。他们说别看卡拉马约整天一副道貌岸然的模样，其实他整天待在楼梯下的时候暗地里却是个巫师。一个迷恋女人的巫师，简直就像有病一样。只要看看他从一个世纪前的某个道德败坏的画家那里临摹来的画就知道了……怎么，你以为我不知道我们的英雄溜达着去丽日旅馆干什么吗？据说主要是周二，那天伊萨斯提亚的可怜女人也会带上自己的塑料首饰走上大路。要接那个女疯子的招儿可需要勇气。你那个不说话的朋友还有惹上官司的可能，因为让一个一眼看上去就没有能力表达和追求什么的大脑拥有想法是可怕的。那个不要脸的女人但凡有半个亲戚，卡拉马约就已经要受审了。而且确实有人在想这事儿。你得知道，镇子上的人都品性纯良，没有人喜欢唱反调，但肯定也不愿意自己受委屈。所以我就跟你说说心里话吧：当这位老师上报纸的时候，他也早晚会上，我不想听到别人说他和我们家有任何瓜葛。你已经浪费了我大好的青春岁月，我不允许你再玷污我的晚年，我当年真的是傻了，怎么就能让你把我从头舔到脚的……楼梯下面的柜子找过了吗？先给我把萨尔基尼的药水拿来吧。啊，万一我走了，我肯定每天晚上钻你的被子，让你千疮百孔。我真该亲自去问问上帝！"

　　和约兰达第一次约会时，我激动得差点儿流鼻血。我并不是唯一一个将云解读为某种预兆的人，第二个星期，我就给她送去了订婚戒指。她激动地接过戒指，前额上还贴着创可贴，那里就是混乱中被人撞到的地方。她那里现在还有个疤，不过不明显，只有在皱眉头或是特定光线底下才能看出来。表情变了之后的她就像丢失了某种天使的光环。有那么一瞬间，我仿佛看见了当时的约兰达，当时我们只有面包洋葱可以吃，但我们边吃边看着对方，感觉这就是上天的馈赠。"你真好看。"她经常对我说，而且说得没头没尾的，根本不是什么特殊的时刻。听到之后我整个人都傻了，一句话都应不上，因为我从未想到她会这么说。"你不用回答，"还没等我胡诌出什么应付的话她便低声说，"你就是好看，就是这么简单。"

那时候我已经进了老南乔尼开的锯木厂，愿他的灵魂安息。星期天，我们会下到双门酒吧参加棋赛，约兰达虽然已经身怀六甲，步伐却依然轻盈。叫到我的名字之后，我就在所有人尤其是她的注视下走上前，身体里的热血已经沸腾。起身之前我小声对她说："如果我赢了，我就带你去海边待两整天，过过有钱人的生活。"她在我的嘴上吻了一下。"我看着你的时候，连海都比平常宽阔。"

我很厉害，十次里面有九次我都能进入最后的对决，对手是泰姆佩斯蒂。他就在桌子的另一边，低着头，这是战争创伤的后遗症。他是真的参加过战争，不像我只是在小时候远远地听到过枪炮声。不过尼科德莫·泰姆佩斯蒂不是随便玩玩的，完全不是。就算这样，我还是曾经让他难堪了一次，这件事镇上的人说了好几个星期。

那时候大家的水平都还难分伯仲，比拼的是大脑，也是其他的东西。刚才我还浪费时间看了又一场一边倒的比赛，那场完了之后，嘣！就到我上场了。棋子就像是荡漾在海一样的道路上，我感觉自己就像上帝，现在正趴在一朵云上俯瞰着躁动的人们，一切尽在我的掌握之中。我走了马，看客们马上开始嘀咕，"走错了。"甚至有人开始讥笑。他们理所应当地认为泰姆佩斯蒂能化解掉，然后又一次干脆利索地结束这次棋赛：一般他只需要几步就能让自己的车像火车一样突然从天而降，直接吃掉你那在城堡里自认为高枕无忧的王。但他没有动。他甚至没看棋盘，而是在看我。他就直直地盯着我的脸，眼神就像一个自己的天大秘密被泄露出去的人。最后酒吧里重归宁静。在冠军走了一个兵之后，双门酒吧里就像被冰封了。

作为回应我马上动了个象。它就在那里，在我的注视下光辉闪耀，现在它就像个圣人。泰姆佩斯蒂落入了我的陷阱，突然拿起一个马，但他的手在抖，这说明他并不是很有信心。很快，他发现自己的后被吃了。酒吧里大家一阵惊异。

我马上寻找约兰达，但我看不见她，这是因为大家全都挤在桌子旁边，兴致盎然地看着冠军以这种方式吃瘪。我听到一句："该你了。"说话的是我的对手，这是他第一次开口。他已经走了，于是我把注意力重新转移到棋盘上，这一次僵住的换成了我。因为现在我眼前的棋盘又变回了棋盘本身，所有的设计和妙算都消失了。突然之间，我不再是上帝。

虽然占据优势，我还是在一分钟内落败了。突然，泰姆佩斯蒂探出身子吃掉了我的王。他出乎意料地走了炮。马索把装满了赌金的袋子拿给了他，那里面的钱可不只够在海边待两天的，待四天都不是问题，外加每天晚上在饭店吃饭。

有时候我会想，也许我就是那一天失去了约兰达，那时她怀詹皮耶罗已经六个月了。回家路上我们都没说话，只是在巷子里一步一步地向前走着。我们仍然挽着彼此的胳膊，但没有了之前的喜悦，以前即使输了也不会影响我们的好心情，就像我们头上盘旋着什么鬼魂。它看着的主要是我，它说："好不容易碰到一次形势大好，你就这么白白浪费了。"我听到内心碎裂的声音，那是种介于羞耻和悔恨之间的感觉，但不止于此。我也不知道这到底是种什么感觉，因为下棋时曾有那么一刻，我感觉自己像是开了天眼，进入了一个一切都熠熠生辉的世界。我能提前预判到一切因果，就像是幸福和悲剧的结合。

后来，同样的时刻我追寻了四十年。那种高光不是人应该经历的，哪怕半分钟也不行，因为你会迫不及待地想要再经历一次。它就像一颗拔不掉的钉子，哪怕有座大钟掉在一米之外你可能都不会注意。

"……这药水可真管用，我已经感觉快飘起来了。其实我不想喝，因为灌下去的时候，那个感觉就像是它在你的五脏六腑里犁地一样。不过真要说的话，你带过来的那个朋友才更让我想吐，一想到他在旅馆里和那个脑子残废的女人搞在一起……我都不能想象他们在床上干些什么，想了就得疯。但我们这些好人还请他登堂入室，要不然我们家这位老爷还不得气死，到最后是哪个心善的人需要承受一切？当然是老婆子我了，这还用说！詹皮耶罗还在的时候完全不一样，最起码他还会为我流泪。那时我心想：'等把这个孩子安顿好了我就可以撒手不干了。'为什么不呢？现在我有两个需要照顾的孩子，他们让我一天都不得歇着。更不用说看见你们两个跟雕像一样趴在桌子上低着头有多窝心了。你们可以连续三小时连一句人话都不说。也就在下完一盘之后你们轮流上厕所时会传来一些脚步声。亲爱的阿尔维塞，你觉得这正常吗？人为什么要结婚？为什么要白头偕老？不就是为了有个伴儿，不至于因为日子过得没意思想要自杀吗？我也在说你，一九七二年之后你就没笑过。和你在一起可不容易了，你老是一副森林里迷路小孩儿的表情。你那种沉重的沉默，就算是圣母、圣若瑟还有其他圣人加起来也要抑郁。所以为了活跃一下气氛我才自言自语，到晚上我就自己在那儿小声地喋喋不休。这样我才不会被你拖进失败的深渊，我的帅哥。我生来就强悍，也想强悍地活到最后。谁知道你的小脑袋瓜里在琢磨什么。谁知道那个棋盘把你变成了什么东西，你现在这个样子和我曾经知道的那个爱笑的你没有半点相似之处。我可怜的妈妈总是说：'你看着吧，故事都是这么开始的，都是因为头脑发热，我都说过了。'而我到现在还在后悔地啃手指。"

在此期间我养大了一个儿子，在此期间我也写满了四百三十个笔记本。每一页上都画着三到四场比赛的棋谱和注释，每场比赛我都记录了日期和时间。上面是一长串的 A3-F8、C1-H6、G3-F5……我一辈子下过的棋按年份铺满了地下室的四面墙。有时我会下去随便拿上一本。当偶然读到十三岁写下的某首打油诗时，我会受到一些触动，那个年纪的人什么都不懂，但就是想写点儿什么。然后我就把笔记本放回原处，还感觉有些羞耻。归根结底那是这样一种羞耻：你偶遇了曾经灵光乍现的自己，于是穷极一生苦苦钻研，疯了一样想要找回那个时刻。一想到这里我就为自己感到可惜。我看着那几面墙心想："我已经走得太远，再回头的话只有崩溃一条路。"而下一秒我就重整旗鼓，重新开始在棋盘上钻研。

有时候约兰达会没好气地问我："你到底能不能告诉我，你整小时整小时指头都不动一下地在那儿待着到底在干什么？我感觉你疯了。怎么，你想步泰姆佩斯蒂的后尘吗？"但我不知道怎么解释。就算是有说法，那我也只能远远地瞄到两眼，就像陨石在空中划出的光亮，稍纵即逝，只剩下我一个人怅然若失。

那是一九九三年夏日里的一个星期天。一个星期前詹皮耶罗刚做了阑尾手术，那会儿正在家里休养。只要我在外面走动，无论谁碰见我都要问："孩子怎么样了？手术后还好吧？"对每个人我都重复着同样的话，让他们放心，在双门酒吧也一样，我一进去就会被团团围住。那时刚刚正午，我跟马索点了杯酒，一般那个时间我很少这样做。他把酒放到吧台上说："店里请。"

酒吧里有一些动静，让我意识到这一点的是，本来在我周围的众人都散开了。酒吧入口处的一个角落开始变得人头攒动，我转头问马索："怎么了？又有人中奖了？跟一九六六年一样？"

他擦干了手中的酒杯，长长的杯身上写着"金巴利"① 字样，他的嘴角露出了一丝微笑。"你还不知道吗？"他说，"今天镇上来了位贵宾。"

尼科德莫·泰姆佩斯蒂的职业生涯已经在走下坡路了，那之后他就灰头土脸地溜回镇上，在穷困中度过余生。那天上午看到他坐在那张桌旁时我还是感慨万千，那里正是他职业生涯开始的地方，镇上几十个做工的人一辈子的收入也没他下棋挣得多。

他已经是个老头儿了，长出了双下巴，就像大使们常有的模样。他穿着一身我们这些人只在电影里见过的西服套装。虽然外面夏日正酣，他还是戴了一条白色的丝绸围巾。正是它暴露了他的出身，泰姆佩斯蒂每两分钟就要拿衣角擦拭头上的汗水。他还蓄起了两条浓密的八字胡，有点儿像墨西哥人。他还叼着一根雪茄，像元帅一样气定神闲地吐出又浓又臭的烟圈，看得我大受震撼。

这些年里，我一直通过报纸上的文章关注他的动向。最近我还在电视上看见过他，当时是凌晨一点，电视台重播了他输掉的一场决赛，对手是个中国人。现在他就在眼前，大家挨个跟他下棋，就像旋转木马。大家都很享受被他迅速击败的感觉。当我发现好奇的众人正将我推向那位大师身边时，我的心开始剧烈地跳起来。

---

① 意大利著名的烈性酒品牌。

他们还专门擦干净原来的那张方桌。又一位挑战者尴尬地笑着站了起来，他才下到第五还是第六手就输了。后面的人还在往前推，现在我距离他只有一步之遥。他就像个牙医：下一位。他们已经摆好了棋子，我也准备好接受挑战了。和别人只是随便来玩玩不一样，我的任务是重新找回往日的天才。"这回我让你看看我的厉害。"我心想，信心十足。然后我就看见一个身影窜到了右边。我再一看，椅子上已经坐了一个人，他看上去很轻松，完全没被这里的氛围影响。

那是萨穆埃莱，埃塞德拉家的孩子。这个十三岁的男孩在镇上没有朋友，我不时就看到他在街上闲逛。他甚至根本没看桌子对面坐着的是谁，抓起白棋的兵就走到了 E4 格。

我喝了一大口手里的酒。就那么一瞬间的事，坐在那张椅子上的本来应该是我，而我和双门酒吧里的这些初学者可不一样。

不过男孩并没有脆败。不仅如此，有那么一瞬间我感觉泰姆佩斯蒂好像有些呆滞。整个开局阶段他只是在跟着对手的棋路走，没有主动变招。"他想检验一下这个年轻人的成色，"我心想，"这样的话他会让我迟到，这时候约兰达应该已经把头道菜端上桌了，我都能想象出她像女妖一样打开家门大喊的样子。"但机会只有这一次，说不定我就能找回一点多年前开过天眼的感觉。"要想成功的话就必须和巨人较量，"我不断对自己说，"为此我宁可吃凉掉的饺子。"

所有人都在窃笑，不过当萨穆埃莱失误送掉了一个象之后，所有人又安静下来。泰姆佩斯蒂也笑了一声，肚子鼓得滚圆，把上衣撑得很紧。"他快下成跳棋了。"有人说。不过其他人反驳说："不过小孩儿防守做得挺好……"泰姆佩斯蒂以一个马的代价救了自己另一个马。萨穆埃莱没有理会，走了自己的后，斜着将了对方的王一军。我们这位在世界上曾击败无数冠军的同乡做了个鬼脸。"现在好好下了。"他嘟囔了一句,然后走了一个兵,想逼迫对方的后回去。但埃塞德拉的孙子根本没有理会,他没撤回自己的后,而是走了自己一个被象威胁着的马,不仅解了围,还造成了进攻的态势。大家都笑了,这本来是个好机会,却以一种最愚蠢不过的方式被浪费了,这一刻还是傲慢占了上风。不过马上我们都屏住了呼吸,白棋的车一路杀到了棋盘的底部,下出了一个王车易位,将黑棋的王逼到了角落。

所有人的目光都聚焦到了棋盘上,他们设想着各种走法,看有没有解围的方法,除非下出圣手,否则现在的局面是无法翻盘的。根本没有解围的可能,刚才我就看懂了,我们伟大的尼科德莫·泰姆佩斯蒂因为傲慢挨了当头一棒。我没有再看棋盘,而是注视着他那留着胡子的精致面庞。我看到他的棋子有一部分死掉了,死于自己的傲慢。他好像被一滴滚烫的铁水从头到脚穿了个孔。不过他毕竟还是位有经验的棋手,他马上收起自己的慌乱,假装开起了玩笑。"随便换其他任何人都不像你这么下。"他用一副看儿子的眼神看着男孩说,"你很勇敢,必须要说,你有天赋……这个阶段你唯一的敌人就是想一口吃掉对手的急躁心理。"

酒吧里甚至响起了一阵掌声。"泰姆佩斯蒂真是个伟大的冠军。"所有人都吸了口气说,"他宁可自己出丑也要试一试埃塞德拉家的孩子。"但我清楚地看到了他眼中的不安。现在也没有变,他被众人簇拥着去吧台喝一杯,这些人曾经对他如对狗,现在却互相推搡着想要离他近一些。他的额头降下了一层阴影,同时他不时地往酒吧的那个角落看一眼,好像那里是个正在冒烟的火山口。"有人抢走了你的玩具。"我想,放纵自己享受着这一份不太光彩的快乐。我欢庆着死敌的失败，而且这一次失败是以最可怕的面目出现的，来自一个孩子之手。一个沉默寡言而且还遭遇了家庭变故的孩子，就和他自己一样。萨穆埃莱就这样横空出世，还偷走了他人生的拐杖。我知道是这样的。从泰姆佩斯蒂的脸上，我读出了多年前那短暂的灵光一闪消失时我感受过的恐惧。但那份宝藏我只拥有过那么一瞬间，然后马上就还了回去。而萨穆埃莱把他偷了个正着，然后立时消失。这让我们的冠军突然变成了另外一个人，而这个人注定要品尝平庸的悲剧。

"来了！他准时出现在街上，还拄着拐拖着步子，像个流放犯。他这个魔鬼连影子都没有。不过他那些借口都是你帮他编的，亲爱的阿尔维塞，你看你走路走得像睡着了一样。你连转个身都不行吗？那个卡拉马约到底是不是你朋友？要不然你就跟他实话实说：'亲爱的朋友，你别介意，你那个破画真的太有碍观瞻，每次你前脚刚走，我们后脚就把它藏起来，要不然太丢脸。请珍视我们到目前为止做出的努力。'我不会要求你这么做。这些都是胃上长毛的真汉子才能干出来的，你这样只会缩在壳里的蜗牛不行，你只会消灭爱说话的人。就算有三个人同时强暴我，你也连手指头都不会动一下。但是这一次我真的不管了。卡拉马约是来找你的，我每次还端茶上来已经够意思了。我不知道你注意到没有，那个人每次都看我的腿。他还老说：'亲爱的约兰达，我发现你越来越美了。'他的声音就像打湿的天鹅绒，充满着欲望。你听着，光想想我就浑身起鸡皮疙瘩。但我最起码受到称赞了，这再次证明了我不是什么已经被淘汰三十年的过时货。可能只有你没发觉，但是这个人已经拜倒在我的裙下了。因为做丈夫的就应该有个做丈夫的样子，而老婆子我从来都没对你有过太多要求。我本来该像玛丽埃拉一样好好玩玩的！我为什么就不是个到处留情的浪女呢？守贞节又有什么好处呢，一个只会在笔记本上写满棋谱的金枪鱼脑袋，就像那些到处贴足球运动员画像的小孩儿一样。而我还不能没礼貌：'你好啊，路易吉，欢迎！'我说。那人吻了吻我的脸颊，我感到有一股来自地狱的火焰从他的拖鞋升上来。他那双小眼睛无精打采，像死灰一样，看上去就是个一等一的疯子，但是我可不想撕破脸皮。我这一辈子都在忙着处理鸡毛蒜皮的小事，如果我学到了什么的话，那就是所有人口中的细节。让我说不喜欢卡拉马约的礼物就等于宣布自己不擅长处理细节，而这正是鄙人获得奖牌的领域。那你就去地下室看看吧，你怎么像个梦游的一样！哪怕就这一次，你就帮帮这个每天晚上摸一下你的嘴对你道晚安的女人吧，她都快忙死了。要不然等那个人来了要找不到他从市场上淘来的古董了。难保他不会跟伊萨斯提亚的那个疯女人讲，她嘴上没个把门儿的，很快这一带的人就会觉得巴尔贝里尼不在乎他们送的礼物。那我的天就要塌了。这是你的错，这还用说吗……"

那应该是月初吧。当时我正在双门酒吧喝每天十点的咖啡，有人说埃塞德拉家的萨穆埃莱回到镇子住了。

我精神恍惚了，就像一九九三年那次一样。在一瞬间，我好像看到了无数个脑袋簇拥着一个穿得像意大利版阿尔·卡彭[1]的泰姆佩斯蒂。主要是已经这么多年过去了，大师自从回来以后就开始了无边的苦难，直到今日他仍在被一点点蚕食着。男孩就像他的儿子一

----

[1] 美国黑帮老大。

样整天跟在他身边。下午进酒吧时，我马上感到胃部一阵灼痛。因为和冠军在一起的本来应该是我，而不是某个古怪的毛头孩子。尼科德莫·泰姆佩斯蒂本来可以通过训练我来挽回人生的颓势。

有时我会坐在两张桌子以外的地方，假装和其他人一样看球赛的结果，不过同时我竖起耳朵关注着棋盘上的变化。不过两个人的声音很小，好像他们在讨论的是埋宝藏的地点。他们都低头看着棋盘，两个人的头都快碰到一起了，还一直在说话。那时我真想往那里扔颗炸弹。之后我就回到家，试图和詹皮耶罗建立同样的和谐关系，他每个周六从大学回来。但是他满脑子都是女孩，我只能从头跟他讲每一步棋。"泰姆佩斯蒂是爱上了杀死自己的凶手，"我想，"他在那里扮演孩子缺少的父亲，无非是想等以后把自己失去的一下子全拿回来。"

但他没有成功。当萨穆埃莱离开镇子之后，他就像一堆被丢弃在外面遭受风吹日晒的废铁，一天天地消沉下去。孩子离开了，走之前还把大师终生引以为傲的天才锁进了自己的行李箱。如今泰姆佩斯蒂的眼神已经泯然众人，他在酒精中寻找慰藉，以此麻醉创伤带来的痛楚。我经常见他一个人在棋盘前坐着，棋子摆得整整齐齐，目光迷失在那方形的迷宫里。有一天我鼓起勇气，来到那张桌子前。我什么都没说，只是探出身子走了一个中间的兵。完成这个动作耗费了我所有的神经，就连当初向约兰达求婚时也没这么难。

尼科德莫·泰姆佩斯蒂突然抬起头，发现是我。但他没有直视我的眼睛，只是看向我的嘴，好像在识别某种符号，对于我本人他并不感兴趣。我想挤出些微笑来，而他显得更呆滞了。他发出两声哼唧，然后站了起来，他已经醉得厉害。他什么都没说，晃晃悠悠地走到门口，之后就离开了，只留下我，像一条正在挠门的流浪狗。

当卡拉马约和我下棋的时候，有时我会把他想象成几年前的泰姆佩斯蒂，后者彻底摧毁了我，让我变成了一个连晚安都不会说的人。那个秘密让我坐立难安，也让我，巴尔贝里尼，成了一个连好话都不会说的人。所以我就去屠戮亲爱的路易吉，享受踩在他的血泊中的感觉。有几盘我杀得实在太狠，他抬起头，看起来有些不安。"我很愿意来找你玩，"他说，"但你也不能这么过分，我的冠状动脉都快受不了了。"黄昏时分我送他到门口，这时我感觉自己就像一头刚冲刺了一百米的公牛。有一天他凑到我身边慢慢地说："我的朋友，我愿意当你的出气筒。不过有时候我们也可以去圣马尔蒂诺上面走走，呼吸一下新鲜空气也好。"

挺好的，他痴迷于罗特列克[1]，也临摹了对方的很多作品。卡拉马约认为自己晚生了一百年，也生错了地方，所以他整天待在楼梯下，唱机播放着曾经那个时代巴黎的音乐。他用这种方式掩饰自己被荒废的一生，他这辈子都花在了教育齐维泰拉的小孩上面，他们学会了写字算术之后就会辍学，之后的整整七十年都在马莱玛的峭壁上度过，重复着同样的动物行为，一辈子都只是在吃、喝、睡、生孩子。但我何尝不也曾失去过整个人生，所以当我的同伴想对我说教时，我的火一下子就起来了。"这话你该对自己说，你连圣诞节都是在楼梯下过的。"有一次我这样回答了他。而他也让我付出了代价，整整两个月没有露面。他再次出现时温顺得像只小羊，我还差点儿发善心想要让他一局，不过后来我改变了主意。

我看见他了，萨穆埃莱。现在他已经是个男人了，不再是之前偷走我师父的那个小男孩。他的动作仍然是偷偷摸摸的，甚至比以

---

[1] Henri de Toulouse–Lautrec，十九世纪法国画家。

前还严重，这应该和两年前电视上长篇累牍地报道的那件事有关。

为了不错过哪怕一秒的新闻，我甚至会跑着回家。每篇报道我都如饥似渴地读完，他们将埃塞德拉的孙子放到广场上示众，我在心里笑着，从外面看不出来。约兰达张大了嘴巴看着电视转播。"想想那个可怜女人为了把他拉扯大付出了多少，"她不敢相信眼前的一切，"这个世界疯了。"她说，眼神里写满了困惑。"那个恶棍还没被抓起来，但他们已经找到作案动机了。光从他师父整天教他下棋这件事就能看出点什么，这些对于法官和法庭来说已经足够了。不过让人不寒而栗的还是听他们说镇子的时候，我们这些人就这么成了'那个疯子的同乡'。我还是不希望被冠以这个称号，就好像我们……"

"……就好像我们自己的事儿还不够多一样！第一件事就是要为这桩走歪了的婚姻粉饰太平，我亲爱的阿尔维塞。要做到真是要累到吐血。哦，就不能让我哪天突然消失吗！就像那个找了大半个马莱玛也没找到的女孩一样。或者就像萨尔基尼家的维尔玛，她家儿子刚出生不久就死了，而她走得干干净净，连张字条都没留下。一个人失去生活的希望时就会发生这样的事。我不时就会想起她，维尔玛，我想象她应该在某个遥远的岛上，可能还有了新丈夫，生了新孩子，他们甚至不能想象我们这里的不幸生活。也许她又找回了些快乐，我总是会默默向她送去祝福，对自己说：'你很勇敢，我的朋友。而在下就没有，我被困在了生活的牢笼里，胸中的悲痛就像笼中的狗一样哀号着。'她也可能是去了翁布罗内，不过那也不是件易事，你不觉得吗？你也看到了，我还在这里。但是你不要以为我什么想法都没有，我有过，哪怕只是为了过过瘾而已。因为你眼前的约兰达虽然看上去和以前没什么两样，但在她的心里有很多心事。也正是这些心思第二天就会遮蔽你生而为人的情感，让你不禁问出这个问题：'如果我突然不在了呢？'然后我就开始想各种场景，镇子还是那个镇子，而詹皮耶罗每年十一月二日会为我带来花束。双门酒吧的人聊我聊了十分钟，接着马索就倒起了起泡酒，就好像死掉的是只苍蝇。周五的市场上会少卖出些蔬菜，而唐·劳罗则有机会歇歇，因为我每次去忏悔时都会像上了发条一样喋喋不休，一次能消耗他半个小时的时间。有时他会打断我，借口说身体不舒服，然后就对我说一通万福马利亚之类的……总而言之，也许人们并不是真的松了口气，但也不能说我的离去会在大家的记忆里掀起什么波澜。这不是我所关心的。因为想象自己死后的事来打发时间时，我想的主要是你，我亲爱的大笨蛋。刚开始的时候我非常开心，因为知道你还会一如既往地沉默地待在家里，但地上堆满了垃圾，晚饭还能吃出绳子来，因为你连解冻菠菜都不会。最重要的是，我看到你还是一个人，而我的鬼魂在你耳边说：'现在你是不是想张开嘴，像个体面人那样说两句话了？但是由于老婆子我已经在地下喂虫子，你这回真的要没话可说了！'最离谱的是，当我想象你一个人在这个房子里盯着棋盘的时候，我竟然想哭。因为没有我这个老婆子的话，你甚至连吃的都找不到，我真的无法想象你这样一个家里蹲怎么出去买东西。马里奥给你切奶酪的时候会故意使坏，而且降价了也不会告诉你，而像你这样的糊涂蛋还会多给钱。所以最后的结果就是，我每次都会从梦中惊醒，睁大眼睛，焦虑成倍增长，从我的头发上一点一点滴下来。然后我就想：'阿尔维塞是毁了我的一生，但如果他胆敢把钱白白浪费掉，我发誓我一定会杀了他！'现在看在我心情不错的分儿上，就给你做点你爱吃的吧。你确实太弱了，我的朋友，如果没有约兰达在家里看着你的话，你连一个下午都活不过去。你甚至都没有站在灶台前的勇气，就像三十年前维尔玛到森林里然后被野兽吃掉一样，后来连她的一根手指都没找到。所以我就一次把话说明白了：如果你和那个卡拉马约计划把我累死的话，那我们之中首先不行的肯定是你，我亲爱的丈夫。我已经习惯了痛苦，现在我什么都能受得住。如果真的需要平息这一切，我也不是没有正面硬刚的勇气……钟声响了！床底下你看了吗？那里可是藏那个市场上买来的碗的好地方，它不正像个夜壶一样，我们以后起夜还不用跑远了……"

我在研究那个萨穆埃莱。每天他都拿着鼓鼓囊囊的购物袋走在街上。也许是山上的生活让他胃口大开，也许是卖采访权让他狠赚了一笔，而克拉拉此时却被困在了科西嘉岛的峭壁之间。他总是闭门不出。以前我会故意转到他身边，在旁边的桌前坐下。现在每天早晨遛弯儿时，我会故意走远路，从交叉路走到老学校的阳台下。即便是中午，他家的百叶窗也一直关着。萨穆埃莱就生活在黑暗中。镇子已经到了下浓雾的季节，有时到中午都不散。对于他来说这正合适，因为他不想看见人脸。唯一会和他说两句的是鲜货摊上的马里奥。这个基督徒真的受尽了苦，自从他的帮工消失之后，我们这位受人尊敬的店主以肉眼可见的速度瘦了下来，因为他既要照顾阿德莱德，又要照料店里的生意。而且埃塞德拉的孙子好像都不住在自己的老家，他总是在隐蔽，在躲藏。如果能碰见他，我倒是挺想邀请他切磋一盘，就算撒撒乏子了。对我来说，那将是这辈子最重要的对决。

他有点东西，那个孩子，和常人不一样。我是这样想的，而且我还得和自己的嫉妒心作战,因为我一看到他就想起泰姆佩斯蒂,那张脸上的表情就和我碰到棋子时是一样的。"那个酒鬼原来打的是这个主意。"我从百叶窗的缝隙里看见萨穆埃莱低着头从路上经过,眼睛盯着路上的石子。我想起了大师在看我的脸之前先看嘴巴的事,它在寻找一种信号。那是人的一种固有的印记,不会随着衣着和年龄而改变。在我的想象中,那应该是一种光辉,只存在于当事人身上以及观者的眼中。当二者相遇时就会擦出火花,然后明白大家是一路人。那是一种呼叫得到回应的过程。而我就像被下了咒,困在外面不得进入,注定与这种心灵感应无缘。

我怀念以前他们在双门酒吧的日子,我很想抄起把板凳在他们中间坐下,以一个西西里式开局作为自我介绍,简单明了。明白人一眼就能看出来,这个人到底是天赋异禀,还是写满了几百本笔记本苦苦钻研过。这种天才被发现时才真的是人生一大幸事。会发现本身同样是种神的赠予,如果用得好,你甚至能从那些依着天性生活的人那里找到闪光点,因为后者很可能会随着时间的推移而迷失自我。就像晚年染上酒瘾的尼科德莫·泰姆佩斯蒂,或者因为情杀案而被推到广场上的埃塞德拉家的萨穆埃莱。而我还在这里,和以前的阿尔维塞并没什么两样,闷得就像个葫芦。

其实,当那个孩子越过镇子的围墙回来之后,我浑身的血液循环都紊乱了。一切都不一样了。每一次下到中街时,我都感觉气息被阻滞在喉咙下面,就好像有人在镇上放了一批狼出来,隐藏在每个角落。我活得战战兢兢,每次看到我剩饭约兰达都会发疯。但我是小鸟胃,眼中只有棋盘。与此同时,妻子的唠叨充斥着我的每一天。这种焦躁终日消磨着我,而她就是根源。有时我真想像男高音一样对她劈头盖脸地大喊:"亲爱的,那很久以前的一天,我本来马上就要击败像公鸡一样趾高气扬的泰姆佩斯蒂，我面前就是象棋带来的财富，连我本人都被照得闪闪发光。但是当我抬起头寻找你的呼应时，却连你的影子都找不到。那时魔法就消失了。我输掉了一切。输掉了比赛，也输掉了奖金。我没有得到在海边度假两天的权利，反而得了一种病，一种一直到现在都在折磨我的病。我可能确实毁掉了你的一生，但是你的草率却让我失去了神的赠予。不知道你明不明白，曾经拥有那种权杖后来又被剥夺是一种什么样的感受。与之相比，被魔鬼的爪子挠一下只能算抓痒痒。"

因为我想要的只有一件事，那就是成为约兰达在马莱玛这个破败的所在苦苦寻找的英雄，而只有在那一刻我才感觉自己真的做到了。我就是个巨人，是一盏明灯。我和她一样高大，毫不畏惧，我和她平视，坚定而决绝。但是，也只有她在闪光的那一刻没有在看我，那时即使我流下的臭汗都是金子做的，再普通的思想都闪烁着钻石的光芒。"约兰达，看看我啊！"我在内心呼唤着，那种大获全胜的感觉充盈着我的身体。"约兰达，我像是火力全开了！"但她不在，应该说根本没人在，虽然桌旁人群的吵嚷一直没有中断过。只有泰姆佩斯蒂的声音："该你了。"突然，我感觉地上开出了一个大洞，一点一点地将我吸噬。我最后掉到了这里，这是地狱的最底层，身边尽是些和我一样的牲畜。

一九六九年的秋节距今已经很多年了。吉莱拉已经在比利时住了半辈子，应该会老死在那里。而蒙提耶里人已经归天很久了，鉴于他焦虑的性格，事情发生时大家都没有感到意外。不过因为不愿服兵役而自杀还是让人感到苦涩，这种感觉就像他是被人杀害的。有时我会给他带去一束花，看着照片里曾经的他出神好几分钟。我看着看着，脑子里就响起了他警觉不爽朗的笑声，好像他就站在身边。然后那种突如其来的甜蜜让我忍不住哭出来。但不是因为想他，我是想我自己，想念自己还没有对王座如此痴迷的时候。那个王座可能根本就不存在，但我必须让约兰达看到，因为我唯一一次坐在上面时，她到吧台喝酒去了。当她回来时，我已经是另外一个人了，眼神里不再有光彩，灵魂的光晕也换了种闪烁的方式，就像蜡烛逐渐熄灭的灯芯。

我也曾经试过做你的国王。在这场名为生存的游戏中，门外的威胁随处可见，走错一步就有可能付出沉重的代价。所以我就四十年如一日，退守在这片棋盘上，让她做我人生的哨兵。她是女王，也是我们二人中最强大的那个。强大如我现在的心跳，我看见她正拿着卡拉马约的破碗趿拉着拖鞋向我走来。"你就是个傻子。"她打趣说，脸上的微笑让整个世界都获得了重生。"你藏在储物柜里了，就在那几包饼干后面。"一束阳光照在她脸上，她前额的伤疤闪了一下，就像天使的头发。

我真想告诉她，在所有下完的和没下的棋局当中，和她的这场棋局没有胜负，我会一直下去。她肯定会这样回答："你这是想夸我吗？"但卡拉马约很讨厌，一直不停地按着门铃。约兰达摇了摇头，在离开前整了整我的衬衣领子，捋了捋我的头发，然后说："我去给那个讨人嫌开门。"

摘自
皮耶拉·德尔·卡西诺的秘密笔记

侏儒

夏天的时候，我们会把板凳拖到窗前，站到上面，跪在窗台上。上到高处街区的孩子们从中街的每一个路口涌出，走上石头楼梯。他们脖子上系着的旧床单就变成了斗篷，手里拿着木剑。他们紧贴着墙行走，慢慢地互相靠近。他们举起手中用硬纸片做的盾牌，然后掏出纸弹枪。这时朱利亚诺用胳膊肘碰了碰我，示意我退后。但我想看啊，真的想看……有时，我的额头会立马挨一枪，这是为好奇付出的代价。

他们用的是干橄榄，有时也用嚼过的纸，后者会由于唾沫的存在粘在玻璃上。我们默不作声地看着这些导弹飞进房间，朱利亚诺把它们都收集起来，然后和我分掉。之后我们就来到屋外，用我们的弹药回击他们。

战争可以持续半小时。台阶上的孩子想要包围我们，而我们就像身处一座高塔，和对方激烈交火。我们看着他们惨叫着举起纸板，等待着我们的炮火结束，就像是无声电影里演的那样，还有钢琴声和呼吸声。我看着他们因惊讶而张大的嘴，山丘上到处都是喊叫声。那帮孩子可能还有自己的战歌，而我们则有另一种用安静制成的皮肤。那是种厚实的皮肤，任何气息、回声都无法从中穿过。

如今聊起当年的时候，我们称之为"安静之日"。这是一种怀旧，是对另一种人生的梦想。当时我们都在一个罐子里，并不封闭，反而是被保护起来的。

因为有一天，上帝创造我们俩的时候稍微有点儿慌，就像家里着火还把内衣裤放进抽屉时。最后出来的结果就是侏儒兄妹俩，自打生下来就又聋又哑。

我们喜欢涂色。我们喜欢发明新的符号来代指事物。想说"铅笔"的时候，我们就抬起右手食指。想说"拿那个"就朝那个东西看看，然后连握两次拳头。我们有一套属于自己的字母表，这让我们感觉自己很特别。不过更重要的是，我们守护着一个秘密。

我们生活在无声世界中，但这并不意味着我们不会听，镇子到处都在对我们说话，而方式就是大地的震动。有时震级很小，甚至连吊灯都不会晃动。但我们就是能感觉到，而其他人还像无事发生一样走在街上。

当我们想说"在震"的时候，需要将右手掌心放在额头，然后摇摇头。这是我发明的。震起来的时候我们马上就会呆住，哪怕当时正炮火连天。我转过身，发现朱利亚诺眼神迷离，在听……我摇了两下肩膀，意思是"你听见了吗？"，他回答"听到了"，想说这句只需要往后仰一下头。那是一种发麻的感觉，是一种骨头的痒。有时我们睡觉时也会被突袭：我突然就会坐起来，马上转脸看向我的孪生哥哥。我发现他已经在看着我了，然后我们就赶忙钻出被子，下到地下室去。

这是从达尼埃莱那里学来的，他是我们兄弟姐妹中的老大。有一次，他回来时手里紧攥着一只翅膀折断的小燕子，那是他从屋前找到的。为了向我们展示鸟儿，他松开手，小鸟在地上疯了一样挣扎，最后躲到了厨房的一个角落。但它不想让我们靠近。只要看到我们走一步，它就会张开嘴再次激烈地挣扎，它用头撞着墙，让人担心脖子会不会断。最后达尼埃莱又将它拿起，向我们展示如何安抚它。

他的双手并拢，形成了一个碗的形状，就像一个怀抱。小鸟把头钻到两根拇指中间。哥哥把脸凑过去，用嘴轻轻地吹，也许他是在跟小鸟对话。

刚开始小鸟还用嘴啄着哥哥的手指，试图挣脱。达尼埃莱在几乎零距离的位置对它吹着气，他甚至有可能被啄到嘴。但是突然之间，小动物就静了下来。它好像睡着了，但仍然睁着眼睛。哥哥还在继续吹气，同时他慢慢地将两手张开，直到最后完全打开，那只受伤的小鸟就在他手心里。达尼埃莱将它递给我，示意我继续吹气。

地震时也一样。按照当时我们所知，我们应该是唯二感觉到那些轻微震动的人。如果是在家里，我们会马上放下手里的事，沿着陡峭的楼梯下到岩石中开掘出来的地窖里。我们会一直跑到深处的一个角落，那里裸露的石头就像是已经凝结上千年的岩浆。我们紧紧抱住石头，脸贴着石头呼吸。我们会保持这样的姿势几分钟，直到震动结束：镇子平静下来了。我们也可以回去继续睡觉。

*

我在画一只猫，我把它拿给朱利亚诺看，抬起了一个拳头，伸出大拇指和小拇指："猫。"这是我们说这个词的方式。而他指了指自己纸上那一团云状的东西，想说那个字的话我们就得在头上画个圈，如果转得快意思就是"天气不好"。

想说"达尼埃莱"的时候我们会在下颌拍一下，因为我们的哥哥长着一个他颇以其为耻的下巴，他一笑就会凸出来，不过他从来都不笑。"罗伯托"是用一根手指比成钩子状放在鼻子上，因为他驼背。"妈妈"则是将一根拇指划过脸颊，那里是她每次抱着我们时亲我们的地方。"爸爸"这个词并不存在，我们不是很愿意提到他。

他总是很严肃，当他的身影出现在家门口时，所有人的情绪都会降至冰点。他的脸上总是一点表情都没有，就好像面瘫了一般。我们的父亲活得总是很沉重，但我们都不知道是为什么。他话很少，当他的嘴唇开始动时，妈妈不是点头答应就是把头低下。其余时间他根本不看我们，就算我们犯错了也不会。朱利亚诺和我在他的眼里就是隐形的，就像鬼魂，就像一团空气，只需要从中穿过就好。他也从来不进我们的房间，就算我们发高烧瑟瑟发抖地躲在被子里也不例外。妈妈看见我们的画时还会惊讶一番，而他连看都不会看一眼。而妈妈每次都会鼓掌，脸上露出灿烂的微笑，对于我们来说这就像是在说："继续画。"

我们当时有几十幅画。有时我们会随机拿出一幅，花好几个小时研究，轮流提出问题，指出里面的每一笔。我们只懂这一种语法。我们将事物变成我们无声宇宙中的符号。我们不会表达"泪水"，也不会说"痛苦"。那时这些东西就像不存在一般。

接着有一天，狂风暴雨突至。

*

下街的孩子们对我们都很好。战斗结束之后，有时我们会下楼来到街上，和他们聚在一起。他们也不介意我们在后面跟着。他们的腿脚都很灵活，下楼梯时总是一步下两级台阶。像那样被不施加任何优待的正常对待是一件很棒的事。他们的不在乎让我们感觉自己是正常人。

他们总是喜欢玩一种我们看不懂的游戏，但正是这样才让我们很是开心。到达广场中央后队伍就停下来。朱利亚诺和我吃力地爬到最下面一个台阶上，抱住那里为老人而设的扶手。如果没有这种设施，他们就不知道怎么沿着结冰的路面走到上面的商店。

他们把我们围住，女孩们碰碰我的头发，把它们梳理整齐。她们拿出一些花瓣，戴在我们头上。她们还在我脖子上戴一条项链，那是用线穿起来的石子，中间是一朵小花。朱利亚诺呢，她们给了他一些可以绑在手腕上的皮质带子。有几次还有人解下了身上的斗篷送给他，就像骑士的受封仪式。而我们两个小怪物突然就变身为盛装打扮准备出席典礼的皇家成员，或是受人顶礼膜拜的神，然后就开始了我们的游行。

还是一些台阶，如今这里一直通往高处的钟楼。但这次孩子们没有光顾着走自己的，而是跟在我们后面，让我们站在队首。我经常想到妈妈，我真想让她见识一下当时的场景。我也在偷瞄朱利亚诺，他眼神坚定地看向前方，身形看上去不可战胜。最后的平台是绝对的最高点，除了石头路和塔楼之外，当时什么都没有。风儿呼啸。

*

那是一九五二年的夏天，那天天气不好。天空很低沉，带着金属一样的灰色，空气沉滞，难以呼吸。雷声很闷，但我们能清楚地看见闪电。天边闪现出白色的裂缝，闪电的打击落在谷地里。我们能听到，因为那就像世界被撕裂开了，在我们肚子里轰隆作响。但这和镇子的震动不同，是一种很干脆的轰鸣，并不来自脚下。

我们就在这电闪雷鸣中上了台阶，紫色的乌云好像近在咫尺。一切都被笼罩在灾难的氛围中。像往常一样，我们一行人来到门前。孩子们让我们躲在背后，然后他们中的一个探出身子敲敲门，其他人都已经下去了几个台阶。有人看起来憋着劲儿，因为他们马上得飞快地跑出去。他们看着那个同伴，他把耳朵附在铁做的门把手上，就那样待了一会儿，听着。然后他突然开始喊叫什么，大撤退开始了。

我们看着他们连滚带爬地跑下去，有人不小心丢了纸盾牌或是纸弹枪也不回去捡。一队人马到了小广场中央才停下来。他们肩并肩，有些紧张地紧贴在一起。他们看着我们，两个穿得像王子公主的高街区的侏儒。我们也从高处看着他们，在我们眼中，他们渺小得像一群蚊虫，我们这一群惊恐的随从。我们就这样待了一会儿，什么都没做。孩子们饱受煎熬，就好像镇子随时会张开大嘴把他们全吃掉，而我们是守护镇子的最后希望。不过慢慢地他们开始有些倦了。队伍开始解体，大家的眼睛都看向了别处。有人摇了摇头，有人悻悻地上台阶去捡跑路时丢掉的武器，然后就散了，而我们还穿得像疯皇帝一样待在原地。

一九五二年那天也有过这样一次大逃亡。在那一天，无聊同样击败了兴致。我们看着第一个顽童离开了队伍，接着是第二个，然后是第三个……我转向朱利亚诺，转着自己的手，就好像在自己的脑袋上拧一颗看不见的螺丝。在我们的语言里这就是在说："这是什么意思？"像往常一样，他摊开一只手："我不知道。"接着我感到肚子里突然发痒，我又感觉有人在向后拽我的头发，最后眼前一片空白。

当我重新睁开眼睛时，发现我正坐在地上，身上浇了个透，雨还是下来了。我首先看见的是几个孩子，他们大声叫着，站得挺远。我转头看向哥哥，发现他捂着耳朵，眼神呆滞。也许那就是我们说"我害怕"的方式，但我们从来都没说过，好像这样我们就不会怕。不过我知道，他和我的困惑是一样的，我感觉自己的头像要裂成两半。流鼻涕的孩子还在大喊，我并不在乎他们那无休止的脆弱，引起我兴趣的是他们的嘴。我察觉到了：我能听见他们。我听见了雨声，听见雨点将我拍打在平台的石头上，我失去了自己无声的外皮。接着我又晕了过去。

*

最后是妈妈来接的我们，我们的其他兄弟也来了。达尼埃莱搀扶着我，朱利亚诺则被罗伯托搀着。整个下坡的过程中，我一直看着我的孪生哥哥。他也同样连动手指的力气都没有，但从他的表情我可以看出：我们变了。在那上面，就在塔楼门口，有什么事发生了。

爸爸在家，我们进来时他甚至没有回头。萨尔基尼来的时候他也一直待在厨房里。医生在我面前晃动一根手指，示意我深呼吸。然后他又来到朱利亚诺身边，这次他待的时间更久，因为朱利亚诺看起来真的像经历了很多。他连胳膊都抬不起来，不过最后医生笑了。他来到我们的母亲身边，一副"不用担心"的样子。在我们的语言里说这句话，只需要将两根手指横放在嘴唇上。

恢复期很长，妈妈会来给我们喂饭，先是我，然后是哥哥。她总是面带微笑，身上一直都有的薰衣草香每次都能照亮整个房间。我就像从未见过她，因为她说话我能听见了。我屏住了呼吸，一直盯着她看，只是勺子接近时会把嘴张开。她还在说着什么我听不懂的话，显得有些焦虑，接着便又笑起来。最后，我又听见了一个新的声音，我自己的。我呆住了，虽然那只是一长串毫无疑义的元音，就像一种哀叹，一直在问为什么。

在九岁时才学说话并不容易。我们都是在晚上学，还会借助我们之前的符号。我举起一只手，伸出大拇指和小拇指："猫。"然后我再试着说一遍，"猫。"可能吃晚饭的时候我听罗伯托说起过。我们在黑暗中坐在我的床上。朱利亚诺在头顶画了个圈，试着说出那个音节："云。"我也像害怕了一样重复一遍："云。"

我们要重建起整个世界。我们能做到吗？我们会迷失吗？我的孪生哥哥知道我在慌什么。他抓住我的头，用自己的头抵住。在我们的语言里这样的意思是"只有我们"。我看着他，想用一个词来表达我的心中所想："秘密。"

我们花了几天时间偷听家里人的对话，在此期间还是装作和以前一样。刚开始我们以为我们的母亲叫"妈"，因为达尼埃莱和罗伯托都这么叫她。朱利亚诺叫"大蛙"，我叫"小蛙"，但是妈妈叫我们俩时都一样："我的宝。"从爸爸那里我们一个词都没学到。

虽然刚开始还有些不习惯，后来我突然意识到，自己喜欢这种秘密的学习。学习事物的名字非常奇妙，将物体转化成声音如同变魔术。

同时，我们仍在继续玩符号游戏，这是我们当着其他人面的时候交流的方式。妈妈甚至学会了几个词，比如"梳头"。

现在，当周日天气好的时候，我们会以一种不一样的焦急等待着下街的孩子们到来。那次事故之后，他们都用好奇的眼光看着我们。我们能听见他们的战歌，但他们叫我们的方式和家里人不同。

然后我们就爬上通往塔楼的台阶，我们又能听到一些其他的词。

据传说，钟楼那里原来住着个坏魔术师。他可以口吐疾风骤雨，好奇的孩子们都会被吸走。忽然有一天他不见了，过了好几个星期镇子的居民才发现，塔楼的窗户一直是暗的。当他们去那里查看时，发现四面墙都涂满了血。魔法师的衣服叠得整整齐齐放在椅子上，但就是不见他本人。墙上长出渗着血的头发块。

当得知下街的孩子们并没有奉我们如君王时，那种感觉很不好。他们的游戏是带我们到露台上没错，但不是为了膜拜我们，而是用我们当诱饵，作为献祭的羔羊而已。他们梦想着能看到塔楼的大门打开，魔法师用爪子将我们拖走，然后再砰的一下关上门。

我们继续配合他们。我们看着那个轮到自己的倒霉蛋前去敲门。他把耳朵贴在铁质的门把手上，心惊胆战地停留一会儿。接着他大喊起来："他来了！"然后所有人都跑了。

我们就让他们从下面的广场上看着我们。虽然那次事故已经过去了一年，这些孩子还在继续自己邪恶的游戏。我们看着下面的他们，一个个弱小而无用的样子。直到无聊战胜了好奇，他们各自离去，之后我们才自己走进大门。我们把耳朵贴在上面。咚、咚、咚……撞击声又低又沉。那是魔术师在下塔楼楼梯，又或者只是一只有着巨大齿轮的古钟发出的噪声。

那是一道闪电。这是很久之后我们才明白的，但这道闪电也击碎了从出生以来一直封印着我们的罐子。有时我们会偷偷独自爬上塔，看看地面石头上烧焦的痕迹，然后我们就回家了。

我常常想，还是无声的世界更美，而我们现在所处的这个世界整天充斥着震耳欲聋的噪声。与之相对的是，我明白了词语也有它们秘密的回声，尤其是爸爸说出的那为数不多的几个，而且都是嘟嚷着说。想说"幸福"的话原来只需要在心脏的位置挠两下,但真的说出来就是另外一回事,有什么东西被放出来了,说出的话都有自己的层次。

就连无声本身也变了。它不再是纯粹的真空,现在它会说话。比如达尼埃莱看着窗外经过的苏珊娜叹气时它就在说话。或者罗伯托黯淡的眼神也会说话,那天爸爸带来消息,罗伯托也得去里波拉下井工作了,他在井下要从小工做起,而那里经常失火。

我们会在晚上抽出一些时间来发出勉强的声音说话。刚开始只是为了组成那种新的字母表,然后则是为了练习。后来我们才能磕磕绊绊地对话,虽然常常因为想不起来词而卡壳。然后我们就回到梦中,但也只安静那么一会儿。

我们做梦时也在说话,就像妈妈做家务时一样,她当时以为没人听得到自己的声音。有时她还开着广播唱歌,那是我灵魂出窍的时刻,那种声音是无声时代的我无法想象的。这时朱利亚诺会从我身边经过,顺势给我一肘,提醒我回到现实中来,我们装聋作哑的戏码不能停。但这很难,我自己也想开腔唱两句。有一天吃晚饭时,罗伯托碰倒了一个杯子,玻璃在地上摔得粉碎。那一刻我走神了,下意识地回了头。朱利亚诺马上在桌底用手拧了一把我的大腿。我转过头来,与爸爸视线交汇,他正盯着我。也许那是他人生中第一次将视线在我身上停留超过一秒钟。他在认真地研读我,我紧张得无法呼吸,他的目光像是一双扼住我咽喉的手。然后他又重新吃了起来,但吃得很慢,慢到让人浑身起鸡皮疙瘩。

*

朱利亚诺比我厉害,就算有炸弹在身边爆炸他也不会皱一下眉头。慢慢地，我也学会了这样，虽然这意味着在余生都要时刻保持警醒。而且自从杯子事件发生之后，爸爸就变了。如果说之前他对我们不屑一顾，现在我们的每一个举动都逃不过他的眼睛。我们成了他在家里的消遣，而且他还会给我们设置陷阱，比如勺子会莫名其妙地掉在地上，而与此同时他记录着我们的每个眼神、每次呼吸的变化。电闪雷鸣时，我们也不能表现出丝毫的害怕。大声关门时也是，狗叫时也是，无论何时我们都不能暴露自己。

有时到了晚上，我们也会说起这件事。也许是时候坦白我们身上发生的变化了，但朱利亚诺坚持认为我们不应放弃这个优势，因为我们已经既没有身高，也没有力量。我们的生活注定与镇子的任何一个人不同。在露台上击中我们的那道闪电是上帝派来的。我们能知道别人的真相，我们有这种能力，而所有人都情愿拿金子来换。下街的孩子们对我们有特殊的称呼，我是"青蛙女王"，而我哥哥是"痴呆国王"。我们只是笑笑，假装一切如常。

有一天我们做了个约定。在其他人面前，我们一直假装残疾。这是我们新的盾牌，我们的武器。我看着朱利亚诺的眼睛，最后说："好。"他过来吻了我的嘴，在我们的语言里这就像一个封印，相当于说"我发誓"。

*

一九五四年的爆炸发生时我们十一岁，那是个星期二。达尼埃莱突然进了家，脸上的表情让人害怕。他喘了几口气之后才说出话来："镇上的人全都出来了，他们说下面出事了，煤矿那里。"他的喉咙动了一下，满脸苍白，瞪大的双眼像是马上就要掉出来。"海那边的平地有一大团烟。"

妈妈手里的牛奶瓶掉了。我们僵在那里一动不动，眼睛仍然看着桌上的早餐。虽然嘴里还有东西，我又往里送了一口。爸爸和罗伯托七点钟就上了通勤车，那天他们上早班。

妈妈解开围裙丢在地上，然后到桌旁看着我们说："你们待在家里。"说着按了按我们的肩膀，意思是让我们不要出去。然后她就跟着达尼埃莱走了，连鞋都没换。

我们从窗户看到，人们跑向了新镇，刚上完夜班的矿工们也去了。他们气喘吁吁地冲下了急转弯，一边跑一边往身上穿着厚重的工作服。这时阳台上有人在喊："卡莫拉！他们说卡莫拉炸了！"这时有一个女人经过，听到这句话她抬头看了看，然后就晕倒在了地上。

那是漫长的一天，镇子空无一人，街上连猫都没有。我们好像是仅有的幸存者，我们抓住这个机会大声说起话来。朱利亚诺开口时，我感觉就像遭到了迎头棒喝。他的声音很大，我从来没在白天听过他说话。我感觉连锡耶纳的人也能听见。"罗伯托被埋了。"我的孪生哥哥说。我什么都没说，但同样的事情真的说出来就完全不一样。你本可以假装没听到，即使听到了也可以决定不说出来，但那些话依然存在，而且像肮脏的泥水一样粘在你的身上。

住在高街区的人们过了中午才开始陆续返家，先回来的主要是老人。他们就像是一群被流放的人走在一起。所有人都相互搀扶着，女人们的泪水打湿了手帕，捂着嘴痛哭失声。"该死的格里苏，"[①]他们说，"每十年他都要闹一回，每次都出人命，从一九二五年就开始了，现在还没完。里波拉的巢穴里住了个魔鬼，但蒙特卡蒂尼的那

---

① 意大利同名动画片中的一个恐龙角色。

些人根本不在乎。让他们全爆炸吧，那些浑蛋领导！"

由于街上有人了，我们又重新变成了哑巴。不过其实本来也没
什么可说的了。妈妈没回来，哥哥也是。"他们叫了宪兵，"我们
听到下面有人说。那是两个我们经常看见坐在圣巴斯蒂亚诺广场长
凳上的老人。"他们害怕闹事。要我说的话就该闹！想想那些悲惨
的家庭，半个马莱玛的妻子儿女都去了，他们就在卡莫拉井口等
着，就为了看一眼亲人的尸体……他们说第一班有四十七人，能救
出来一半就算不错。"另一个人看见了我们，和我们面面相觑。他
用手肘捅了一下旁边的人，他知道我们的爸爸是谁。但他的朋友耸
了耸肩，对着我们微笑了一下，好像在说："亲爱的小丑八怪，今
天晚上会很漫长，明天则会更惨。"然后他说："你以为这两个可
怜鬼能听见什么？他们真正的问题并不是知道布拉曼特尸骨无存
这件事，想想一个月之后是什么画面：一家全都是孩子，只有一
个能挣钱回来。而且就算矿井是在这里炸的，那些小魔鬼连头都
不会回一下。"

他们在晚饭时间之前回来了。和其他人一样，他们是被当局赶回
来的，为的是防止哭闹的家属堵住救护车的去路。达尼埃莱的表情
就像个鬼魂，他拿起一个酒瓶瘫坐在椅子上，一杯又一杯地灌下去。
面对我们时妈妈仍在强颜欢笑，但她在颤抖，看上去快要站不住了。
她回家的第一件事就是去厨房给我们做吃的，她需要忙起来。如果
抄起手什么事都不做，她随时有可能倒下。他们什么都不说，而我
真的很想大叫着询问罗伯托和爸爸的消息。我来到大哥身边，碰了
碰他的胳膊。他一动没动，眼神空洞地看着前方。我惊异地看到他
流了一滴眼泪，但眉头一下都没皱过。泪水流到下巴，又从那里滴
到了衣服上。

敲门声响起时，我的一只胳膊感到一阵灼热。是朱利亚诺在掐我，因为我听到敲门声之后下意识地动了一下。但家里的人都沉浸在悲伤黑色的阴影中，没人管我们干了什么。母亲风风火火地跑去开门，甚至在走廊里掉了一只鞋。

进来的是帕拉泽西。我们对他很熟悉，因为他经常来家里和爸爸喝酒，冬天来得更勤。另外，他也是下街的那些孩子其中之一的父亲，他儿子是我最喜欢的那个，最近我才知道那孩子叫马可。

"阿尔多，我的主啊……"妈妈说完几乎抱住了他的脖子。"来，让他进来吧。"达尼埃莱说，他过去把妈妈往后一拉，动作干脆而又不失体面。

我们看着他们来到餐桌前坐下。哥哥拿了一个干净的杯子，倒了一杯酒递给帕拉泽西。后者半晌都没说话，只是看着眼前的那杯酒，就像在听别人发言。他浑身都是黑的，衣服上和脸上全是土和油渍。"阿尔多……"过了一会儿，妈妈打破了沉寂，他打了个冷战。他先是看了看我们两个聋哑的侏儒，然后看向达尼埃莱，勉强挤出的微笑让人不寒而栗。最后，他的视线移到了母亲身上，这时他突然挺直了腰板。

他开始说话了，声音像铅一样沉重。语速很慢，就好像在做梦，像是倾吐，又像是在勉为其难地聊天。他的眼神就像是刚刚来到地球上。

"我们队当时在拉佛井下作业，"他说，"突然我尝到嘴唇上有股酸味儿……"他伸出舌头，一遍遍地重复着同样的动作。"下一秒就发生了剧烈的震动，一团浓雾把我们包围了。我甚至看不见一米外的工友。我们赶紧跑了出来，那时候我们才知道卡莫拉发生了瓦斯爆炸。"

他拿起酒杯，愤恨地一口喝了个精光。达尼埃莱又为他续上，接着也给自己倒了一杯。他用两只手才能抓住酒瓶，因为他的手在抖。

"我们马上就掉下去了。"帕拉泽西又继续说，眼眶已经湿润了。"我们敲管子，但都爆了，井下全是水。我们走了四十几米，看见了一个大水坑。里面有七具尸体，全都肚皮朝上，但布拉曼特不在里面……再往前就是一处塌方，不能往前走了。"

那天晚上我知道了关于词语的另外一件事：它们很冷酷，像刀子一样。我喜欢的马可的父亲没有一点保留，他残酷地讲述了自己在卡莫拉底下的经历。一点点失去希望的有我们的母亲，有达尼埃莱，也有我们。

"我们打开了一个豁口，能顺进去绳子。我勉勉强强才钻过去，但我刚到那边就晕倒了。一氧化碳中毒，到了外面他们才把我叫醒。"

妈妈看上去甚至已经不像个活人了。她盯着桌上的一个点，双手无力地垂在膝间。和我们一样，她只是任由自己接受事实无情的捶打，结局已经相当明了。我们听到有尸体从泥水中被打捞上来，有些已经烧焦了。他们背靠着墙，双手挡在前面，好像在阻挡什么可怕的东西。还有一些人曾经用手绝望地挠石头，指甲都快磨没了。整个下午不断有救生员四肢瘫软地被送上来，他们都中了毒，需要吸氧才能继续实施营救。

我突然哭了起来，像是被完全击垮了。朱利亚诺在旁边拍我，但这动作并没有什么意图。我试图让泪水停下，但我做不到。而且我的哭声还触发了达尼埃莱，他突然用手捂住脸，号啕大哭起来。帕拉泽西已经没有再说话了，他抽泣着，胸口不住地颤抖，就好像在说："连聋子都听懂了，我应该不用再说了。"但妈妈还是一动不动,痛苦让她的脸呈现出一种奇怪的表情,像是在笑,突然想起过去的某件好事时的那种笑,看上去很可怕。接着她抬起头看着爸爸的朋友,平静地说:"明天你们再下去的时候请帮我个忙,别让机器把尸体给毁了。"

*

第二天,我们去了蒙特卡蒂尼的一家汽车修理厂,遗体都放在那里。到了之后我们才明白,妈妈的担心是无谓的,矿工们已经踪影全无。朱利亚诺和我在外面,帕拉泽西看着我们。因为知道我们听不见,大家都不在乎在我们面前说什么。比如蒙特马西的一个女人,她勉强才能站住,大声哀号着,因为她通过袜子缝补的痕迹认出了自己的丈夫。

瓦斯爆炸带来的火焰一瞬间贯穿了整个主井道,导致了塌方,从那里找到的矿工已经像一块块的黑炭。牙医被叫去检查牙齿,看有没有补牙、齿桥和假牙之类可以帮助辨认身份的线索。衣服全都融在了皮肤上,断成了一片一片的。我们听到的是,最好辨认的十一个人在爆炸发生时应该在侧边的井道里,爆炸的冲击波并没有马上杀死他们,这些人最后是窒息而死的。

国葬进行时,爸爸和罗伯托应该还在卡莫拉的深处。三十七口棺材,全都覆盖着三色旗。每一口棺材上都放了一顶安全帽。卡车载着它们慢慢前行,前来送葬的人能填满十个镇子。其中的痛苦不止痛苦本身,我从人们的眼神中读到了别的东西,我知道有个词可以形容它,因为词语可以描述一切。最后我明白了,是愤怒。每一张脸上都写着惊愕和怒火,再往下我看到了无情的诅咒。死者的皮肤继续灼烧着生者。同时,周围的那种死寂是我从来都没听到过的,就像在酝酿世界末日前的最后一场风暴。突然，打雷了，但那不是雷声，而是对浑蛋老板的控诉。警察排成几列，试图维持秩序。长蛇一样的人流向前涌着，对我们侏儒来说，就像是一面墙。虽然人很多，我们还没走散，但有时前面的人不走了，我们就会被后面的人挤到。接着我们又继续往前走，一看到有空当就钻过去。对我来说，这就像一次短跑。在一次次的推搡之中，我走散了。

我面前是一眼望不到边的腿。下面很热，空气很浑浊。我身边的人挤来挤去，我停不下脚步，也喊不出来。然后又是一个旋涡，我不断地撞上裤子和裙子。我已经开始哭了，突然我感觉后面有人抓住了我。

是那个瘦弱的毛头小伙马索，我被他拖出了人流。不一会儿，我们就来到了一个类似走廊的所在，路边围观者和行进队伍在那里分隔开来，中间是警察围起来的绳子。马索抓着我的手腕，像拖小狗一样拖着我。我们又沿着路往上走了一段，然后就碰见了穿军装的人，他们让开一个口子让我们通过，我们又看见了几具尸体。有时我感觉自己的脚甚至都没着地，然后我们就来到了一片空地，那里聚集了很多镇子的居民。快到的时候，马索加快了脚步，我差点摔倒。突然他把我拉到身前，我面对的是他的家人，活像个刚刚被捕获的猎物。"我找到了她。"他说，"再晚一会儿她就要被人踩死了。"

我被带到了安全的地方。大家都怯生生地看着我，但这不是为了我，而是为了自己。他们好像害怕染上某种疾病，女人们更是如此，好像在处理一块立在地上的被下了咒的水晶。万一水晶碎了，他们不想成为有罪的那个。他们在躲避我的眼神，而我作为一个丑陋的侏儒，当然知道如何释放恶意的眼神。

起初大家都很友善，还有人给了我一条手帕，我不知道为什么。

"晚上把她送回去吧。"一个女人开了口。然后另一个接话说："如果干脆不送回去呢？也算是帮可怜的伊内丝分分忧，她有布拉曼特那档子事儿就已经够烦心的了。现在的光景最差。这是个侏儒不假，但也得吃喝拉撒。"

那天我明白了两件事。第一，办一场没有死者的葬礼无异于让痛苦有了一个幽深的无底洞，它会将你撕碎，因为除了失去亲人的痛苦之外，你还感觉自己被抢劫、被驱逐了，你甚至没有一具遗体聊以慰藉，虽然死者在世时饱受苦难，但此时他最起码是安全的。第二，朱利亚诺说得都对，我们得到了一份上天的馈赠。被镇上贱民包围的我听着这些母夜叉的来言去语，她们甚至开始说起那些棺木的闲话。有一个说："也许惹怒上天的正是两个表亲之间那不合法的婚姻。布拉曼特整天在卡莫拉地底下干活，爆炸就是这么来的，就像个惩罚，在惩罚他，也是在惩罚所有跟他打招呼的人。"另一个说："真的，如果我是伊内丝就把这俩货给卖了，最起码还能有点儿用。我不是开玩笑。"

我一直在挠我的一根食指。在我们的符号语言中，这样的意思是："你再说我就让你好看。"有一个语言里的词能完美描述我现在的情绪："复仇。"

*

五十年过去了，我的那份仇恨仍在。最后能看着镇子一点点无止境地衰败下去是件乐事。现如今，我们仍走在老镇的大街小巷，和同乡们互相问候。同时，我们也感受着在这些弃儿血液里躁动着的不满。他们只是拖着同样的步子，不知自己身处生活的何处，而他们似乎又根本没生活过。

比如在食品店时，我们走进去给马里奥看购物清单。他没少赔笑脸，因为他喜欢我们的钱。他一边拿货，一边对我们讲自己的经历。"我还能说什么呢。"最近他喜欢一边慢慢地包面包一边哭诉，他一直注意不让我们看见他的嘴唇。"也可能是我老来怀春了，但我真的完全陷进去了。早晨我一睁眼就感觉像被捅了一刀，因为我知道艾莱奥诺拉不在店里了，她那惨白的小脸儿和阴郁的眼神。她就这么凭空消失了，才几个星期，我就感觉像受到了重重一击，我真的忍不住想说：'生活真是个喜欢捉弄人的畜生。它让你早生五十年，然后再兴致盎然地让你注意到这一点。'摊上这档子事儿能后悔一辈子，才一个月我就瘦得只剩皮包骨了。这还没算除了工作之外一直在那儿不退也不进的阿德莱德，每次都好像快过去了，最后又缓过来。我这可不是在咒她，她是我一辈子的朋友……而且，一想到命运我就生气。为什么非得让我在晚年认识那么多来自平原的小花？让我躁动不安，我讨厌自己这样，讨厌到深入骨髓。我对病妻感到愧疚，我快疯了。尽管如此每天晚上我还是会梦见她，艾莱奥诺拉。在梦中我们一般是在店里，什么都没错。我能闻见她头发的芬芳，当她整理货架时，我看着她的侧影。突然，我叫了她一声，她转过身。每次我都差一点对她脱口而出：'我们走吧。'这是我想对她说的话，我其实一直都想说。但每次店里都会进来人，打断我的情绪。另外，自从去波南蒂家收账之后，我就注定要一辈子困在这四壁之间。昨天晚上那个伊萨斯提亚的疯女人又来了，我又没能说出口。下一秒我就睁开眼了，发现身边躺着的是佝偻着的阿德莱德。她只要别睡着觉过去就行。如果要和一个死掉的老婆一起躺几个小时，光想想就能要我的命。看看你们让我说了些什么……其实我很羡慕你们，知道吗？你们最起码不用卷入各种是非中间，而且你们还是残疾，有我们这些人每天工作到吐血的人交税养着你们。谁知道等晚上关了灯，谁也看不见你们的时候，你们会用那双小手干什么。毕竟你们也是人，也有七情六欲。不过这尤其会让人多想，因为猥亵的后果只能用更多猥亵来平复。布拉曼特的前两个孩子都是侥幸，到你们这里就没那么好运气了，最后生出来的就是你们这样的侏儒。整个家庭都跟着受罪，因为你们不会凭空消失，而且还非常乐得往菜汤里泡面包吃。然后就是一九五四年那次大屠杀，可怜的罗伯托。他很有礼貌，甚至有些太有礼貌了。有人说他有点儿那个，不知道你们能不能懂……反正我们都还没来得及认识他，而且我们还得看这漂亮的伊内丝因为思念过度慢慢地垮下去。整件事里，唯一得救的就是达尼埃莱，他趁着年轻就离开了镇子，要不然也要烂在这里，更不用说后来的这些狗年月了。达尼埃莱治愈丧父和丧兄之痛的办法就是去比利时，最后他还在那里开启了一家小餐馆，据我所知他现在挺挣钱的。他现在仅剩的亲人就是你们了，可他连个电话都打不了。要是管管你们惹的这些麻烦也好啊。你们有什么用呢，我就想。而且你们还活这么久，整天穿着你们这些小衣服。而阿德莱德这个一辈子没犯过错的女人现在却被病魔找上门，还有个平原来的艾莱奥诺拉不知道哪天就突然消失了。而我这个伤心欲绝的老头还交着税养活着你们，除了苦还是苦。难道我多收你们一块两块的还有错吗？就当是让这个无耻的世界稍微公平那么一点儿罢了……"

*

　　在镇子，报应会自己找上门来。黑色自然就会招来黑色，它们号叫着，代价就是一个个被浪费的默不作声的生命。那是一种粗俗的安静，是持续了数千年的轰鸣。也许魔鬼会被其唤醒。你不得不感慨，这些人到底有多需要对着别人发泄戾气。每次从食品店出来时，我都感觉自己像金子一样闪闪发光。

现在的塔楼里住着唐·劳罗。如果现在有哪个男孩儿突发奇想去敲那扇门，他真的会听到脚步声，接着就会发现一个被失眠折磨的教士站在自己面前。我们的牧师会偷信众捐的钱买酒喝，而卖给他酒的正是马里奥本人，后者还会收一些好处。

而萨尔基尼医生则每天和自己的蒸馏器做游戏，以将人们送去见造物主为乐。在他自己看来，这好像是在跟巨人战斗，而这一切就发生在镇上居民们的眼皮子底下。两年前，又一具棺木被合上了，为了将它抬到通往新镇大坡的入口处，他们从罗卡斯特拉达叫来了履带式运输车。就这样吉娜内斯基家的乔瓦娜那一百五十公斤的身躯才终于安息了。经过精心的努力之后，我们这位受人信赖的医生终于达到了自己的目的，他鼓励高街区的老姑娘每天暴饮暴食，她的血管也日渐堵死。他们说当时她正要去找镇上的巫女，后者就住在过了急转弯之后的那所房子里。她应该是突然缺氧了，她的肺胀得就像是灌好的香肠。她走得就像个艺术品：二十岁时，为了平息一桩无疾而终的恋情带来的痛苦，她开始服药，在之后的三十年里，她又一点一点地咽下毒药，直到最后的大结局上演。不过如果那个阴毒的萨尔基尼并不知道她还隐藏了关于他妻子维尔玛的秘密，后者四十年前突然消失了，如今活得还不如个畜生。现在大乔瓦娜被设计害死，他妻子就落到了一个只剩下痛苦和孤独的妈妈手中。想想看，正是阿尔弗雷多在二十三岁的猝死引发了这一切，这个注定了要凋零的漂亮姑娘连一个配得上的男人都不曾吻过……

全都是他们一手造成的。镇子就是这样：先把你带到这个世界上，再把你消灭。如果不能给你来个痛快，就会派来一个医生来完成最后一击。要说我们的话，我们确实还没有像其他人一样被一针送走，这全要拜那个闪电所赐。多亏了它，我们现在才得以玩这个无声和欺骗的游戏，在这个游戏里，就算死人也不一定可信。比如那个塞拉利尼，他就把亲弟弟送入了土，自己取而代之。他经常会埋头于地下室的老家具之中，我们则会给他沏杯茶。他说话时经常故意不好好说，好像生怕我们听懂，所有和我们搭话的人都这样。接着他就又说起索尼娅的故事来，每次在路上突然碰见索尼娅，他都会被吓一跳。"总有一天我会坦白一切，然后死在她的怀里。"他经常说，"好多年前很火的一部戏就是这么演的。"

*

每天早晨去斯塔乔利那里买填字游戏是一种至高无上的享受。有时我也会递上一张字条，上面写着我想订购的新书。这么多年来，从来没有一个人想过，为什么我这样一个没上过学的聋哑人会写字，还会看书。在他们眼里，我只是个有两只眼睛、手劲儿很大的人。我付钱时就会听到这样的话："书这种东西就是为几类人设计的：爱找别扭的人、家庭妇女和皮耶拉这种大自然开的玩笑。他们都没有真正的生活，所以只能读读这样的小故事来获得刺激，要不就只能靠想了。"说完他们就去双门酒吧，在上午十点喝酒。

安东尼奥经常给我打电话。他说最新的一部小说还没跌出畅销榜，距离出版已经过去一年了。"再过一个月新书就要出了，你还在浪尖上。"他说。然后他还是像往常一样想要说服我。而我也总是给出相同的回答：我不想拍照，也不想接受采访。我对上电视也不感兴趣，我必须保持匿名。说到这里他就会放弃。"不过都过了二十年了，你总得请你的代理人喝杯咖啡吧。"他抱怨道，"我愿意付钱来见你一面。"然后我就祝他日安，接着挂掉电话。

不过如果能见见这些可怜人其实也挺不错的。"世界畅销书女王是个聋哑的侏儒。"我看见自己坐在会客厅里，讲述着刚开始写作时付出的辛劳、汗水和热忱。还有学习的严苛，刚开始偷偷地用哥哥们的旧课本，后来就靠书本了。为事物赋予一个声音，然后是一个意义。最后，我终于像火箭一样从镇子起飞，降落到外面的世界。领奖，旅行，看真正的大陆和大洋，而不仅仅是从家乡的峭壁上得到可怜的一瞥。很久以前，我们曾偷偷地来到那些峭壁，紧紧拥抱着岩石，因为我们手里有一种魔力，可以平息掉那些无人能感知到的震动。然后就是闪电，那是个黑色的奇迹。刚开始的时候我曾经不厌其烦地问朱利亚诺："你感觉又震了吗?"他低下头，摇了摇脑袋。

让自己来到聚光灯下意味着失去一切，意味着要中断在镇子的演出，它有着一种凶猛致命的魅力，完美。我愿意打开一个缺口。我愿意打破一种平衡。那样一来，我就会像众人一样被局限在自己的角色里，我也就需要像众人一样参与每天的废话，像这些提线木偶一样每天重复着设计好的无用的动作。

镇子就像个舞台，而演员只有我们自己。

*

我们会给达尼埃莱写很长的信。他的回信也饱含相同的热情，不过现在他必须找人代写，因为视力已经大不如前。我们的长兄是唯一一个知道关于书的秘密的人，也成了唯一一个能享受到红利的。我们漂亮的侄子侄女们能上最好的学校，只要他不违反保密的约定就可以。这话由我们说出来是有点滑稽。

每年都会有那么一次，斯塔乔利会看见我风风火火地进到商店，一般是在快到圣诞节的时候。"疯侏儒又来了。"他总是这样说。然后他就在柜台后弯下腰来，递给我一个塑料袋。最近一次在场的还有迪沃·瓦伦蒂，他的腋下夹了一条万宝路香烟。"怎么了，他们总算给她寄来了自杀用的手枪了？"他说，脸上带着一如既往的愠怒。斯塔乔利则说："她特别迷这个不知道哪里的大作家，每本书都买。看她喘的，好像要发烧了，就差要学狗叫。"

不过，带着我的包裹回到家是件美事。朱利亚诺焦急地等着我。我刚进门他就冲过来，满脸兴奋地低声说："拿到手了吗？给我看看！"然后我就把书拿出来。他整个人都疯了，一把从我手中夺过去，然后飞快地跑到客厅里。

我的书记录了镇子的一切：人名，姓氏，桩桩件件的悲剧。在我的书里，有马莱玛这块峭壁上上演的厌恶、抛弃和渎神，背叛，虚伪，无知。刚开始时，安东尼奥一直以为这宏大的宇宙是想象出来的。然后有一天，他火急火燎地给我打来电话。那是刚出第二本书的时候，世界上几乎半数国家都买走了这本书的版权。"你说谎了，"当时他说，"此时此刻我就在这里，在镇子……那个，我不能起誓，但五分钟前我刚刚遇见的那个女人和伊萨斯提亚家的寡妇惊人地相似。而且，中街也有。还有个招牌上写着'双门'的小酒吧。我进来要了杯咖啡，你知道吗，我发现了一个和你的马索几乎一模一样的矮男人。酒吧的一角坐了个家伙在自己下棋……"我什么都没说。安东尼奥又继续说，"我不知道你想干什么。只要你继续写故事就好。我只不过是路过而已，之前我也说了……"和过去一样，我不得不拒绝他的所有要求。他甚至开始求我："就握个手而已！拜托了！"我笑了笑，挂掉了电话。不过为了保险起见，之后我连续三天都没出门。

在这个世界上，每年都会有成百万千万的人深陷生活的泥淖。夏天时，法国和德国游客的汽车会停满丽日旅馆的停车场。一家又一家人轮流在双门酒吧门前合影留念。大家涌入食品店随便买点儿什么，只是为了听马里奥费劲地说出一句已经成为他个人标志的"Tenchiù"①。厚脸皮一些的则会拦住某个路人，让他帮忙拍照作为永久的纪念。我看着不明就里的同乡们，他们既疑惑，又有一种无意义的骄傲。然后人群就出发去公墓那里。看着这些闯入的外国人，老妇人们一个个目瞪口呆。拍照仍在继续，不过这次镜头直接对准了墓碑，站在旁边的妻子和丈夫惊愕不已，最后用木桶和扫把驱赶这些没礼貌的人。

这就是我为什么不离开的原因。我会错过这些故事。我创造了一支军队，他们知晓玛丽埃拉·曼托瓦尼的所有阴谋诡计。他们狂热地追看着泰姆佩斯蒂这样的明星陨落。他们死都想知道萨尔基尼和沉睡的巨人之间的战斗究竟会鹿死谁手，也想知道唐·劳罗和齿轮之间的恩怨将如何收场。有兴趣的人还会上到镇子来，在这个充满了奇怪动物的地方转一转，但又十分注意不给它们留下任何吃食。他们遵循的是我每本书后面都会附上的"作者建议"：不要互动。不要改变这些迷失的灵魂所构成的生态系统。然后，每年四月时，我都会拿起电话，拜托安东尼奥帮忙做一项务必精确的调查，那就是我的书在这块地方卖出和预订的数量。答案一直没有变过：一本。就是我的这本。因为镇子的人宁愿自杀也不会翻开任何一本书。我也就可以让他们继续被全世界嘲笑下去。

---

① 意大利人对英语 thank you 的发音。

*

　　从萨尔基尼那里我连药膏都不拿，但他有一件事说对了：我的心累了。我知道，我能感觉出来。我要写的将会是我的最后一本小说。

　　我有一个新的人物要写。关于他，我读到过多年前报纸上的长篇报道。萨穆埃莱，埃塞德拉家的孩子。这个世界扔还给我们的渣滓之一。他回来不久，那个艾莱奥诺拉就消失了，就是这件事让马里奥一夜暴瘦，现在他有几条肋骨都能数清楚。早上我来到店里，听其他人聊天的话，我好像是唯一一个猜到两件事之间的联系的。也许我已经有了一种能力，我能够一眼看穿让镇子在轨道上运行的奥秘，就像是一次没有未来的停滞。

　　但接近他是不可能的，萨穆埃莱除了匆匆买点儿东西之外从不出门。我其实特别想见到他开口坦白令人发指的罪行的那一天。我甚至想去还原事情的经过，看看那个可怜的女孩最后是怎样死在博尼法齐奥的峭壁上的。我也可能会发现他旧习不改，让一个大家都不再搜寻的平原来的女孩离开人世。

　　到时候肯定很热闹，而我要错过了。我的坦白信已经写好了，被朱利亚诺藏在了一个只有他自己知道的地方。有时他会凑过来，眼神像一个迷路的孩子。他好像要说什么，但欲言又止。于是我就拿他消遣："你就等着吧，会很有意思的。"我的双胞胎哥哥勉强挤出一丝微笑。"但就只有我一个人了。"他小声地说。通常我会摸摸他，然后摇摇头，看着他说："记住，你要说自己一直都是被蒙在鼓里的。"

　　把一切告知全世界的那个人将会是他。他将向全世界展示那封信，在信里我斩钉截铁地表示，小说里讲述的一切都是真事，毫无虚构的成分。一方面，我很遗憾，因为我看不到同乡们呆若木鸡的脸，另一方面我也很欣慰，因为镇子马上就要被宪兵队的卡车挤得水泄不通，还没付出生命代价的那些人将会在牢狱里度过人生剩下的日子。而其他人则会羞愧地躲在百叶窗后，那就是他们的墓碑。大街小巷到处都是摄像机，而报纸上则会在头版登出每个人物的丑行。从戴绿帽子的到娼妇，从杀人凶手到小偷再到白痴。镇子将会出现在世界上所有的电视频道里，而安东尼奥则会看着我的书的销售数字如火箭般蹿升。好奇的人从每个大洲赶来，用照相机让一切猥琐秽行永久记录在案。到那时候，老镇上的很多公寓就只是一堆被抛弃的房子。很多房子的客厅房梁上都系着绳子，然后鬼故事就会传开，就和阶梯路的那些差不多。那些适时离开的人会发现自己的资产一点点缩水，直到镇子重归于山岭的石头，重归荒野。

"你要离开这里。"每当谈起这个话题时我就对朱利亚诺说，"他们会要求你退还残疾人补贴，但我们的钱足够你打十场一百场的官司。哪里远你就去哪里。选一个喜欢的地方，带上我的骨灰，在旁边给你自己也买块地。"

这时我的双胞胎哥哥才笑了笑，其中的温柔足以照亮整个房间。接着他抬起了一只手，在自己面前画了两遍圆。在我们从前的手语中这样的意思是："继续。"在语言的世界里则有两个更准确的字："永远。"

阿黛莱·钱蒂尼 – 5

伊萨斯提亚家的寡妇

从小我就知道一个泡进冷水时的窍门，那就是不要想太多。有那么一瞬间，你的喉咙会关闭，气出不去也进不来。人老了以后，冰冷带来的冲击深入骨髓，眼前再无光彩可言。不过还是值得的，就像将自己送进猛兽的口中。当冷水碰到松弛的肥肉时，疼痛到达了顶峰，而这些肉曾经是马尔切洛乃至所有碰见我的男性朝思暮想的对象。痛苦也只是一瞬间。妈妈过去常说："越疼就对身体越好。"然后就把我的头压到水下。

还不到三个月的时候，我就产下了那个男婴。他才有青蛙那么大，我甚至没有感觉到他离开了我的身体。他们用块破布把他包起来，扔到了桶里，没让我看见。令我更为吃惊的是，身边的人全都面如死灰，尤其是我的母亲，她只是失神地盯着地面，沉默着，双手颤抖，我从未见过她这样。

专科医生是专程从齐维泰拉赶来的。他清理了我的身体，然后让人换了条床单，因为我需要休息才能恢复气血。我困得不行，但我得到的命令是不能睡觉。"最起码一天一夜不能睡。"医生一边收着工具一边说，"要喝酒，还要吃大量红肉。"几个月前就开始对我没有好脸色的斯泰拉在给我盖被子。她突然笑了笑，那副笑颜我几乎已经快要遗忘了。"不过他们最后没用器械，"她嘟囔着说，"以后你想生孩子的话还是能生。"然后所有人都离开了，只有妈妈留下来照看我。她拖着身体来到厕所旁边的沙发前，跪在上面，背对着我。五分钟后她已经打起了呼噜。而我不能睡，因为我流失了数公升的血，一旦睡去就可能再也醒不过来。

伊萨斯提亚上校没有下令将我赶出去，也没让人把我的家当扔到街上。第二天早晨他就消失了。本应举行婚礼的那天，我一直在房间里，看着从窗户射进来的微弱阳光。妈妈一直没推开窗帘，一整天坐在角落里的扶手椅上，只有需要上厕所时才离开，而且一分钟后就会回来。她紧紧地握着扶手，就像在抓着悬崖的边缘。她歪着头，自从蝎子的事发生后，她一句话都没再说过。

我渐渐地缓过来了，胃还时不时地会抽动一下，但也不会持续太久。在此期间，我一直没有脱下身上的晚礼服，也没有下楼，就像一个被囚禁在塔楼上的公主。有人给我们送来饭食，并没有任何不敬的意思。虽然发生了这么多事，婚礼也泡汤了，上校其实从没说过怎样处置我，所以他最后说的话仍旧有效，所有人都小心翼翼地遵守着，哪怕一个眼神的慢待也不敢有。有一天晚上，索利诺送晚饭时说得很清楚："上校没有下命令，他好像凭空消失了。我们这些人心都悬着，已经做好了最坏的打算。"

日子过得越久，我的期盼就越大。他是个饱经世事的男人，知道年轻人的心血来潮是怎么回事。况且，他也从未表达过任何想要染指于我的意思。我把自己的想法告诉妈妈，经过了婚礼取消的地震后，她已经恢复了些血色，不过仍会连续半小时连眼睛都睁不开。我说："我觉得他会回来说他原谅我了。"她打了个冷战，就像有只牛虻在她额头的痣上叮了一口。她看着我，眼神中夹杂着厌恶和一种不属于这个世界的痛苦。她没有回答我，而是凑了过来，开始把我身上的首饰拿下来。椭圆形锆石项链、手镯、和圣母披风一样颜色的蓝宝石戒指。她把首饰都放进了一个手帕里，揣进了大衣的袖口里，只给我留下了一堆亮闪闪的耳环。"到时候总得让他们有点儿可扒的东西。"她嘀咕着，说完就走开了，一边走还一边说，"他们肯定会扒得很开心。"

我已经痊愈了，整天被关在房里让我烦闷得吃不下饭。但妈妈不想冒险。她害怕我们一旦出了公馆就再也进不来了，只能像狗一样挠着木头。上校仍然没有任何指示。最起码两个星期过去了，我已经处于筋疲力尽的边缘，我真想吸一大口新鲜空气，而不只是在窗边向外眺望。终于有人敲门了。那天晚上，春风呼啸得像塞壬一般，带进来含羞草的芳香。我当时在读一本书，我抬起头，是妈妈。还没等我开口，她就说："你的行李在走廊尽头，有一些好衣服，到了那里看见哪件拿哪件，其他的就别管了，别贪。如果我们还有家可以回就已经谢天谢地了。"

当我们全部被召集到前厅的时候斯泰拉哭了。她手里没有行李箱，只有一个布的购物袋，里面装着寥寥的东西。真正让我心里流血的是索利诺，他拿着一张相片，嘴里不断地重复着同样的话，说他儿子有骨质疏松的毛病，需要食物。马尔切洛则像一个绳子已经套在脖子上的死刑犯，一直盯着脚下。桑托则大口大口地抽着烟。我们面前站着一个代理人，他自己说是从锡耶纳来的。那是个又胖又丑的男人，面目可憎，两条腿细得可怜，向上翘起的小胡子抹了发蜡，显得锃亮。和他一起的还有护送他的两个宪兵，其中右边那个一副法西斯分子的长相，手一直放在枪套上。"……就是这样。"

代理人宣读完毕。他用冷峻的眼神扫视了一遍我们，接着露出一种惊讶中带着厌烦的表情。"怎么？还不走吗？乖一点儿。别让我们难做。"法西斯宪兵拍了两下手，好像在招呼火鸡回窝。我们出来了，不一会儿就像难民一样来到圣巴斯蒂亚诺广场上。

在伊萨斯提亚公馆里这么长时间以来，桑托从未对我说过一句话，直到那个时候。当时仆人们正面面相觑，不知道该走哪条路，尤其当时还是晚上，客车已经没了。桑托来到我面前说："我不会对你干什么，你只是个小姑娘。但我想知道那个勾引你，害得我五十岁时丢了饭碗的魔鬼是谁。"还没等到回答，他就马上离开了。他的身影消失在了蒙扎街，那条陡峭的路最后通往盆地的森林里。

妈妈马上朝高街区走去。她目视前方，骄傲地仰着头。她根本没有想过要收留哪个倒霉蛋，尤其是年纪大的那些。我紧紧跟着她，把自己的东西抱在胸前，感觉所有人的目光灼烧在我的后背上。我好像听到有人说了什么难听的话，因为我感觉心跳声就回荡在耳边。"他们没把首饰给你拿走就不错了。"等我们走远了之后她低声说。

到了阶梯路之后，我们用一件家具抵住了门。随后妈妈就回了房，连晚安也没说，也没帮我铺床，要知道我才只是初愈而已。我把自己扔到了平时很少睡的床上，床垫还没有被压出我身体的形状，我直勾勾地盯着天花板，想着代理人的话，一切就像是过电影。我又感觉有哪里一紧，但这次不是皮肉，是深处，比灵魂还要深的深处。

我看见他了，伊萨斯提亚上校。我能想象出他的样子。他就坐在沙盘桌前，此时正看着法国，手里端着他昂贵的酒，脸上看上去已经有了些酒气。这样去想象他让我感到一种难以名状的痛苦：我触碰到了一个此前从未留给他的地方。但它就在那里，一个想法像钟声一样一遍遍地回响在我的耳边:"也许我对他是有感情的,直到现在想象着他孑然一身的样子,我才明白了这一点。"

代理人的话简单明了:这个公馆以及托斯卡纳其他地产的主人在赌桌上输掉了一切。正是在这时,我开始在脑中上演小剧场。失去了可以托付一切的继承人之后,他选择把自己交给狼群,那些人最终花了二十天才把他吃光喝净。就算这样也比将家族财富拱手让给一个不争气的绿帽鬼要好。想到这个笑话时,我差一点笑出来,但马上新的痉挛出现了。这时我才明白,自己的轻率有多严重。我心想:"他本来要将一切都给你,你却背叛了他。你难道需要其他证据来证明他的爱吗?"也许上校确实想要和我生个儿子,好让家族有个体面的继承人。我现在开始想念他不碰我的那些日子。在那几个月里,我只收到了一样东西,但比世界上的任何黄金和珠宝都要宝贵,那就是尊重。这也正是我这样一个马莱玛内陆来的野孩子从没见过的东西。"这就是终日靠面包和无知过活的人会发生的事,"我这样想,"有人给你一个宝藏,你却用它来擦屁股,然后丢进脏水里。"更不必说此时有多少家庭因为我而流落街头,他们此刻也在我眼前,还有我在田产间巡视时见过的一张张面孔。接着是代理人那张可怕的脸,他费了不少口舌来解释事情的来龙去脉,其实很多人能听懂一半就不错了:上校的财产落到了一些有钱到没边的绅士手里。他们有幸和一个绝望的人坐在了同一张赌桌上。突然斯泰拉站了出来,脸上挂满了泪水:"上校在哪里?我们想和他谈谈。"代理人大笑起来,鼻子里发出公猪一样的哼唧。在回答之前,他转身看向了那个法西斯宪兵,好像在说悄悄话。"赌场里有的是这种人,等你输完最后一个子儿,之后会怎样就不用说了……"他抬起一只手,在太阳穴边上做了个手枪的手势。宪兵咯咯地笑了两声。

妈妈出门的时候开始在袖口里藏上一把刀，她只需要稍微抖抖胳膊，刀就会掉到手里。"你这一放荡不要紧，却要了半个大区的人的命。"她有心情的时候会这样对我说，"我可不是异想天开，外面说不定就有人想给你点儿颜色看看。比如上校的弟弟。"其实根本没有人注意我们，当然他们也不会跟我们费口舌说晚上好。斯尔维斯特里把买的东西递给我们时板着脸，妈妈也就默不作声地接过来。不过有一天，我感觉到脚下的大地在震，还不是镇子常有的那种震动。马尔切洛的新闻上了报纸，他被发现坐在家门前的空地上，喉咙大开。

然而上校的遗体从未被发现过。"他可能是跳海了。"有一天妈妈一边削土豆一边说，平静得就像在谈论天气。自从出了婚礼前的事，她跟我说话的时候不再直视我，也不在乎我是否到处乱跑。突然之间，我甚至可以化装成小丑，而她只会关心面前经过的苍蝇。她也不吃饭，但从下午开始就给自己灌酒。每个月的一号她都派我去银行取点钱，以用于日常的花销。卖掉老房子得来的钱还撑得住，好像永远都花不完。但我生来就很警醒，有一天我对她说："得找点儿进项了，要不然两三年之后我们就得挨饿。"她耸了耸肩，"再过两三年我就入土了。你想要进项？把钱白白浪费掉你倒是挺在行。如果你要贴张招牌开卖，排队的人能排出去五里地。"

我很不愿意看着妈妈在酗酒中自生自灭。我突然想到，如果我能凭借美貌赢第一次的话，那就能赢第二次。更不用说我还苦苦学习了两年，现在能把一个大宅子打理得井井有条。正是那时，我发现了马莱玛人的秉性：大家都不约而同地不去打探别人的生活，不过一旦有人闯祸，他们在惩罚时会更加步调一致。如果你捅了娄子，那你在这块土地上的死亡就不是一次性的，他们会让你每天都为此付出代价。

他们只要看见是我直接就会关门。有时甚至连开都不会开，只是在窗口示意我赶快离开。有个女人对我说："我们要先照顾那些被你毁掉生活的人。"另一个则说："我们这个家里不需要一心盯着男主人的母蚊子。"星期五下午的集市上，我碰巧看见有几个女人在帮埃塞德拉拎袋子。以前她们看见我都会冲我微笑，但是有一天，她们直接对我呛声，旁边的人全都能听见："你后来给那只小母马找到地方了吗？我可是好心好意送给你的。"她身边的女人说："这个小姑娘确实玩小马，当然不会放到斗橱里落灰了……"

关于她自己的死，妈妈也说对了。一天早上，我发现她躺在床上，脸上带着微笑，眼睛睁大看着身后的墙。我在门口就知道她已经断气了，所以就没去碰她，而是假装和她一起开始做起了家务，虽然她已经硬得像块石头。快到中午时，我才下山敲响了萨尔基尼家的门。那时我还不到十八岁。

棺木经过的时候，人们甚至都没脱帽。他们继续抽着烟，像无事发生一样把手抄在口袋里。商店也没有落下卷帘门。灵车后面跟着的只有我和唐·劳罗。一封唁电也没收到。我还不知道自己是怎么消化掉这次变故的，我看着镜子，什么都感觉不到。我真想打自己几拳。"不会有孩子对双亲的死无动于衷。"我心想，但我在家扫地时还是情不自禁地哼起了歌。我把窗户都开着通风。晚上我就把餐具都摆出来，开心地喝上一杯。甚至有时候，我上床的时候已经喝得酩酊大醉，碗碟还在桌子上，第二天我才会收拾。我睡得昏昏沉沉的，第二天醒来时我才发现自己连衣服都没脱。这让我很开心，在笑声中又开始了新的一天。

然后我就会出门，所有的欢乐也就消失了。我开始痛恨自己像个老妇一样独自饮酒。我从不和活人说话，连不小心脱口而出也没有。我自己在家里过生日，圣诞节更难过，虽然妈妈在世时我们也不会大肆庆祝，但最起码有个人在，有个我可以为其剥栗子的人。现在我开始祈求监狱的鬼魂们，求他们拽我的头发，在晚上抓住我的脚……但什么都没发生，连一点呼吸声都没有。有时我会梦到自己离开了镇子，我看见自己走在沙滩上，前方就是厄尔巴岛。睁开眼睛，我已经等不及要去坐第一班的客车，才凌晨四点就在家里到处走来走去。但每次等到了时间，我又没了勇气。"消息早就传遍半个托斯卡纳了，"我想，"也许我花了钱租了房子之后会发现，我要应付的那些人同样想看着我一点点凋零。"如果真的想重新开始，我就得离开这个大区。我垂着双臂瘫倒在椅子上，因为我的家乡已经是自己仅剩的亲人，即便它待我就像对待最后一勺大粪一样。我还是农民的秉性，虽然面前到处都是机会，但只要没有人领路，我就怕得寸步难行。每一天我都生活在恐惧导致的进退两难中，而孤独已经快要长成我的另一张皮肤。与此同时，我还挂在门上的"此房出售"牌子一天天地旧下去，那栋楼上的房子无不是这样的命运。我看着窗外的四季流转，积蓄慢慢地变薄，有一天，钱财消耗的速度突然加快了，虽然我的花费还是和往常一样。我当时刚满二十五岁，但青春似乎已经开始无情地凋零。那是一个阳光灿烂的日子，在算了两遍之后，我发现自己剩下的积蓄只够用一个季度，之后我就得抓着唐·劳罗的衣服，祈求他施舍些食物，要么就贱卖些自己的首饰。

距离妈妈去世已经七年，他们已经把我变成了个坏人。上校的事情逐渐被人遗忘，其他被遣散的人都找到了活计，剩下的只有我。我已经准备好在田地里卖命，不过一旦我去敲哪家的门，就会一如既往地收到一顿棒打。我的心底裂出了一条恐惧的口子，因为事实已经很明显，而且宪兵也无能为力：他们就是要在光天化日之下把我杀死。他们想看我匍匐在圣巴斯蒂亚诺广场上，求他们施舍一块可以泡水吃的面包。最坏的是女人，别人的美貌让她们的嫉妒像鼓气的青蛙一样膨胀。她们已经在想象我趁着夜色和流浪猫抢剩饭，或者偷跑到果园里，冒着吃枪子儿的危险装一围裙果子的场景。我每天只吃一顿饭，而且食物少到用叉子尖儿就能叉起来。早晨醒来时，我感到头晕目眩，耳朵像是被什么给堵住了。由于身体虚弱，随便什么声响都能让我颤抖起来。我开始看见了自己的肋骨。夜里我会饿醒，胃里不断抽搐。但是我还是没有出去求助，而是选择让自己在那里自生自灭，就像动物在死前都会躲到一个安稳巢穴里一样。镇子的人看着我像鬼魂一样有气无力地走在街上，但从没有一个人对我说过一句话，哪怕我上坡时饿得头晕目眩两腿发软，最后只能闭着眼扶墙站着。最后我决定了，我要去银行取出最后的积蓄，然后去店里挥霍一把。我说："我要两百克香肠，嗯……拿三百克吧。酒给我打一升，还有面包，再来一大份凤尾鱼……"最后我来到家门口，肩上的购物袋差点把我的肩膀坠脱臼，我一进门就马上开始打开各种袋子。

我一边吃一边大声抽泣着，将面包混合着鼻涕一起咽下。我知道这是我吃的最后一顿好饭，之后我就要仰仗牧师了，此前我见过他给下井干活的卡拉布里亚人施舍吃的。那时我还是个孩子，妈妈用手指着那些人。"要是活成了这样，还不如就干脆死了。"她说。也许我真的会有这么一天，我会跳过漫长的饥饿的痛苦，它每个小时都会让你的身体少点儿什么。遗憾的是，我要和爸爸消失在希腊的土地上之前留给我的美丽面容说再见了，这张脸现在看上去就像一具骷髅。不过让我印象最深的还是手：真的已经就像死人的手。我一边费力地切着面包，一边看着这双手。同时我还往嘴里塞着奶酪，还没尝到是什么味道就咽了下去。看着面前的包装纸，我开始想："也许这就是我的命吧，做个饱死鬼。"这时大颗大颗的泪珠开始掉落下来。

只有当胃里开始反酸时我才停下，我吐出了一块刚刚咽进去的香肠。我咬了咬牙，又把香肠吞了回去。因为死可以，但把最后的钱花在一餐上还把食物吐出来是万万不能接受的。我的肚子胀到让我感觉自己像是吞掉了所有的同乡。"要是真的该多好！"我心想。我比之前还要难受，因为此前我还渴望发泄，现在我已经做完了，食物已经都在肚子里，就像一块石头。坐下的时候我有一种溺水感。我脑子里想着自己的葬礼，一两天后我应该会吃下最后一口饭。我还决定，只要上床睡觉就行了。我认真地化了妆，穿上了从伊萨斯提亚公馆带出来的最好的衣服。我感觉自己已经完成了对所有刻薄的精彩报复。也许他们还会编一个故事，说我的鬼魂会在半夜嚎叫……就这样想象着自己化身为鬼魂，惊吓着所有经过的倒霉蛋，过了一会儿，我甚至有点开心起来。

我仍然觉得喘不上来气，于是我决定走出家门。小巷的逼仄让我感觉呼吸更加苦难，我赶忙走出去，以轻快的步伐向高街区走去。没过多久，我就来到了塔楼下面的平台上。我看着整个马莱玛平原。我俯身在栏杆上往下看，对面就是峭壁和深色的阴影。我差一点儿就以为自己掉下去了，但当我的头真的开始往下坠的时候，我的双手突然往后一推，我的屁股结结实实地摔在了地上。"如果我死了，就合了其他人的意了。"我想，此时心神已定。"什么都可以，但我不能这么死。"

我低着头走上了回家的路，突然我感觉十分怀念这种走在世界上的感觉，让人有些害怕。我再次感到有什么东西堵住了嗓子眼儿。接着，我就看见了一张纸。它就在那里，那是中街的最后一个坡。来的时候还没有，我敢以项上人头起誓。我弯下腰，将它捡起。

他们背地里拿我找乐，管我叫"寡妇"。或者他们会说："虽然已经过去几十年了，有些事可不能忘啊。"他们个个都想让我死，但我却依然康健，而且一天工都没做过。我很享受让他们看见我活得好好的，而且还有首饰可以戴，这样做的代价很高，但已经成了我每天的主旋律。

十年前，他们还把税务局的人叫来查我。那是两位身形健壮的先生，平原口音。我给他们煮了咖啡。来客说话时一直在兜圈子，因为实在不知道如何开口。我过得虽然俭朴，但也并不拮据。恰恰相反，镇子上的人每天早晨都能看见我去商店里，然后满载而归，而那些嚼舌根的人却只能掰着手指头算计才能勉强挨到月底。看到我的银行账户时，两名税官瞪大了眼睛。他们看见的不是个小数，还没等他们发问我就抢先说："一九六六年中奖的那个人就是我。"接着给他们看了那张彩票，上面盖着已完税的戳。靠着这些钱我过了一辈子，而且还没花完。"我就一个人，花钱也不多。"我说。"房子是我自己的。那笔钱每年生的利息都能够用，而且有的时候还能剩下。我也没问国家要过一分钱。"那次之后我就给自己买了条项链，现在我还经常戴出去，每次都能让阳台上的长舌妇们心理崩溃。

有时，我也会在早晨照很长时间的镜子。在那些日子里，一切看上去都扭曲了，这种感觉会持续一整天。中奖这件事好像突然让我擦亮了眼睛，然后我就想："亲爱的阿德莱德，你当初果真该留下吗？毕竟你坐着船就可以去利古里亚①。也许在那里你还可以结婚生子……"那种时刻非常痛苦。通常我会钻进厨房，开上一瓶酒。我用酒杯对抗风暴，躲在小舟里迎接愈加汹涌的浪涛，在漆黑的夜里独自面对自己的灵魂。我不断地对自己说，这是命定的道路。有时候人就跟树一样：没有两个人是一模一样的，哪里会长出树来都不是偶然的。它们在那里生根，在那里成长，在那里接受风的抚慰。而我生在这里，一开始就被一种罕见的美之光辉亲吻。离开这片土地会让我失去某些东西，让我只能残缺着过完余生。诚然，在过去和现在，我都生活在被拒绝之中，但这也正是我自己喜欢的那个画框，浑蛋同乡也是其中的一部分。我继续用自己的存在刺痛着他们，虽然现在的我可能只有肉体而没有灵魂。镇子是这样的，要么什么都问，要么一点儿不问。马莱玛的每个角落都是这样。它在你的身体里嚎叫，好的坏的都有。这个地方的人天生皮糙肉厚，背后有时还会长出动物一样的兽皮。我也是依照这个模子刻出来的。所有人都想让我饿死，但我就是坚持了下来，还把他们气得连胆汁都要吐出来。我也可以从他们眼前消失，变成一个百年前的故事，但这样就太便宜他们了。"我就在这里，他们不想看也得看。"喝到第五或第六杯时我这样想。一般到了这时，外面已经入夜，奇怪的想法开始到处流窜。而我会喝完整瓶酒，饭也不吃，躺在床上倒头就睡。

埃塞德拉的死冲击了我一直所坚信的东西。突然有一天她就死

---

① 利古里亚，意大利西北部的一个大区。

了，只剩下咸鱼一样不知所措的我。这让我真的很痛苦。我也加入了送葬的队伍，和满面悲伤的人们一起缓步走向教堂。大家都说，一个圣人就这么走了，但我知道她其实有多浑蛋。这些年里，我一直酝酿着复仇，这没什么好解释的：如果当初她表现得像个正常人，也不会有人在楼梯扶手上绑三圈绳子，她也就不会在水晶马的盒子里放蝎子，孩子就不会流产。有这么多人被遣散也是她的错，而且还有上校的失踪。这件事我想了好几个晚上，尤其是冬天华灯初上时，午饭的杯盘还留在桌子上没有收拾。我就像在偷看抽屉深处藏着的闪闪发光的宝藏：我的复仇，事成之日就是事物重归原本位置之时……但埃塞德拉突然就死了，这无疑是从我手里夺走了一个珍宝。

有一件事妈妈时常挂在嘴边："世界是圆的。"她说得很有道理。两年后，我就像傻子一样看着全意大利的电视和报纸连篇累牍地报道萨穆埃莱的事。之前的几年里，那个家庭发生的变故让我看得津津有味：女儿昏了头，跟一个外乡人跑了，只留下一个月大的孩子。但是照顾孙子的生活仿佛让她重获了新生，再次焕发了青春，这让我十分烦躁。现如今，那个她当年教育出来的成果让每个头脑正常的人作呕，于是我像舞蹈演员一样迈着欢快的步子，来到马里奥的店里买上一大瓶酒，为这条好消息喜上加喜。我看着电视新闻放声大笑，高举酒杯说："真是好样的！"整个国家上上下下群情激奋，而我则高兴得心花怒放。不过这时有个愚蠢的声音像跳蚤一样在我耳边说："你活了一辈子就为了这一会儿的开心吗？"我连忙灌下去几杯酒，让这个声音闭嘴。如果想不通，我就只能勃然大怒。"也许这确实是趟屠杀之旅，"我咬着牙说，"但现在我只想去享受它。"说完就又送下去一杯酒。

在法庭准备做一审判决时，我紧张得像个即将表白的人。萨穆埃莱入狱无疑是对将他拉扯大的人的重大打击。想到他家里即将发生的事情，早晨醒来时我都轻盈得像只蝴蝶。然后就到了他逃亡的那天：他们去他的公寓里将他绳之以法，却发现已经人去楼空。不过他也没藏多长时间，他们在复线公路的路口抓到了他。我听着抓捕的过程笑得前仰后合。整个意大利都屏住了呼吸，而我是其中最紧张的那个。

埃塞德拉孙子的罪行加起来够判很多年。当听说他们在公路上抓住他的时候，我站都站不稳了，只能找张凳子坐下。由于害怕牢狱之灾，绝望之下他开着摩托车来到这片看着他长大的山区寻求庇护。但一切在一个急转弯戛然而止，帅气的萨穆埃莱为了避让迎面而来的卡车飞下了悬崖。

老锯木厂的索尼奥·南乔尼也上了电视。他看着电视镜头，怒不可遏地对着麦克风狂叫，眼里好像快要冒出血来。"那这条路到底怎么办？上班下班的人没步他的后尘真是个奇迹！"我看见电视机里出现了一辆汽车，车身的一侧从头到尾一片稀烂。南乔尼还在后面嘶吼着，虽然这没他什么事："税我可都交了！"

我不停地搓着手，甚至快要搓出火来。这就像是那一天，我听说镇上有人中了几百万，但没人知道是谁，我突然就想到了那个绝望的晚上，想到了我在中街捡到的那张纸。我现在甚至比当时还要焦急，我感到血管里的血液都快要爆出来了，但听到的消息让我一点儿都高兴不起来。电视里出现了架设在医院前的长枪短炮，这时突然出来了一个医生，有宪兵帮他分开众人。他说病人情况不乐观，撞击让他的大脑失去了意识，小时候我认识的一个小男孩就有类似的经历，他不小心踩到了球，太阳穴碰到了路沿石上。他名叫埃内斯托，但大家都叫他小苍蝇，因为他总是一刻都不消停。那是五月中旬，小苍蝇当时就脑死亡了，但没有立即毙命，他又坚持了一个星期才咽气。

想到埃塞德拉的宝贝萨穆埃莱如今也在生死之间徘徊，我又重新陷入了痛苦。"你要是胆敢死了，我就让你从这个世界消失。"我看着电视新闻，眼神里咆哮着愤怒。新闻片头一响我就屏住了呼吸，但里面播的总是同一件事：他仍未醒来。我只能比平时多喝一杯酒来给自己打气，直到他们暂停了诉讼。"合法阻碍事由。"他们说。"合法个屁。"我大声反驳。整个事件慢慢地被人淡忘，大家都觉得没有什么继续追究的必要，萨穆埃莱现在这个样子就是上帝的杰作，他会用自己的方法惩恶扬善。我紧张得直咬手指，这好像是埃塞德拉第二次让我到了如此境地，我睡不着。

那些天里发生了一次大地震，就像是镇子想要让它的居民们一劳永逸地摆脱所有烦恼，首当其冲的就是我。那次的震级很大，但大部分人都在睡梦中，根本没感觉到。只有唐·劳罗被吓得不轻，他的屋顶突然塌了下来，但刚好没有砸到他睡觉的床。很多人都被掉下的墙皮和掉落的物件吵醒。结婚照掉落在地，相框摔坏，玻璃碎了一地。但我们还是像往常一样出门了，虽然我们的房间里好像进了个令人讨厌的鬼魂，未经允许就对私人物品碰来碰去。我看着走在巷子里的同乡们低声说着话。他们带着劫后余生的气息，微笑着互相打着招呼，然后就各走各路，去做平日里的那些事情，似乎让他们脸色惨白地躲到街上来的地震已经是司空见惯的东西了。

我买来报纸，但萨穆埃莱仍在报纸的第五版当他的睡美人，这种休战让我难受得想抓头发。直到最后的会心一击到来：案件撤销。证据不足。对他逃跑的指控依然存在，但这对我来说无异于杯水车薪。虽然埃塞德拉的孙子仍然在医院病房里插着各种管子，但他已经无罪了。这是复仇的机会第二次在我眼前烟消云散。不过这一次我并不是唯一一个对此怒不可遏的人。在下午的电视节目里，嘉宾一直在抨击："难道这就是圣灵的旨意吗？"其他人则在街上说："他运气不错，碰上了个想露脸的律师，他也确实做到了，连杀人动机都有。现在我想的是那个可怜孩子的父母……"与此同时，城里乌拉尼奥街上房子的墙上出现了一行让人毛骨悚然的话。所有人都说那里曾经住着一个社会的魔鬼，他要是醒了，大家平时走路都要多加小心。

六月末时，埃塞德拉的萨穆埃莱回来了，和那些数着他每次呼吸的机器一起。那天中午，电视新闻劈头盖脸地将这个消息扔给了我。出来说话的还是之前的那个医生。他说病人已经重新睁开了眼睛，生命体征良好，但还需要一段时间才能彻底恢复。但是，他已经能开口讲一些话了……

两年前，我对卡拉马约说得很清楚："亲爱的小路易吉，要看我的内心。"他想了想，然后点了点头，脸上还是他那副表情，外人说不清那到底是嘲弄还是闷闷不乐，最后他伸手拿来画笔开始画起来。

"看外表就能知道内在。"妈妈经常说这句话，她一边说，一边将一根手指插入炉灰中挑出一个黑块。她喜欢看周日休息的工人们看着我经过时垂涎三尺的样子。"你往前看，"她提醒我说，"你只要和那些臭要饭的对视一眼，苦难就会马上找上门来，他们那种含情的目光魔鬼看了都会嫌。他们看你也就看了，你就像橱窗里的面包，漂亮酥脆，买不起的人看了连肚子都要悔青。"

而在卡拉马约这里，我则让他用两只手丈量我洁白松弛的皮肤。"如果你果真发现了美丽，就把它找出来，用画笔固定在纸上。"那天我说，当时我们第一次来到了这里，丽日旅馆的 112 房间。我已经很久没有在男人面前宽衣解带。上一次我将肌肤示人还是马尔切洛那个时候，那时我仍能感知到生命和肉体的呼号，那之后我就被流放到了我家的四壁之间。现在，这份孤独正在我的每个毛孔里嘶吼着。我躺在沙发上，看着自己的脚尖，感觉它们似乎并不属于我。于是我想："这个躯体经历了一切，也什么都没经历，但真正的战争在深处。亲爱的小路易吉该画的就是它。"

他仍然在尝试，最后心如死灰地离开了房间。我从未要求看过画纸，一眼都没有。他偶尔也会突然就开始收起画笔，像一个被伏击的士兵一样仓皇逃走。他留给我的最后印象就是满是沮丧的腐坏眼神。于是我任由自己走进这一片寂静之海，这与摆姿势时的安静并不相同，那是一个无边的湖泊，每次结束我都得清洗全身。我需要冷水才能让皮肤恢复弹力，将上面的冰冻化开。"越疼就对身体越好。"妈妈这样说。我盯着天花板看一会儿，然后下楼，出第一趟门。

一个月前我突然碰见了他，当时我想原来关于鬼魂的传说是真的。那天晚上下着雾，将你和周遭的一切隔开。我看见他低着头用一只胳膊夹着购物袋从我身边经过，埃塞德拉的萨穆埃莱，正是他。

我就待在路口，抵着墙，就和那时候我饿得走不动时一模一样。"你看花眼了吧。"我想，心怦怦地跳着。"也许你的执念变成了一种大脑的疾病，所以才会看到影子。"但那天晚上开始大家就传开了：交叉路上那一家的百叶窗打开了。

虽然帅气的萨穆埃莱在昏迷期间被判无罪，但大部分人都认为那个判决几乎毫无价值。在很多人眼里，威胁变成了事实。他现在回到了马莱玛的高地上栖息，重新打开了那个奶奶将他带大的房间，对我而言则就像送到嘴边的小鸟。

似乎是埃塞德拉用头撞开了棺木，又重新住进了她家。我一路爬上去，绕到他家后面。我来到喷泉的一角，背靠玛丽埃拉家的墙，偷瞄着那个人的一举一动。我已经在电视和报纸上见过他太多次，现在我感觉他就像个明星。他平时不会做什么特别的事，运气好的话，我能撞见他从家里出来，大概五分钟后就回来，手里多了一些买来的东西。

后来，他甚至让我有些自责。我想压制住这种想法，但它比我更强大。因为我感觉到以前的惶恐回来了，也就是我从伊萨斯提亚公馆被赶出来并且众叛亲离的时候。埃塞德拉的萨穆埃莱就像是我的复制品。他每一天都在安静中度过，身边的空间之局促，哪怕是圣人都免不了要疯掉。"看看最后的结局怎样吧，"我想，"他们在用过去惩罚我的办法惩罚他。"我了解其中的任何一种痛苦，我同情地看着那几扇黑暗的窗户，这种感觉很熟悉，因为在过去的数十年里，每次照镜子时我都有同样的感触。埋伏结束后，我回到家，心里既喜悦又酸楚，然而我的怒火已经被安放妥当，我也就得以安稳地进入梦乡。

慢慢地，我开始注意到一些其他的动静。说出来可能没人相信，但交叉路上真的可以算人来人往，活像星期五市场开市时的圣巴斯蒂亚诺广场。比如马尔凯人的儿子，有几个早晨，他像青蛙一样从巷子里钻出来，然后去抚摸萨穆埃莱的摩托车。他总共会在那里停个几分钟，一会儿看看四周，一会儿像抚摸新娘的肚皮一样感受着摩托车的线条。有时候我也能撞见迪沃，特别是我稍稍探出头的时候。他就在楼上的窗户后面，一副镇上公爵的样子。他紧紧盯着埃塞德拉家的房子，就像在凝视地狱的深渊，一动不动。

安乔利诺经过时我会退到房子后面，然后再回去看几眼。我注意到一个奇怪的变化，尤其是快到门前的几米之内：他突然就变了副模样，好像终于从一种不属于自己的步伐中解脱了出来。即使平时哼歌的时候，只要他一转弯进来，声音也就跟着停下。他低着头走完最后一段路，双眼中透露的幽暗让人害怕。有一次开门时，他手里的钥匙掉在了地上。一句脏话从他嘴里脱口而出，我甚至都怀疑他是不是喝酒了，因为平时他最多也就说一句："哎哟喂，把你炒了吃得了！"

不过最引起我注意的还是盆地来的那个姑娘，其他人都已经停止了对她的搜寻。午休时分，她会像小猫一样从巷子里探头探脑。刚开始她只是站在那里，看看窗户，稍微露一下头。然后她就真的去了，她先是看两眼玛丽埃拉家的窗户，然后像闪电一样穿过整条街。她飞快地跨上台阶，敲敲埃塞德拉家的门，最后闪身进去。接着在她刚才站的地方就会出现另一个人影。起初我还没认出来是谁，因为对方的脖子太短了。有一天在街上转的时候，我在巷子里看见了塞拉利尼的背影。我现在还不知道，她到底在跟踪艾莱奥诺拉，还是在窥视安乔利诺的一举一动，后者和她死去的丈夫长得一模一样。一想到这里我就心痛得抓心挠肝。"看看这个绝望的女人，"我过去这样想，现在也这样想。"她只能看看阿奇勒的双胞胎弟弟，也许她想象着那就是他，哪怕能看一秒钟也好。"

艾莱奥诺拉的小脸出现在报纸上时，我就暂停了自己的间谍生涯。我开始觉得，这桩奸情是对我本人的挑衅。埃塞德拉的孙子并没有生活在孤独寂寞中，而是每天早晨有一个从里波拉坐班车来的妙龄女孩儿相伴。我就没有这种待遇，这辈子都没有男人不怀好意地看我。让上校蒙羞的那桩丑事让我在十八岁前就被钉在了耻辱柱上，直到现在。他们看不见我，只能看见那件事，然后就算再不堪的欲望也会像落叶一样枯萎死亡。而我则看着那些工人选择了自己的糟糠之妻而不是我，要知道，虽然我已经四十岁了，却仍然像女王一样光彩夺目。他们就这样任由我留在原地腐坏。

我听着人们的窃窃私语。所有人都说，女孩的失踪散发着暴力的气息，我是唯一知道真相的人，但我不说。直觉告诉我，这可能是个好机会，可以让已经入土的埃塞德拉再次蒙羞，可能比上一次上电视还要恶劣，最起码是一样恶劣。"你以为那个女孩儿被关在哪里了？"我说，然后看到满载伐木工人的卡车停在了罗道尔夫的酒吧门口。看到他们时我的血都冷了，因为他们看上去什么都不怕，还像狼一样饥饿。他们一个眼神就能把人吓得直在胸前画十字。听着他们的笑声，我很害怕。"亲爱的萨穆埃莱，你会为这次偷欢付出沉重代价的。"我边把面包蘸在酒里边说。"我看见那个被戴绿帽子的阿尔巴尼亚人长什么样了，哪怕有人敢在他身边呼吸，也会被他好好教训一顿。"

事情进展到这个地步真的不错，我可以整个下午沉浸在对复仇的美好幻想里。我真想要一个魔法棒，这样我就能将这一刻永久地封存起来。其中的乐趣并不在于戳穿一段奸情，而是只有这样做了，我才能让内心里那种将一个人的命运攥在手心的快感消散。我只需要动动手指就能平息掉一次风波，但我就是很满意甚至很享受让所有人都摸不着头脑的感觉。有时候我会看着酒杯上倒映出的自己，心想："扮演上帝原来是这种感觉。"

最近我下潜得越来越久。有几次，我的身体都开始反叛，两腿不住地打着哆嗦。正是在寻求这种恐惧的时刻，我呼吸急促，全身痉挛，身上的每根血管都在战栗，皮肤发痒。我没有屈服于对空气的渴望，虽然我的喉咙在哭号，双手忍不住想抓住浴缸的边缘。我继续坚持。我的心脏跳得越来越快，水面像是变了颜色，视线似乎已经离散在即。我的身体里装着另一个阿黛莱·钱蒂尼，她像塞壬一样哭喊着，想让我张开嘴大口呼吸一次。但我就是不遂她的心意，于是她就疯了，用头撞着监禁她的地方，也就是下面。我只要松一口气，就会吸进来满鼻子肥皂水，那样的话我就会被恐惧吞没，全身扑腾也阻挡不了自己溺亡的命运，在淡季里为丽日旅馆的苏珊娜平添烦恼。

出水的时候，我感觉像是在地狱里走了一遭。我身体里的那个阿黛莱一口气吸完了所有的空气，就像干渴的人遇见了水源。但我仍然浑身打着哆嗦。我狂笑着，看着自己重获的光彩。我和着呼吸的节奏颤巍巍地说："就是这样……你就是舍不得死……虽然你一直在抱怨……"

经过冷水之旅后，身体发出异样的响声，就像金属互相碰撞的声音。我踩在地垫上，有一种灵魂出窍的感觉。我马上套上浴衣，用毛巾将头发包起，看着镜中的自己。我很享受这一刻，这就像在对自己说："经历了这么多你还是活下来了。"而在另一些日子里，这又让我很难受，想从窗户跳下去。虽然还是相同的话，却有着不一样的回响。

我回到瓷质的小农妇旁边，一一拿起她端着的首饰。112 房间依然如湖面一样安静，我的动作发出的沙沙声清晰可闻。

泡完澡之后，我一般喜欢点杯热茶，然后来到床前看着夜色降临的镇子喝掉。电话的手柄好像也是瓷质的，要打给苏珊娜的话只需要拨零，但我的手突然抖了起来。我还是亲眼看着自己拨了那个房间号码的数字：112①。刚响了一声，那边就有人回答：这里是宪兵队。身体里一股热风触碰了我，最后我败给了冲动。"你们找了很久的那个女孩儿，"我说，"我知道她在哪儿。"

①　意大利的报警电话。

雷纳托·斯塔乔利

烟草店老板

　　当爸爸说我们要去托斯卡纳的马莱玛时，我立即冲出了家门，准备去小餐馆把今天的工钱花个精光。巴尔多已经听说了消息，一看见我进门就说："又一个要被好日子冲昏头的人来了。"他把胳膊支在吧台上，莫雷诺也出现在旁边。我感觉被人撞了一下肩。我一转头，发现他的脸就在眼前。"很多小鱼都顺着利曼特拉河下到谷地去了。"他的嗓音依然沙哑，我看到了他的一口黑牙。"只要别忘了留在上面的这些人就行，有的人六个月前的钱还没给够呢。把这话捎给你爸。"然后他放下了二十里拉。"巴尔多，让这小子多喝点儿，赶路是力气活，得补充点儿蛋白质。"

　　当时我十六，一想到要将玛达莱娜·坎切利拱手让给萨维里奥·马尔凯西尼，我浑身的血都凉了。但家里的债务可不管什么恋爱的悸动，爸爸已经把话说得很清楚了："马莱玛也有烧炭的活儿可做，有人只花了五年就混得不错了。你看我也没用，你以为我舍得把你妈妈一个人丢在这个破地方吗？星期一就下去，坐去皮斯托亚的第一班车。"

　　而且我也确实没有什么梦可做，玛达莱娜眼里几乎没我。也许我离开对她来说反而是最好的礼物。马尔凯西尼也对她那一头卷发和洋娃娃般的外表痴迷不已，但和我不一样，他家不欠钱，而我家的债可能一辈子都还不清。

走的那天我连头都没回，妈妈拿着手帕在门口哭泣，其实前一天晚上爸爸就已经跟她说得很清楚了："到时候可别给我闹啊。"但在开门之前，爸爸还是紧紧地拥抱了她，然后又粗暴地将她推到一边，但这仅仅是为了不让对方看到自己含泪的双眼。"当生活耍无赖的时候……"在下山去车站的路上爸爸对我说，"看着我，雷纳托。都四十几年了，我们还在到处奔波，拆东墙补西墙，我一生下来过的就是这种日子，不知道什么时候是个头。"

我们到的时候天已经黑了。刚一踏上马莱玛的土地我就知道，这里没有什么不同，也一样要运木烧炭。队长叫同志，大家都这么叫他。十年前，他和我们一样从皮斯托亚的山里走出来。在路上爸爸把相同的话一遍又一遍地说："他刚开始也只是个低等工人，但后来人家混出名头了，他甚至把帕达纳的家人都接了过来。你还年轻，得让他关照你。"

住处在镇上，八个人一间，同屋基本都是西西里人，也有人喜欢留在森林里，住在打谷场上用石头堆成的小屋里，这样就不需要每天天还不亮就起床赶六公里的山路。我就是其中之一。我一点儿都不想去那个镇上住，当地人管我们叫伦巴第①人，而我们明明就是这个大区的。我更喜欢干车把式的活儿，负责把新炭运到仓库。正因为这一点，同志立马就对我态度转好，毕竟我一天能跑三个来回。晚上他会派人给我送来面包、洋葱、咸鱼和高度葡萄酒，好让我快

---

① 伦巴第，意大利北部的大区，首府是米兰。

速恢复体力。"你很有前途。"有一次他拍了一下我的肩膀说。我是这样回答的："现在我就每天跑到晚上就行了。"他放声大笑起来，同时还用手挠着自己的肚皮。

刚来的时候我还很焦躁，但随着时间的流逝，现在我已经把玛达莱娜的脸当成了干完这一季的动力。而且，由于一直在森林里，有时候我甚至没有感觉自己在外地。我每天看见的都是些长了好几百年的栗树和橡树。下弦月的时候，我砍苦栎和软木橡树。马莱玛的山完全没有皮斯托亚来得那么艰苦，镇子里长大的人即便花两倍的工夫，活儿也没我干得好。

如果没有车要跑，我就去搞木头。他们一般让我伐木，因为我是为数不多会看树节的人之一，轻易就能找到好下斧或下锯的位置。或者，我会连接各个锯木厂的小路。森林看上去就像黑脸工人们的蚁穴，到处都有烟柱升起，就像一个个的烟囱。如果烧炭房建在悬崖上，我就去加固墙壁。不过我最喜欢的还是烧炭，每次都要烧上两个星期。一旦烧起来，就需要把所有的东西挪到低处，把其他通风孔都打开，一点儿都马虎不得。只要一批没烧好，同志分分钟就能让你滚回家。

烧炭季从春天开始，差不多秋天刚过的时候结束。我们回到亚平宁山脉时是十月中旬，见到妈妈时她瘦得吓人，但不像生病的样子。见到我们回来，她很高兴，激动得连站都站不起来，于是我们上前去拥抱坐在椅子上的她。看见我们的工钱时她两眼含泪。我们干了两倍的活，也没怎么花钱，攒下了好大一笔钱。我连去洗把脸的时间都没有，爸爸就看着我说："去叫莫雷诺来。是时候把这桩烦心事儿做个了解了，都一年了。"

那天晚上我又去了小酒馆。还没等我开口，巴尔多就给我倒了一杯我们当地的酒，说："从你眼神里就能看出来。你走的时候还是个小孩儿，现在已经是个大人了。马莱玛那地方有这么神吗？"就在这时，酒馆的门被打开了，进来了一伙年轻人。

伯莱塔那一帮人经常开着车来到山顶，特别是星期六，一副美国人的做派。看到那个人的时候，我拿起酒杯，仰起头一饮而尽。我掏出钱说："巴尔多，再给我倒一杯。"正当对方要来拿钱的时候，一只手从天而降，盖住了我的硬币。"老板，算我的。"我听见有人说。"今天我们庆祝，要一直闹到桑布卡－皮斯托耶塞去。"

说话的正是马尔凯西尼。上一次见他还是在小广场上，每个周日，下面的乡巴佬都会骑着摩托车走山路上来碰碰运气，看能不能钓到镇上的姑娘。"他们从温泉那儿来撬我们的姑娘。"另外一边的墙角里有人说，我也经常去那里抽根烟。"而我们只能干瞪眼。"不过大部分人只是想不明白，为什么女孩们都喜欢跟外地佬，家门口的小伙子难道就不好吗？

我感到有人用胳膊碰了我一下。"我认识你。"马尔凯西尼小声说，"你是烧炭的，皮齐奥的。"我一抬头就看见了他如石膏一样白皙的脸，连一条皱纹都没有。我只是点了一下头。他看了一眼我满是老茧的双手和被污渍覆盖的指甲，我感觉像是被他看光了内衣下面的身体。接着他拿起巴尔多放在他面前的杯子，和我的杯子碰了一下。"敬你一杯。"他瞪大了眼睛说，"明天我就要结婚了，我得给自己鼓鼓劲儿。"

和他一起的其他人也点了酒，现在已经开始鼓噪起来。我向后转过身，看见两个老人将手里的阿马罗①一饮而尽，然后起身离开了

---

① 意大利的一种饭后酒。

桌子。其中一个向巴尔多比了个手势，一只手握拳碰了一下另一只手的手掌，就像在说："记账。"然后就上路了。镇上的其他年轻人也一样，香橼果汁只喝了一半就走了。而马尔凯西尼一伙人就是奔着狂欢来的，这一点连酒馆的墙都能看得出来。人称豆荚的高个儿上前和巴罗斯搭话，后者正一个人喝酒，平时除了需要续酒之外几乎不开口说话。要靠近他可得小心，因为据说他的拳头很硬，一拳就能把人搋躺下。听人说，他小时候曾经一拳打死过一头公牛。而豆荚是个瘦高个儿，外表看上去是个好孩子的模样。只不过那天喝了酒的他有点儿上头，最后竟然敢去招惹那个人，他可是敢在一米之外与一百五十公斤野猪对视的人。

"这也就是说，从明天开始，我搞她的时候要稍微尊重一点儿了。"我听到有人说。萨维里奥·马尔凯西尼一边喝酒一边说话，好像连嘴都没张。他知道我被捉弄了，于是自己咯咯地笑了起来。接着他又说："我以前见过你，知道吧？在瓦伦蒂诺的舞场。每个星期天下午我都能在那里碰见你，每次都在同一个角落，畏畏缩缩地。我就想：'这烧炭工就跟看圣母一样偷看玛达莱娜呢。'有时候也许你还能跟她对视一下，但每次你都马上躲到柱子后面。谁知道女人们整天都在想些什么呢，装害羞竟然还能加分。我是怎么知道的呢，玛达莱娜每次都会用眼神找你，脸上都快乐出花了。不过后来你不见了，那不就是我的天下了吗？"

我拿起杯子，再次一饮而尽。我用指关节敲了敲吧台，示意自己要走。但马尔凯西尼又转过来，还朝我探了探身子。"我们马莱玛的烧炭工都是好样的。"他说，看上去好像要吐了。"刚才我没说明白，我重说：你是唯一一个威胁。玛达莱娜原来都没那么看过我……然后烧炭季一到，你就消失了，直接把地盘儿都留给了我。

只请你喝一杯可不够啊！"

这时从后面传来一声巨响。巴尔多差一点跳到吧台上叫道："喂！"但那个人称豆荚的家伙已经破了相，正倒在杯子碎片中间哭喊着。他的鼻子像喷泉一样向外呲着血，而巴罗斯已经又坐下了，放倒那个青年就好像挠了挠屁股那么简单。巴尔多大叫道："关门了！看你们今晚上把我这儿给闹的！"

这一伙人里面没有一个敢去招惹这个刚给自己同伴的鼻子开瓢的猎人。恰恰相反，他们慌里慌张地扶起瘦高个儿，一起把他架了出去。离开之前，马尔凯西尼又来到我身边，好像想说什么，但最后只冲我眨了下眼睛就走了。他还在我肩膀上拍了两下，好像我们是小学同学一样。然后他就出去了，忘了付我的钱，也忘了付他的钱。

那次婚礼带来的打击让我好几个星期夜不能寐。贫穷夺走了我的一切，包括那个好像跟我天造地设的玛达莱娜在内。与此同时冬天到了，大家都说这一年冷得罕见。爸爸每天都要把钱数一遍，妈妈就问："怎么了，你还盼着它们能下崽儿不成？"他关上抽屉，然后看向窗外。到了十二月他说，烧炭的收入坚持不到五月，我们该计划计划用度了。我们最后选了些好的牲畜，拿到市场上卖掉。

一大早我就来到酒馆，雇工们都聚在那里，庄园老板们过来挑人干零活，而我是最经常被选中的之一，因为我年轻，也没什么废话。我还挺喜欢干这个活儿的，虽然天不亮就得起，天也冷得要命。然后我就上卡车，每次去的地方都不一样。在我这个年纪，很多人都去上学了，而我只见过森林，干起活儿来一个顶四个。

下过几场雪之后就坏事了：路走不了了。我也就只能在我家周围活动一下，添点柴什么的。每次变天的时候都差不多：天空好像坠向了大地，像镜子一样碎在亚平宁山脉的各个山头上。天变得像铁块一样厚，然后沉淀下来，一动不动，云遮蔽了周围的一切。突然，我就感觉像是住在一个废弃的村子里，路过的人都低着头，把脸深深地埋进粗羊毛衣服里。从我们的农舍看去，只有每家每户烟囱里日夜不停冒出的烟昭示着活人的存在。寂静能刨开你的耳朵，说话时我们开始用另一种声音，细声细语地，就好像大家都在做祈祷。下午四点，第一缕黑暗降临，在这个世界上这好像意味着某种救赎，因为最起码你不会觉得自己无所事事是一种过错。

圣诞节时我们杀了一只火鸡，是爸爸干的。他捏着火鸡的脖子回来了，本意是想给这个家带来一些节日的气氛。但明眼人都看得出来，花的这笔钱让他很心疼。他还往桌上放了半瓶酒，一般来说，这些都够我们喝上三天的。吃完饭之后，他把手放在腿上说："昨天我去找莫雷诺了。他是个好人。他说有需要的时候会帮我们，就像去年那样。我们不用担心什么。"

也许我本来早该明白这一点，因为他已经不是第一次说这话。但是那天晚上我第一次看清了一切，好像自己突然开了另外一只眼：我们永远都摆脱不了贫困。只要有这个瘟疫在，我们哪怕只往前走了那么一小步都要高兴一下，接着它就会再次拉紧缰绳。我们就算烧出整个大区用的炭也无济于事。想到这里，我感到一阵恶心。但是我宁愿被割喉，也不愿看着妈妈打扫一顿被浪费的饭菜。

爸爸还没说完，我们对视着，我知道他接下来要说的话不一般，因为他在微笑。"我们之前谈过，"他说，"你也看到了，这根本不是长久之计。我们累到半死，到头来又得重新开始……有时候长痛不如短痛，要不然早晚有一天我们会转不动。"我看着他，感觉额头开始发痒，好像上面爬满了蚂蚁。他低下头看着地，又马上抬起头看向我。"我给马莱玛写了封信，给同志。"他此时说话的声音就像在打铁一样僵硬。"他知道你有多能干，也很乐意把你招到他的队里。你到时候有住的地方，工钱也不低。不像这里，继续待下去毫无希望。"

我已经开始哭了。看到我这样，妈妈从毛衣口袋里掏出条手帕，把我的脸蒙在了下面。她开始抽泣，但没有声音。爸爸也在因为刚才说出的话而难过。他的下嘴唇开始颤抖，为了抑制情绪，他换了个更严肃的语气："你不用考虑我们。毕竟我们还能少准备一个人的饭。你随便寄点儿钱，我们就能过得很舒服。这总比一辈子找莫雷诺借钱好，利息那么高，我们一个烧炭季都白干了……"他的声音突然消失在了嗓子里，接着端起了酒杯。亚平宁山脉全部的寂静似乎都倾泻进了这个农舍。"过了新年你就下去。"他最后说，"同志可不等人。"

新年那天我是在瓦伦蒂诺的舞场度过的，身上带了平时三顿酒的钱。他们跳着，唱着，而我躲在柱子后，脑子里想的全都是圣诞节那天苦难给我的迎头一击：背井离乡。玛达莱娜梳了个漂亮的高马尾，露出了整张脸。她和新婚丈夫跳着舞，一次也没有看向我平时的位置。因此他也没表示出什么不满，有那么一瞬间甚至似乎在冲我笑，好像在故意炫耀自己的幸福生活。我感觉自己的心碎成了片。喝完第二杯香槟，我就起身准备回家，那时距离午夜还有一个小时。

我坐在曾看着我长大的矮墙上，听着圣玛丽广场上的回响。从各家各户的房子里传来了庆祝的欢呼声，还有人把盘子丢出了窗户。风吹得我甚至感觉不到皮肤的存在。我看着自己在那里，一如既往地落寞。看着面前的钟楼，我突然想到：难道正在迫近的离开真的是这样一种剧情吗？话说回来，亚平宁山这里有什么是值得我留恋的？我在这里完全没有朋友。贫穷已经持续了很多年，我上小学时就被迫去挣钱养家，而不能在街上踢球玩弹珠。当时我只有星期天干活，可我来到镇上时就已经像个火星人。由于没加入任何小团体，我被视为异类，每次我刚认识了什么人就要搬走，一切都要从头开始。夏天我在烧炭场度过，不能在地里用弹弓射蜥蜴，也不能在喷泉里嬉闹或者去利曼特拉河跳水。之后的几年也是如此。如果能攒下点钱也好。现在用人的老板们确实会高看我一眼，但工钱还是那么多，只能勉强够糊口。这还没算上这期间最大的挫败：最后玛达莱娜去找了马尔凯西尼，将自己的终身托付给了他。

我确实要忍受想家的痛苦，但爸爸说得对：我能寄钱回家。如果能让父母得到照顾，总好过看着他们每天勒紧裤腰带，吃饭时为了借点儿滋味连续一星期用面包蘸着同一条凤尾鱼。而且，虽然马莱玛不缺有把子力气的工人，但他们都没受过我这样的罪。上一季干活儿的时候，不用说同龄人，和我年龄相仿的都没有。去了那里之后我少不了卖力流汗，但这和我这辈子此前的生活也没什么两样。而且，这一天工做完时可能还有一丝欣慰，毕竟辛苦少了一半，工钱却多了一倍。

我回到家时，父母正在桌上剥橘子。爸爸端出了重大时刻才会拿出来的罗勒酒。酒还剩两指宽，瓶底是沉淀下来的罗勒叶和糖。"这么早就回来了？"他像只公鸡一样伸长了脖子问，然后把一只空酒杯推给了我。"喝吧，暖暖身子。尝尝好酒的味道。"但我仍在原地跺着脚。我看着他们俩，像魔鬼一样搓着手。"那个，我等得胡子都快长出来了。"我说，"两点我就走，坐节后的第一班车。三点我就能听候同志的吩咐，就这么办。"

如今回想起当年的日子，我甚至感觉那并不是自己的故事。进到店里的客人也根本想象不到，虽然他们中的很多人都目睹了我在马莱玛最初的岁月。虽然不了解事情的来龙去脉，但他们应该还记得，我直到后来才丢掉了初到时身上那种外地人野性的愤怒。他们中的大部分人都已经不在了。我刚来镇子的时候，进来买报纸的这批六十多岁的人应该还在穿开裆裤。

迪沃就是剩下的可怜虫中的一个。一般还没等我打开卷帘门，把当天的报纸搬进去，他就已经来到我身边，大谈起刚在早间新闻里看到的新闻和天气预报。"我就知道该怎么办……"他的开场白总是这样。生活把他毁得厉害，你甚至忍不住想上去抱抱他，说些诸如"好了好了，你很棒了"的话。有时候我好像又看见了他小时候的样子，他激动地在我身上撞来撞去，想要尝试驾驭拉炭的小推车。他那时就像匹小马，浑身上下每个毛孔都散发着鲜活的光彩。后来他就遇到了生活。具体来说是遇到了玛丽埃拉，女人毫不顾忌地给他戴绿帽子，将他对生活的任何向往生吞活剥。而他一直装作不知道，对外总是表现出一副法西斯分子的强硬模样。没有人会停下来跟他聊上超过两分钟。从十米之外就能闻到他身上古龙香水的味道，每次出门前，他也总会把胡子剃得干干净净。他到了店里总是要烟抽，付钱的时候总会留一堆硬币在吧台上。他的胸前总是戴着一个印有元首① 头像的金质像章。他经常把像章拿在手上，喃喃地说："要是他能回来就好了……"后来我坚定了一个想法：总是追求纪律的人肯定隐藏了什么不好的东西。又或者他正在内心深处呼喊着，想要得到救赎。

---

① 即墨索里尼。

今天是店里熙熙攘攘的一天。迪沃分开挤满了店里的众人，最后出现在我面前。他看着我说："我那个废物老婆又把咖啡烧煳了，今天上不成班了。新闻我就看了个尾巴，我错过了什么？这些人都疯了吗？但要说这里谁知道是怎么回事，连狗都不信。"

我把今天新到的报纸放到他面前。看见头版中间的照片后，迪沃的脸一下子变得惨白。他的脸上升起了一种愠怒，如果放在以前法西斯当政的时候，他肯定已经暴跳如雷了。"我早就知道。"他的声音我只能勉强听见。他拿走了报纸，来到扑克机旁边的桌子坐下来慢慢看起来。接着出现的是塞拉利尼。"也给我一份。"他说。

一九六六年矿难的时候也没见过这种盛况。镇子被幸运之神眷顾了，第二天早晨，连去老镇的路上人们都在热烈地讨论此事。所有人都想挤进格罗塞托的摄影机和照相机的画面。很多人都凑过来对我耳语说："雷纳托，跟我你总能说吧……"他们小声地询问着获奖者的名字。我于是摇摇头，但两条腿已经抖得不行。我不断对自己说："微笑，微笑，还是微笑。"如果真要听自己内心的声音，我可能会一下子哭出来，因为我想的是裤子口袋里的那张彩票。看着人群，我感到一阵眩晕。与此同时，我眼前全是自己从亚平宁山脉的困顿中来到马莱玛时的样子。起初的几年里，我没日没夜地干活，一天都没休息过，就好像有魔鬼正在门口守候。当时同志让我当了小队长，那年我才二十岁，我志得意满地对自己说：看看你混得怎么样，亲爱的雷纳托。原来玛达莱娜把你推走是送给你一件礼物，现在是收获的时候了。

店里已经有人在自证清白了，他展示着手里的彩票说："看到了吧，我可不是那个幸运儿。怎么？还有疑问吗？"大家都笑了起来，虽然笑得有些苦涩。我想到了爸爸，想到了妈妈。我想象他们在那个只是将将够住的农舍里，享受着不需要还莫雷诺钱的宽裕日子，因为我每个月都会给他们寄钱。对于他们来说，很久之前他们就已经中过彩票了，后来他们下来，看着我在圣巴斯蒂亚诺教堂里结婚的那天则相当于又中了一次。

我母亲从没出过省，只要来到外地她就会想家。"这里连空气都不好呼吸。"她来的那三天里一直在重复这句话。我看着他们俩在蒙扎街上租住的房子里转来转去，好像在梦境中游荡。我现在还记得爸爸见到冰箱时的样子。"现如今都流行在家里放炸弹了吗？"他一直喃喃地说。"你们高兴就好。"就是那时，我把他叫到了一边，说我盘下了一个正往外出售的店面。他很惊讶，一来不明白为什么银行会如此大方，二来不知道我竟然有这么多积蓄当启动资金。他盯着我看了一会儿，然后一脸厌恶地说："报纸？战后这么多文盲还卖报纸？卖烟还差不多……反正都比不上卖炭。"

现在我的兜里装着一张价值数百万的彩票，我已经在想象着自己顺着山路来到皮斯托亚，给父母带去两个好消息，一来卡特里娜真的怀孕了，二来我赢了一笔大奖，能让我们全家下半生无忧。我得计划好怎么说，之前妈妈已经因为心脏的问题吃起了阿司匹林，单是未经预告出现在家门口就已经是个大胆的举动了。

马索甚至还带来了一箱香槟。"大家一起喝也够了。"他向众人宣告。"如果那个中奖的小兔崽子在这里的话，最起码也应该请我们喝点儿吧！"我甚至都没注意是否有人趁乱把货架上的商品揣进自己的衣服。仍然不断有人在碰我，对我说："雷纳托，笑一个啊！我们又不是在举行葬礼！"但也有一想到别人一夜之间成了百万富翁就像动物一样难受的人。"但这也不一定是福啊，"他们说，"钱越多，烦恼就越多。现在的生活就不错，我挺知足的。"突然，我看见卡特里娜也出现在了店门口，应该是纳尔迪尼给了她几分钟休息时间，好来看看店里的盛况。她想进来，但人群一直将她挡在身后。于是她站在一边，两手交叉着放在身前，享受着眼前的这场演出。这时我真想撕掉身上的衣服，大喊出来："是我！我终于也走运了一回！走了个大运！"我把话咽了下去。我还欠着开店的贷款，但就连墙壁也知道，有些事还是不要张扬为好。我每隔一会儿就摸摸兜里，但只敢伸进去一根手指，好像在摸烧红了的铁块。

人群三三两两地跟随着摄像机逐渐散去了。当时还不到中午，店里一下子就空了，刚才人们的说话声仍然在我耳旁萦绕。我开始扫地，从门外照射进来的阳光很美。我迷醉地看着空气中的尘埃，从中我看到了一个轻盈且充满希望的未来。和往常一样，我想到了卡特里娜。那天晚上，缝纫学校下课之后，她会看见我黑着脸出现在厨房里。她马上就会大声问我又在作什么妖，是不是店里生意出问题了。这时我才会掏出彩票，我想象着自己装出收到账单时的恼怒，愤愤地说："发生了这件事。"然后我就等着看戏了。

如果有人问起的话，我也不知道如何解释自己买那张彩票的原因，我这辈子连杯咖啡钱都不会随便挥霍。然后我就突然想到了那个时刻，那是三天前，我的胸中突然一阵躁动，当时我已经马上就要关店，好回家去吃饭。我看了眼投注单，自言自语地说："就玩儿一次……"好像受到了天使之手的指引，我趴在柜台上，随手标了几个数字。

正午十二点的钟声让我几乎无法自已。我转了两圈钥匙，锁好门，然后上了中街。我连午饭都没吃，因为内心的躁动已经喂饱了我。比起吃饭，我更想喝上两杯。我把彩票放到桌上，一直看着。"亲爱的卡特里娜，"我时不时地想，"从明天起，就忘记那些让你眼睛花掉的缝纫课吧。用曼陀罗泡水喝的苦日子已经结束了。"有几个瞬间，我甚至变得像个撒娇的人，我不知道是在哭还是在笑，就像个疯子。我摇摇头让自己清醒一下，然后开始在各个房间之间走来走去，直到听见两点的钟声敲响，我才重新回到了地面。我拿起纸片，揣进口袋，关上门走了。

我也不知道玛丽埃拉到底会点儿什么，那具身体从我年轻时起就与我为伴，现在我非但没生厌，反而一直对其保持着兴趣。她有着那种属于自己的贪婪，在她那里，一切都只是身体的欢愉，从来没有令人生厌的情感纠葛。她就像世界的咽喉一样将你吞没，用自己廊柱般结实洁白的臀部把你关在里面十个回合。我最喜欢的就是高潮时她抓住我头发的感觉，让自己被填满似乎是比呼吸更重要的事。教堂那里往前一点，在老镇边上的森林里有一个小屋，她砰的一下推开门，有时还会说："坏女孩儿偷炭，更坏的女孩儿偷烧炭工。"

到最后，如果你不去和那个肉体厮混个半小时的话，甚至都像对她不敬一样。另外，也不用担心她会对你的原配吃醋什么的，因为玛丽埃拉只需要享受肉体之欢，只有这样她才能好好地活着。每个星期一我都会去菜园里，然后脚后跟就满天乱飞。如果有哪个星期我没去，下一次她就会抱住我，几乎是生气的那种，然后下身见不到太阳的地方就开始撞击。我甚至不觉得这是偷情。刚开始，我只是为了排解工作的劳累，后来就戒不掉了。玛丽埃拉是个中立的个体，不会产生任何讨厌的羁绊。她经常一边脱裙子一边说："你轻点儿，贾尼那个驴昨天弄得我一直到现在还疼，今天早晨我连下床都难。"

那天我也去搅了她的烤炉。这一次我也休整得不错，她的吻就像妈妈的怀抱，她的下面还滚烫着，因为有个短裤下面藏着大杀器的同乡刚走。二十分钟后，我出来了，一边理了理头发，一边小心地迈着步子，因为双腿还软着。我还有点饿了。在回去开店门前，我决定先回家生啃一块面包。

下午，我又开始激动起来。又有些好奇的人前来，我现在开始审视自己，看是否有什么可疑的举动。他们一个个数着人，再一个个排除。"我们这六个人里，有一半都有这种运气。"他们吵嚷道。接着又来了一个人，又来一个……最后他们的人数已经相当可观了。他们没有去双门酒吧打发时间，而是来了我店里。每一分钟我都难熬得很。这也是因为，随着推测的进行，嫌疑人的范围已经快速缩小了。"镇子又不是有很多人。"老南乔尼说。"你们就先把我排除就行了。""然后排除我。"阿尔维塞也加入了。"难不成是唐·劳罗中的，如果真是那样，我们的百万富翁马上就会去罗马，听说那里的主教连撒尿的盆儿都是金的。"最后他们全都过来问我神父最近买没买过彩票，我摇了摇头。"你们觉得会不会是马诺洛？"有个人又说。

最后，我几乎是推着才把他们都赶走的。我突然火了，是因为迪沃说了一句："那如果中奖的正是我们的雷纳托呢？"他大叫道。他们都看着我，我生气了。"怎么不能是我！我要是中了彩票肯定不会还待在这里。你们都知道，我连牌都玩儿不明白，更不用说猜比赛结果了……"就这么说着，我把他们推到了路上，拉下了卷帘门。

陪我一起回去的正是迪沃。每次我刚上过他老婆之后，我都会和他保持一米的距离，就好像他能嗅到什么异样。"反正呢，"他突然开口，"今天晚上有人看着自己饭菜的眼神要不一样了。我说真的，我这样就很知足，工作安定，报酬也合理。如果说我想中几百万的话那就是为了玛丽埃拉，我先得带她出去旅游。她是没说过，但她每天都在忙家务。你想想吧，雷纳托。得多无聊啊，就算是头公牛也得想自杀……"我只是继续走着，眼睛看着脚下。

我按照之前的设想黑着脸进了厨房，餐桌上已经摆好了饭菜。卡特里娜看到我马上笑笑，而我没有回应，直接瘫坐在椅子上，于是她的脸上也带上了怒气。"你那是什么表情？"她问。而我一边在衣兜里摸索，一边继续着我的表演。我看着她放下了手上的炒勺。"你这样不说话我就觉得出什么事了……"我感到胃里泛酸，因为我真想快点卸下面具，哭着去拥抱她。她走了过来。"怎么，你哭了？"她喃喃地说，声音已经有些颤抖。"雷纳托，说话啊！"

正是这个时候，我遭到了那迎头一击，惊悚得连头发都快要竖起来。我的呼吸变得像水泥般坚硬，几乎就在一瞬间，我感到了口干舌燥。我的样子应该很可怕，因为卡特里娜上前了一步。"雷纳托！快说句话啊！"然后我就疯了。

我突然站了起来，椅子都被我撞倒在地。我把衣兜全翻开了，却连一点儿彩票的影子都没有。"没有。"我听见自己说，话一说出口，疑问好像就变成了现实。"没有！"我大叫。我仍然在衣服之间翻找。"没有！"

我一下子推开桌子，酒瓶倒了，酒洒得到处都是。我甚至把地上也找遍了，也没有。我还看了我的鞋底，接着又把从门口到厨房的路线走了一遍。"没有，没有，没有……"我开始哭起来。当我发现卡特里娜出现在身边时，我差点儿下意识地将她推开。我从来都没见过她这么害怕，而她也一样。"没有。"我仍然在说。她勉强地小声说了一句："雷纳托，我求你……"但我疯了似的打开门跑到外面，眼睛一直搜寻着石头路面。"雷纳托！"我听见她在背后大叫，而我已经跑走了。

为了和一个贱货私会而丢掉几百万，这是会记一辈子的事情。没有解药。你每天醒来第一件事就会想到它，之后的每一分钟一直持续。睡觉时也会想，感觉就像发烧时的臆想。那张彩票突然就又回到了我的手里，我刚要对漂亮的妻子说，就听到有人说："雷纳托，快起床！报纸到了！"我睁开眼睛，看见了穿着睡裙的卡特里娜。走廊的灯开着，咖啡的香气飘了进来。

刚开始的几天，我把自己关在厕所里呕吐，但吐出来的只有一些酸水。我一边用冷水洗脸一边不停地说："这是一个很长的梦，现在我醒了，什么都没发生过。"我感觉自己就像个影子，随时都会消失，而周围则是一团大雾。我摸了摸手，好确认自己是存在的。"苦难只让你看了一眼黄金鸟就放下了裙子。"我心想。一天晚上卡特里娜兴冲冲地回了家，因为她领到了第一份薪水。我看着那点儿钱，像头羔羊一样哭了。她马上过来抚摸着我的头。"雷纳托，干这活儿我是自愿的。我还学会怎么缝礼服了……"然后我就变成了哭号。

如果不用上工，迪沃就会来闲聊半个上午。我看着他高兴的样子，眼中的那种兴奋是一个绿帽汉所不该有的。中奖的事大家都已经不怎么提了，只是偶尔会冒出来一下。我看着玛丽埃拉的丈夫，感觉他有些可疑。作为惩罚，我不再去她那里，因为我肯定是在那里来回晃动的时候丢了那张神赐的奖券。我想传达的信息很明确："我的朋友，我知道你在兔子尿上发现了一个小礼物。我等着你出招。"但之后就再也没发生过什么。而且有一天迪沃还过来抱怨手头紧："我签了不知道多少多少票据才保住了那座破房子，如今房子的钱眼看就要还完马达又歇菜了。照这么说我都得再从头开始吗？就好像我的卵蛋能生钱一样。"

他们做得很好，连一点儿火腿都没比平常多买。而晚上卡特里娜则会凑近我说："雷纳托，看这时间快的，你鬓角都长白头发了。"但这还不算什么，我一句话都不说，吃饭时勉强才能送进去半盘子饭菜。与此同时，她的肚子一天天大了起来，而我甚至完全没有注意到。头一次看见米凯莱时，我脑子里的第一个念头就是："我非但没发财，现在又多了笔开销，就算是《一千零一夜》也不敢这么写。"

早上，有时候我会站在镜子前，用微弱的声音对自己说："你被不幸冲昏了头脑。你难道没看见自己凭借着双手创造出的一切吗？忘了中奖的事吧，什么都没变。"我差点儿就真信了。青春岁月的那些夏天我是在森林里度过的，就睡在烧炭场旁的小屋里，我们的碳卖给来那一带度假的人，他们到了晚上会去佛罗尼卡的餐厅里吃披萨。我花了好几年的时间才去掉身上的泥土味道。这还没算之前欠莫雷诺的钱，爸爸现在终于能安度晚年了，这种惬意他这辈子都不曾拥有过。我们的房子里现在也有了台冰箱。七月的周日里，我们会上到圣马尔蒂诺，在冷饮车那里买杯冰沙。米凯莱则生得聪明壮实。"哎，你掉进坑了吗？"她说，"店可不会自己开门。"我马上倒了二十滴药水，那是萨尔基尼开的，用来治疗紧张和烧心。

我不想和别人说话。唯一能让我忍受这个世界的就是孤独安静的那些时刻，我一直陷在沉思中，就像不停地在舔舐着伤口。现在我觉得那样就是自己唯一的命运。我对迪沃的怀疑仍然还在，但过去了这么多年之后他仍然穿着同样的鞋子，从来没有哪阵风能把他吹离原来的生活轨道。"也可能彩票是玛丽埃拉拿着的。"我又想。"也许她正等着这个可怜虫老去。"但他还活着，还活得不错。"这奖中得可真值。"晚上盘点的时候我偶尔会嘟囔这么一句。

唯一能让我稍微释放一下的是聋哑女侏儒来的时候。她会来买填字游戏，如果旁边没有其他客人，我就说上几分钟自己的事。我小心地站在一个她看不见我嘴唇的位置。她站在柜台下，用那双不幸之人的眼睛看着我。"亲爱的皮耶拉，你听听我遇上的都是些什么事儿吧。"我一边说，一边取下货柜上的填字游戏。我感到皮肤发紧，因为在一个不是动物的活物面前讲述个人经历就像看见自己身处一个水晶球里面。苦难仍然在惩罚我，不过这一次换了种阴险的方式，它让我觉得，那些宝贵的东西也像残渣一样失去了价值。最后我感觉自己就是残渣。每天早晨都以一记耳光开场，好像身体里面有个声音在冲我大喊："你想什么呢？你就在下边儿待着吧，你个烧炭工。给我爬！"然后我就真得开始爬了。

一九七三年的九月初，卡特里娜留给了我一个小礼物。她登上下午的公共汽车，去了萨索 – 皮萨诺。她在那里有个妹妹，妹夫原来是个旧货商，后来挣足钱了，现在在卖家具。我盯着那张纸看了许久，上面用寥寥几个字写着：她不喜欢和一个整天闷闷不乐的人在一起了，对孩子不好。从来都不笑，就算过节的时候家里也像死了人一样。其中有一段话我记得尤其清楚：你习惯了做自己的影子，而那个影子能吞噬一切。总之就是，卡特里娜已经厌倦了将自己的感情白白地花在猪身上。她像看天使一样看着我，通过这种方式浪费着感情，而我对此从来没有过察觉。对米凯莱也一样。他现在正变得和我本人一样阴郁，他总是不说话，也不去找同龄人玩儿。在信的最后她还说：三年了，你连碰都没碰过我一下。非常抱歉，我确实没有某些星期一的乡下远足有吸引力。这句话真的让我很难受。但我没有去打电话哀求她回来，也没有气喘吁吁地赶上第一班汽车。我只是挪开了一把椅子，坐了上去。我想到的第一句话就是："安静了，真好。"

迪沃把报纸扔到了彩票机上，然后回到我这里说："简直不可思议。"

他的这种激动搅动着我的内心，因为某些时刻好像又回来了，只不过换成了另外一副面孔。当电视台的转播车出现在街拐角时，店里的人开始纷纷往外走去。有人突然说了句让我心惊的话："好像又回到了一九六六年！"只不过现在我兜里什么都没有。不仅如此，连家人也没了。

如今的摄像机和以前的也不一样，摄影师们一副即将奔赴战场的模样。当我的同乡们来到麦克风前时，他们普遍不再盛气凌人，话中不时出现的语法错误暴露着自己的档次。

"你以为我没感觉到要出事儿吗？"迪沃挺着胸脯双臂交叉着说。"反正我本人是总能看到一些蛛丝马迹……"也许是我想错了，但听到他这么说的时候，我感觉他好像知道了什么。"你就想，"他又说，根本没看我，"他到底是绑架了那个艾莱奥诺拉，还是只是私奔未遂呢？"

我突然发现马里奥在店里的一角，那里堆着夏天剩下的一些东西，其中一块牌子上的"来自镇子的祝福"字样已经斑驳得不像样子了。我用手肘碰了碰迪沃，用眼神示意他看看那个几乎不怎么来的顾客。他瘦得厉害，身上的衣服就像挂在身上似的。他正透过橱窗里胡乱摆着的货物间的缝隙看着外面的纷乱。他的肩膀突然抖动了一下，迪沃凑到我耳边说："他是在哭吗？"我摇了摇头。"我怎么知道……"我嘀咕说。他叹了口气。"之前他店里的那个女孩儿跑了，虽然她待的时间还没一声狗叫长，但我敢保证，他对那女孩儿已经有感情了。毕竟他能从阿德莱德的不幸中暂时脱身出来，重新享受一会儿青春的滋润……看看他现在怎么接受这个消息吧。"

有句话我不能说出来，但其实我一直都挺同情那个萨穆埃莱，他阴郁的眼神和我的米凯莱一样。哪个孩子没有父亲是一眼就能看出来的，你甚至不需要与其交谈。他们的身上有种野性，还有两种看人的方式，要么是警惕的，要么根本不看你。

有时我会下到城里，让耳朵里灌满镇子听不到的噪声。我基本都是星期三去，走之前把店关了。我喜欢在盐广场上散步。要不我就去酒吧点上一杯掺有少许白葡萄酒的金巴利酒，一边喝一边看着来来往往的行人。最后我再登上锡耶纳城堡，从那里可以看见监狱的围墙和那里带铁栏杆的窗户。我会想象，从萨菲街的某个孔里看出去的生活是什么样子，有时候我会过于沉浸其中以至于心悸，因为我只要想个一分钟就会死。但真正的震撼是门露出一条缝的时候。这种情况并不多，一旦发生我就得赶紧坐好，因为这时大地就变身为一匹烈马：米凯莱要下班了。我只要能看见他走着就够了。他低着头，匆匆地走过那二十米，接着消失在慈悲停车场里。

一个狱卒儿子。一想到这里，我就觉得这暗合了自己的遁世状态，在那张彩票就像被鬼魂吸走一样，从口袋里消失之后我就一直如此。这些时间，这些年，所有的一切都被那张纸片带走了。这些年里，每一分钟我都在饱受煎熬。于是我经常想起另外一个世界，也就是眼前这个世界的孪生体。在那个世界里，在一九六六年的那个早上，我没有演戏，而是直接大声喊了出来："看看是谁走大运了！"然后我又把各种事情重新过一遍，不过前提已经变了。就比如米凯莱的出生，那不再是在悲伤之上揿下的又一颗钉子，而变成了无穷的幸福。

　　当一个人差一点就能过上正确的生活时就会发生这些事。如果这个人的宿命是一出生就要做烧炭工，那就更是如此。在他出生的亚平宁山脉的褶皱里，早晨的空气冷到人一呼吸都能感到疼痛，到了晚上，为了忘记正在腹中嘶吼的饥饿，他只能一直去捏一个已经干掉的栗子。

　　我看了迪沃一眼，然后心想："我的朋友，如果是你把那个奖揣兜里了也行啊……"他突然转过头来看着我，仿佛猜我在想什么。"不过还是得说，"他说，"有时候报纸就想找个劲爆的标题，还得是红字……我是什么意思呢？难道我们真的就能确定他们已经死了？"

约兰达·巴尔贝里尼

家庭主妇

……我的个老天啊！千真万确啊。亲爱的罗萨娜，今天早晨电视台的也来了。过一会儿你调到四频道，肯定能看见，说不定还能在那一片乱七八糟里认出我，幸亏我刚化完妆。对了，我穿的是奶油色的上衣。你知道啊，就是元旦我穿的那件儿……对对，就那件儿……谁知道啊，那天早晨我不知道怎么就想捯饬捯饬。谁承想还能遇上拍电视的呢？话说回来，这法律啊有的时候就是颠倒黑白。社会渣滓他们能放出来，反倒只是账单钱付晚了的就能赔个底儿掉……就这么回事儿。对了，菲奥他那个背治没治好啊？你跟他说：到了阿奇莱可得小心着点海浪啊，一个不小心就会卷来，给你身上浇得透透的。

……嗯对，大聪明又在那儿摆弄那一盘子小人儿呢。你就烧高香吧，你那口子也就是能喝、胖点儿。我那个阿尔维塞呢，他现在是不认识你也不认识我。哪怕哪天把他给摔瘫了呢，这个岁数了也是常事儿不是？有时候就想逞个强……怎么办呢，有的事儿咱就不用奢望了。

……对，这边儿也是，亲爱的罗萨娜。中午的时候就黑上来了，黑得太吓人了。突然就黑了，山头都看不见，大白天的就跟晚上一样。从二楼窗户往平原那边看只有一团烟尘，然后就起风了。那一阵儿一阵儿的就像要把房子推倒一样，现在还刮着呢。你看着吧，最迟后天都能下来了。

……我也记得。我们那个小房间是吧，那时候只要有一点儿东西都能知足。完全不像现在，整天就会抱怨。每次要下大雨的时候，我就和你往被子里一钻，每次你都跟我说："听见了吗？上帝正搬家具呢。"可能我一直就是个感性的人吧，但是日子过久了就变成什么样了呢？整天净想着些鸡毛蒜皮，随时揪着个心。还能怎么样，既然你当时决定嫁给阿尔维塞这样的，那日子过得就注定一天不如一天。真想回到过去……

……嗯，我也可吃惊了。你也知道，我们镇子的人心肠都好，所以才没发觉什么。宪兵不也一样吗，他们平时竖着的天线哪儿去了？可谁能想到，那个里波拉来的小姑娘就被关在那个房子里呢？那可是原来大善人埃塞德拉住的。确实，现在只有上帝他老人家知道，她到底是自愿还是被强迫的。但是有一点可以确定，他昨天晚上确实决定带着这个女孩儿骑摩托车跑掉。她之前被打晕了？他们想私奔？从头儿说吧，谁也不能说……最后是怎么坏的事儿呢，他那个摩托悄悄地就到了新镇的罗道尔夫酒吧门口，你猜大晚上的谁在外面抽烟呢？对，就是他，阿尔巴尼亚来的乡巴佬。自从那个女孩儿失踪之后，他就召集了一伙儿人在花园里挖了起来，活要见人死要见尸。就那么一瞬间的事儿，那个外地人不知道怎么就恼了，把团伙里的人都叫了来。就算是最讨厌的敌人我也不会向他们推荐这些人。连句话还没说，车就开动起来了。

……对，报纸上说在急转弯那里有刹车印。想想当时是什么景儿吧，汽车追逐战，简直是。森林里还特别黑，随时能碰上野兽。最后怎么回事你也知道了。在过不知道第几个弯的时候，摩托车飞了出去，完成了托尼内利之跃。那个地方老出事儿，而且路面上好像有个石子儿，卡车上净掉这个。当地人从那里过的时候都翘着脚尖儿，虽然那里立了警示牌，也放了面凸面镜，还是不断有人摔到马尔凯人的菜园里。埃塞德拉的孙子也交代在那儿。只不过他不是一个人，他还拉了个垫背的，一个平原来的才二十出头的女孩儿，愿她的灵魂安息。

……你让我怎么说呢，我的罗萨娜，我们可怜的妈妈不是经常说嘛，"恶人有恶报。"反正世界上是少了个魔鬼，就是可惜了那个年轻姑娘。你真该看看她：个子小小的，也不说话，但身上就是有一种能让你融化的精致。最让人糟心的就是，生活不知道什么时候就要犯浑，生生砍掉些娇嫩的枝叶，好像就是故意让你难受一样。唐·劳罗说凡事自有定数，我真的也想信他。但有时候真的很难，我的好姐姐。如果想的话，艾莱奥诺拉大可以找个合适的伴儿，但谁能从她的眼睛里看出她就是有灾有难的命呢。

……你说得没错，"一天不如一天。"这日子好像要把你敲死，那种黑暗能深入你的骨髓。风也是快把窗户吹破了。不过你不用担心，阿尔维塞那个木头疙瘩还撑得住……对，我跟你说话呢！你没听见房子都快吹塌了吗？

……你知道我想说什么吗，罗萨娜？就算是房子塌了，他的视线也不会离开那些小马……罗萨娜，你能听见吗？罗萨娜！

哎！那边儿的！这边儿都乱成一锅粥了，连电话都断了。不行，还是像个可怜虫一样盯着那些小人儿更重要是吧？你起码上去看看窗户啊……直接来个飓风吧，要我说。重量级的那种，房顶都能给掀起来。你看着吧,到时候我自己就自愿给卷进去!不,我求它把我卷进去。上帝啊,你听没听见?就派阵风过来把我带走吧,别再让我看见马莱玛这破地方!

我刚才就想着呢,晚上我给你炸猪排吧,你不是特别爱吃吗,对不对?

朋友弗里茨 [1]

尼科德莫·泰姆佩斯蒂

唐·劳罗的遗体已经在圣巴斯蒂亚诺教堂的房间里停了两天了，根本没有人上来为他做弥撒，让他体面地下葬，连条狗都没有。他们说问题在于磅礴的大雨，山体出现了滑坡，街上充斥着泥水。就算附近教区里有哪个热心的神父想来为同僚做最后的告别，也得等到路通了之后。要看天气预报的话，情况并不妙。

唐·劳罗是在忏悔隔间里被人发现死亡的，他当时睁大了双眼，两只手抓住椅子，就像在扒着悬崖的边缘。最后一个去忏悔的应该是迪沃家的玛丽埃拉。我宁愿舍掉一条腿也想听听她讲的故事，哪怕只听一半呢。不过，听她的故事似乎需要一颗足够大的心脏才行。

不过像我这样躲起来也挺好，平日里镇子也不是说有多热闹。从窗户向外看去，一直都是那空无一物的路面，现在只不过多了些脏水，不断地冲刷着街道。但是，就算是地狱的熔岩也无法洗净这地方的人心。这里的每块石头都包藏着祸心，落入每个人蠢蠢欲动的心中。现在，有一点显得前所未有地明了：一个死了神父的镇子

---

[1]　在托斯卡纳方言中朋友弗里茨意为老好人。

注定会慢慢腐烂，与任何神恩无缘。这就是对于这个镇子灵魂的解释。行走在街巷上的每个人都一样，猫也不例外。

与此同时，空气中弥漫着世界末日的气息。应该没有比这更好的设定了。天空传来的轰鸣声就像一个人攒了一辈子的胃肠蠕动，如今终于得以发泄出来。厚厚的云层遮蔽了太阳，正午时分就如同已经入夜。马里奥店里的人都说，已经半个世纪没见过这景儿了。"这是要给我们来真的了，"他们窃窃低语道，脸上的表情表明，他们都盼着真正的那次重击。当地面又一次震动起来时，吊灯也跟着起舞，众人脸色唰的一下就白了。于是他们又开始哭着说："都一个星期没合过眼了……"在这种一直风雨交加的天气里，下到老镇的另一边就是在历险，弄不好还要付出一条肋骨的代价。但他们仍然愿意铤而走险，蜂拥到萨尔基尼那里，求他给开些安神助眠的东西。又或者，他们会满头泥块来到店里，疯了一样用各种瓶瓶罐罐和酒装满购物袋。唯一能享受其中的就是他，马里奥。虽然面包的送货已经断了，他仍找到了一种清空库存的方法，比如一年前的番茄酱，虽然没几天就要过期了，也还是遭到了疯抢，而且不打折。

有一句话我当时就该对妈妈说："Auf Wiedersehen[①]，小姐，感谢你的催促。我会回家，虽然我其实没有家，我本希望能在军队里成就一番事业。"马莱玛的可怕之处在于，刚开始的时候它慈眉善目，为的是赢得你的青睐。但那之后它就不放你走了，显露出自己魔鬼的本来面目。有一天你突然发现，这里的水土已经浸透到自己的血液中，吓得你马上动起身子，想把它从身上抖下去，但你的鞋带早已经被绑死。你之前在小教堂的石头上收获的只是暂时的幸运，因

---

① 德语，意为"再见"。

为只有这样故事才能开篇。

有一些日子的晚上，我会梦见自己身穿帅气的军装，手拿锃亮的钢枪。"这场仗我就先打着再说，在混乱中寻找出路。"我当时心想，胸中是十八岁的火焰。"也许我可以取那些脑袋不太灵光的人而代之。"当开拔至此来剿灭叛乱时我仍这样想。那是段终日与酒精和女人为伴的日子。那些女人只有这么一种盼头，只要和某个军官四目相交就恨不得要宽衣解带。她们的丈夫要么在矿井劳作，要么在打仗，要么在做游击队员，而她们则在楼梯下的小屋里接受另一种洗礼。她们坚信，在战争结束之后，她们就能站在装甲车上，像女神一样挥着手绢同众人告别，永远地离开自己石头缝里的家。只是听见一座城市的名字就能让她们解开胸罩。还有的女人希望献出自己年轻的女儿，她们像等待拍卖的鲜肉一样被展示在自家阳台上，而你只需要上楼就能尝上一口。

后来，我自己也找了匹上等的小母马。我们通常在盆地边缘废弃的农舍里私会。我们都拥有完美的身躯，动起来犹如洁白的大理石。秘不可宣的现实让我们为爱而疯狂，每次身上的衣服都几乎要被撕碎。我们甚至都念不对对方的名字，欲望和对于下一次相会的渴求就是我们的语言。接着，有关美国人的流言就传开了。

我们亲耳听着那阴影一点点迫近，根本没有什么能阻挡住历史的车轮滚滚向前。世界的波谲云诡让我们在那里相遇，现在又可能让我们天各一方。有一天下午，这句话终于被我说出口："明天我得走了。"作为回答，她把手放到了我的腰带上，但我马上躲开了。我又说了一遍，"我走了。"她看了我一会儿，对我表现的拒绝有点儿生气。我又说了第三遍，这次还加上了一些手势，"我得回家了，留在这儿我会死。"这时她才明白了。我看到她的眼中噙满了泪水，同时还不住地摇着头。这当然不是我能决定的。突然她就俯下身子跪下了，我马上就想离开，因为我现在没有那个心情。但她却没有解我的裤子，而是在潮湿的地面上写起了什么。她先是画了个方框，然后又画了些箭头，指了指我，再指了指自己。她的意思很明白："我们俩，还是老时间，在这里。"

战争有时能催生出一些注定没有结局的爱情，这远比轰炸更加令人心碎。天快要黑的时候，在完成了最后一次巡逻之后，我就找人守好我的岗，自己则穿过整个镇子，朝着农舍走去。和我一样的还有其他人，他们也偷跑去见自己的相好，在彻底消失之前做最后的告别。打开农舍破烂的门后，我发现她正跪在一段蜡烛前。她用新秸秆铺了个床，旁边还有两瓶不知道从哪里搞来的红酒。我取下了肩上的枪，飞奔过去拥抱她。

我突然睁开眼睛，头转向一边才看见她还在那里，卷曲的刘海贴在前额上。她的嘴唇在动，好像正在梦里对什么人说话。

大亮的天光从木板的缝隙中照射进来。我猛地一下站了起来，这时我才发现，虽然睡了觉，体内的酒精却并没有消化完毕。首先我得去旁边吐一下，我深一脚浅一脚地行动，尽量不发出声音，然后我整了整身上凌乱不堪的制服。最后，我把门打开了一条缝，看了看外面的情况。一秒钟后，我就又回到了农舍里，背靠着墙。看着她妩媚的样子，我差点上去又来一次。

正午的钟声响起时，小母马抬起了头。她看见我正在喝那瓶快要见底的红酒，这可以帮助我缓解宿醉的恶感。她朝我笑了笑，我则对她说："笑个屁。"但她没听懂，继续远远地冲我撒着娇。我真想给她一枪。"天刚亮部队就开拔了。"我咬着牙说，"你这是想看死人走路。"她半裸着，我又想："朋友，你为了一点年轻的肉体就送了命，天下何处无芳草。你顶多能躲到今天晚上。连石头都知道，在这种动荡的时期里，想让一个没有品级的士兵消失简直易如反掌，没什么好说的。"

由于没有收到期望的反应，过了一会儿她也站了起来，生气地看着自己旁边那扇老旧的窗户外面。她就那样僵了整整一分钟。最后她转过身来，我从她脸上看出了一种和我脸上一模一样的痛苦。和我一样，她也感觉自己像个被囚禁起来的犯人。她看到自己和一个德国兵在一起，感到自己的世界崩塌了。她开始归整衣服，动作慢得让我难受。我看着她，好像在对她说："你现在才意识到我和那些贝雷帽上写着死亡的家伙是弟兄吗？"但没过多久我就回过神来了，心想她也没有错。如果我是她，可能也会是同样的反应。现在这种时候被人发现和一个德国兵在一起可不是什么好事，而且她也很伤心。她的眼神之复杂可以写成一本书。因为镇上肯定住着她的母亲，或许还有个尚在襁褓中的弟弟。我们的爱情将会是一桩丑闻。她最起码会为之付出名誉的代价，或许还会更糟。最后我来到门口，粗暴地打开了门。光如海浪般射进农舍，玻璃瓶被照得闪闪发光。我低下头，示意她快走。

我站在那里，随时有被望远镜观察到的危险。这让她很害怕，她迈开小碎步，好像有一只手在把她往外拉，又有另一只手抓着她让她留在原地。于是我朝墙上踢了一脚，她被吓到了，下一秒就来到我身边。我感到她在看着我，但我没看她，眼睛仍然注视着前一天晚上我们在上面播种的秸秆。她似乎想说什么，就算说了我也还是会听不懂。不过最后她只是叹了口气，我感到脸上被亲了一下，然后她就消失了。

我在那个藏身处一直等到晚上。我心想，他们大概不会去搜查一个旷野中的农舍，肯定有其他更大的目标。确实如此。入夜后我才动身。我一口气跑到了距离我最近的树林里，然后头也不回地钻了进去。

有一件事很不错：美国人来了之后，叛乱分子都从山里出来了。除了野猪之外，我不会遭遇任何令人不悦的存在，但我仍然没有放松警惕。我一直上到镇子所在的山上，那里朝向锡耶纳的方向。只有等真的不好爬的时候，我才决定停下来喘口气。我把枪放下，找了一块石头躺下。

我身上什么都没有。摸黑穿过森林时，低矮的枝条抽打在我的脸上，现在还沙沙地疼。这只是逃亡的第一天，我就已经感觉快要饿死了。我知道自己无法摆脱目前的困境，于是只能咬紧牙关，呼吸也随之变得沉重起来。当初我是被派到马莱玛剿匪的，现如今，我倒成了那个在森林里躲藏的人。如果我想的话，从另外一个角度看整件事甚至有些搞笑。但我的肚子里有个窟窿，任何生的快乐都与我无关。

我看着镇子的灯火，感觉它们就像触手可及的萤火虫。同时，我想着遥远的罗森海姆，不同于这个穷乡僻壤，她有着维也纳才拥有的所有奢华。坐火车最起码要两天。而我却像个动物一样在那里爬来爬去。我身上穿着一身错误的军装，但我又不能将它丢在灌木丛中。当时还是最好的季节，但入夜之后还是有些料峭。我数着子弹，就像在数着自己剩下的日子。不管怎样，我在心里都对自己恶狠狠地说："你要是敢哭就完了。"因为说到底也没什么不同，我在这个世界上从来都是孑然一身，从未得到过什么。仔细想想，躲在森林里可能还好些。在孤儿院里，我每走一步都战战兢兢。唯一让我想念的就是那里的烂菜汤，它从来都不会晚点。不管怎样，我起码有过一次历险，即使经历并不美好。扼住我生活的不是部队，也不是波姆小姐。后者凶狠的眼神只要看一眼就能让我感到自己是这个世界的一个错误。刚开始我怕得要死，但后来我甚至从中感受到了一丝乐趣。恐惧感代替面包成了我的食粮。我把自己裹得严严实实躲起来，仍然盯着那些微弱的光。我把枪像救命稻草一样紧贴在胸口，我甚至开始觉得，自己抱着的是另外一个自己，而我需要用尽全力去保卫他。这种想法的美妙之处在于，它能给我力量，最后还能让我入睡。

我第一次晕倒是在第三天，等我再睁开眼时我在一个坑里。我马上爬起来跪着，本以为会有一堆枪口对准我，最后却发现只有我一个。周围的森林还是空无一物。我的确有样武器，但在我的处境之下，我并不能用它来放倒某只动物然后剥皮吃肉。我把灌木的叶子揪下来，放在嘴里吸吮里面的汁水，有的灌木叶子还有种牛奶的味道。更多的时候，我会蜷缩在某棵树下，胃里饿得像着了火一样。或者，有时候我必须飞速脱下裤子，因为要拉稀了，准确来说是一摊黄水而已。我甚至开始舔石头。我拿起一些小动物就往嘴里扔，忍着呕吐的冲动在嘴里大口嚼着。鼻涕虫和地里的各种幼虫我连嚼都不嚼就生咽下去。有的时候我甚至感觉它们在我肚子里蠕动，然后又在我的肋骨下打洞。我在小溪边俯下身去，用手舀着水大口大口地喝。一般我都要喝到头晕目眩才停，还不住地咳嗽，最后把肚子里的所有东西都吐出来才算完，包括会从鼻腔冒出来的酸水。

刚开始我还试着走到路上，那里已经离镇子挺远了，我原以为不会有美国人光顾，后来才发现到处都是他们的人。就连晚上我也没有机会来到省道，而那里是穿过峡谷接近铁路线的必经之路。就好像我在的这个地方还不够差一样，除了森林什么都没有。没有房子，什么都没有，只有一望无尽的树。从山顶往周围看去，我真的想给自己来一枪，立时毙命才好，因为周围全都是绿色。一边是被挡住的逃亡之路，另一边是绵延数公里的丛林。现在我总算明白了，为什么叛军会选择在这一带的山里躲避。而我很同情他们，因为连续几个月待在这样一个一无所有的地方肯定曾让不止一名战士落泪，除非有特别坚定的信念才能忍受那种贫乏。于是我心想："如果一个人不在内心深处感觉自己属于正义的一方，那就绝对不会把自己扔到这样一个地狱里。如果有必要，他们待上几年都有可能，至于感情什么的就留给侵略者们吧。"

我现在还记得，一些战友当时是怎么虐待一个女人的，她被发现用一个双层底的篮子偷运药品。他们先是用枪托砸烂了她的脸，牙全掉了，然后又沿膝盖砸断了她的腿，让她只能在地上爬行。任何想凑近去帮她的人都会被开枪扫射。然后人群里钻出一个小男孩，众人最后时刻才把他拦下来：他哭喊着想去找妈妈。那个女人在镇子的入口处被放了整整五天。我们甚至还轮流看守，以确保她不会受到任何救护。后来她就死了。最后她本想用仅剩的力气站起来，但马上就倒了下去，裙子下的腿扭曲成了一种非自然的形状。现在我感觉她就在我身边，那个女人。在漆黑的森林里，我想象着一低头就看见她的一只手扒在我的鞋上。

我在丛林里甚至还发现了一个教堂的废墟。那里只剩下了断壁残垣，但我还是停下脚步来仔细查看，因为那座上百年的废弃建筑让我害怕。我像个疯子一样围着山顶绕了一圈又一圈。只要我一试图接近道路，美国人就会出现，他们正在成倍地增加，好像要占领马莱玛的每一寸土地。我勉强拖着步子，我已经忘记了自己的初衷，现在只想好好大哭十分钟，最起码泪水里能有些盐分。后来，我在盆地中一个几百米宽的平地周围发现了一片栗树林。那里有一个石头房子，和不久前我在里面和一个活生生的花季女孩擦出火花的那座长得一模一样。

在朝向镇子的一侧，我看见了某种类似菜园的地方。我从树林这边看了好一会儿，以为会有人的动静，但什么都没等到。我努力克制着自己，如果要听从自己内心的话，我大概会马上跑过那几米的距离，趴到地上挖地里的土豆吃。当我最后下定决心时已经是黄昏时分。天色已经暗下来，时不时有一阵风刮来几滴雨点。我先从树林里跑出来，没有头盔的我感觉就像暴露在了广场上，脆弱如一只小鸡。手里的枪杆跟着身体颤抖。然后发生了一件事，我一直在勉力维持的灵魂似乎走到了自己的尽头。我曾真切地想象过这个时刻：我不断哀号着，就像在说"我不走了"，然后像一个被惯坏的小女孩儿一样躺倒在地。我看着菜园，特别想一口气跑过去，但身体不听使唤，跑不动了。我的身体什么反应都不再有，连一声咳嗽都没有。我的躯干之下仿佛已经不再是两条腿，而只是两座纸糊的城堡，只消吹来一阵风就能让它们轰然倒塌。我甚至都不知道自己是什么时候倒下的，再反应过来时我的脸已经泡在泥水里。耳边传来了一声长长的汽笛声，就像有一列即将启程的火车。于是我想："我来了，罗森海姆。我来了。"

妈妈每天早晨都会来，如果没有其他事晚上也来，顺便给我带上一根过夜的蜡烛。我什么都不问，她也不看我。她一进农舍就会往地上放半瓶酒和一块布，通常里面放着一个硬面包和一块奶酪。

一天早晨，她掀起裙子，拿出了一个薄被子，她把被子绕在身上藏在了裙下。在她走之前，我用自己的语言对她说："谢谢。"她微微点了点头，眼睛还是看着地，然后就消失了。

那时她应该才四十几岁，但贫困让她看起来苍老不少，就像个七十几岁的老太太。每天早晨，她都带着这一天的头两桶粪水从镇子下来。有时我甚至是被臭醒的，于是，我从农舍里微微探出头来，看到她正在菜园里干活。她小心翼翼地把粪水倒在菜的周围，浇完菜，她再去浇栗子树，然后她就再次朝镇子走去。一个小时后，她又带着新的一批回来了。

她先是打扫邻居们的马桶，然后再用粪便浇灌施肥。这对老镇上人们的屁股来说无疑是个福音，这样他们就无须亲手清理自己臭烘烘的排泄物。作为报酬，她会得到几个小钱或者一些食物，而且菜园里的菜长得还很好，栗子树也一样，每到收获的季节，它们就会像圣诞树一样结满了果实。

我并不知道她为什么要在自己的农舍里藏一个德国人。一天，她给我带来了一些像样的衣服，尺码比我的要小得多。但就算是破布也比我身上的军装强，穿着它我在户外寸步难行。我已经恢复了力气，虽然脸色看起来还像个死婴。一天晚上，睡梦中的我睁开眼睛，突然发现面前有张人脸。"我是无辜的！"我下意识地举起手大叫道。但我定睛一看发现是她，妈妈。她在这个时间出现让我很不安。也许是美国人开始搜林子了，她跑过来通知我。我马上站了起来，把枪上好膛。我跑到门口，观察着外面的情况。周围看上去和平时没什么不同，只有一片漆黑。这时她来到我身边，抓住我的手腕想拉我出去。我退缩了一下身子，说："我哪里都不去，他们看见我我就惨了。"但她继续用力拉着我，脸上第一次露出了某种笑容。"你胆敢把我卖给敌人我就杀了你。"我嘀咕着说。她的眼神不像在骗我，我示意会跟她一起走。她灭掉了灯，深入到黑暗中。她的脚步越走越轻。最后我把枪挎到了肩上，跟了上去。

回想起最初的那几个月，我甚至还有些怀念，当时被关在那三个房间里让我快疯了。每一天过得都一样，我顶多能透过百叶窗的缝隙看一会儿外面的小巷，而那里从来都照不进太阳。她出去又回来，甚至不锁门。"如果你不乖，坏人就会跟着来。"后来她对我解释自己的行为。当时我像个鬼魂一样藏在家里，尽管根本没人来。没有可以恐吓的基督徒，鬼怪就不会现身。晚上我就坐到餐桌旁听她说话。她挨个指每一个东西，然后说出它们的名字，我就跟着读。没有可供练习的笔记本，因为妈妈既不会读也不会写。后来，她给我看了尼科德莫穿军装时的照片。她拿出一个马口铁的小盆，往里倒了点水，把梳子浸湿了。她试着把我的头发梳得像照片上的那个男孩一样。她一边梳，一边哼着歌。

她有点儿精神不正常，这一点我明白有一阵子了。在菜园的事情发生之前，从来都没有人想要给我一个真正的家庭生活，我就这样独自一人长大成人了。而现在，在地球上一个被战争和贫穷蹂躏的角落，这个女人将我接纳进了自己本就局促的家里，可能只是为了再次见到未能从战场归来的儿子。我配合着这个游戏，当然我也别无选择。就在这段时间里，在不断的努力下，我甚至可以说出一句半句当地的方言了。"要有节奏，"她像只老鹰一样抓住我，"如果你还想重见天日，就得像马莱玛的青蛙一样说话，他们说话的时候总是拖着长音，就好像很费力似的。"于是，我继续整天整天地练习。

当时快到七月了，高街区突然就热闹了起来，出现了一些传闻。消息传遍了小镇，我半听半猜：镇上又回来了一队士兵，停战几周后，他们在西部前线聚集起来。当时，他们被围困在了一块巴掌大的地方，由于没有得到任何消息，仍然在原地坚守着。

刚开始的几个星期，类似的消息出现过好几次，每次听到时我全身的血液似乎都要停止流动了，因为我害怕真正的尼科德莫回来之后，我会受到所有人的围攻。现在我的敌人不再是美国人，而是小镇里的平民。镇子以前是个游击队窝，人们手边依然留着枪。他们只要闻到一点儿德国人的味道就会火冒三丈，最后再把你扔到某个地下室里。不过，进入七月之后，我就稍稍安下了心。照片上的那个男孩把房间留给了我。但偷走他的人生并非我的本意，这都是他母亲的安排，她选择用一个从天而降到自己农舍的年轻士兵代替了自己的亡子。

我透过百叶窗，看见外面的街道上人们排成了一条长龙。"我们的孩子回来了！"他们中的大多数人口口相传着大喊道。这时，一个小个子女人晕倒了，人们把她搀扶到了路边的石头上。她的丈夫一脸镇定地同她说着话，而她却像是见到了战死沙场的丈夫的鬼魂般，满眼悲伤地看着他，仿佛这是一个巨大的玩笑。接着他们拥抱在一起，但女人还是一副不可置信的模样，脸上甚至带着些怒气，这时我听到有人敲门。

她最拿手的就是清理茅坑的手艺。有她去做这些事，镇上的居民就不至于为此发愁。尼科德莫的归来也和他本人差不多，他混在其他回乡者中间，几乎没引起任何注意，而其他人无不引来喧嚣和追随者。妈妈像翘着脚尖一样出了门，有时候会有人过来问她："尼科德莫怎么样了？不知道他经历了多少……"或者是："你这是有圣人保佑了，最后从前线回来的这一批都是。"这些情节我都是后来才听说的。妈妈平时话很少。她故意让别人以为，她的孩子觉得战斗就像贫困一样还没有结束。因此尼科德莫需要的是休息，而不是逞英雄。他的经历很骇人。

镇上的人很轻易地就信了，这对我们来说是好事。在战争中精神受创伤的人不在少数。那之后不久，我就听说有人整天用刀刺穿玻璃度日，又或者坐在自家门前的台阶上，眼神空洞得令人不寒而栗。其他人则仍然折磨着自己的家人，他们每到晚上就开始哀号，吵得左邻右舍不得安宁。对于很多人来说，真正的战争好像在一切恢复正常后才刚刚开始，而这时候正是需要撸起袖子重建整个省，乃至整个国家的时候。

我平时只会说一些简短的我又能说好的话，只有这样才能让我看起来像个马莱玛人。一天晚上，妈妈又拿出了那个小盆。不过这回她没有浸梳子，而是拿出了一把带有黑色刀片的剃刀在磨刀石上磨了起来。我用滴着水的毛巾沾湿了头发，然后她说："别动。"说完就开始给我剃头。

她剃得很不赖。我知道她是什么意思，我真不知道该哭还是该笑。"这会害死我们俩。"我小声说，而她一个字都听不懂，同时她在满是锈迹的镜子里看着我。"仿佛给我剃剃毛就能让我变个样似的。"我说。然后我感觉她碰了碰我的肩膀。我转过身，发现她手里拿着一只茶碟，里面放着一小堆从炉膛里扫出来的炉灰。她把灰均匀地洒在我头上，遮住了那一点点金色，任何角度下都看不出来。然后她又用小拇指沾了一点炉灰抹在我的眉毛上，我被抹得有些痒。她在我额头中间也抹了一点。"你想一想万一沾水了怎么办？"我试图开个玩笑。但她走开了，回来时手里多了些她儿子的衣服。

我选了几件不那么臭的。当我穿上那破旧不堪的衬衫，扣好最后一粒扣子后，我转身照了照镜子，这时我突然僵住了，连大气也不敢喘。因为离一定距离看的话，的确能以假乱真了。我和他一样消瘦，剃短的头发也让我身上穿的衣服像那么回事了。这还没算妈妈在我脸上抹的灰，外人很难看出其中的蹊跷。不过我的脸确实要比照片上的他瘦很多，头发剃短之后一对招风耳也露了出来，还有眼睛。那个家伙是全黑，而我则是棕色，还有点泛绿。

有一天，我看见她从卧室里出来。她一只手拿着锤子，另一只手拿着一根大钉子，就和铁轨上使用的那种一样大。我心想：她可能是突发奇想，想把我像耶稣那样钉在墙上。我本应该像出膛炮弹一样冲过去立刻掐死她，但她很强悍，脸上从未有过软弱的模样。然而出乎我的意料，她把手里的东西放在了桌上，取来了一张照片。她指了指照片里正在灿烂微笑的儿子。

我看了看照片，又看了看她，还是没明白。"这个。"她一直在重复这两个字。最后我瞪大了眼睛，终于看懂了：尼科德莫有颗豁牙，就在正中间，斜着少了一半。那正是整张脸的特色所在，但需要仔细留心才能注意到。我抬起头，看了眼锤子和粗如手指的钉子。"这是在开玩笑吗？"我压低声音说，几乎没怎么出声。她虽然没听懂，但还是笑了笑。她指了指桌前的凳子，就像在理发店里一样。

我开始像耍赖的小孩子一样在房间里走来走去。"不做！"我顶撞她道，"不做！"但她已经打定了主意。不一会儿，我就浑身燥热，豆大的汗珠滑过脸颊，黑得像石油。于是，我冷静下来，对自己说："相比之前的历险，少半颗牙算什么，而且这样还能骗过其他人。如果没有那颗龅牙，我就绝对无法和充满反抗精神的同乡们走在一起，他们做梦都想抓到些能被秘密处决的法西斯。对我来说，他们肯定会上钩，但我也不能对他们劈头盖脸地大喊自己是赝品。我只有一个想法：就是伪装到刚刚好，能骗过同乡，同时还能哄好她，再练一练语言表达能力。然后我就突然消失，奔赴罗森海姆。

我嘴上裹着布哀号了整整一小时，因为在用锤子敲牙齿时妈妈手滑了，敲破了我的上嘴唇和牙龈。我一口口啐着血，舌头刚舔到伤口，就疼得眼冒金星。水盆里的水被我啐出的血染红了，而她不停地拿来干净的布给我止血。

这次折磨结束之后我又来到了镜子前，只见抹在额头的炉灰因汗水流了我一脸，嘴巴肿得像驴嘴，身上还穿着死人的衣服，但最起码牙是真掉了。嘴巴受伤后，两腮也鼓了起来。如果用一句话来形容现在的我，那就是：我和尼科德莫简直就是一个模子里刻出来的。如果当时就把我扔到双门酒吧，所有人都会以为是他。

第二天，我就和妈妈一起出了门。我紧张得快要吐了。我低着头走路，一直看着地面。我们在商店买了点东西就回家了。全程的距离可能都不到一百步，但我已经感觉快要死了。我觉得随时都会有人拍拍我的肩膀，转过身去就能看见一伙恨不得将我剥皮挖心的人，然而什么都没发生。妈妈快步走在前面，而我像个弱智一样紧紧地跟着她。老人们看到我们经过开始互相耳语起来。我从背后能感觉到他们的眼睛像瞄准镜一样盯着我。当有某个同乡经过时，我们就会停一停。我仍然看着地面，把客套寒暄都留给她来做。"打仗真是把他害得不轻。"她说。到后来，我能应付自如了，但当时我真的徘徊在晕倒的边缘。又来了几个爱搬弄是非的长舌妇，她说："他回家的时候都不像样了，世界上的什么罪他没受过，这哪是这个年纪该有的经历。这不昨天他突然就摔倒了，摔得结结实实，嘴都摔坏了。"于是这些人都开始既同情又害怕地打量起了我。她们看见我如此之瘦后对妈妈说："亲爱的，你也知道不止他一个，很难想象他们对我们的孩子做了什么，能全须全尾地回来就够了，还有人什么都没等来呢。"

接着，就发生了那个三十岁的泥瓦匠的事，他是最先回来的一批人之一。一天早晨他饮弹自尽了，打那之后恐怖就蔓延开来，每家每户都说自己家藏了枪，连那些没能从战场归来的人的住户都一样，这就成了噩梦的来源。

与此同时，我让镇子一点一滴地消化着我，我慢慢习惯了变成尼科德莫的这张新面孔。他们看着我现在的模样，被巨大的变化吓到。此后，现在的我就代替了他们原先记忆中尼科德莫的模样。不过最让他们印象深刻的，还是我沉默寡言两眼无神的样子。妈妈教了我三个字，如果有人问起我，我就得像疯子一样一遍遍地重复说："太惨了。"我就说这一句，而且声音还很小。如果某个人在街上碰见我，说："尼科德莫，你恢复得不错啊！"我就会立刻失神地说："太惨了，太惨了……"这些可怜虫就会露出一副被嚼了心肝的模样。有时候他们还会靠过来，像父亲一样拍拍我的肩膀，低声说："振作起来，年轻人，很快就会过去的，去找个漂亮媳妇，再把不良嗜好全都尝试一遍。"

一段时间之后，我在外面越来越自在了。我仍然会往头上抹灰，但脸已经圆润了起来，不过所有人都不以为意。我继续扮演

疯子，无时无刻不跟在她身边。当我们外出时，她连看都不看我
一眼，仿佛我的存在让她感到既厌恶又羞耻。这桩骗局已经彻底
成了。与此同时，一些令人不安的消息传到了镇上，我不得不保
持警惕。消息来自北方，主要是艾米莉亚大区，据说那里的游击
队员仍然没有消停下来。由于害怕法西斯分子得不到应有的惩罚，
他们挨家挨户搜查，将法西斯分子一个个揪出来，亲自将其处以
极刑。这些消息让那些在森林的迷宫里躲藏了好几个月的人热血沸
腾，他们中有的人回到家时发现妻子已经大了肚子，而我这个德
国士兵就这么正大光明地藏在他们眼皮底下。我几乎每天都出门，
但持续时间很短，最多十分钟。只要能将尼科德莫的新面孔留在同
乡们的脑海中，我就会回家，再次闭门不出。早晨出门时，我遇见
的主要是一些老人以及出门买菜的妇女，他们是一群被衰老和牺
牲磨损着头脑的人，骗过了他们就等于骗过了整个省。不过大师手
笔还是出自妈妈。一个阳光灿烂的日子里，她拉着我穿过中街，经
过圣巴斯蒂亚诺来到市政厅。她站到窗口前，说要给我办新证件，
原因是旧的被我弄丢了。她跟办事员说着话，然后冲我点了点头，
我一如既往站在离她一米外的地方。"他经历了太多的磨难，现在
还在受罪，真的不知道把证件丢到哪里了。"她说。五天后，我们
去取了新证件，上面是我的照片。"出生日期"一栏上显示的年龄
比我的实际年龄大四岁。

到了十一月中旬，天气开始变冷了。十月的时候一直很和煦，
有时甚至还有一丝春天的气息。对妈妈来说，这是个不好的征兆。
"从现在开始要受罪了。"她说，而她一点都没说错。早晨我陪着
她拉粪。这个工作让其他人打招呼时都要隔十米远，与此同时我继

续向众人展示着自己，但保留了所有细节。我们从头到脚裹上厚厚的衣服，一直下到那片栗子树林，那里正是这一切的起点。如今，我们已经可以颇为顺畅地聊天了，但在外面我们还是会尽量避免开口。晚上，我们照旧在噼啪作响的火炉前练习，她仍然会敲击木棒指导我说话的节奏。"你说起话来就像一只走了音的长号，"她说话时发出嘶嘶的声音，"你到底想不想去掉自己身上的奥地利味儿？"

罗森海姆还在那里，虽然前方的道路已经向我敞开，我随时可以一劳永逸地摆脱所有烦恼，甚至有了可以出境的证件，但我就是没走。如果一个幽灵突然冒出来问我："为什么你还不去罗森海姆？"或许我根本给不出回答。总之，我并不讨厌尼科德莫的人生。我在镇子的每一分钟都像是一种复仇，我甚至还能从中获得快感。孤儿们就是喜欢去打扰正常人的生活，一直以来我也不例外。曾经我没有选择，只能待在狼窝里。自从我拿到枪的那一刻起，我就一直梦想着能拥有现在这种冒险经历。现在的我很想看看这一切将如何收场。

二月的一天下午，妈妈觉得是时候让我自己出一次门了。"谨慎点儿。"出门前妈妈对我这样说。现在，我只在眉毛上涂一层灰。我竖起夹克的领子，就像个第一天上学的孩子。"如果他们问你问题，就想想一直说的那句话。不过你还是会紧张，所以买完东西就赶紧回家。"

除了杂货店的马里奥看到我独自一人来店里时感到吃惊外，就再也没人理过我。我往袋子里面装了每天都会买的那点东西，正准备像条狗一样听话地回家。那天天气很好，虽然冷了点，却晴空万里，让人不禁开始对生活充满幻想。突然，我转过身来，沿着街道往下面走去。

像个正常人一样在路上行走是一件乐事。我甚至还跟一个矮小的男人互相问候，不过眼睛仍然看着地面。最后，我来到双门酒吧门前，光是想一想就让我感觉热血沸腾。思考片刻后，我冲进了酒吧，像已经赌上了全部身家。

男人们将目光投向我，有人用膝盖踢了踢没有注意到我的同伴。"我要挨棒子了，"我心想，"我也太笨了，都是自找的。"不过我还有力气往前迈步，将同乡们留在身后。酒吧的各个角落都传来了含混不清的说话声。接下来如同奇迹般，所有人都回去干自己的事了。我在左边的一角看到了一张空桌，在旁边坐下，看着周围，脑袋里面仍在轰鸣。

其实酒吧里好像有别的事情吸引了大家的注意力。很快我就明白，我就像一只过路的苍蝇，只是暂时吸引了大家的注意。那里大部分都是老人，大家都聚集在桌前，安静得就像在参加葬礼，最多互相耳语两句。不时还会传来一声咒骂，那是某个人起身，同时骂了半个镇子的人。接着，他就来到吧台前，点上一杯酒，像喝药一样一口闷。这时，听到另外一个人说："皇后不能这么走！只有马才能！你是什么猪脑子还想不明白……"

那天下午我连一张餐巾纸都没见到，双门酒吧的酒鬼们全都背对着我，完全沉浸在自己的娱乐活动中。过了一会儿，我便起身走了，连一个看我的都没有。而妈妈已经在家门口等我，她两只胳膊抱在胸前，气得上牙打下牙。我刚来到她身边，她就开始扇我耳光，同时拽着我的衣领往屋里拉。"我跟你说买完东西就回来，你倒好，直接逛上了啊！"她大叫道，"反正担惊受怕的只有我，是吧？我什么情况都设想到了，你个白痴！"

正是这种时刻坚定了我的想法。她虽然在打我，但也真的在关心我，就像个真正的母亲一样。虽然刚开始我还有些不寒而栗，慢慢我就习惯了，我很清楚："她会保护我。"我也不用去深究她到底是把我看成了尼科德莫，抑或将我当成了一个白捡来的儿子，重要的是如果她呼唤我时我没答应，她浑身的血就会凝固。

我越来越频繁地出入双门酒吧。一段时间之后，我出现时也会被瞄上一两眼，又或者从不知道什么角落传来一句评语："那个人又来了，他如果被炸死可能还好点儿，这镇上可不缺傻子。"他们这样想我一点都不难过，被打上这种标签反而保护了我。不过他们还是允许我坐到桌旁。我坐在属于自己的角落，然后就一直待在那里。人们吐出的烟圈熏得我眼睛疼，由于我半句话也不说，大家也就忘记了我的存在。我就默默地看他们下棋。从第一天开始我就有种直觉，成为孤儿、参与战争、流亡、在森林中的躲藏以及我生命中的一切一切，都是为了这一刻：让我知道这项游戏。

我甚至为其专门打造了一个方桌。我用木炭当黑棋，石子当白棋。我找到了一个马头形状的石头，从此一直放在口袋里当护身符。同时我在双门酒吧学习下棋规则。但一段时间之后，我就不满足了，所有的比赛几乎都一样，没有任何激情可言。那些老头手里掌握着一个千面的宝藏，但他们却只会用到其中的两三个，从来不会有任何创意。某人刚随意地走了一步马，我就知道，不出四步他就要输了。而对方对此却毫无察觉，结果就是棋越下越长，到处都是破绽，每走一步都显得那么随意蹩脚。

他们在棋盘上不是在打仗，而是在散步。我如坐针毡，仿佛我的夹克之下藏着一本书，那本书是一下子写就的，在世界上独一无二，但周围尽是些山羊，这本书对它们而言只是可以用来咀嚼的纤维。这项游戏给了我力量，我却不得不将它留在那里，任由其烂掉。我记住了大部分棋谱，回到家用自己的方式再下一遍，权当解闷儿，每盘棋也就下个两分钟。

有一天，酒吧里发生了一次斗殴事件。那时我已经明白：下棋的美妙之处就在于你赌上了自己的一切。如果下错了一步棋，你会像挨了枪子儿一样疼，而且还会疼上好几天。输家从来不会坦然接受，这是因为，他们已经拿请客喝酒当赌注了。如果某人这天下午不走运，他就会克制地撞开酒吧大门，大叫着说除非太阳从西边出来，否则自己再不会来这个猪圈一样的地方。一个名叫莫雷斯科的，我总是会在棋局上看见他。他走错一步，接着就一直被动挨打，在咒骂了不知道多少次之后，他把棋盘给掀了。他对面坐着的是帕里诺，长相英俊，连打声招呼都能让你心神荡漾。他马上肆无忌惮地大笑起来，享受着自己的又一场胜利，而其他人则在椅子底下寻找棋子。莫雷斯科面色铁青，藏不住内心怒火的他就像在同乡面前被扒得只剩底裤，而帕里诺的笑声吸走了他最后的体面。突然，趁着对手没注意，他起身给了对方一巴掌，但他打人的姿势很难看，就像个吃醋的小姐。所有人都安静了，紧接着帕里诺笑得更大声了，很多人也跟着他一起笑了起来。这时莫雷斯科的眼中失去了神采，好像有人正在耳旁讥笑他。他一个箭步冲上去，撞得对方几乎四脚朝天。一切都陷入了混乱，但他们并没有真打。前后持续了一分钟左右。莫雷斯科拿起外套出了酒吧，一边走一边咒骂着所有人。酒吧里安静了下来，不时传来两声痰卡住嗓子的笑声。有人说："不赖啊，这样一来就不用赔钱了，但我记得很清楚：他欠我三个。"在这个过程中，帕里诺脸上的微笑就没停止过，他非常享受蹂躏同乡心灵的机会。"下一个是谁？"他说。其他人则回应说鉴于刚才的那一幕，现在最好还是把棋放一放，先回家小睡一会儿为好，之后又陷入了死寂之中。我突然站起来，坐到莫雷斯科的位置上摆起了棋子。帕里诺看着我，仍是一脸微笑。他只说了一句话："今天真是有圣人眷顾我，又有酒喝了。"但在那之后，他连输了九局。

＊

泥泞的道路就像一条条长蛇。看着晃晃悠悠的吊灯，你会以为自己身处风高浪急的海上。我从窗户里窥视着对面那些亮着灯的阳台。我看到了一些人影，就像一个个不安的魂灵，思考着这次暴风雨造成的破坏代表了什么。或许他们也正这样看着我。暴风摇晃着窗户，大雨像鞭子一样抽打着一切，雨水一桶桶地浇下来。我的思绪回到了室内，想到了正在一天天腐坏的唐·劳罗，这就是一个灵魂已死的镇子会发生的事情。现在，连去马里奥的店里都成了不可能，因为现在真的有可能会一去不回，被困在中街的泥潭中。电话也不响了。老镇上的人还算幸运，住在下街区的人们应该早已深陷泥淖之中。

妈妈一辈子搬运的粪水如今都在按原路返回。镇子有这样一个魔咒：你欠下的债早晚都要还，连本带利。过了刚开始那段时间之后就是这样，那时我已经成功地挤进了同乡们的视野中，没有人觉得我不属于这里。妈妈也不再给我抹灰，而我要感谢尼科德莫寡言的个性，他从来都是独来独往，并且大部分时间都宅在家里。

我已经因为在棋盘上的所向披靡而小有名气，来自各个街区的人都不是我的对手，不过他们主要是一些已经退休的老人。每到星期天才是最美妙的时刻，当天，双门酒吧会挤满来自临近镇子的人，报名结束后，比赛就会开始。

第一次的时候我很激动。我问妈妈要钱报名参加比赛，她是这样回答的："你脑子坏掉了。"最后我只好跪地乞求，发誓说如果没赢回奖金，就拉一个月的大粪。最后，我看着她钻进卧室，出来时带来了我要的钱。"拿着。"她说，"你就去浪费这血汗钱吧，但是丑话说在前头，如果你发现盘子里的晚餐变少了，你可别闹。"

从第一个小时开始，我就无往而不胜，所有人都不敢相信。我低着头，很少说话，即便说声音也很小，接近窃窃私语。他们看着我这个被战争摧毁了人生的傻子在棋盘上战无不胜，就在我背后互相耳语道："他好像成为那种人了，虽然连鞋带都不会绑，可一旦专注于一件事就会成为名人。塔提就是这种，他的画都有美国人过来买，但如果你让他独自待上五分钟，他连喝杯水都能把它呛死。那个人有天赋，而尼科德莫的天赋则是下棋，看着吧，也许他那个可怜妈妈走大运了，而她自己还不知道。"

我笑得像肚子里钻进了一只大山雀，看着对面走马灯一样的面色铁青的人。他们坐下之后第一件事就是对我吞云吐雾，好像想把我赶走一样。三分钟后，他们就带着像刚刚经历了地震似的瞳孔站起身来走掉了。"下棋又不是一切。"一些气急败坏的人说，"有的人下完棋还能继续生活，而有的人还是个可怜虫。"

来自周边的棋手都是些白痴，家资不错的那些人也不例外。我没有耐心和他们兜圈子，我用马做陷阱，而他们根本不去想为什么天上会掉下这样一个馅饼，他们只会简单地把它吃掉，还自鸣得意。他们的灵魂就在那一瞬间得到了诠释。而我当然不会客气，我牺牲掉一个诱饵，然后在三步之内结束战斗。看着他们羞耻地白着脸回家是一件令人愉悦的事。和我对垒就像是把自己脱光，把浑身涂满了油的肥肉展示在广场上一样，就算这样他们还是欲罢不能。

平时他们从来不让我下棋。老人们会霸占装着棋子的盒子，就像是讨厌的小孩儿霸占着皮球。对我来说，只是看着他们下棋也没事，要不然我就得回家里待着，一想到这里我就浑身没了力气。不过，我还是一直待在棋盘旁边，在那里我有种回家的感觉。直到后来下棋让我走上了人生的另一条路。

起初，我以为是某种魔法：我竟然上报纸了。正是我，一个过去一年多的时间里改头换面，过起了另一个人的生活的人。我在棋赛中的排名正像火箭般蹿升，和我对弈的人恨得简直想把帽子吃掉。我赚到了不菲的奖金，然后就交给妈妈。我让她丢掉了粪桶，现在拉粪的换成了别人。

尽管见过了很多城市的灯红酒绿，我仍然感觉自己只属于一个地方，那里和我头上顶的名字无关，而媒体也绝无可能发觉。虽然我已经无数次举起冠军奖杯，但获胜时的我眼神从未清澈过，一方面是因为嘴里的那颗被锤子敲掉半截的牙齿，另一方面是因为那个像跳蚤一样在我皮肤上蠕动的印象。我握紧双拳从火车座位上看着外面流淌过去的乡村。不管我身处何方，总有一种令人烦躁的感觉出现，始终让我感觉无法圆满。那种感觉就像正在被一只隐匿于草丛中的野猫凝视。当时我还不知道，但那个魔鬼有个非常具体的名字：镇子。

二十六年前，我被一个从天而降来到双门酒吧寻找天才的人发现，他的使命就是为我打开整个世界。二十六年后，在经历了不知多少次失败后，也同样是这个人放弃了我。"你已经没有以前的灵气了，"有一天唐克雷蒂说，"也许你想不到，但有下棋天赋的孩子就像雨后的蘑菇，只有他们来到你面前时你才会发觉。我也已经太老，不能再给你当经纪人了。世界变了，什么都变了。"

我连八分之一决赛都进不去了。火焰熄灭了，但这不是突然发生的：那是个极慢的过程，突然有一天，你发现自己已经变成了光脚的。我不仅失去了声望，老婆也跟人跑了，当初我娶她只是为了给自己撑撑门面。债主随时都会找上门。家财散尽之后，有一天我不得不住回妈妈的老房子里。而镇子对我的呼唤没有一刻停止过，一直在暗暗戳着我背上的那根麻筋。

没有什么比成功更能让你付出代价，在那些被惯性和劳作摧毁的乞丐之乡更是如此。在街上看见我时，他们会过来长久地拥抱我，看他们的眼神似乎想把我生吞活剥，一心想着能找到某些我破落的蛛丝马迹。他们灿烂的笑容似乎在说："现在该轮到你被将军了。"他们之中最坏的是那些秉性邪恶的人，这群人中有的人在矿上劳作了一辈子，老婆却和同乡私通，到头来除了退休金之外还收获了矽肺病。"外面的世界不错吧？要不然他也不会滚回来了。"有一天下午我听到背后有人说，当时双门酒吧里几乎没什么人。

马索是我唯一的朋友。他拿着杯酒过来和我坐同一张桌子。我们才刚过五十，但看上去已经像两个老人。说话的主要是他，因为背后的那个吧台让他如坐针毡，他的冒险精神已经注定要被困在此处，这里每天上演的都是些冷清的聚会，他能听到的只有这一切的回音而已，所以他才会向镇上唯一一个见识过这个世界的人敞开心扉。

我和萨穆埃莱几乎同时发现了对方。一个寻常的早晨，他突然出现，带着一脸的阴沉进了双门酒吧。他把肩上背着的书包扔到一张桌子下面，坐在离自己最近的一张椅子上。那时他十三岁。

我们对那个孩子都很上心。他一点都不喜欢和同龄人混在一起，我们最喜欢的就是他这一点。他是条离群的小狗，满是怒火，就连他自己也说不清自己是何种生物。他在学校遭受霸凌，无论在走廊里还是在校车上，恶霸们都让他不得安宁，这让他很不满。"我真想把他们的嘴打烂。"他不停地说，但他从未做到过，因为每当他被恶霸们包围时，仇恨就被恐惧压制，逃跑就成了更容易的选择，骂声则像影子一样在他身后如影随形。

看到他我就想起了几年前的那次失利，当时，他在双门酒吧里，就坐在我面前。当时我正在让大家都玩一玩下棋，然而另外一边坐着的竟是个能将棋子掌控于股掌之中的人。之前我也想到过，尤其是在之前的几次新败之后，但萨穆埃莱是第一个干脆利索地给我迎头一击的人。从此，我的意志被瓦解了。那个孩子没有错，但从某种意义上说，正是他开启了我的衰落。也许正是这一点才让我能够与他共情。

在午后的那几个小时里，酒吧里没什么人。我、马索还有萨穆埃莱，我们就像是一家人一样。慢慢地，萨穆埃莱开始敞开心扉，向我们讲述自己年迈的奶奶和从未见过的父亲。他从来不谈自己的母亲，后来我们才明白，母亲的抛弃所带来的创伤不分昼夜地搅扰着他的灵魂。他感觉自己就像个被吸完的烟头，莫名其妙地被拿来，又莫名其妙地被扔掉。看见他就像看见了曾经孤儿院里的我，夜里寂静的宿舍，我盯着窗户的倒影，极力想要赶走脑中的一个想法，那就是我注定要像无根草一样飘摇地度过一生。有时我感觉自己正在消散，迷失在了悲痛中，因为曾经有一个母亲，她把正在啼哭的婴孩丢弃在路旁的下水道边。在我看来，没有任何一种苦难能为这种行为正名。萨穆埃莱也有着同样的伤痕，这让他走路时会不自知地握紧拳头。后来真正让我重生的是下棋，直到现在我还随身带着那颗马头形状的石子。我从下棋中找到了庇护，因为棋局里面蕴含了无数种可能性。一天，我有些忐忑地把棋放到了他面前。当我在他的眼神中看到了那种光时，我的心脏都快爆炸了，那种光就和几十年前的我一模一样。很快我就明白，萨穆埃莱也有着同样的天赋，他能构建出无限广阔的世界。因为他所在的现实世界总是会将他抛回初至人世时被父母遗弃的时刻，直到现在仍在继续。然后他就开始走马上任，就好像要重写自己的人生。

最后，我发现自己开始扮演曾经唐克雷蒂的角色。我教萨穆埃莱如何在棋盘上杀死对手。在真正理解了这项艺术的妙处之后，他开始变得冷酷无情。在省里的比赛中，他屠杀着自己的同龄人，后者的父母原本坚信自己生出了天选之子，但几分钟后就看着自己的孩子在棋盘上一败涂地。但他并不骄傲，只想变得更好。他远远地看着一个对手，然后凑到我耳边说："九步。"这时对方连棋子还没摸到，他只是看了那个可怜虫走路和左顾右盼的样子。九步之后，这个对手就哭着跑去找妈妈了。萨穆埃莱是冷酷的，他下棋的方式也是如此。他会在混乱中碾轧任何人，包括我在内，然后他再将棋盘切成片，领取自己的战利品。疯子总是一些不经意间的产物。通常他只需要五步到六步，接着就会直取战果，十分精准，就像紧贴着皮肤放出的一枪。

那年岁月正好，虽然骨子里还带着痛苦。萨穆埃莱逐渐在棋盘上形成了一种新人格，他在棋盘上展示着自己刚刚打开的视野。同时他也让我获得了新生，我发现下棋那既幽暗又光明的一面：培养一个不世出的天才。虽然生活给了我当头一棒，但我的日子又变得闪亮起来，因为在那些寻常的泥淖之下，我们找到了一种只属于自己的符号。某些下午，我们就一直坐在桌旁，一句话也不说，然后我们结伴回家，步伐就像刚结束了一场浴血奋战。

终于，当远离了出生地后，他的手中多了烈酒。萨穆埃莱被城市劫持了，好在学业还没荒废，这不容易，因为他的奶奶没了。他尝到了初恋的味道，不过年轻时的恋爱比攻城战还要艰难。有时我会遇见他，于是，我们就相约在双门酒吧的角落里下棋。之后，他就消失了，带走了一切。

*

真正能让人心跳加速的是太阳的光晕，它用各种方式试炼我们，但有浓雾时它就无能为力了。现在镇上就间或有些浓雾，它们吞噬了围墙和道路。向窗外看去，就像有一队幽灵正沿着中街行进。有那么一瞬间，雾气似乎呈现出人形，就像发高烧时梦中的臆想。要么是我已经有了某种癖好，要么我就真的在暴风雨中看见了唐·劳罗的脸。

暴风雨已经是第四天了。灯泡发出的光仿佛在说它们还撑得住，但一切似乎已经永堕无边黑夜，电流时断时续，就像一头弥留之际的动物。而我们每个人都被关在各自的房间里，数着每一次的呼吸声。

我在马索酒吧里的报纸上再次看见了萨穆埃莱，但他没有赢得什么重要比赛。又过了一段时间，听别人说起他时我手里的威士忌都差点掉了，双门酒吧里传遍了这个消息：他回来了。我圆睁双眼，脑中上演着小剧场：我看见他被扔回镇子，如同几年前的我。我看着他进了酒吧，就像个正在寻求安宁的大旅行家。接着，他像往常一样坐到我的桌旁，讲起了外面棋盘上的那些事。萨穆埃莱的棋艺与我不相上下，我们以此来对抗脚下的无底深渊。如今的我已经独自飞行太久了。

但他根本就没回来，马索说只需要等待。我们的孩子背负的可不是什么鸡毛蒜皮的小事，而在这个镇上，哪怕一个错误的眼神，人们就会将你抽筋剥皮，与你老死不相往来。几个星期后，我已经不再抱有任何幻想。每天一睁眼我就被黑色的怒火挟持，一大早就烦闷地去双门酒吧喝酒。"你想活活喝死吗？"马索说，我连头都没抬。于是，他低着头离开了，片刻后就拿着酒瓶回来了。

我并不想去敲他家的门。萨穆埃莱虐待我的方式很简单，那就是冷落我，或者，他误以为像我这样的人无法理解逼迫他又回到老地方舔伤口的原因。在一片寂静中，我听到了一种更深沉的寂静，那是一种致命的割裂，深入我的骨髓。

一周前，我碰巧在商店门前遇见了他，他差点撞到我。当时，他刚从店里出来，我们四目相对，差点撞个满怀。我们都呆住了，但他的眼神冷若冰霜，没有任何表情。虽然我想说点什么，但嘴里却连半个字都蹦不出来。我死在了他没有灵魂的苍白中。接着，他低下头，往旁边挪了一下身子，就像与一个陌生人擦肩而过。他用手挡着脸，当时风已经在小巷间呼啸。我目送他弓着背越走越远。"萨穆埃莱……"我终于说出了口，但只有一丝气息，马上就被风声抵消了。我在原地待了几分钟，忍受着寒风的侵袭。我像是失去了知觉，身上仅存的热量已经被他带走了。

我敢打赌：他甚至没认出我。最近几个月里小报都在报道他。可能他是真的疯了，也可能他是感到羞耻。不过他那双眼睛就像两个没有感情的空洞，和我之前认识的那个萨穆埃莱·拉迪毫无关联。我的萨穆埃莱是个阴暗的角色，这没错，但他有的是感情，曾经他可以在棋盘的方寸间掀起惊天骇浪。最近几年里，一直和我默不作声下棋的就是他。现在，我仍然在下棋，只不过窗外的飓风正一块一块地将镇子拆掉。我来到桌旁，闪电将棋子照亮，它转瞬即逝，再也难以恢复声势。我坐到黑棋一边，直勾勾地看着眼前的一无所有，然后我说："你先走。"说完就转动了棋盘。

马尔科·帕拉泽西

主治医师

我一闭眼就能想起六月初的一天晚上。当时，爸爸突然没好气地扔下手里的勺子，啪的一声掉在桌子上。周围一片死寂。妈妈像变成了一尊盐雕，起身想要离开，怕是恐慌症又犯了。她说："阿尔多……"这短短的一句话里像包含了一百个问题。爸爸忍住了，没有用手捂脸开始大哭。此前，我曾见他哭过好几次。他转过头来，眼里闪现着火苗，对我说："九月份就要去念书了，好好享受这个夏天吧。不过，可别给我搞出来别的花样来。"我点了点头，然后我们又接着喝起了汤。

虽然我们从未在家谈起过这件事，但里波拉的爆炸的的确确改变了他。走在外面时，爸爸眼中透露出的混乱让人看了不寒而栗。他的脸上添了一些新的皱纹，就像悬崖上摇摇欲坠的石头。我已经不能正常看他了，一旦看了，我的体内就会升起某种羞耻感，让我赶紧把头转到另一边去。在卡莫拉的爆炸发生之后，爸爸几乎是赤身裸体地走回了家，然后突然就跪倒在地。我吓得跑回了房间，而妈妈赶紧冲过去扶住了他。他一次次地被哭泣的波涛掀翻，身体颤抖得像是地震一般。我只能用枕头捂着头才不会听见那些哀鸣。等我出来时，发现他坐在桌旁，脸上的皮肤皱缩着。"哎，小战士。"他勉强挤出一个暗淡的微笑说。接着他的目光便涣散下去，凝固在那张面具一样的脸上。妈妈忙着摆餐具，而他则像个梦游者一样坐在桌旁。妈妈用对弱智讲话时的语气对他说："阿尔多，抬一下胳膊好吗？……"爸爸仍然一动不动，病态地呆滞着。有时候我们得碰碰他，他才能回过神来。他不断地眨着眼睛，这时我才刚铺好桌布。

"得有耐心，"一天下午妈妈对我说，"有的事不是一个星期就能消化得了的。"但是，又过去了几个月，眼看着那个男人一点点地缩进某个角落。"原来爸爸心思这么重，"我心想，"最惨的是，日复一日，他自己也能感觉到这一点，只能任由自己跌进那个深渊，却无能为力。"到最后，他每天晚上只能睡半小时。可胡思乱想并不能带来收入，妈妈脸上开始出现愁容。食品柜已经见底。就在几个星期前，桌上还摆着沾了糖的面包，现在没有了。有一天，我费尽力气才找出一罐果酱，打开时却发现里面仅剩的一点已经长出了白毛。妈妈把瓶子从我手中夺走，用勺子在里面胡乱搅了一通。"这算什么，"她说，脸上挤出了笑容，但傻子也能看得出她内心的煎熬，"全是盘尼西林！"

爸爸并不是个例，很多家庭都只能生生吞下苦果，拿上那点聊胜于无的补偿，然后回去独自舔舐伤口。其他孩子父亲的脸上也带着相同的呆滞，如同行尸走肉般走在大街上，被生活迎头痛击过的人就会这样。老人们气得牙根痒痒，恨不得将蒙特卡蒂尼的那帮人砍头挖心。有一天我听见有人说："这地方原来到处是土匪，那帮老爷好像都忘记这回事儿了。卡拉布里亚人脸上可没有好气……"距离那次事故已经过去一个月了，但事件的余震似乎还未消失，因为他们已经宣布关闭矿井。"要拆了。"人们在街头巷尾不断传说，"那最后一批能拿到退休金的人走运了，不过大部分人眼看就要没饭辙。想到这儿我连吃饭的胃口都没了。"

而我们当时就已经尝到了那种滋味。爸爸闭门不出，不再出去挣钱，甚至矿井的事也越来越不能提。就连一听到里波拉这个名字，我们也得马上跑到他跟前，说一切都过去了。惨剧发生时，他义无反顾地去帮助别人，这是我们了解的那个他，而现在他为此付出了代价，某些场景再也不可能从他的记忆中抹去了。虽然还能在家里看见那个身影，但真实的他其实已经被埋在了卡莫拉底下。在过去，当心情好的时候，他经常半开玩笑地说："我仗也打了，临了他们给我安排休息的地方竟然是矿井。"那就像个积蓄已久的病灶，突然之间就爆炸了，半个省的人都屏住了呼吸，而一个壮劳力就这样突然变成了甚至无法独自进食的病患。

他九月份开始渐渐好了起来，当时妈妈高兴地睁大双眼将消息告诉我："爸爸从库蒂尼律师那里得了份差事，负责看守别墅，仅此而已。别墅在新镇入口处，就在通往圣马尔蒂诺教堂山顶的那条路上。"

我知道应该高兴，但我觉得这是一份女人干的活儿，我首先想到的是如何把这件事告诉和我一起玩的小伙伴。我知道那座满是窗户的大房子在哪里。之前我们常去，特别是周日天气好的时候，富人们会叫来乐队，各种汽车把坡道堵得水泄不通。篱笆上的藤蔓有一个大豁口，我们就轮流去往里看。正是在那里，我们见识了衣食无忧的人是如何享受生活的。即使到了十一月份，也有冰淇淋直接送到他们家。

不过，最重要的还是让爸爸重新站稳脚跟。此前他赤着脚经过了地狱之火，但是初夏时他说的话我一点儿都没忘记。吃过晚饭之后，他会在桌旁盯着我写作业，检查我的功课。刚开始，他读起课文来还很勉强，不过后来他就放松了下来。我也遇到了真正的麻烦，有几次甚至大哭起来，连最后一个橘子也不想吃，抱着妈妈的腿求她送我去睡觉。然后，他就开始长篇累牍地讲起了学习的意义，说只有这样有一天我才能摆脱辛劳的命运。为了让我爱上书本，他对我讲起了在那所房子里的所见所闻。他说那里至少有三十个房间，还有数不清的卫生间，不过最让我惊讶的是大厅里竟然有个喷泉，一听到这里我马上正襟危坐。于是，爸爸露出一丝微笑，继续讲巨大的露台和阳台，说只要我愿意，甚至可以叫上小伙伴们去上面踢足球。最后，他的话锋总是转到战争上面。"德国人曾在那里驻扎。"他说。这时他就会开讲那个我最喜欢的故事。

主人公是一个名叫朋友弗里茨的人物。我凭着听到的蛛丝马迹想象着他的模样，也用同样的方式见证他的历险。一天晚上，他在喝醉酒之后，让我记住了这家伙的名字。"美国人在快速逼近，"爸爸说，"他们在街上用脚踢着驱赶抓到的纳粹分子，将意大利从这次瘟疫中解放出来。马可利诺，你就想象一下这个场景：在马莱玛人的家里白吃白喝了这么久之后，驻扎在周围的坏人部队已经一切就绪，准备天一亮就撤退。朋友弗里茨跑到茅草房的秸秆中，用这种方式与私相授受很久的姑娘告别。他吻一口姑娘，吻一口酒瓶，以此排解离别的哀愁。到最后，他喝得酩酊大醉，姑娘就离开他回家了。当朋友弗里茨重新睁开眼时，已经天光大亮。他马上起来跑了出去，做的第一件事就是到大路上看看。令他不寒而栗的事发生了。他没有在大路上看见德国人的卡车，反而看见了由另一支部队组成的长龙，一车又一车的美国士兵。而他却在那里，穿着一身纳粹军装，身上什么都没有，还落入了敌人的包围。他马上就被望远镜发现了。正在行军的士兵开始大喊，朋友弗里茨也没含糊，二话不说放下枪就跑进了树林，身后追赶的美国兵不计其数。"

直到我上床还一直记着那个故事，因为爸爸总是在最精彩的地方停下，而我也开始让他每天都讲个不一样的版本。最后，我甚至专门为它准备了一个笔记本，名字就叫《朋友弗里茨的历险》。在其中一个版本里，他最后甚至成了教皇。有一次，爸爸说："也许他还在我们中间呢，你想过没有？有时候躲在别人眼皮底下恰恰是最聪明的。"当听到爸爸说出这句话时，我吓得头皮发麻。

爸爸已经变回了曾经的自己，之前他似乎是被关进了一间地下的小屋，在里面终日哭喊。他的眼神也重新恢复了光彩，他甚至重新爱上了妈妈，经常突然从背后抱住她，将自己的脸埋进她的头发里。每天晚上从别墅回到家后，他都开心得不得了，吃得也很多。他已经完全战胜了创伤，如今重新绽放。他每天在那些镶着金边的房间里度过，打理花园，偶尔擦擦玻璃。库蒂尼一家只有夏天才会想起自己还有这样一处产业，另外，律师本人也会偶尔从锡耶纳前来私会某位小姐。除此之外，真正住在大宅里的就是爸爸了。他经常一整天无事可做，下午就在阳台上看看书，喝喝柠檬水。只要记得接电话就行，因为随时会有电话打来。"缺什么吗？"电话另一端的库蒂尼问。如果遇到了什么重大故障，第二天早晨就会有一队工人从格罗塞托赶来。"白天的时候我在皇宫，"吃晚饭时他说，"晚上我就得回这个粪坑。"爸爸有时就是会耍贫嘴，我和妈妈错愕地看着他。这时他才冲我眨眨眼说："还有谁的日子比我好？"最后，他带来了一个消息："律师说他受不了宅子星期天空着。如果我们愿意可以去住。当然，他会给我算工钱。"

每一次去那里都像度假一样，突然之间，我们已经像期盼节日一样期盼那天的到来。通常，我们天刚亮就醒，带着点轻便的行李开始朝着圣马尔蒂诺教堂那条路进发。刚开始那几次，妈妈甚至连坐都不敢，生怕打碎了哪只杯子。而爸爸则像在自己家一样，午饭时会在桌上摆好带着金边的餐具。而我则流连于各种走廊和花园的各个角落。拥有这样的一个下午，就算不去找小伙伴玩我也不在乎。直到晚上我们才回家，在路上，每个人都被一层悲伤的阴影笼罩。爸爸在我们身后关上庄园的大门，我们就朝着老镇的家走去。有一天，妈妈说："这对我们真的好吗？每个星期一我一睁开眼都感觉胃里像有块砖。"我们整个家就只有别墅的一个房间大。我躺到那张从小长大的床上，感觉自己住的只是个楼梯下的隔间。

挣钱过好日子的生活完全不需要适应。好季节到来之后，聚会就开始了，爸爸每次带来消息的时候都板着脸。"这个星期天大部队就要从锡耶纳过来了，管家们也来。"他说。听到这里，我感觉自己的五脏六腑都在翻腾。于是，星期天下午我们就只能在自己的家里度过，而那里突然显得那么逼仄。妈妈到窗边缝缝补补，我一整天都在看笔记本，甚至都不想去街上找小伙伴。毕竟，从那个攀缘植物的洞里偷窥上帝的恩赐又有什么意义呢？还不如重温朋友弗里茨的历险。

库蒂尼律师让狼群尝到了鲜肉的味道，现在它们对着满月嗥叫，想要更多。妈妈对美好生活的排斥到达了顶点。一天，她笑着对我们说："明天我不去了，不想去了。虽然我们拥有的不多，但直到昨天都还感觉一切足够。我爱上了一件不属于自己的东西，对我们自己的反倒失去了兴致。这对我没什么好处，最后不会有好结果。"她也确实这样做了，再怎么劝也没用。那个星期天，我和爸爸一起朝着圣马尔蒂诺走去，在有钱人的画框里又过了一天。但是没有妈妈在身边，乐趣也就少了一半。那种缺失就像植入脑中的一个声音，它对我说："要脚踏实地，你看到的所有东西都不是你的，也永远都不会是。"那天晚上，我们连晚饭都没碰就回去了。我们宁愿回到自家的餐桌旁，虽然那里才将将能坐下我们三个，但最起码我们能看见各自的眼睛。

后来，当律师向爸爸提议，让我们全家搬进别墅时，有好几天，家里安静得连苍蝇的嗡嗡声都没有。我觉得这是个好消息，但妈妈急得翘起了脚尖，她不想离开这间自己的祖父母留下的房子。"在那个地方人会变。"一天晚上她说。"能去那里住是我们的福气。"在一片寂静中，爸爸说出了这几个字，他想好好地再解释一遍缘由：上了年纪之后，库蒂尼的忧虑越来越重，如今一想到圣马尔蒂诺的宅第晚上没人住就睡不着觉，虽然那里拴着狗，门窗也都锁得严严实实。我们可以住在一楼，一年中大部分时间都不会受打扰。他们办聚会时，我们不需要离开，他们也不要求妈妈和从锡耶纳来的用人一起做工。各种生活开支都不用付，而且，我们还能把我们的房子租出去，赚几个钱，总之就是很划算。"你想想孩子，"爸爸当着我的面对她说，"上完初中他还得接着学习，到时候我们不用像别人一样，砸锅卖铁才能把孩子送到佛罗伦萨。"

几个星期后，妈妈不再担忧，最后，她接受了那些长的没有尽头的走廊。但是她还是不停地在我耳边说："别忘了，这不是你家，别乱动东西。"哪怕再小的物件掉在地上她都会心里一惊。她整天提心吊胆，成天看着窗外，生怕老爷们的汽车到了。和这种生活相比，她宁愿遇见魔鬼。

我们参加第一次聚会的那天，她一直待在房间里。不过她还是给我找了一身好衣服，还花了半小时给我梳头，理开所有打结的地方。最后，老爷太太们要走的时候，爸爸又试图说服她下楼，而她突然吐了。她抓起一件衣服就钻到了被子底下。

库蒂尼是这样一个小老头：如果把他放在大街上，不会有人想到，他竟然拥有如此多的产业。我对他印象最深的一点是，他脑袋上一根毛都没有，连眉毛都没有。他走来的时候，远远就能看见他溜光的脑袋和满是褶皱的长脖子，让我想到了一只去了壳的乌龟。他用自己那明亮的小眼睛观察着一切，里面的灰暗能让你感觉血液都停止了流动。他的薄嘴唇和周围的皮肤连成了一体，脸上长满了老人斑，青蓝色的毛细血管就像脸颊的龟裂。他穿的衣服看上去就像是别人的，衬衣袖口的扣子散着，露出几根手指。"他一碰布料就会发痒，"有一次爸爸对我透露，"他的皮肤娇嫩得就像一张纸……感觉一阵风就能把他吹走。谁能想到，这样一个人竟然掌管着半个大区呢？"除此之外，他就像个慈爱的爷爷，哪怕是对我这个什么都不是的人。"这个小家伙以后也能有出息。"有时他会用他那婴儿般的手摸摸我的头。我能看见他那小而透明的指甲。然后，他就回到自己的亲戚中间，听他们挨个儿抱怨。他的目光这时就涣散下去，带着一种有些傻气的笑容站在那里，不时点点头。最后，他每次都会拍拍侄子或女婿的肩，像是在说："我来处理。"爸爸经常说的话是："就连罗马的一些人物见到他都会害怕，为了跟他说上话，能在会客厅等上整整一天。"有一天，我突然有了一个想法："万一他就是朋友弗里茨呢？"想到这里，我整个人都沸腾了。"这会是多成功的一次伪装！"一分钟后，我就埋头写起了另一个历险故事。

妈妈也开始在聚会时下楼了。第一次见到妈妈时，律师的太太马上就迎了上去。"亲爱的，你终于来了！"她说着往妈妈手里塞了一杯香槟酒，拉着她来到那些上流贵妇中间。那天聚会结束时，我看着妈妈开心地回了别墅，整个人就像走在云端，满是欢声笑语。然而，我却穿着一身好衣服一个人孤悬在外，手里拿着一杯开心果味的冰淇淋，就站在那个藤蔓洞的前面。

锡耶纳什么都有。我当时已经十四岁，身体里流淌的血液已经和出生时完全不同。我已经习惯了被聚会上忙碌的用人称为"小少爷"，家里的每个人我也都认识，现在我又在那座城市里和他们重聚。他们待我像自己人，那种感情连我的姑舅们都不曾有过，现在我和后者的关系变得更差了，只是维持表面的和平。

和我最要好的要数拉涅罗，他是律师的孙子。他当时快十七岁了，喜欢把自己当作成年人，经常带我去酒馆畅饮。到了晚上，他会往我房间窗户上扔石子，库蒂尼律师把那里留给了我住，为此，我们只需要支付一笔微不足道的费用。我打开窗户，蹑手蹑脚地下到地面。下去的时候比较容易，只是要当心别崴了脚。上去的时候就需要有人给我当梯子，因为就算跳，我也很难够到阳台的上沿。圣多明我钟楼敲响了十点的钟声，拉涅罗的石头如期而至，之后我们俩就消失在了夜色中。

他总是数落自己的父亲，后者在首都又给自己找了个年轻的妻子，留下原配在泪水的山谷中哭泣。需要消化这些泪水的正是律师的孙子，特别是在喝下第四杯酒的时候，他会变得一脸落寞，而我则握紧了手中的酒杯。他对我说："我最好的年华都被毁了，之前小的时候也是，他们不让我出去玩，只会让我背诵什么狗屁礼仪守则。"有时我会伸出一只胳膊碰碰他，就像在说："我在这里，就在你旁边。"对他来说这好像就够了，因为这时他一般会笑笑，接着发一会儿呆。然后他突然就回过神来，"走，我们去南妮那里。"他说。

那是一所朴实无华的普通房子。南妮从猫眼里看见我们站在干炉街十七号的三楼。"少爷们来了。"她在另一边大叫道，然后门就开了。

和库蒂尼家族的任何一个人走在一起都会这样，任何大门都会为你打开，甚至连一句话都不用说。我们就这样进了那所小房子，那里到处都是灯火，就连入口走廊两侧的地上都摆满了蜡烛。南妮要比我母亲小不少，不过她浓妆艳抹的装扮并不好看，甚至连牙齿上都沾着口红。她穿着一袭长衣，光着脚，这样走路的时候就不会发出声音。我们也得赤脚，鞋都脱在入口处。通常，我们进门时那里就已经堆放着几双鞋了，从鞋子的类型我们就能判断出当晚的来宾是什么人。

房子女主人的行事风格我有些看不过眼，所以我看她时也没什么好眼色。意识到这一点之后，她甚至觉得挺有意思，于是，她喜欢把一只手搭在我肩上，用手指划过我脖子后面的皮肤。我全身都在抗拒，但当我们来到会客厅时，我已经昂头挺胸，唯一的想法就是不能让任何人发觉我的窘迫。这很容易，因为大家都在抽烟，房子实际上淹没在了烟雾之中。这里没放音乐，大家都像在修道院里一样压低了声音说话。如果有人不小心打了个喷嚏，南妮就会像魔鬼一样突然冒出来。"小声点儿！"她掐着嗓子说，眼神里已经在冒火。"你们就谢谢梅林那个老修女吧，但凡她能有个男人我们也不用跟做贼一样。"这里的每个房间都摆了一张梅林的照片，就放在十字架的位置，女主人经常说她的坏话。

拉涅罗进去之后就直奔酒水柜，顺带也会帮我倒一杯酒。虽然我们在一个找乐子的地方，但他的脸色就像等待上刑似的。从其他房间间或传来一些沉闷的响声，马上就会传来南妮那令我起鸡皮疙瘩的叫声："你们，里边的！我的布里吉达小祖宗，你可慢点儿！你想看我明天就被人大卸八块吗？"

我们在梦境一样的黑暗中等待着，就这样坐在扶手椅上。寂静中的沙沙声好像从另一个世界传来，其中仅有的热烈来自南妮，她只要一看到库蒂尼家的血脉还在等，就会像疯了一样跑到其中一扇门前大喊大叫。一般来说，过不了多久走廊里就会走过一个身影，喘着粗气，裤子都还没系好。又过了一会儿，南妮妈妈就来了，脸上堆着微笑，看上去就像是头晕了一样。"来吧，拉涅罗。"她说，"小姑娘准备好了。"他不会马上起身。刚开始，他的眼神仍然空洞，像是刚听到了一个坏消息，接着就把酒杯里剩的酒灌了下去。"我去会我的旋涡了。"他低声说，然后冲我挤了挤眼睛。接着，他向房间走去，留下我一个人在那里看着烛光。

我其实也可以像他一样。有了爸爸的工资和老房子的租金之后，我们开始有了积蓄，而且越攒越多，每个星期我都能收到一封汇款通知。不过，我还是不愿意去尝试，为了和那个家族继承人混迹在一起而花钱，那样对我来说是种不懂事的行为，但是只要一想到能进入那些房间，我的内心就开始燃烧。后来，南妮也不再问我。"违心的享乐就像在渎神。"最近一次她说，但这句话还是让我很兴奋。当我躺在学校宿舍的床上，感觉自己很安全时，我会经常想起这件事，在那时我就突然有了去做的勇气。

接着，是一个阿尔巴尼亚女孩，名叫阿涅斯。一个如父亲般男人的身影穿过走廊，几分钟后她也来了。她穿着自己的蓝色睡衣像幽灵一样突然闪现，整个人白得就像是用雪做成的。她坐到角落里的沙发上，点了一根烟。她赤着脚，头上绑着高高的马尾辫，头发白得像大理石。我看着烛光偶尔将发丝映成银色，阿涅斯有一张二十岁的面孔，发色却像个老人。她不说话，就那么待着，眼神像猫一样。她从来都没看过我一眼，起初我甚至想："我身边是面镜子。"于是就一直盯着自己的手把时间耗完。

和她在一起时的安静与众不同，很沉重，能将我压垮。每一分钟都像一刻钟那么长。我偷瞄着她，想看看刚从床上起来的女孩是什么样子，而她就像刚刚烧制好的瓷器一样闪闪发光。如果哪天南妮突然问我，我会说要二号房，那里从未有声音传出，即便阿涅斯不是那种会在被子下反悔的女孩。我一旦有什么想法，就会想到城市的另一边，在那里她会突然生气地转头看向学院的方向，于是，我手里的家伙就软了下去。

拉涅罗每次回来时都阴沉着脸，好像刚上过刑。女主人会马上扑上去，给他巧克力，还托他向其家人打招呼。我不止一次想到，这里之所以还能开下去，大概全要仰仗那些翻云覆雨的大人物。完事儿之后的拉涅罗话很少。等走到街上，他又想喝酒了。他不像我的同学们，后者都喜欢讲那事的各种细节，比如找不到位置等等。回去的时候，我们一般会进一家酒馆，即便店家已经把椅子放到桌子上准备打烊，但只要看到我们就会拿出酒和杯子。只有这时他才会恢复一些生气，甚至像机器一样连珠炮似的说起话来，仿佛这辈子都没说过话一样。这时我就会想："整座城市都在他脚下，但他还是活得像条狗。"然后附近的钟楼敲响了午夜的钟声，酩酊大醉的我们拖着步子朝学院走去。我们翻过围墙，有时会像熟透的梨子一样摔倒在地。我们拍拍对方的肩膀相互提醒着，因为我们的笑声可能会把教士们吵醒。最后，我们来到窗户边上，拉涅罗颤颤巍巍地为我搭好人梯。就在那里，一天晚上，我爬到他身上，刚要往上跃时，他吻了我。

关于那一幕我想了很多天。圣多明我钟楼敲响了十点的钟声，花园里不再有石子飞来。于是，我又回想起了最后和拉涅罗在一起的那天晚上，那几秒结束之后，他看着我，时间就像凝固住了。我不知道当时的自己是什么表情，但最后几杯酒的威力仍流淌在我的血液里。我突然爆笑起来，只有这样我才不会难过，我甚至笑到倒地，并且在地上待了很久，因为我快要尿裤子了。当我重新起身时，他已经不在了。我一直跑到路上，但什么都没有，他就像人间蒸发了一般。

由于天气寒冷的缘故，我很快就酒醒了。我开始用另一种眼光看待这个问题。周围没有任何东西可以用来垫脚爬上阳台，我只能在那里沉思着度过整个晚上。一方面，我有点生那个疯疯癫癫的拉涅罗·库蒂尼的气，另一方面，当重击到来时，我又感到心烦意乱。也许我失去他了？我刚刚毁掉了和一个有权势的大家族的联系？当看到清晨第一缕阳光时，那个名叫阿尔贝迪诺的人出来了，那天正好轮到他去取装早餐的面包篮。我跑向了大门，紧贴着墙走，最终溜了进去。我很冷，连鼻子都失去了知觉，因为即便用手去碰我都感觉不到它的存在。

时间一天天过去了。一天早晨，我请了一小时的假，飞奔去了文科高中，等着学生放学出来。我在几个年轻人中间看到了拉涅罗，他点了一根烟。我马上朝他走去，这时他也注意到了我，于是我停在路中央，向他挥了挥手。他看了我一会儿，然后又和身边的同学说笑起来，接着他就走了，再没有回过头，消失在了拐角。

我于一九六七年拿到高中文凭，放假之后我回到了家。别墅朝向悬崖的那一侧，也就是原来公园的位置，多了一个网球场。"现在库蒂尼家换这种消遣方式了。"爸爸说，他本以为我会马上想要尝试这个新项目，但是我因为这种突如其来的变化而耿耿于怀，这就像是朝我明明白白地大喊：这不是你的东西。只需要动动手指，老爷们瞬间就能改变我住的地方。

有时候，拉涅罗周五会过来，到周日晚上再走。很多年来，我们一直远远地打招呼，从来没说过一句话。他是个见多识广的英俊年轻人，从锡耶纳带来一批又一批的年轻人，其中大部分人对别墅根本不以为意。我们平时吃饭的桌子一整天都会摆满各种美食。侍者根据时段变换着上面的食物，早餐会一直摆到下午两点，宾客们会轮流过来拿点吃的，一直到吃晚饭，这时一切又得从头摆起。晚上睡觉前，桌子上则会摆满牛奶、橙汁、香槟，一碟碟的甜点和干果，因为经常有人突然被饿醒。

那些日子里，我们就在厨房的小桌旁吃饭。与此同时，用人们在旁边将各种珍馐搬来搬去。回房时，我们会特意避开那个带喷泉的大厅，从那里经常会传来音乐声和欢声笑语。看到我不开心时，爸爸就很难过。有几次，他过来把胳膊搭在我的肩上，说："走吧，我们去说说选专业的事。"然而，妈妈一句话都不说，她沉浸在自己的世界里，眼中好像在说："得到不属于自己的东西又被剥夺就是这种感觉，最后就只能去习惯一种除了混乱之外一无所有的生活。"

一楼也有一个带壁炉的客厅。从孩童时代开始，我就在那个房间里学习，从那里能看见整个马莱玛盆地。如果周五老爷们来了，我们的一天就在那里度过。爸爸坐在长沙发上，点上烟斗。他总是习惯在饭后抽上一会儿，这个习惯已经保持了很长时间。"反正律师觉得你是当工程师的料，"他发话说，两腿交叉着伸向空中，嘴里吐出烟圈，"你真不喜欢吗？他能帮你铺路。你还喜欢医学吗？真的要学那玩意儿？当医生手可得稳。"

他一直有絮絮叨叨的习惯，我也就依着他，虽然我已经不能给出更多版本的答复。"人只要一出生，从第一天起就在缓慢地死亡。"我的回答还是那样，"这不是什么刚流行的东西，这个行业肯定少不了需求……"

他待在那里想了一会儿，眼睛看向天花板。他没看我，但我能感觉到，他正在肆无忌惮地窥视我的未来，这让我很紧张。"马尔科·帕拉泽西医生……"接着他小声说，将话语和浓烟混杂在一起，然后他转向了妈妈，"听起来很不错，我说真的！"她笑了笑，脸却像绷起的弹弓。

关于自己为什么会有这样一个志向，我其实并不是很愿意解释。如果要对着镜子说实话，对库蒂尼律师，我既不羡慕他的权力也不羡慕他的财富，但我想要所有和他说话的人那种空洞、消沉，同时充满尊敬的眼神，就连关系很近的亲戚也会这样。从他们脸上可以读出，这个老头钳住了他们的存在，虽然这些人尽享生活的舒适，但其实连做他儿都不配。不仅如此，他们还会惹麻烦。库蒂尼身边的人全都有一种天赋，那就是抱怨，而他则一如既往地点头应允，然后拍拍肩膀打发他们走。那些人摇着尾巴就离开了，非常满意在有钱人那里得到的痛苦。每当有人对他打招呼时，律师冷若冰霜的眼睛里都会闪现出光，哪怕那声日安是来自自己的儿子。光凭这一点他就足以碾轧你了，他会将你敲骨吸髓。因为他只需要一个手势，前一秒钟你头顶那片多彩的天空就会黯淡失色。

我想要那种权力，这一点我从没对爸爸说过，但我对未来的所有期许就是这样改变的。无论君王还是弱者都一样，很快他们就会回来敲我的门，说："求你了，救救我。"而我也会毫不犹豫地施救，因为这就是我的天职。然后我就成了这些灵魂的主人，因为，如果我能让他们免于一死，他们的一部分就会成为我的。到那时，没人有勇气或者想要改变我花园的哪怕一角，我将会像一座圣殿一样耸立在那里。他们也不会把我像无家可归者一样驱赶到厨房里吃晚饭。

切萨雷·塔代奥·库蒂尼于一九七七年四月十二日去世，享年八十九岁，他的死震动了整个大地。没人能想象他带走了多少秘密，有多少案子被搁置，引得野狗们纷纷前来争夺骨头。当时，我已经在行医了，看着从意大利各个角落传来的悲剧消息，我很有兴致。光是在锡耶纳省内，那年夏天就有两个重要人物自杀，没人能猜到原因。旧时代的企业家和政客像苍穹之下的苍蝇一样纷纷落下。也许不止我一个人能想到，其中有些利益交换根本经不起推敲。

最后我们发现，只需要等到第二年，那个人物的秘密就全都暴露在了家族和整个世界面前。库蒂尼的真实工作终于大白于天下：他充当的是各界人物之间的掮客。二战结束后，他凭借自己的老谋深算参与到了意大利的重建中，在短时间内掌握了一系列各个级别的交易。"他是踩着废墟和人们的苦难上去的，"爸爸失神地看着报纸说，"完全不是朋友弗里茨……"没有了库蒂尼从中协调利益关系，那庞大的蜘蛛网开始堵塞，最后，一个小小的裂缝就要了整个体系的命。所有的腐败和偷窃都大白于天下。首先，从自己家被铐走的小鱼们已经开始"歌唱"，他们供出的名字令人不安，而且那份名单似乎没有尽头。在一个阳光灿烂的日子里，宪兵突然出现，查封了别墅。库蒂尼家族的所有财产都被扣押，银行账户被冻结，至亲受到监视，包括拉涅罗在内。

说起来也许可笑，最后得利的似乎只有我们。爸爸已经攒下了

一笔丰厚的养老金，最近二十年的工资全都存到了牧山银行，这个
账户当初还是库蒂尼本人建议爸爸开的。除此之外，还有老房子的
租金。很久以前我就获得了公职，早就赚回了上学期间的那唯一一
点支出。税官们花了一个星期时间，一遍又一遍地翻看各种文件，
最后连他们也不得不承认：我们兜里连一分赃钱都没有，税也已经
足额缴纳。锡耶纳的这半个百万富翁干净得就像小男孩的嘴。

　　司法拍卖时我们甚至没去。后来，当听说了马萨来的那家人拍
到别墅的价格时，爸爸肠子都快悔青了，但妈妈不想听他抱怨。当
初听到这件事时，她就像第一次那样生气地说："科奇家就算是花了
两里拉拍到的我也不管！很多人都追着库蒂尼的屁股跑，他们一门
心思想报仇。难道我活着的最后几年还得防着有人往我家里扔炸弹
不成？我们在里面也住过了，最后还大赚了一笔。那别墅可能有自
己的命数，但已经与我无关了。"但爸爸还是放不下，也许在他的内
心深处，已经有了一个念头，他要像那个律师一样白手起家，一举
将苦难彻底赶走，使我们跻身马莱玛的富人行列。"如果那消息是真
的，我就去卧轨，"他嘟囔着，"听人说，那些低能的马萨人要把别
墅腾空改建成旅馆。就在圣马尔蒂诺教堂的路上！还有比这更畜生
的事吗？"

　　丽日旅馆开业时，整个地方的人都来了。我甚至认出了一些原
来的小伙伴，但我不想被他们看见。我没有兴趣听什么二十岁结婚
毁掉整个人生的故事。我宁愿拿着香槟到处转转，看看大厅天花板
上新装的玻璃窗和奇怪形状的吊灯。科奇一家打掉了入口处的拱门，
喷泉也不见了。人们一边享受盛宴，一边随着音乐的节奏摇头晃脑。
我闲逛着，每一处变化都让我感觉被扇了一耳光，在我的皮肉上形
成新鲜的伤口。花园的一大块都被铺上了水泥，只有网球场被保留

了下来。

我钻过人群来到桌旁，想另外拿杯酒。"我就知道会碰见你。"仍然百感交集的我听到有人说，当时我还以为那不是对我说的。"其实我还有点儿期待。"我出神地转过头去，看见了拉涅罗。

我什么都没说。他俯下身去，倒了一杯酒，像是世界上最冷静的人。他抿了一小口，看了看周围。然后他又看向了我，脸上露出了大大的微笑。"怎么样？"他说，"什么感觉？"

没有他的音讯应该有十年了。库蒂尼家族的故事慢慢地从报纸上消失，我听到的最新消息是，几乎半个家族的人都被送进了监狱，首当其冲的就是律师的儿子。拉涅罗一口气干掉了手里的酒，接着又倒了一杯。"他们搞这些也比荒废了强，"他嘀咕道，然后又看向我，"马尔科，我很高兴，你状态不错……"说到这里，我也一口喝掉了杯子里的酒，就像我们在锡耶纳酒馆时一样。

仍然有人源源不断地从马莱玛各地赶来，不过他们更关心茶点，对别墅的新模样无甚兴趣。最后，我们来到了一个角落，大部分人都注意不到这里，我们背靠新刷了漆的墙站着，白漆的颜色看上去有些脏。话一说出口就像在挤牙膏，我已经尴尬到像被切成了片，而拉涅罗却很自然，就好像我们是前一天才分别的。他呆滞地看着原来的大厅，现在那里已经变成了旅馆的前台。

"你可能会感觉奇怪，"他突然说，"但我一点儿都不想回到过去。当时的我虽然拥有一切，但我始终活在影子底下。每个人跟我说话，都是为了感谢我的恩惠，最后我连一句'您好'都受不了。有一件事久而久之就会耗尽你的精神，那就是每次出门时都要戴着别人为你设想的面具。我并不是我自己，我是'库蒂尼家的子嗣'，所以要根据剧本来演。真的，我差一点就疯了。要不然，我就会为了维护脸面抹杀自己的感情，变成那种犬儒的浑蛋。意识到这一点时，你会怕到崩溃，你感到自己背负了太多怒火。最后，你说服自己相信，怒火本身才是你存在的根本。你心想：'如果没了怒火我会原地死亡。'"他朝我转过脸，"你不一样。当然，你是享受了和我们家族的友谊带来的好处，但你没有屈服。我一想到路上那些谄媚地对我打招呼的人就想吐，然后就发生了本该发生的事情。"

这时，我才意识到一件事：他的衣服很朴素，但穿在他身上并不违和。时间在他身上留下了痕迹，但当初的激情并未改变。有那么一瞬间，我似乎灵魂出窍了，仿佛能从身体外面看着我们两个，这时，我感到了人生中的某种吊诡：一眼看上去，我好像更有钱，而他是那个倒霉的朋友。不过，魅力还是在他那一边，不仅如此，现在拉涅罗·库蒂尼完整地拥有了自己的名字。他时刻散发着这种气息，甚至不用开口。"可能你说得也对，"我盯着欢庆的人群喃喃地说，"有一天，你什么话都没说就离开了，夏天我看见你来到了别墅，你甚至连招呼都不打……"

拉涅罗又将眼神挪回到我身上，显得又惊讶又觉得有趣，还有些苦涩。他的眼睛似乎在说："你真的想说这个老故事吗？"然后他又看向了科奇一家，他们仍在招呼着不断前来的宾客。"已经过去快二十年了……但当时的场景仍在我眼前。我们在南妮那里，我失魂落魄，忍受着她的阿谀，等着四号房那个绝望的宾客被赶出来。我没告诉过你，她叫克里斯蒂娜，很漂亮，也很和善。一头火一样的红头发……一看见我进来，她就扑过来抱住我的脖子，不断在我脸上亲吻。我们已经变成朋友了。说一会儿话之后，我们就试着做。我只是躺在床上，任由她完成自己的工作。随便换上哪个男人都会为之疯狂。克里斯蒂娜有着完美的身体，而且精于此道，但我就是没有反应。几分钟之后，场面更凄惨，她自己忙碌着，而我只是盯着天花板。当时我可能就像一头待宰的动物。通常，我会随时让她下来，这时克里斯蒂娜的脸上还是挂着笑容。'可能是我的问题吧。'她说，然后就像姐妹一样躺到我旁边抱着我。'没事。'她一直说这句话，继续吻我的鬓角，只不过方式不同了。于是，我就对她说自己的病和她美丽与否无关，我的东西也没问题，它有能力做自己的事，但总是在错误的时刻才会被激活。克里斯蒂娜问我，之前提到的那场新历险有没有什么进展……我摇摇头。'没什么可说的。'我答道。我的内心积压了太多怒火，突然就在她怀中哭了起来。我在寂静中接受着她的爱抚、她的话语，然后我就走了。我总是会给她一笔不菲的小费，而且不让南妮看见，要不然落到她口袋里的最多不到一半。出去之前，我对她说：'如果有一天我改变主意了，我想爱上你。'而她微笑着说：'这不是你能决定的。'好吧，她说得对。最初几次，我想用这种方法来验证自己是否真的有种怪病。我爸爸肯定知道我去那里，因为第二天他总是自豪地看着我，让我感到不寒而栗。浑蛋爸爸总是有这样一种执着，当自己的儿子出去播撒种子时，他们就感觉自己得到了生命的肯定。不过我克制得很好，毕竟我当时已经快十八岁了，还没有往家里带过一个女孩，却总是和你这个别墅看守的儿子混在一起。他什么都不问，但是在我的脑子里可没有那么简单，因为只看你一眼，我就感觉呼吸要停止了。刚开始，我以为这只是一时兴起。之前，我也爱上过很多人，最后都不了了之，但我却过不了你这关。我把你带到南妮那里，我和某个妓女在一起，本想从你的脸上看出一丝嫉妒。我对克里斯蒂娜说：'现在他就在另一边，我真的不知道该怎么办。'那天晚上和之前并无二致，她突然就来到我身上，闭上眼睛，吻着我的嘴唇，持续了整整一分钟。她之前从没这样做过，我看着她，感受到她的心紧紧贴着我的心剧烈地跳动着。最后，她下去了，静静地看了我一会儿，然后笑了，不过那一刻她好像又想哭。'吻是骗不了人的。'她说完便起身走到盥洗室放化妆品的那个角落，好不让我看到她的样子。我就这样离开了，没再说什么。好吧，就连孩子也能明白，在见过这么多次面之后，我已经剥夺了她的感情，无可寄托。'吻是骗不了人的。'我们朝着修道院走的时候，她的话仍然萦绕在我耳边。也许是因为喝酒的缘故，放在平时，我宁愿饮弹自尽也不会这样做，但我还是做了。就在你房间的窗前，突然你就来到了我身上……我吻了你。几秒钟之后，我和你四目相对，你的眼神里一片混乱。'现在他要骂脏话了。'我心想，然而，你却笑了起来。我看着你笑得弯下了腰，只怕会发出更大的声音。"

拉涅罗的话一直和着乐队演奏出的音符，同时还能听到宾客们聊天的声音。他连停都没停，我根本没有插话或者解释的机会。也许，他在期待着我会有某种反应，但我就这样僵住了，于是他继续说着。

"你是唯一一个知道我秘密的人，"他说，"很棘手，你想想，我可是家族继承人。我不能犹豫，尤其是关系到婚姻这件事。一个同性恋继承人不仅仅是一桩丑闻，还会给家族权力的继承打上一个问号。家里的其他人一直在跟我提起弗朗切斯卡，她是马泰依领事的孙女，每个月都来和我们全家共进一次午餐。她很讨人喜欢，半个省的男人都能看得上她，但对我来说，这就是一种折磨，因为我想的是你。有时候，我会用手指滑过嘴唇，想象着又回到修道院的窗外，一切都随之变成虚空。接着，就听到了你炸弹一般的笑声。不过，我很自豪自己走出了这一步，我用一个吻把自己赤身裸体地暴露在你面前，给了你一把通向我的钥匙。那天上午在学校门口看见你时，我很悲伤。你甚至没有试图穿过马路，也没有跟上我，哪怕是让我和你说说话。对我来说，这胜过了千言万语：让我热血沸腾的那种激情对你来说甚至都不及挠一下痒。所以就这样结束吧，我试着忘记你，但我也同样不能去迎接克里斯蒂娜的拥抱，因为我会让她经历你让我经历的那种痛苦。夏天去别墅对我来说是种酷刑，我不知道在哪个角落随时会遇上你。所以我才会忽视你：你已经将我劫持了。我拥有无尽的财富，但就是不能拥有你。如果需要，我会毫不犹豫地将地位身份扔给野狗。同时，我的父母开始在我耳边放风。'弗朗切斯卡·马泰依这列火车只会经过一次。'我母亲不断地说，'而且就这样把人家姑娘小火熬着可不好，最后就会变成和总领事之间的尊重问题……'当丑闻爆出之后，安德烈·玛利亚·马泰依是第一个被逮捕的。和我爷爷一样，他也是那个诞生于战时的犯罪网络的头目之一。五年前，他死在了狱中。"

我们沉默了几分钟，然后又进入了令人心碎的时段。我甚至不能正视他，更糟糕的是，我甚至说不出话来。虽然我感觉到球来到了我这边。最后，我端起已经空了很久的酒杯，含混不清地说："我再去拿两杯。"说完就朝放茶点的桌子走去。

我飞快地喝下一杯，然后又将杯子倒满。我已经开始出汗了。通常，每天早晨起来的时候，就算想到今天将给某个基督徒开膛破肚，我的心里也不曾泛起一丝波澜。我一边倒香槟，一边感觉手在抖。一想到还要回到那个角落，我宁愿一口气从楼上跳下去，摔个稀巴烂。然而，我还是转过身去，努力保持着镇定，准备回去找我的老朋友。我差一点撞上老科奇，他一直忙于接待宾客，脸上的笑容似乎都有些僵硬了。"医生，太高兴能在这里见到您了！"他说。

　　我被迫听了他的很多客套话，用一张假脸回应他，不断地点着头。从他的话里听出来，他似乎给了半个托斯卡纳的人新生，但他其实只是毁掉了一个上百年的老宅，将其改造成了一个乡下的小旅馆。他没有特意说软话，不断暗示我和这里的联系，以及我在这里度过的岁月。"这栋楼本来就要荒废了，"他突然说，"但结构还保持得不错。我这辈子就是一个观点：财富从来都不只是某些老爷的，而属于所有劳动者，他们用额头的汗水照亮了镜子。"这时，他意识到我手里拿着两杯酒。"啊，您和别人在一起是吗……"他小声地说，赶忙往周围瞄了两眼。"有个朋友。"我回答，同时感觉到原本是这里主人的拉涅罗在朝我看。科奇点了点头，用自己蛇一般的眼睛打量着我。"那我就不打扰了。"他最后说。我又回应了他不知道多少次的客套，然后站在那里，等他重新回到聚会的喧嚣中。之后，我才动身，想回到那个角落，但拉涅罗已经不在了。

　　我一闭上眼睛就会回到那个时刻，回到丽日旅馆的开业仪式上，失魂落魄的我身处熙熙攘攘的大厅里，这里是无数个冬日里我曾和朋友弗里茨一起历险的地方。直到今天我还在想，和拉涅罗的那场相遇到底是不是真的。它就在那里，在记忆中的一个节点，鲜活的画面就像是一场五年前做过的梦。再一眨眼，我又回到了办公室，氖光灯照射出一种冰冷的孤独。

　　门外挂着那块我从小就梦想拥有的牌子：M. 帕拉泽西医生——主治医师。有很多人敲响过这扇门。他们进来时帽子拿在手上，目光呆滞。他们也不坐下，进来就伏在桌子上，连说的话都一样："求您了，您是我最后的希望……"

　　多年以前，我以为成为别人最后的希望会赋予我权力。那是一种年轻人的傲慢，如果手术失败，我会漠不关心地用床单盖住患者的脸，下到医院楼下的酒吧里喝杯咖啡。后来发生了一些事，但并不突然。一种颜色一点一点地渗透进来。刚开始只有一些蛛丝马迹，我甚至都没注意到侵入的黑色。直到完全进入里面我才明白：我接收到的并不是灵魂，而是痛苦，一种可怕的混乱，一片黑暗。我行走在万劫不复的边缘。有些东西时不时就会找上门来，而首当其冲的就是我。我仿佛在一张大嘴前，我站在那里，像一只正在经受折磨的虫子那样无能为力。在人生无止境的喷发之后，整个世界堕入遗忘之中。

那天萨曼塔来了。当时我已经急得火烧眉毛，但那个小女孩的眼神搅动了我内心的最深处，也许那里还保留了一束光。手术做完，我甚至上了报纸，像圣人一样被人颂扬。我开始接到各地打来的电话，很多人都做了假证件以获得被我问诊的机会。尽管如此，我知道那个小女孩心血管疾病的恶化只是时间问题，已经不可避免。那时我才看到了一切的意义，我的工作不在于救命。如果可能，我也只是在推迟终将到来之事。我所做的只是赠予时间，几天，几小时，仅此而已。我有尝试的特权，但我也只能让某些灵魂在灾难的边缘多停留一会儿，其余就是肉体的衰弱，生和死。既然这样为什么还要这么大费周章？这个问题的答案杀死了我，回答我的正是小萨曼塔：尽管病入膏肓，她还是和自己的家人共度了六个星期的美好时光。在此期间，她享受到了无尽的爱和关怀。在紧急手术做完之后，当我盖上小女孩的脸时，她妈妈抱住了我的脖子，"谢谢您所做的一切。"她说着亲吻我，就像在亲吻圣殿里的石头。然后我就回到自己空空荡荡的家。我像往常一样摆好一个人的餐具和食物。周围安静极了，我仿佛身处一场没有观众的盛大音乐会，每一次的呼吸都像落在地上一样，发出类似硬币落地的声音。因为我没有任何人可以与之分享。

急诊的铃声缓缓响起。从走廊里传来护士们焦急的脚步声。我盯着红灯等待着。分针已经走完了一圈，病人还没被送进来。然后又是一阵脚步声。门突然开了，是马琪，她就站在门口，眼神空洞，连气都喘不匀，一副惊慌失措的样子。

"小姐，请别发呆了。"我坚定地说。

她摇了摇头，咽了一口气。"完全不敢相信，"她最后说，声音因为激动而颤抖，"308 的病人刚才醒了……"

艾莱奥诺拉·波尔吉

失踪的女孩

我睁开眼睛，发现自己坐在床上，心似乎跳到了嗓子眼儿。我的耳边萦绕着尖厉的刹车声，眼前是晚间车灯的光芒，然后是一段漫长的飞翔，就像一直飞进了深渊。那是一种糟糕的感觉，很突兀。它在我体内停留了片刻，最后还是消失了。我的视觉逐渐适应了半明半暗的光线。我看见了自己，还有盖在身上纠缠在一起的被子。百叶窗被暴风雨吹得四处摆动。这和我在梦中听到的灾难的声音一样，尤其是最后几秒时。我用手摸了摸旁边，他没在。

其他的房间里没有光，也没有动静。萨穆埃莱每天都在重复一句话："我不在家的时候，你千万不能被别人发现。"那是我最讨厌的时刻，因为我会变成一个幽灵。我要留在这里，在寂静中数着每一次呼吸。我甚至连咳嗽都不能。时间分分秒秒地一直走下去，就像没有尽头。

《傲慢与偏见》里有一段，讲的是简·班内特得知宾利要走的消息时的表现。她只是把整件事封存在了心里，面带笑容地过了好几个星期，心其实已经死了。她戴着一张面具生活，一起戴着的还有积累的灰烬。十年前，我看到这里心都碎了。现在我把自己关在房间里，希望自己能拥有相同的勇气。班内特小姐差一点就失去自己的爱，和她一比，我的经历简直就像在休闲徒步。我确实需要消化悲痛，但我至少不会失去一个充满感情的世界。我只是我，一个被遗忘在马莱玛郊区的、找不到出口的普通女孩。我很乐意听到外面有很多像战士一样的女人，她们坚韧得连钉子都能往下咽。她们可以连续好几个星期坐在窗边的椅子上缝纫，在幽闭中不断消耗着自己，就算这样她们也不会死。"那我也能行。"我心想。

　　独自在这个房子里过的每一分钟对我来说都是试炼。萨穆埃莱说我们要等待时机的到来，到时候就放下一切远走高飞。他确实是这样想的，他的眼睛告诉我，当时也正是这双眼睛让我沦陷的。前一天我刚从别人口中得知了他的存在，第二天我就看见了他，然后我就获得了新生。《傲慢与偏见》中有一个美妙的瞬间，就是伊丽莎白爱上达西先生的时候。在沉思良久后，她发现了他，没有伪装，他当时正在跟伊丽莎白介绍自己的妹妹乔治安娜。达西就这样突然出现在面前。萨穆埃莱打开商店大门的那一瞬间也造成了同样的冲击。我全身的血液一下子就倒流了。

　　马里奥马上就觉察出了什么，但他从来都没敢提这件事。如果看见萨穆埃莱进来，我会立刻找个借口离开柜台。一方面，我要感谢他，他单是站在那里就能让我心跳加速，变得像个傻子，一句话都说不出来；另一方面，我又有些讨厌他，因为即便感觉整个人像着了火，我也不愿在他那如炬一般的眼神注视下倒在地上。我觉得他和我一模一样。不仅如此，我感觉萨穆埃莱浑身上下都在讲述我的故事。光是和他身处同一个地方，我就能感到电闪雷鸣，比眼前的这场暴风雨还要猛烈。空气改变了，其中弥漫着电力，虽然我们连你好都没说过。

最难熬的是晚上，也就是当鲍里安沿着中街上来的时候。我低着头迎上去，指望他别看出我的变化。我镇定地对他笑笑，突然就回到了简·班内特的战斗中。他只是偶尔看我两眼，看得我发慌，因为之后他什么都不说，继续低着头走路，将烟头扔到一边。

唯一的打击来自爸爸。马莱玛就是会排泄出这号人物，他们只是把你生出来，就觉得你属于他们。"他吃醋了，但这是他表达自己重视我们的方式。"从我记事时开始，就听妈妈说过这句话。当她说出这些话时，就像一个将所有希望寄托于最后一班火车的人。下一秒，她的脸色就变得惨白，因为她的丈夫进门了。

他的目光总是很锐利，即使笑的时候也像有人在用棍棒敲打他。小时候，他会以我贫血症犯了，感觉不舒服为借口，跑来学校接我。他的眼睛像机枪扫射一样到处瞄，突然之间，我就会发现身边一片空虚。如果有哪个小男孩跟我说话了，吃晚饭时我们就得忍受他阴沉的脸，伴随着那种特殊的安静，当时你会感觉自己的耳朵聋了，整个家像刚死了人一样，这一点只有他能做得到。

后来，这种情况变得越来越糟糕。我甚至不能看同学们谈论的那些电视节目。组织郊游时，我的名字那一列也总是空着。有一天，我要求买一本带锁的秘密日记本，然后，餐桌上的空气就变得像铅一样凝重。"你什么时候离开了这个家才能有秘密。"他撇着嘴嘟嘟囔囔道，把餐巾卷成一个球，扔到地上，然后就走了，带动椅子摩擦着地面，发出驴被屠宰时嚎叫的声音。

他一点儿都不招人喜欢，而我和妈妈每天都像在刀尖儿上起舞。因为她也经受着这种折磨，甚至比我更压抑。出门买东西时，她的眼睛一直看着地面，不时用微弱的声音跟旁人打个招呼，好像自己的丈夫就在身边，潜伏在自己的影子里，随时准备好从天而降。"什么事我都能知道，"有时候那个傻瓜会抱怨着说，"里波拉也就有水坑那么大，里面的人我一只手就能数得过来。"然后，他就攥紧了拳头，但从来都没发生过什么大事，家里连半句脏话都没出现过，也没人被扇过耳光。爸爸只是让我们焦虑到死，焦虑在心里演化成了怒火，足以将群山推倒。而我只能回到房间，趴在枕头上发泄一切。

每逢宗教节日都是种酷刑，因为姨舅们会从拉斯佩齐亚赶来。一想到哥哥会在家里待一个星期，妈妈的心里就充满了喜悦，而爸爸的脸则变得惨白，除了一根又一根地抽烟之外什么都不干。就连圣斯蒂法诺节这一天，他也会借口说自己要去清点工具。只要能离开这个家，什么借口都可以，这样他就不用跟任何人寒暄。而且，乔万尼舅舅还靠着干建筑发了财，对爸爸来说，这就像瘟疫一样，是避之唯恐不及的事。看到他看门口停着的那辆车的眼神时，我才明白这一点，而且，那车还会每两年一换。舅舅拎着一篮一篮的美食进来，以尽自己的做客之道，这时爸爸的脸上就会挂着僵硬的微笑。圣诞节那天，我还会收到一个装着一百里拉的包裹，不过，当天晚上爸爸就会进来把钱拿走。"这些要存起来，"他说，"上大学要花钱。"

我对《傲慢与偏见》中班内特姐妹的经历已经熟悉得不能再熟悉，但它仍是我的庇护所，能将我暂时从那个一成不变的小地方抽离出来。高中已经变成了日常的受难处，尤其是从二年级起，当时，班上已经流行起了化妆。在卫生间里，我能听到其他女生讲自己晚上出去的经历，我的同学们已经迈出了作为女人的一步，一个个说着自己被人抚摸的感觉。我的小老太太毛衣和气若游丝般打招呼的方式与她们的世界相去甚远，就连老鼠都能被我吓跑，地球似乎抛下了我，只留下我在原地。我一踏出家门，就感觉耳边萦绕着那个自大的柯林斯先生的声音，当时他阴险地向伊丽莎白建议说，去德波家吃饭的时候一定要穿得体的衣服。

不过，其实我挺漂亮。有时洗完澡之后，我会一边照镜子一边抚摸自己。这时候我总会在门把手上挂一条毛巾以挡住锁眼。因为我喜欢站着，看着自己的眼睛，一只手扶在洗手池上。我的眼睛下方出现一片青色，嘴巴不由自主地张开，同时我用两根手指挖着自己。我的心跳得厉害，一方面是因为快感，另一方面则是怕弄坏什么。接着就是一阵剧烈的敲门声，我吓得蜷缩成一团，就好像在加工一把剪刀。"怎么回事？"他在门外大叫，"在这个家里想洗澡还得拿号不成？"

在学校里，我总是和瓦莱里娅一伙，她也是个命苦的人。虽然她长得比我难看，而且一身肥肉，但是她有个绝美的姓：爱。如果说我的秘密角落是小时候在莱维亚奶奶抽屉里发现的一本书，那她的庇护所就是马。她从小就在马匹中间长大，总是穿着高跟长靴，从上面的泥点子就能看出，她早晨是否刚踩过泥坑。她经常对我讲起一匹叫警长的疯马，不过她的最爱还是与她同龄的那匹叫小菊花的马。每一个去她家马场的男孩都能轻松地跨到这匹好脾气的母马背上。爱家马场，这个名字我一想起来就想笑。有时候我会对她说："你确实有点不一般，因为你能驯服爱！"她的眼睛就会绽放出光芒，那两只眼睛很神奇，一只绿色一只蓝色，而且蓝色的那只还有些斜眼，给她额外增添了一丝智慧仙女的气息。如果说每个人都是独特的，那么瓦莱里娅肯定比常人更独特一点。

除此之外，我们俩就像生活的观众一样。我们站在学校围墙旁边，大一点的男孩子经常在那里骑摩托车耍帅，到了五年级还有人开车来，他们会高声放着音乐，从梅达路上呼啸而过。我们还会看着一对对来来往往的情侣。课间休息时，我们不会飞奔到卫生间里抽烟，只是坐在操场台阶上聊天，那里几乎不会有人经过。里波拉和阿尔比尼亚的生活没什么两样，和我不同的是，她还有一个可以在里面自由呼吸的家庭，而我在一天中钟声第五次敲响时就已经感觉上气不接下气了。

在学校的最后一天，我们逃课了。整个夏天，我们都会互相写信打电话，但考完试之后的那个九月，我们就无法在学校重逢了。那天我们只是在街上走，最多偶尔说两句话。我们看着市中心的橱窗，过去我们从没在那个时间到过那里。我们第一次尝试走出日常的规范，但这份给自己的礼物来得有些悲伤。结果就是，我们认清了自己就是乡下女孩的事实，不过这不妨碍我们因为这件事而笑起来。

我最后红着眼睛回到了家。妈妈马上跑过来，关切地用手摸着我的额头，担心我是不是发烧了，而爸爸则会敲两下桌子。"你这是疯完了？"他嘟囔道，而我只是看了他一眼。当时我还很镇定，但三秒后我就意识到有什么事发生了。我一辈子的怒火都集中到了当时那一个眼神里。看到我生气了，他的头甚至抖了一下，这是生平第一次。最后他哼了几声，然后低下头，继续喝起了汤。

*

暴风雨天屋里明暗交杂。我看着头顶的吊灯微微晃动，就像个刚被吊死的人。镇子似乎每次都会下陷一厘米，而萨穆埃莱还没回来，一般他也就出去几分钟。片刻后，我就听见他拎着一袋袋买来的东西回来了，购物袋还是若干星期前我屏住呼吸给他的那几个。我对自己说，也许他是在某个巷子里或阳台下躲雨来着。闪电一直不停，每隔一段时间就穿过百叶窗，将整个房间照亮。每一道闪电都重新勾勒房间里影子的形状。在不知道打了多少次雷之后，我伸出手，碰到了台灯的开关。但最后时刻我忍住了，停下了动作。

上大学前的那几天，我经历了同样的风暴。我不得不打消了在锡耶纳找住处的念头，但经历了在家的烦闷之后，光是想到能上公共汽车离开这里就让我感觉如获新生。妈妈一直坚持要给我买个手机，最后甚至开始吵起来。刚开始我还非常开心，因为我认识的女孩子都已经拥有这个新鲜玩意儿了。但很快我就明白，这对我来说是另一种刑罚。爸爸每两小时就会打来电话，问我缺什么。他的语气很平静，但问起问题来却像个正在侦讯的警察。"我听见有人说话，"他说，"班上都这么说话吗？"又或者问："天气怎么样，下雨还是晴天？"我紧张得真想吞掉自己的灵魂，因为我对他的圈套太熟悉了，一听就知道他下一步会怎样做。他在算我带走的钱，听到一个三明治要三千里拉时他十分惊讶，眼里闪着什么，但他自己也不知道是什么。最后，他把一切变成了一句俏皮话："也许我该让你拿小票回来看看？"我没答话，因为回到家时我已经累得要死。只要公共汽车晚到半小时，他就会拉长着脸，而汽车晚点是常态。

那是一种狗一样的生活。闹钟响得很早，外面通常还是全黑的。而我回到家时，天已经黑了好一会儿，尤其是冬天。匆匆吃过晚饭之后，我就上床睡觉了。有时，我甚至感觉才刚闭上眼，一分钟后，妈妈就把我赶下了床，又开始漫长的一天。在锡耶纳的日子里我就像只陀螺，学生们的那些消遣和我完全无关。在坐车的两小时里，我忙着整理笔记，每当急转弯时就会晕车。但最起码家里的父母很放心，因为我会回家睡觉，虽然这会让我的精神受损。

不过，爸爸是个容易满足的人。外面的世界经常会让你感到失望，而爸爸害怕这个世界，所以就将自己的注意力集中在他爱的人身上。每当看当地新闻，有抢劫之类的案件发生时，他只有马上找到酒瓶才不会焦虑。如果不事先灌点烈酒下肚，他晚上会失眠。妈妈很担心，随着时间的推移，丈夫的眼神里出现了一些塌陷的迹象。那种毫无来由的警觉折磨着他，有时还会出现心悸，过一会儿才会消失。那种时刻对他来说很可怕，甚至会让他整个人涣散下去，但在他的心里，那种想要掌控一切的执念又开始了新的循环。现在除了焦虑之外，他还开始惶恐不安。当我出去买东西时，只要一听见街上有救护车经过，他就会开车追上去，一定要确认不是我出事了才行。

"跟他说话时语气得好点儿，"妈妈对我说，"爸爸上年纪了，有什么事心脏会受不了。""什么事"是妈妈对于心脏病发作的称呼，现在爸爸的生死确实完全取决于它。我看着妈妈的脸，喜欢这样无情地说："如果他想变成一个正常人就得克服这些。"她笑了笑，就像我提出了用热水治病，接着就摇了摇头。

恐慌症的事情让他在我眼中显得更加讨嫌，因为他会将我们逼到墙角。有时我不得不在电话中向他许诺保证，这种感觉我特别讨厌。我会用一种特殊的语气，凭空创造出另一个不存在的我，让她满足其对关注的病态需求，让他感觉自己获了胜。就算穿衣服我也得去迎合他世界的认知，即便我已经二十岁了。他从一个沉默的惩罚者变成了一个可怜人。想到这里，我真想用脑袋撞遍家里每个有棱角的地方。我们要防止的正是他像动物一样用这些棱角给自己开膛破肚，而与此同时，我已经先给自己开膛破肚了。

那一幕发生在星期五，平时这一天是用来学习的日子。通常，我能享受到整个下午的平静，不会有让我毛发倒竖的电话，也不会在公共汽车上浪费时间。妈妈瘫倒在沙发上，看着一些丈夫不屑一顾的电视节目，因为里面的女性过于大方得体，哪个不如他这个向周边的小农民兜售螺母螺栓的更气派……过了一会儿我就上床了。刚坐到床上，我就下意识地做了个动作，抬起一只胳膊在头顶的搁板上摸索起来。摸了一会儿我才发现，上面什么都没有。我叹了口气，站了起来。

这是我经常做的一件事，尤其是吃晚饭前的半小时里。我会拿来《傲慢与偏见》，随意地翻开一页，挑一段开始读，我马上就会进入故事情节。然后，我就把书放到胸口，闭着眼在脑中上演接下来的故事。有时，我会一下跳过几段甚至整页的情节。如果玩得好，这个游戏最后就会变成某种催眠药，我一边能听到自己思绪的声音，一边能看到那些场景、人物、光影，甚至能闻见味道。如果在哪里卡住了，我只需要拿出来书瞄上一眼。很多年来，我都是靠这种方法睡觉的，我可以在晚上离开马莱玛，一口气降落到班内特所在的赫特福德郡。

然而，书不在了。我到处找，柜子里也看过了。那本书见证了我的成长，我就像突然被人扯掉了一个肺，像一团火一样冲进了客厅。沙发上的妈妈被吓了一跳，还掉了一只鞋。"谁！"她大叫了一声才发现是我，而当时的我肯定没有什么好脸色。

我感觉头顶被一团阴影遮盖，而我只是想将其赶走。我从她的眼神中看出了同样的不安，甚至透露出一种可怕的疑惑。然后，她就开始和我一起翻箱倒柜地找起来。

爸爸回来时还是惯常的时间。他看见我们俩坐在沙发上，我两眼空洞地看着前方，身上堆着十几张用过的纸巾。他关上门，但没有往前走。他把包放到门口的柜子上，站在原地开始打量我们。"有人死了吗?"最后他说。我从电视的倒影里盯着他。

妈妈半个字也没说。虽然她的手一直在抖,但没有停下抚慰我的动作。我擤下来一大团鼻涕,然后单刀直入地问:"我的书在哪里?"声音很难听,介于喘气和老鹰沙哑的叫声之间。

他叹了口气,甚至露出了微笑:"什么?"

"我的书。"这时我才将目光转向他。

爸爸往后退了一步,为了稳住阵脚,又往前走了一点,站到另一块瓷砖上。"那个,今天别说了,我真的没……"

我一下子站起来,将一直以来积压在胸中的整个地狱冲他喊了出来,每个字都用尽全力,能让人连续咯血好几天的那种。

"我!的!书!在!哪!里?!"

妈妈已经哭了起来,我的尖叫声让陈列柜里的水晶饰品都开始颤抖。他就站在几步之外,大睁着双眼。没有人见过我这副模样,而我现在什么都做不了,因为我已经把身体里服役了多年的大坝炸毁了,现在怒火像决堤的河流一样奔涌而出。

即便面对愤怒的我,爸爸仍然想要找回一些应有的举止。"啊,那本啊。"他含混不清地说,"几天前我带走了,因为好奇看了两眼。都是些小女人找丈夫的故事……你都看了好几年了。"这时他清了清嗓子,"不过,不要再用这种语气跟我说话了。"

我的拳头攥得太紧,甚至已经感觉不到手的存在。"在哪里?"我沉吟道,看他的眼神里全是厌恶。

他还站在原地,但已经显得越来越渺小。他朝自己的妻子看了一眼,好像在寻求帮助。接着,他咽了一口气,又试着微笑道:"那个……"

"在哪里?"我又说了一遍,为了让自己的情绪稳定,我甚至深呼吸了一口，"请告诉我。"

我看到他的眼神变得空洞，这种感觉就像一阵风把我吹走了，比需要接纳他还要糟糕。我用一只手捂住了嘴，"你扔了。"我缓慢地说，极慢，几乎是把每个字从指缝间吹出来的。

我没指望他会回答。感觉有什么东西突然坏了，彻底而无可救药，我的双臂无力地垂下来。他猛冲过来，歪歪扭扭地想给我一个拥抱。"对不起，"他带着哭腔说，"我有病，医生也这么说，但这是因为我爱你……"他又说了一会儿，而我只是出神地站在那里。他的话听起来好像来自另一个星球，我一句都没听进去。"有时候我就是会冲动，"我听见他说，"我很痛苦，我像是少了什么……"

"我是个婊子。"我紧接着说，突然变得十分沉静。

他抬起头，我们距离很近，脸几乎要碰在一起。我盯着他，然后说："一条巨大的、腐烂的、中了邪的母狗。"

爸爸满眼不安地看着我。"亲爱的，你说什么呢……"他的声音很微弱，听起来和平时已经完全不一样。我知道这是恐慌症的前兆。

我开始像机器一样复述名字。阿尔菲奥，蔬果店的男孩。我说他在店后面上了我很多年。阿莱桑德罗，卢蒂家的孩子，从小学开始他就狂热地爱着我，我们会定期在军营的垃圾桶后面私会。还有萨尔瓦托雷，住在通往蒙特马西路上的那个，从他拿到驾照开始，我们就在一起消遣，现在他已经快二十五岁了。然后我又快速地回顾了高中的五年，而他慢慢地瘫倒下去。我一个都没漏，半个马莱玛的人全都说到了，给了他迎头一击。奥尔贝泰洛的达里奥、格罗塞托的桑德罗、帕尔米、皮耶拉里吉……还有从撒丁岛南端来的库卡，他比我还矮，但就是这个小个子让很多人都胆寒。我甚至还加上了切里那个闷罐子，只要看他一眼，你甚至能长出胡子来。

爸爸已经沮丧到极点，呼吸也变得沉重。"玛达莱娜，快拿药。"他朝妈妈伸出了一只手，气若游丝地说。她仍然坐在那里，眼睛看着窗外。"玛达莱娜，快点儿，我难受……"我径直从他身边走过，回到了自己的卧室。

他在客厅里哀号着，而我已经快速打包好了行李。再回到客厅时，我连看都没看他，直接出门，走了。

我感觉双腿充满力量，似乎连续走上几天也不成问题。我体内的躁动足以支撑我不喝水走遍半个大区。离开家的每一步都是进一步的重生。我的血管里流淌着怒火和狂喜，这就是我的燃料。我坚定地迈着大步，感觉自己第一次彻底地走出了迷雾，走进了我的另一个世界，而这个世界就是我的那本书，它在蜘蛛网中间已经沉睡了上千年。在空白的页面中间靠上的位置，我刚刚写下三个清晰的大字：第一章。

我很喜欢把自己想象成会野合的荡妇。我被那个精神匮乏的父亲的执念禁锢，二十岁时仍然没有获得自己的初吻。不仅如此，为了不让家里伤心，我亲手扼杀了自己青春期的悸动，将冲动看作诅咒，任其凋零，在日记里连半句情话都没写过。关于桑德罗的那些事都是真的，但我从来都没提起过他的名字，跟瓦莱里娅也没有，后者则爱上了一个家伙，每周都要用水彩笔画上一百万个红心。有时候她会冷不丁地问我："你难道谁都不喜欢吗？"我低下头，"反正都一样。"我说。

压垮爸爸这件事很值得开心，从他嘴里我听到了那一个个名字，还有一些被消化在了寂静中。每一个男孩都是一段我曾放弃并冰封在心里的爱，就像一团先将你击垮，后来又被口水慢慢浇灭的火焰。我只剩下一副骨架，初吻和初恋从一出生就被扼杀，只是为了照顾父亲的情绪，然而他也没有任何改变。在我内心的某处藏着一个鬼屋，一段段错过的爱的鬼魂栖息在里面。切里除外，有时候我确实会找他发泄欲望，其实我根本不想碰他，哪怕他借用了别人的下体。

现如今，我正冒雨走在矿区的路上。我身无分文，身上感受到了第一丝深入骨髓的寒冷，我抱紧了自己。里波拉已经离我很远了，我感觉这是个好的开始。路上来往的车辆不多，掀起的水花直接打在我身上，让我瞬间就浑身湿透。身边有车停下时，我会选择无视它，坚定地继续往前走。然后，我就听见了鸣笛声，这时我才转过头去，不过龇着牙，就像墙上挂着的那种动物标本。

身后并不是爸爸，而是一辆白色货车，车身的下半截全是泥点子。里面坐着一个我从没见过的人。他用摇把慢慢地摇下车窗，伸出头来说："雨大。带家去？"

周围下起的浓雾已经吞没了山峦的峰顶。夜色降临得很快，我四下里看了看，知道历险这时才刚刚开始。我靠到车窗边说："我去你那里，明天就走。"

他用晦暗的眼神盯着我，说："你妓女？"

我笑了笑，低声说："我倒想。"他应该一个音节都没听到，接着摇了摇头，拉开了车门。

*

要不是歪歪扭扭的路灯，很久之前，黑暗就已经将我完全吞没了。很冷，从其他房间传来的噪声就像屋顶的墙皮在掉落。在一片晦暗不明中，什么都变得更大。其中的阴影不断溢出，让昏暗加倍。萨穆埃莱应该给我个解释，就这样把我留在这里真不是人干的事，罪恶感变成巨人一样，已经准备好破门而入狠狠地碾轧我。

鲍里安对我不错。我们住在一个森林中的小屋里，从路上你根本察觉不到它的存在。发动机的噪声从远处传来，我就像和威克姆先生一起逃离布莱顿的莉迪亚·班内特一样，我也触发了世界末日。不过，我更像是乡下的白雪公主，也有个房子要打理，到了晚上，从锯木厂回来的年轻人就像饿狼一样。

我喜欢听见货车轮胎碾轧在地上的声音。我马上就去开门，不管晴天还是下雨。那些在车厢里坐着的人还没等车停稳就跳下来，有时还会出洋相一样模仿一些杂技动作。他们的脸上总是污渍斑斑，鲍里安则最后一个下来。

那是个集体宿舍，属于锯木厂的老板，平时没人住，所以他就把这伙阿尔巴尼亚人安排在这里，既能省钱，又能让这里不会长满荆棘。"老板省钱。"一天晚上哈里斯指着四周的墙说。我笑了笑，感觉自己同乡的秉性受到了指摘。"马莱玛什么都没有。"我低声说，喉咙里全是苦涩。

周日早晨，我们会结队清理房子的周围。只有这样，我们才能和森林保持一定距离，从屋后面看，它似乎想要将一切都纳入自己。年轻人会给我带来小花，尤其是克里斯蒂，他一头硬实的头发，颜色发红，甚至有些橘色。他是最年轻也是最腼腆的一个，几乎不敢直视我的眼睛。他很会绑秸秆，我经常能在床头柜上发现一些他用草做的手镯和王冠。

而维丹就很可怕，经常没好意地看着我，尤其是喝完酒之后。这时鲍里安就会出现在我身边，我还没发觉，他就已经在那儿了。他什么都不用做，他的朋友就马上不再看我，或者拿着一瓶酒跑到另一个房间去。

我一直都在想：在另一种人生里，我可能就没这么多机会笑，也不能像现在这样充当母亲的角色。这群年轻人很爱我，但酒精会让他们呈现出另外一副面孔，脸上显现的狂躁让我感到浑身上下的血都冻住了。尤其是皮什塔尔，就算平时，他也会像饿狼一样盯着我。他拍拍旁边人的肩膀，然后在对方耳边说些什么，说完两人就开始笑。还有的时候，那些话听起来含混不清，最后奇怪的眼神变得更多起来。鲍里安会马上到来。"去睡。"他嘟囔着说，然后我就消失了。

我们有一个不成文的规矩：我不属于任何人，但我是老大的老大。哪怕他的一个眼神其他人也不敢违抗，连普拉托尔也不敢，虽然他是其中最有力气也最壮的一个。尽管如此，在不喝酒的情况下，他们就像是一群朋友，而我从来没有过这么多的朋友。我这样想："如果爸爸知道我和六个大汉住在一起，肯定会立马毙命。"晚上我首先回卧室，过很久鲍里安才会开门进来。我们一句话都不说。我看着他掀开被子，把匕首藏在枕头下，就像把钥匙放在柜子上一样自然。那时我就明白了：那只是他的习惯，不是做给我看的。也许这是他五岁时就学会了的。接着他躺下，关掉大灯，但是会亮起台灯，就像孩子一样，而台灯似乎就是某种能照亮前路的世界地图。鲍里安英俊又寡言，所有人都怕他，但他就是怕黑。

有时他会说梦话，会说很长时间，声音像是从头颅里发出来的，刚开始我很害怕。一个星期之后我就明白了，每当他做梦时，都会回到他初识世界的地方，之后总是会呜咽起来，而且很久都不会停。最后，他剧烈地颤抖一下，睁开眼时，手已经摸到了枕头下面。他看看周围，再盯着我看很长时间。通常，他会叹一口气，然后躺下，身体翻向另一侧。

在双数日子里，我会在下午给妈妈打电话。只有这时，我才会让手机开机。"我很好，"我说，"我还需要时间。"因为我要整理自己。刚开始的几次，光是听见她的声音就能让我潜然泪下，我似乎都能闻到家里的味道，那是另一种生活的味道。过了一段时间，我才可以忍受它。每次电话打到最后，她都会问我在哪里。我二十岁，什么都不缺，没在逃亡，也没有斩断与过去的联系。我想要美好的生活，现在我在这里找到了，不会被任何人打扰。通常，她会停顿很久，最后我总期待她会说一些诸如"上帝保佑你"之类的话，但她说的都是些母亲会说的话："照顾好自己，你知道，无论有什么事你都能来找我。"之后有一天，我发现她格外开心。当我问起原因时，她大笑着说："他们把你爸爸抓起来了。我敢打赌，明天你就能在所有报纸上看见他。"接着她又大笑起来。

第二天早晨，鲍里安一大早就去了镇上。上山上班前，他先给我带了一份报纸。我直奔本地新闻的那一页，马上就找到了那则新闻。我就像个傻瓜一样静静地盯着报纸看了十五分钟。接着，我也笑了，刚开始还像马呼气一样慢慢地笑，后来就扯开嗓子，眼里含着泪用拳头拍打着桌子。

爸爸把阿尔菲奥·卡尔佐拉利的脸打开花了，也就是教堂前蔬果店的那个男孩。他进去之后二话没说就开始老拳相向，对方被踢得一直逃到了小广场。最后，四个人才把他控制住，他们中的某些人也受了伤，不得不去看医生。报纸上说，伤者颌骨脱臼颧骨骨折。我笑得差点没背过气去。这时克里斯蒂过来吃早饭，那天，他借口得了流感留在了家里。他在门口看了我一会儿，然后吸了吸鼻子，对我说："你这里不好。"说着指了指自己的太阳穴。

和妈妈通话时，我最喜欢跟她打听菜谱。"包括我在内是七人份。"我说，她把到了嘴边的一句"我的圣父"给咽了回去。之后，她又饶有兴致地教起了我。有时，我不得不让鲍里安紧急替我充一笔话费，因为上一笔已经被我打完了，而他只是点点头而已。如果我说很快就会还他钱，他还会故意表现出不高兴。"这里就像家。"他费了好大力气才说出来，然后用自己独有的方式点了点头。

这是整件事里最令人生厌的部分。鲍里安已经认定了什么，这一点连傻子都能看出来，而我是唯一一个与此有关的女性。我把它看成是辛劳工作和受尽当地人白眼之后的一种移情。他表现得像是某种保护者，也许因为是他从路上把我捡来的。也许在东边的某些地方，在某种程度上，这就意味着我属于他。一想到这里我就浑身发抖，我开始感觉很难属于我自己了。

不过，每当看我的眼睛时，他的脸色就会变得惨白。我才对他说了一句话，他就开始心跳加快，气喘吁吁。如果我和其他人过分地开玩笑，他则会变得阴沉。晚上所有人去睡觉之前，他让我把第二天要买的东西写下来，这是他宣告我很重要的方式。因为他信任我。

但日子太过漫长。刚开始，打理房间对我来说还很新鲜，两个星期之后，我的想法就变了，给他们晾衣服时，我感觉自己就像个女佣。一想到自己变成了马莱玛灰姑娘，我就有了逃离的想法。"我从一个坑里跳进了另一个坑，最后还浑然不觉。"我心想。这里连电视都没有，就在不久前，我还觉得这是件好事，现在这件事也开始让我难过起来。于是，我就把自己扔到客厅那到处开缝还起皮的沙发上。因为四周都是树林，从九月末开始，日落就来得越来越早。我在那里一遍遍地翻看登有爸爸消息的那张报纸。就在最后几版上，我看见了那条招聘启事。时间已经过去了很久，但我仍然决定试试，也算了却一桩心愿。我打开手机拨了那个号码。

"明天我和你们一起出去。"当天晚上我说。餐桌上一片死寂，所有人都在看着我，除了鲍里安，他仍在看着自己的盘子，一动不动。

我说自己也想给这个家挣些钱回来，不可能当一辈子家庭妇女。皮什塔尔睁大了眼睛，好像刚从云端掉下来。"为什么？"他忍不住说了一句，说完就看了看其他人，好像在说："有什么我没听到的事吗？"他让我有些想笑。不过，我还是向他们保证，我得先看看自己适不适合那份工作，虽然电话那头的小老头用温暖的声音回答说："愿上帝保佑你！"这是听完我的自我介绍后他脱口而出的话。接着，他就开始口若悬河地说起来，用尽全力试图将这份工作塞给我。到最后，我甚至怀疑他是不是在诈骗。

*

现在我看得清楚了，虽然屋里还很黑，所有的一切都是为了把我带到这个时刻。书的事，我一气之下的出走，还有鲍里安从省道上把我救起。不过，最主要的还是我的整个人生，我一直以为，它是一直压着我前行的东西。我那些无疾而终的爱情，还有总是在刀尖起舞的行事风格。无意间在抽屉里发现的《傲慢与偏见》，很多年里它在我的手中就像一团火，向我展示着如果能拥有正常的人生我将体会到什么样的情感。与此同时，我还忍受着爸爸那疯狂的嫉妒，和其他可怜人一样，他将我们的存在局限在他自己的阴影里，因为他已经深陷恐惧的泥淖。在高中的时候，那个伤口我每分钟都要消一次毒。大学就是在继续得过且过。而那天我就在马莱玛一个小镇商店的柜台后面，所以就注定了要发生那件事。进门铃响起，宣告着又一位顾客的到来。我抬起头，拨走了垂在眼前的一撮头发，看着他进来。生平第一次，我就像中了某种魔法，对自己明确地说出了这一句："真的完美。"

鲍里安第一天就变了。早晨我在梅莱塔的交叉路口下了货车，他们则向左继续前进，穿过森林之后就能到达佩罗拉。把我带到镇子再拐回去会让他们迟到一会儿，锯木厂的主子们可就不乐意了。其实，如果被扔在路边我也不会介意，即使是下雨的时候。我会站在公交站牌前看着整个山谷，伸出手，感觉整个盆地尽在掌握，通过这种方式，我感觉也掌控了自己。

我马上就喜欢上了马里奥。在他那里我不像个员工，倒像个他从来没有过的孙女。他每天都涂着发蜡和古龙水，也喜欢花时间跟我讲镇子上的种种奇闻逸事。他讲那些事的时候很认真，一般最后都要总结出什么哲理，好像在告诉我，人生永远都不是无望的，即便生在了一个被上帝遗忘的地方。"沙漠里的一粒沙，"他仍在说，对于沙子他有着自己的执着，"现在肯定有一粒，就在某个地方。它只是在那里做沙子而已，根本没有人注意到，但它确实在那里。这就意味着，它出现在那里是有原因的。"说到这里，他总是戏剧性地停顿一下，然后露出一个灿烂的笑容，连牙龈都看得见，"镇子里所有人都一样。"

每天看着一群疯子在店里进进出出，我既焦虑又感觉很有意思。这里的女人基本都像毒蛇一样，我的花样年华令她们无法忍受。男人们则与她们相反，好像飘浮在一个属于自己的世界里，而我的存在唤醒了他们的某种血液。到了晚上，鲍里安一下班就沿着中街一路走上来，其他人则和车一起留在圣巴斯蒂亚诺教堂那里。他也不走近，只是微微对我打个招呼，这显示了他对我这份工作的态度。

他斜着眼看我们在巷子里遇见的任何人，以此来宣示我的身份。我感觉自己就像一只刚尿完尿正被主人带回去的小狗。

我就这样一天天地度日，忍受着大家的脸色。每天晚上回到家后，桌上没有摆好的饭菜，房间里也没生火。脏衣服和我刚到的时候一样堆积如山，而且现在还多了我自己的。现在大家需要早起二十分钟，因为多了个用卫生间的人。而且他们还不能碰我，否则他们的头儿就会恼火。

鲍里安将我工作这件事几乎看成是一种冒犯。他不想让我保持距离，即使后来也没转变。他会无缘无故地发火，尤其是逮到其他人窃窃私语或偷看我的时候。他只要清清嗓子就能让所有人低下头，虽然个个都是敢怒不敢言。维丹最讨厌这样，有时，他会用幽暗的眼神盯着我，我感到那就是两团火球。对我来说真正的打击来自想到我被困在这里毫无出路的时候，我心想："看你都做了什么？"然后就僵直地一直躺在床上。一想到跟鲍里安说自己想走，我的脑中就浮现出一些可怕的画面，我必须强迫自己停下来，因为幻想一旦产生就会信马由缰，而且，我能去哪儿呢？我肯定不能身背一群人的仇恨回到自己原来的家里，毕竟爸爸一直很焦虑，还刚蹲过号子。所以我就只能一直这样过下去，就像在走钢丝。日子一天天过去，我的焦虑也越来越深，甚至让我无法呼吸。我吃得也少了，连这件事鲍里安也无法忍受。"吃完。"当看我阴沉着脸准备扔掉沙拉时，他这样说，"不白给。"我马上对他露出灿烂的笑容，说自己累了，接着就站起身来，假装打哈欠。

和妈妈通话时，我还是一派度假女孩的语气。挂电话之前她总是说："吃点儿肉，你需要补铁。"贫血一直是我的烦恼，每当因为紧张而没有胃口时，麻烦就更大了。早晨我需要在床上坐几分钟才能起床，虚弱让我眼冒金星，而且我还耳鸣，耳边就像放了两只海螺，每次都要过很久才会消失，膝盖也没有力气，根本撑不起我的身体。我从马里奥那里偷拿了小包的糖，它们原本在店后面那些大箱子中。我把糖藏在口袋里，继续面无血色地走来走去。终于，有一天晚上，我实在是撑不住了，一屁股摔倒在了森林之家的台阶上。

就在一秒钟前，我还在慢悠悠地朝着房间走去。下一秒，我就躺在了地上，大家围成了一圈，哈里斯拍打着我的脸。他们刚把我抬起，我就感觉前胸火辣辣地疼，摔倒时我的胸口直接撞到了台阶上。有些人还在讥笑，把我当成了酒鬼，然后，他们像抓一袋水泥那样勉强将我扶起来。我的脑子还像被鞭子打了一样，就像有什么东西的碎片在跳来跳去。"我没事。"我不停地说，想让他们把手拿开。有人在揩油，而且越来越肆无忌惮。他们就像一群渴望狂欢已久的孩子。

只有鲍里安出现在人群中时他们才散去。每个人都是一副吃瘪的表情，而我神奇地来到墙边。他们就那样看着自己的脚下，然后一个个坐了下来。这时，我才发现维丹甚至没有离开餐桌，他正用一块面包抹着锅里的残渣。

马里奥不问我的事，但我自己已经说得够多了：我过得很惨。他刚见我时我还是一副天真快乐的模样，现在我已经沉默不语，经常失神地看着前方。他总是在我身边。有时，我真想把他从窗户扔出去，重重地摔在楼下的街上；有时，我又想投降，差点儿就对他说："他们把我锁住了。这一辈子我都活在这种诅咒里，每呼吸一下我都能感受到这种痛苦。即便我去你喜欢的那块石头上时也一样。"然后我就开始咬起口腔内侧的肉。

我会跟聋哑女侏儒说说心里话，但必须趁店里没人的时候，一般这时马里奥是刚接完电话正飞奔回去照顾自己的妻子。我在切片机前舒服地站着，向她讲起囚禁我的那个牢笼。她用那双乌龟一样的眼睛看着我，全程不像在倾听，倒像在沉思。我还经常跟伊萨斯提亚吵嘴，她总是让我打折，还经常白要块猪皮，说是要回去煮汤用，我都快疯了。她的那个钱包极小，看上去总是让人觉得不舒服……还有唐·劳罗，他和女侏儒恰恰相反，如果发现只有我一个人时，他就会等老板回来，那时两人才会去走廊深处说买东西的事。他们像两个匪徒一样偷偷地包好东西，然后老板再回来把钱放进柜台，而神父则面带微笑地离去，手里的东西重到快要拿不动，因为那些黄袋子里面装的不是食物，而是一瓶瓶的酒。

突然，我就一鼻子撞到放奶酪的玻璃柜上，但我没有晕倒，最后时刻我稳住了。马里奥马上跑过来，一步一步地把我扶到储物间，让我在一个木桌上躺下，然后叫来了镇上的医生。

这种情况我已经很久都没遇到过了，我就像个将死的小女孩，那是非梦非醒的癔症，敌人是一种奇怪的疲倦。小时候我还挺喜欢这种感觉，当然干呕时除外，那时我会感觉耳朵深处轰鸣声不断，我听着周围人的谈话声，妈妈急得要命，而爸爸翻箱倒柜地找药。每次我彻底醒来时，鼻子里都是一股酸味。

现在则是马里奥在看着我。我双眼紧闭，浑身动弹不得，但我能清晰地听见一旁的他粗重的呼吸声，接着一只手摸了摸我的额头，然后又摸了摸我的脸颊。这种爷爷般的关注我很受用。我感觉被温暖了，就像吃过药一样。不过，当有根手指放到我嘴唇上时，我就感觉很奇怪。那根手指一直没有离开，好像想重塑我嘴唇的形状。我闻到了手指上面的奶酪味。身体里的这一波虚弱感逐渐散去，只要愿意，我随时可以睁开眼睛，但我却因为另一件事而无法动弹。马里奥在自言自语地说："看这朵美丽的小花……"最后，我只能咳嗽一下才打断了他。这时店里的门铃响了。

萨尔基尼给我检查的时候很滑稽，就像在给小孩看病。总的来说他看上去很温和，只有在看到我因摔倒而留下的瘀青时脸色才阴沉下来，我马上用衣服遮住那里，以免多费口舌。

不过，一想到马里奥会趁着我晕倒时干出什么我不知道的事情，我的内心就生出一种无法掩饰的厌恶。我突然就刻意远离了他，尤其是他想给我解释工作内容时。之前我还觉得没什么，现在我觉得那就是个圈套，只是想多闻闻我身上的味道。当他把手搭在我肩膀上时，我浑身都凉了，马上向前跨一步拉开距离。我脸上还是带着微笑，但他肯定意识到了那种疏远。这让他很痛苦，从他的眼中可以看得出来，而且他不敢相信这是真的。有时候他也会发火，找我的碴儿，让我去店后面那堆积如山的东西中找什么文件。不过，大部分时间他只是自己生闷气。他经常朝我看两眼，看我是否也在忍受那种安静带来的痛苦。

萨穆埃莱出现之后，他就更难受了。他是突然降临的，就在一个再寻常不过的时间。他只买了一点儿东西，当他离开后，我体内的躁动仍然久久不能平复，就好像有无数只蚂蚁在啃食我的内脏。之前，我从未有过这种感觉，有那么一会儿我不知所措。马里奥的话一下子把我拉回现实。"你想让巴尔贝里尼夫人自己动手切火腿吗？"站在柜台前的当事人很开心，因为店主的话让她感觉到了自己的重要性。

我听着人们的谈话，几乎每个进店的人最后都会说起那个话题：重新住进了交叉路一号的那个年轻人。在他们的口中，那人似乎是个无可救药的畜生。我也记得之前听说过一些新闻，主要是听爸爸说的。通常，他会舒服地坐在沙发上看电视，好像手里有枪，随时准备结果某些待处决的动物的生命。"马莱玛的垃圾……"他嘟囔着，"难道能上电视的就只有疯子和白痴吗？"

萨穆埃莱将我扔进了一个美丽的新世界，哪怕他只是在几米外站着。每一次见到他都像在打仗，我既想捕捉到他动作的细节，又怕他会注意到我投去的目光。马里奥不在的时候最可怕。每次听到进门铃响起，我全身的血液都要冻住，当发现进来的是女侏儒时，我就咬牙切齿地骂一句娘，反正她也听不见。但如果进来的是他，我就不行了，实实在在的眩晕成了我的敌人。我的喉咙被封住，手像零下一百度时那样僵硬，那种感觉就像在云中漫步。"您请讲，"我的声音悠远得像是从身体深处传来。不过有一点，他从来都不抬头，要不然我可能会在他面前爆炸。寂静就像飞机的轰鸣声，我感觉自己的每一个动作都是错的。然后我们就来到收银台前，我敲击着数字，因为心跳得过快，我经常一下子同时按到两三个按键，这时我就得重新算一遍。萨穆埃莱没有什么多余的话，只有在最后拿袋子时才会抬起头，虽然只有那么一瞬间，却已经足以填满我的整个身体。

他只要一消失我几乎就会忘记他。总的来说，他的形象好像变成了某种光晕一样的东西，我再怎么想也想不出他具体的模样。这件事既让我愤怒，又让我对他渴望到想要尖叫。在我这里，那个男孩的形象是不存在的，剩下的只有意象，类似盯了一会儿太阳之后眼中留下的光印，它会慢慢地消散，直到最后完全消失。但是皮肤感受到的灼热你会一直记得。

马里奥在的时候，我会待在一边。有顾客的时候，我就在其密切注视下切香肠。通常，我会最先从橱窗的倒影里瞄到萨穆埃莱。他就像个影子一样，不知道会从哪里冒出来，在店里待上两分钟后又匆匆离去。就算这样我还是对他念念不忘，他离开之后我整个人都不一样了。马里奥不能原谅我的这种变化。他脸色变得苍白，失神地看着前方，这种状态甚至能持续到晚上。那时，我就会感觉到和爸爸在一起的日子又回来了，那种折磨和之前一模一样。只不过，如今我甚至没有一个能发泄怒火的枕头，否则我就可能吵醒一个英俊的阿尔巴尼亚人，他每天晚上都会来到中街重新给我套好脖圈。

午休的时候我开始走出店门，甚至有时候下雨也出去。我漫无目的地走在午后空无一人的街道上，从每个房子里传来了饭菜的香气和电视的声音。接着我就找到了那里：交叉路，就在一个上坡开头的地方。

我躲在一个角落里看着那扇窗户。如果玻璃后面出现一个身影，我就会马上把头缩回墙后，或者，每次当那只橘猫出现在路中间，在喷泉旁盯着我看时，我就把一些诅咒送给它。

萨穆埃莱一直在我脑海里挥之不去。这次和以前的那些一时冲动不一样，过去的那些男孩总是悄无声息地就死在了我的记忆中。而萨穆埃莱，别人越是说他的坏话，他身上的光环就越明亮。晚上我还是吃得很少，不过现在最让鲍里安紧张的是我的眼神，迷离而不知在何处，而且肯定与他无关。我的身体还和他们坐在一起，但灵魂早已走远。回到床上时我感觉灵魂都变轻盈了，在发生这一切之后，我终于看见了一扇通往光明的大门。我感觉自己处于一种失衡的状态中，似乎早晚会有什么事发生。这种感觉让我焕然一新，也让我变得更强大，对现在的我来说似乎就连贫血也不再是什么大事了。

后来，我就像个傻瓜一样走进了他的嘴里。那天午后，我又开始了绝望地闲逛。我来到街尾，看见萨穆埃莱的屋里没亮灯，摩托车就停在储藏室的屋檐下。我先是出神地看着这一幕，然后躲到了拐角后面，享受着那份因害怕看到他出现而给身体深处带来的战栗。那是一种美妙的恐惧，我愿意一直拥有这种感觉。第一波的刺激渐渐消散，当我刚想再次探出身子时，我听见有人对我说："你在找什么？"

我呆住了，看了看周围，有那么一瞬间我怀疑自己是不是在做梦。接着萨穆埃莱从一个角落里走出来，站在我身边。

那时我才明白，从一开始他就在那里。我身体的一部分已经准备好撒腿就跑，但另一部分则完全动不了，就像那些装死的动物一样。他看着我说："每天同一时间你都来这里，你有话对我说吗？"

如果当时我手里有一把像鲍里安那样的匕首，我肯定会毫不犹豫地刎颈自杀，这样最起码还能死在他的脚下。然而，我只是看着他，我不能让他以为我只是闲来无事想偷窥两眼他这种离经叛道的人。"对不起。"我小声说，我已经尽力了。刚开始的那种刺痛还未消散，于是我慢慢转过身去，低着头，就像一个被老师赶出教室的小女孩。我开始往前走，内心满是羞耻。

"不过我也没说不愿意听。"他说。

我加快了步伐。"现在我就自杀。"我一直在对自己说。我感觉背后的眼神几乎要在我身上钻出孔来，而我将小巷的尽头视为唯一的救赎之路。最后我几乎是跑着过去的。

*

想起那个时刻，直到现在我仍有种被示众的感觉。此刻，外面正下着暴风雨，而我被关在忽明忽暗的房间里。我的眼前又出现了第二天的画面，我就像个受惊的小动物，战战兢兢地从巷子里探出头来。萨穆埃莱已经在屋檐下的台阶上等着了。

我们没做什么特别的事，只是坐下聊了一会儿。一般是他引起话头，说镇子是如何停滞，如何没有目标。"这里的悲剧最后也会成为你的一部分。"他经常这样说。其实他根本不需要说出来，一切都已经写在他脸上：他被困在了一个毁灭他的地方。"你不怕我吗？"他冷不防地问。我摇了摇头。我真想在那个台阶上过一辈子。突然，我感觉现在唯一的恐惧就是第二天不能再见到他。这话我只会对自己说，但我非常感谢那些将我带到这个镇子上的可怕经历。

他从来不说那件事，我也不问。和萨穆埃莱在一起就像把自己包裹在所有完美的事物里面，而我丝毫不在意这个世界是如何将我们带到这里的。我也不在乎第一个吻何时到来，因为过往的迷雾正在逐渐散去。我甚至想要感谢爸爸，正是他的偏执，我才将自己所有的爱留给了眼前的这个男孩。我紧紧地握着他，似乎已经进入了他的体内。我们接纳了对方，将过往的一切遭遇一笔勾销，现在我们的眼里只有光明。我们就带着这种窘迫、幸福和局促长时间地看着对方。我抚摸着他，经常情不自禁地想要去吻他，因为现在我感觉哪怕他有一刻不在我就会溺死。到了开店的时间，我握紧拳头往回走，几乎一半路程都是跑着的，但跑到一半我就会停下，跑回去继续吻他，其实再怎么吻也吻不够。"我十年前就爱上你了，"有时我会说，"但当时我还不知道。"

我第一次让他脱掉我的衣服也是在这个房间里。那是个星期六，休息日来临前的烦闷让我们无比饥饿。萨穆埃莱要了一次又一次，超出了我的极限。一丝微弱幽暗的光线将我们的身体照射出金属一样渐变的影子。肉体的撕扯也很美妙。我听到生命的躁动在我们体内的每个纤维中嘶吼。现在世界变得更好了，因为少了两个被遗弃在滚滚红尘中的影子。就连镇子都在对我们说谢谢。这里充满了各种死于虚无的人，在这里做爱就相当于一首流传于墙壁间的颂歌，为这片被遗弃的地方带去了一丝热情。

周末时我阴郁的眼神逃不过鲍里安的眼睛。他关注着我的一举一动，而我快要被憋疯了。"吃饭。"那天晚上他也这么催促我，用膝盖碰了我一下，将我从迷离中带了出来。我完全没有心情，突然怒火中烧，做出了一个突然的举动：我把盘子拿起来，丢在了他面前，"要吃你吃。"我生硬地说。整个饭桌瞬间就安静了。所有人都放下了餐具，也停止了咀嚼。他们严肃得就像在战场前线，现在正准备扔出第一颗炸弹。我已经厌烦了那种敬畏，把餐巾放到桌上就离开了。

鲍里安一小时之后进了屋。我装睡，但能感受到他盯着我看了好一会儿。然后我听出了他的动作：先是藏好匕首，接着是行军床的铁丝网陷下的声音和关大灯的咔嗒声，我等着他打开那个对他来说如同世界地图一样的台灯，但他却没有。这是他第一次决定在完全黑暗中入睡。那时我还不知道，但惩罚已经开始了。

再睁开眼时，外面已经全亮了。吵醒我的是货车离开时发动机的声音。我抬起头，他的床已经空了，被子还在上面。家里连一只苍蝇都没有。我盘算着，还差三十个小时就能回到交叉路。这个星期天我将数着每一分钟，在洗衣服中度过。我穿好衣服来到门口，但门锁了，从外面反锁的。

我扯着嗓子开始大喊："喂！"没有任何回应。我又回到房间，打开了窗户，一阵寒气马上打在我脸上。我四下寻找，连个影子都没有。我向下看了看，有那么一刻，我甚至觉得自己能跳下去。但那是个天花板很高的老房子，最走运我也会摔碎膝盖。现在，我能听到的只有省道上传来的遥远的马达声。

我的心脏跳得厉害，脑中出现了一些挥之不去的画面。"他们把我关起来了。"我一直在心里重复着这句话。我打开背包开始翻找起来，由于太过激动，最后我把所有的东西都倒在了行军床上，手机不见了。

我开始不停地在这间砖砌成的鬼地方走来走去。我已经看到自己被扒光，像动物一样被链子拴起来的样子。我哭了，不时地去撞门。恐慌像海浪一般一阵阵袭来，我就像被狠狠扇了一耳光那样头晕目眩。最后，我闭上了眼睛强迫自己呼吸。鲍里安固然不聪明，但他肯定不会傻到想不到做某些事的后果。马里奥也不会对我无缘无故的失踪等闲视之。整个镇子都知道每天晚上来中街接我的家伙是谁。还有萨穆埃莱，就算是地震海啸了我也不会爽约，他经常半开玩笑半试探我底线地说："有一天他们会告诉你我是谁，你肯定会立马跑掉。"

想到他我安心了不少。从见到他的第一天起，他就成了我继续下去的动力，此时也一样。我只需要保持耐心，同时寄希望于这伙人没有其他让我消失的计划。

直到晚上，货车才又把石子轧得噼里啪啦。我来到窗边，看着他们一个个平静地下了车，开玩笑地互相推搡着。吵闹声马上侵入了整座房子。他们高声说着话，挪动椅子……然后我听到了上楼梯的声音。他们上来之后，有些人继续朝其他房间走去。当我房间的门锁发出声响时，我屏住了呼吸。门开了，鲍里安出现在门口，他看见我正坐在床上。

他只是快速瞟了我一眼，一句话也没说，又朝周围扫视了一圈，好像在确定是否有异常。然后他把外套扔在床上就走了，把门留了一个小缝。

在我看来，这种寻常就像是某种恐怖的笑剧。我被关在房间里一天，没吃也没喝，但我首先得去洗手间。不过，我还是等着脚步声最终从楼上消失，才开始动身。

当我下楼之后，我几乎确信对我的折磨到此为止了，条件是把我变成一只在角落里尿尿的母狗。他们已经摆好了餐具，也有我的那一份。饮酒已经开始了，克里斯蒂端给我一满杯酒。我没有多想，一饮而尽，憋气憋得差点呛出来。

前一天晚上，我要性子几乎没吃东西，并因此受到了惩罚。在连续一整天没往嘴里塞进任何东西之后，我朝着送到嘴边的肉猛冲过去，大口大口地嚼着硬面包。鲍里安露出了一丝得意的微笑，小口地抿着杯子里的酒。他的目光好像在对大家说："看见该怎样对待某些动物了吧？"除此之外，那就像是一次寻常的晚餐一样。唯一不同的一点就是我一直在吃。鲍里安把这个举动看成了对自己的认可，这个惩罚来得严肃而清晰。现在我让自己看起来很驯服，甚至驯服得过了头。我几乎不敢想自己还有一个计划。

忏悔中的女佣这个角色我演得很入戏。我收拾完餐桌之后，就在水池边劳作一小时，收拾好一切。最后，我把地都扫了一遍，甚至让大家抬起脚，好把很小的碎屑也扫走，就这样结束了我的表演。鲍里安就像个满意的君主一样在桌子那边看着我。

那盏台灯又和往常一样亮起。想睡着并不难，因为那恐怖的几小时耗完了我的力气。现在我只需要保持低调，不要引起任何人的疑心。

闹钟响得很早，唯一的厕所前还是常见的吵吵嚷嚷，因为有的人只是洗脸就能洗一个世纪，而外面的人都快尿裤子了。然后所有人冲向货车，驾驶室里大白天就已经能闻见酒味。他们把我放在路口时，我已经感觉自己在飞了。"你快做到了。"我心想。我上了通往镇子的公共汽车时更有信心了，车厢内全都是卢奇尼下了夜班的工人。

在店里的整个上午，时间慢得快让我长出白头发。一贯焦虑的马里奥仍然板着脸，而镇上的女人们在经过了周日之后需要进行采购，以填满家里的食品柜。为此我们甚至延长了一会儿营业时间，直到店里只剩我一人。我一直等到街上彻底没人了才从店里溜出来，一鼓作气开始上坡。我沿着墙根一路走，最后来到交叉路口时已是气喘吁吁，每吸一口气都感觉肺部在灼烧。我像火箭一样蹿到门口，最后消失在里面。我身处安静的走廊，萨穆埃莱马上从房间里出来了，头发有些乱，一副警觉的样子。他刚要说些什么，但我没留给他开口的时间。我几乎是哭着跑向了他。突如其来的撞击让他都有些踉跄。"把我留下吧。"我一边用尽全身力气抱着他一边说。

*

现在，他还没回来。尽管他知道那个地狱般的星期天我都经历了什么——被关在野地里的一个小破屋的房间里。如今，我正以同样的方式待在这里，被钉在这张床上，正是在这上面萨穆埃莱让我成了真正的女人。外面越来越黑，暴风雨仍在继续，就像世界末日。

我就这么消失了，刚开始我觉得这是一种解脱。萨穆埃莱只会偶尔出去买东西，他会把外面人们的情况告诉我。"最起码他们有点儿话题可谈。"他常这样嘟囔，脸上则出现了一丝忧虑。后来我才明白，把我留下对他来说是种风险。马莱玛的报纸上到处都是我的照片，配文统统是两个大字："失踪。"宪兵已经搜查了锯木厂伙计们的小屋，还一个个审问了他们，然后就没有关于我的其他消息了。其实，这些情况我只需要去报刊亭买份报纸就能知道。"我还得保持原来的习惯。"萨穆埃莱喃喃地说，眼睛无神地看着前方，接着，他朝我露出了灿烂的微笑。"如果他们发现你在这里我就麻烦了。"他说。下一秒钟，他已经来到了我身上。

我想到了妈妈和爸爸。想到她一直拿着电话听筒，像疯子一样一遍遍地拨打我的号码，最后听到的总是同样的信息：暂时无法接通。而这也正是事实。躲起来是能保全所有人的唯一办法。如果我现身，找到我的消息会让小报记者们疯狂，最后话题会回到萨穆埃莱头上，到时候我连他也保不住。和其他人一样，锯木头的那帮人也在黑暗中搜寻着。我在内心深处知道，鲍里安肯定不会原谅我的私奔行为。那样我就会再次被困住。

萨穆埃莱说从今往后就不一样了，我们有机会一点点地做好准备。现在我只需要打个电话，说："妈妈，我很好。"只需要这个。这样我就不需要在床上辗转反侧，想着她一天天地瘦下去，因为她以为我已经长眠地下了。

已经过去了五个星期，对于很多人来说我已经死了。也许他们是对的：我生活在阴影中，只能低声说话。萨穆埃莱不在家的时候，我连冲马桶都不能。于是，就会出现这样的时刻，真实开始变得模糊。突然我问自己："这一切都是梦吗？"也许我只需要睁开眼睛，就会发现我仍然住在原来的小屋里，或者，我会突然醒来，在我的卧室里继续读和达西先生跳舞的那一段，而妈妈则气喘吁吁地跑过来告诉我说晚饭做好了。"你那是什么表情？"看到我半梦半醒的样子时，她总会这样大叫，"现在睡觉，晚上你就要翻天了，明天早晨又是放炮都叫不醒你。"

*

听到门被撞击的声音时，我还以为是另一阵狂风，而外面的风确实能在眨眼间将这座房子吹走。冷空气已经渗透进了屋里，然后我听到了开门锁的声音，萨穆埃莱回来了。

我一条腿跪着支起了身体。寂静仍在持续，就和刚才一样。直到走廊的灯突然亮起，我的不安才彻底消失。那是种昏暗的光。我得咬紧嘴唇才能忍住不去叫他。最后传来了脚步声，地板上出现了他的倒影。

吊灯亮了，我闭上眼睛还不够，必须用手挡在眼前。"你去了好久啊！"我低声说。萨穆埃莱没回答，他走过来，在床边坐下。我看着他说："看看你，浑身都湿透了。外面简直是世界末日……"

他就坐在那里，眼睛盯着前面的墙。他面色苍白，有几缕头发贴在前额。

"出什么事了吗？"我用一丝声音说。

可能他根本没听见我说什么。接着，他的视线开始沿着墙壁上升，来到天花板……最后把头一直抬着，看着仍然在慢慢晃动的吊灯。他的脸上全是一道道的雨水，但我也无法肯定里面是否混合着泪水。

"萨穆埃莱，说句话啊。"我继续说，"你这样让我很害怕。"

他整个人打了个冷战，然后缓缓地把头转向我，动作慢得让我起了鸡皮疙瘩。最后我们四目相对。他的眼里一片空虚，一个鼻孔里留下了一条鼻涕。当发觉他的嘴唇在抖时，我感觉遭到了当头棒喝，他的整张脸似乎都在颤抖。一声抽泣击碎了他的呼吸，这次我看清楚了，泪水喷涌而出，一下子就越过了颧骨。"我回来了。"他费力地说着，声音已经完全走样了，"我回来了……"

他抬起一只胳膊，把手伸过来，而我完全呆住了，仿佛一个局外人看着眼前的这一幕。他把手放在了我的脸颊上，冰凉的手让我快要停止呼吸。他仍然有泪水纷纷落下，而我连一句话都说不出来。

他挪了过来，当我们的嘴唇相接时，我尝到了咸味。萨穆埃莱抽泣得浑身发抖，但他仍在继续吻我，就好像在大口吸着新鲜空气。我任由他亲吻，让自己一点点地融化在其中。他来到我的脖子上，我看到一片油漆脱落了，像一片雪花一样掉在了我们身上。突然，他猛地脱掉身上的外套扔到了地上，开始像生气了似的沉重地呼吸着重新向我冲来。

*

有那么一瞬间，外面的暴风雨似乎和我们的声音合二为一。雷声让玻璃颤抖起来。他在我身上继续着，就像在注入另一场暴风雨。我必须紧咬着牙关才不会发出声音。那是一种美妙的恶，也恰恰是我一直都向往的，直到最后一天，而且还不够。天花板的漆片纷纷落下，一切就像在梦中。我想问："发生什么了？"但我被吻堵住了嘴。萨穆埃莱的泪水不断地流到我脸上。

最后，我已经忍不住了。我张开嘴，大叫起来。

萨穆埃莱·拉迪

魔鬼

做完爱之后她筋疲力尽地倒下了。她一般会像现在这样睡几分钟。艾莱奥诺拉的轮廓很锋利，像一把刀，但在眼前的明暗交织中，她就像一把火构成的剑，第一个灼伤的就是我，因为我实在不知道怎样驾驭她。"我们今天晚上走吧。"每次看见我回来她都会说。她抓住我的手说："我找到了你，现在我再也不会让你走了。"我刚才试过挠她的脸，想看着那双深邃的眼睛，这么多天以来我一直在里面坠落，完全不在意最后的撞击会有多惨烈。我想鼓起勇气，鼓起勇气对她说……

……克拉拉的颧骨下面有一颗痣，像个女明星，而且她也喜欢用自己天马行空般的签名填满纸张。她能连续写半小时，休息一会儿之后再写半小时，如此循环往复，眼神似乎已经穿透了纸张，不知去向了何处。"能让我放松。"如果我问一直写自己的名字有什么乐趣时她会这样说。她最喜欢写出某种旋涡的形状，字母越到中间越小，最后变成了一个点。然后她得意地抬起头，就好像自己也进入了风暴的中心，里面空气沉滞，一切都变得宁静。克拉拉好像只想要一件事：生活在里面。

　　刚开始她甚至不看我。她喜欢自己的黑发，头发的形状和她在饭店卡片上签名的方式如出一辙，都是旋涡状。闪闪发亮的旋涡依附在一个匆匆绑好的发髻上。看见她的头发我就会想起蛇发女妖。我在桌子中间穿梭，而顾客们来到收银台前找她买单。我负责收走客人们留下的垃圾，有油腻的餐巾、到处散落的叉子，以及吃剩下的半口黏糊糊的甜点。我把一切丢进可口可乐的餐盘上，有时候餐巾下面还藏着一点可怜的小费。然后我的视线就偷偷地移到了那个马莱玛的黑白混血身上，她的牙齿洁白，还有一双不可思议的手。她父亲让她抛头露面是个正确的决定，因为看见她之后，某位米兰顾客水汪汪的眼睛里就不会再有任何抱怨，他目前所处的位置就是自身悲剧的最佳佐证：他选择了佛罗尼卡作为度假地。这就相当于对着全世界大喊，说自己的整个人生失败了。

　　下班之后，我们会在朝着露营地的矮墙旁边一起抽烟。我很喜欢那个时刻，这让我感觉我们和另一边在走廊里游荡的那些傻瓜不一样，他们只会目光呆滞地看着大海。我们不怎么说话，只是在那里待着，眼睛看向虚空，就好像刚刚经历了野蛮人的洗劫，现在正在重新找回对世界的信任。有时她会抬起头说："你要知道，不管你的工资是多少，我们付给你的钱永远都不够。"她指的是我要应付的那群吵吵嚷嚷的下等人，海湾里到处都是他们的身影，城市的喧嚣早已浸透了他们的眼神。我本来想说：真正的报酬是和她在一起的那一刻，虽然我们头上就是歪歪斜斜的屋檐，一阵阵的垃圾臭味从厨房里袭来。

　　布泰里海湾的内心已经死掉了，同时吸引着内心死掉的人前来。邋遢的气息隔着几公里就能闻到，尤其当你从索尔米内那一侧上省道时，那根迟钝的大烟囱不分昼夜地冒着一缕白烟。斯卡尔利诺平原就在那里，遍布着荆棘和芦苇，忍受着太阳的炙烤。然后就来到了海边，但是这里也并不安宁，因为码头将景观一分为二，游客们纷纷冲向海滩，他们疯狂地拍照，等回到自己住的茅舍之后好拿出来炫耀。然而，呈现在眼前的却是一堆硫黄，海水灼热，上面漂着一层油，因为这里是污水处理厂的排水口。不时就会有鱼类成群死亡的事件发生，鱼群一涌而出，疯了一样地寻找着氧气，最后死在了河堤前。有时海啸也会带来成堆的动物尸体，几小时内空气就变得腥臭不堪，让人很难忍住呕吐的冲动一直走到海边。我正是在这样一个时刻看着露营地外面立着的那两个拱形的大字：欢迎。视线移向沙滩，我看见几个小孩正在用铲子铲沥青块。他们的父母就在几米外的地方有气无力地躺着。而只要一有相机对准自己，他们就会露出一种让人看了想要尖叫的笑容。

　　在所有的破败之中，克拉拉是唯一一片净土。我会跟她保持一定距离，尤其是在做晚饭的时间里。我们单独待在游廊的时候，我低着头，脑子里开始预演如何将椅子摆整齐，如何用抹布擦掉杯子上的水渍。有的时候我无法摆脱她，这时我们就肩靠肩坐着，要么是在冷餐自助桌旁，要么挨着餐具柜。我们照例调侃着那些丑陋而不幸福的人，八月的假期对他们而言是一种巨大的痛苦。克拉拉很喜欢观察这些选择来如此不毛之地度假的精神病患者。不过她很崇拜自己的父亲，后者很有眼光，早在七十年代就在这片老松林的边上盖起了一座房子。后来又建起了第一段游廊，然后竖起了围墙，后来出现了一堵又一堵……布泰里海湾就这样诞生了，从一开始就有着滥用的血脉。二十年后一切都得到了赦免，同时也养活了一大家子游手好闲的人。

　　而她也是被滥用的东西之一。只要她出现在人们的视野中，这个地方的风格就会不一样，好像一下子就有了加勒比风情。

　　夏季快结束时，我们已经手挽手地到处走了，只是会避开她父亲。游廊被一群没好气的白痴占据，他们就算在八月节也会生气，甚至脾气比平时更差，因为这个地方定义了他们的等级：他们就只配得上这些。这就是所有的血汗换来的东西，一个服务员甚至连衬衣都不穿的地方。

　　克拉拉向我投来的锐利眼神里放着电，搅得我心神荡漾。然后我就会下错单，让贝佩疯掉，他的骂娘声能将整个厨房掀翻，或者，我会让那些自命不凡的顾客生气，因为我随时会忘记今天菜单外的特色菜是什么。我每走一步她都会笑，不过是甜蜜的那种，她的眼睛就像在大叫着："你真英俊，而且你是我的。"关于第一点我不知如何点评，而关于第二点，我已经准备好对着统领全宇宙的那颗星星发誓。

　　我们在闭幕节那天做爱了，而外面的失败者像大象一样蹒跚地移动着，灌醉他们的，是当天下午贝佩在地上的酒桶里勾兑的桑格利亚酒。突然，他脱掉了凉鞋，把脚泡了进去，"这能赋予酒某种味道，我也不知道是什么。"他嘟囔着说。接着他又开始切桃子和西瓜，丢进那桶刚加了朗姆的不雅的酒里面。现在观光客们正在痛饮那不怎么美味的汤水，涣散地和着请来的普利亚人的歌声走来走去。那人是个胡子打理得十分讲究的胖子，他一边假装弹着自动钢琴，一边唱着拉马佐蒂 ① 的歌。

　　克拉拉和我就在饭店后的篱笆外面。我在她的体内一点点死去，

---

① Eros Ramazzoti，意大利当代流行男歌手。

双腿已经快要支撑不住身体的重量。因为在最美妙的一瞬间，她抓住了篱笆的一角，把头向后仰了过去。一个六七岁的小男孩出神地看着从竹子的缝隙里伸出的那几根手指。我一边从缝隙里看着他，一边继续着动作。最后我们的视线好像交汇在了一起，虽然他肯定猜不到什么。然后我就结束了，看着一个长着一双蓝色大眼睛，顶着西瓜头，身穿巴塞罗那球衣的小男孩。

十月末，我们搬到了乌拉尼奥路。之前我就感觉自己所处的现实有些不真实，我的脑子里总是会出现一些与人为善的想法，对我来说，这无异于让我无聊到死。比如，我会突然感谢生活的所有痛苦，因为它们将我带到了此时此刻，克拉拉就在我身边，我毫不迟疑地打开了门。屋里长时间积攒的味道差点让我晕厥，但我心里想的仍然是：新的一章开始了，对于我们两个人都是。接着，整个下午我们都在跑上跑下，把装着我们那些老物件的大箱子搬上去。即便当下你有最美好的想法，过往也不会停下追击你的脚步。

另外一件关于她的事情是，虽然她才工作了四个月，但挣到的工资已经相当于一个好泥瓦匠一年的收入。她父亲将三分之一的股份划到了她的名下，最后结账时，她收到了一张上面有无数个零的支票。而我则必须将失业金省之又省，每个周末都去能私下付给我钱的餐馆打工。"我很希望哪天能继续上大学。"我一直这样说，有时甚至连自己都信了。于是，她就疯了似的拿我开玩笑，因为她真不觉得我是块能当考古学家的料儿。"到了星期天只有扔炸弹才能把你拖出家门。"她说，"我真的无法想象你在一个丛林里一凿子一凿子发掘千年古庙的样子……"

她说得没错，但她周六是和朋友们一起玩，而我需要跋涉数公里到圣洛伦佐去，甚至到巴瓦雷赛。每次我都跑到心脏即将停跳的边缘，以免惹怒黑奴贩子一样的老板，他光是看见我出现就要吹胡子瞪眼了。

除此之外，我们就活在爱情的轰鸣声中。我们随时都会筋疲力尽，随便一点什么都能让我们的肉体燃烧起来。每天的日子其实很单调，但我们却将其视为举世无双的琼浆，甘之如饴。我们会在格罗塞托漫无目的地散步，那是一个任何正常人都会恐慌症发作的地方。我们还会在主教堂门口的台阶上对未来做出各种怪诞的规划。第二天早晨，当我重新睁开眼睛，看见她在家里转悠时，我感觉自己就是少数得到上帝之吻的人之一。每当这时，我都需要进行一次十分耗费精力的灵魂训练。那是一些痛苦的时刻，我看着她，而她看不见我，突然之间我就感觉，自己配不上她。克拉拉让我犹豫不决。她是我一直梦想拥有的水晶娃娃，但她一直让人感觉随便吹阵风就能碎掉，然而，破碎的却是我。

嫉妒始于晚上，当天有一场意甲联赛的补赛，所有弱智都留在了家里看球，我趁着饭店里没人像火箭一样离开巴瓦雷赛。放在其他时候，我可能会一直待下去，尽可能多地挣工时。不过那次我请假了，我说："现在顾客也不多，可以提前走一两个小时吗？"詹卡洛用深陷进眼窝的眼睛看着我。当餐馆没人时，他的内心其实很煎熬，希望大家都待在那里，静静地一起忍受着苦难。"这也不像工作啊。"他咯咯地说。我当他是答应了。

我来到十三戈比酒吧。我直到下完楼梯才取下头盔，那下面是一个上百年的酒窖，装修成了英式酒吧的样子。看见我时，每个人都以为我是来抢劫的，或者，一个接到任务准备暗杀某人的杀手。身边突然出现了很多噪声，我四处搜寻，急着想要看到克拉拉突然看见我时的样子。我已经想到了她吃惊的脸，她顿了一下之后，开始大叫我的名字，然后她就会扑到我身上，不停地吻我。

　　然而，她正和一个举止做作的家伙坐在一起，就在拱门下的一张桌子旁，旁边是一条长沙发。他们面前摆着一些空酒杯，那个男人不时地欠下身子，吸两口藏在下面的香烟。他吹出了一个烟圈，并没有人表示反感。不过最重要的是，他们经常开怀大笑，还笑个不停。他们有时候太过开心，她甚至将头靠在他的肩膀上。过了一会儿之后，两个人又笑到流泪。

　　也许只有一分钟，也许有一百年。我就站在吧台边，身上穿着服务生的衣服，手里拿着头盔。同时，我感受到了巨大的恐惧，嗓子被不安堵得严严实实，就连呼吸都做不到，我还在，但已经完全不是我自己。我不再是一个人，而是一块碎片。我看着自己漂亮的蛇发女人如今在另一个人手里。我看见他盯着她嘴唇的样子。而克拉拉完全沉醉其中，在一瞬间，她就剥夺了我们那种互相所属的感觉，而就在几小时前，我还以为那是我们俩专属的。我甚至没有看清他们最后的动作，她突然就转头看向了我。我就那么看着她，就好像舷窗的另一侧出现了另一个世界。确实，看到她皱眉时，我的表情一点都没变。她好像想把我放在一光年远的地方烧掉一样。"萨穆埃莱！"她大叫一声，然后马上向我跑来。

　　我们小团体的其他人此时正在吧台，距离我咫尺之遥，他们自然也目睹了这一幕，但我丝毫不在意。我也不在意知道了那个菲利普的性取向，他深爱着自己的马莱玛种马，但对方却因为时尚事业飞去了英国，只留下他自己在十三戈比买醉。我也不在乎那些笑声是因为菲利普在那张长凳上抽完了一整根大麻烟卷，还对着克拉拉吞云吐雾，而后者对这种味道完全不适应，像个刚喝了人生中第一口白酒的十二岁女孩一样逃之夭夭。

我在乎的是自己。那突如其来的一刀将我剥去了皮肉，袒露出骨头。我当时只有一个想法，那就是我正在失去一切，在一瞬间内，我变成了一个无底的深渊。我被吞没了，那是一种我从来没见过的黑暗。虽然现在我已经和克拉拉勾肩搭背地笑着闹着，她也很快乐，但我其实在舔舐内心的伤口，就像是刚刚躲过一次致命的浩劫。但再次发生的可能性就躲在拐角后面。那个一直飘在空中的问题是残酷的：我确定还要这样活下去吗？我完全躺平了，被禁锢了，完全被置于那段感情之下。

是的，我想。不仅如此，那个问题我从来都没问过，因为我没有其他选项。现在克拉拉已经进入了我的生命，选项只有两个，一个是她，另一个还是她。我尽可以大吵大闹，但我只能在她的眼睛里找到对自己的肯定。之前，我还只是众人中寻常的一个，只是被常态的灰色收割的其中一个，现在我能用光亮瞎任何一个碰上的路人。

关于她的一切都是猛烈的。这是个威胁。每当我发现她失神地看向别处时，我都感觉血液里的岩浆在喷涌。"你想什么呢？"我像猛禽一样马上问道。克拉拉摇摇头，绽放出常见的微笑。"在想你。"她总是这样回答，而我的心却碎成了片。

现在的周末就是一种折磨。有时候我们会一起在洗手间里，照着镜子，我准备上班，而她则是准备今晚的外出。她将其戏称为姐妹之旅。"今天晚上我有姐妹之旅。"她说。这时，我就感觉自己从一个无形的楼梯上摔了下去。

她们的第一站基本上都是在卡米拉家吃晚饭。那个体重一百二十公斤的家伙对暗黑音乐和黑色口红情有独钟，衣服、鞋子，所有东西都一样。她那种喜欢摆布别人的眼神令我生厌。如果我不小心碰见她，克拉拉每说一句话她都要使个眼神，就好像在读取一个我无从知道的故事。我几乎可以确定，她们一起出去时，她肯定一直都在怂恿克拉拉不必单恋一枝花。卡米拉受不了克拉拉漂亮这件事，她那个从山上来的男朋友也让她不爽。既然不能给自己的知心朋友下套，她就决定对我下手。她的嘴只要歪一厘米，我就开始紧张地大口喘气。这一点她发觉了，而且享受其中，也一直都在这样做。

有时候，我到家时她还没回来。我不得不在凌晨一点开一瓶酒来独自面对。最后，我听到了忙乱的开门声，然后是她一如既往的声音："亲爱的……"在她出现在带烹饪角的客厅前，一共有七次高跟鞋撞击地面的声音。她把灯打开，发现我正独自坐在电视机前，音量开到了最小。灯光晃着我的眼睛，但晃我最厉害的还是她，她那种重新出现在我面前的方式，已经告诉了我所有关于这一晚的细节，虽然我连问都没问。细节太多了，想要隐藏什么的人都会这样。

我只有在家里盖上被子时，才能有一点安全的幻觉。冬日里的星期天我们几乎就是这样度过的，外面的雨水正拍打着窗户。我像一朵花一样绽放，而她则慢慢地枯萎。她有一种一定要活动的执念，这对于我来说完全意味着危险。最后，我开始跟饭店撒谎，偷偷地打电话说自己病了。詹卡洛几乎在怒吼，而我听都不听就挂了电话，接着我就出现在客厅，把消息告诉她说："还是没工作。"我悲伤地嘀咕着，假装对于失去当日的报酬而难过。刚开始克拉拉还会因为我在而开心地跳起来，我的心高兴到快要爆炸。接着她列了一些今晚可以去的地方、可以见的人，就在这时我突然横插一句说："要不随便看场电影呢？"她盯着我，过了一会儿点点头，没有跟我争吵。而我会一直窝心到下周六。

感觉疲倦时，她经常会试着说起那些让我局促的话题，比如我们喜欢过的人、小时候的梦想等等。对于这些话题，我根本憋不出几句话，一方面是因为我本身就没有什么故事可讲，另外一方面是不想打开她的话匣子，进而说出一些我不想听到的事。我不想知道谁夺走了她的处女之身，也不想知道她高中时迷恋过哪个天才，就连她不小心透露出对某位演员的喜爱时我也会变得阴郁，从此以后他的电影就会从我们的片单里消失。当她谈起高中三年级某次去里斯本的旅行时，我也会变得不安，因为早晚会蹦出来某个吻，某次拥抱，某封充满弱智誓言的信……万一听到了，我就会把自己裹起来，就像关闭了耳朵里的安全门。我听到了诸如马尔科、桑德罗和拉法埃莱的名字，但实际上我什么都没听进去。他们就像一些活动的空气，毫无意义。很长时间之后，克拉拉终于明白了我的意思，因为一般我会直到第二天才开口说话。当她和卡米拉那个肥婆或是团体里的其他女孩连续打一个小时的电话时，我也同样会变得像个图腾那样少言寡语。

有一天晚上她摊牌了："你不能再这样下去了，你虐待我的过去就等于虐待我的现在，你不明白吗？"然后我们才开始了第一次真正的讨论，她还在继续说。这时，我注意到的是她脖子上和额头的血管。"关于你我什么都不知道，你觉得这正常吗？"她突然说道，"你好像是从天而降的，没有过往。每个人都有过往，哪怕难以启齿……"

我突然打开了话匣子。我打断了她，一切发生的是那么突然，她惊讶地甚至把头往回缩了一下，好像我要打她耳光一样。

我讲了自己的故事，讲了自己的家乡，讲了有着一个终生拥抱树木与云朵的母亲的孩子背负着什么样的沉默。最后，连自己也感受到了云，感觉身体的边缘开始变得模糊，最终消失。然而，我仍在人群中间，试图模仿他们所做的一切：继续活着。旅途在继续，尽管我缩在了一个角落，盯着自己的脚看了一百年。我喜欢世界带着我走，而我就像个烦闷的乘客，不时看看火车窗外的风景，不，应该是宇宙飞船的窗外，因为我喜欢保持距离。这是我的秘密。

是的，小时候我也拥有过小幸福，那些心跳、悸动的时刻。我亲眼看见过波涛汹涌，有过蹩脚的尝试，也经历过海上逐浪……在某种程度上，我也算是取得了属于自己的一席之地，尽管我一直都隐约感觉离真实还差一步。如果说现实是一幅画，那我就是行走在画框上。"然后你就出现了。"我盯着自己的手说。

我感觉她的目光就像一枚火印一样灼烧在我的皮肤上，但我已经骑虎难下，话像河水一样奔涌而出。她想知道我的事，我也说了。

有时我会揭开一些意想不到的裂缝，让我回到那个镇子，回到马莱玛的山尖。那既是一种快乐，又是一种伤害，因为我的眼前马上浮现出埃塞德拉奶奶那模糊的轮廓，同样模糊的还有对于她去世的记忆。那时，我二十岁，正是所向披靡的时候。学业中断了，我感觉真的成了孤家寡人，双数日傍晚六点的时候，电话也不再响起。我没有再回到镇子，凭借着一点遗产，我搬到了罗马街。那个住处与其管它叫公寓，不如说是一个车库。给餐馆打黑工的生涯就是从那时候开始的，而且一直持续到现在。

克拉拉只是看着我，突然她的存在将我从十年漂泊的回忆中拉了出来，重新回到了人间，彻底而精确。我试着这样表达，已经尽了全力，这一点肉眼可见，但是我真正说出来的就像蜻蜓点水般肤浅，和我感觉到体内运转着的那台庞大机器没有丝毫相似之处。最后，我意识到所有的一切可以用几个字表达出来。我没有多想，甚至可能连自己都没有意识到，就说了出来："我太爱你了。"

我几乎从椅子上跳了起来，之前就已经在恐慌的边缘。克拉拉眼里含着泪水，但她将我撞倒时我甚至停止了呼吸。我的心思在别的地方：在为那朵云赋予了意义之后，我的视野被打开了，看到了新的边界。它们就在那里，就像一个笼子的外壳。在每条格栅上我都看见了她的名字，那些手写体正玩着那个在中间消失成一个点的游戏。那就是我。

*

艾莱奥诺拉脸上也有颗痣，但是很小，几乎看不出来。那颗痣就在右眼下面，像一个泪痕，这是她身上我首先注意到的一点。我现在就正透过闪电投下的斑驳光影看着它。正在这时我的思绪停止了，完完全全地重新回到了这里，回到了她身上。我突然向前探了一下身子，微微吻了一下她的耳朵。"我们再怎么在一起都不够。"我轻声说。她身体僵住了，好像抖了一下，可能是因为地板的又一次震动。房间不断地被闪电照亮，天空的怒吼不断倾泻到大地上，最后唤醒了我们所有人的血液。艾莱奥诺拉还在睡觉，可能还做梦了。

春天就像一记耳光，重新打开了布泰里海湾的大门。到处都有需要割的杂草、需要补的漆、需要修的围栏。克拉拉的父亲用低廉的薪水请来了一伙外国泥瓦匠。他们接到命令后就开始埋头干活，一整天都不说一句话。

坐着她的黄色雷诺汽车来到营地让我有些尴尬。我感觉自己像是个需要被运送的病人，或者，一个穷鬼，脸上写满了："我没有汽车。"最受不了这个画面的是阿拉里科，他和我恰恰相反，完全是一副粗暴男人的做派，最喜欢炫耀自己的男子气概。他不断地往地上吐痰，还在会计室醒目的位置放了一尊墨索里尼的头像，每次经过时都要用手碰一下，就像在碰教堂里圣人的脚。

去年度假季开始前，他们打电话过来让我去顶班。在电话里他们说得很清楚：原来的服务员在五月中旬时摔断了腿，那正是游客开始多起来的时候。第一次面试时他们提了一个很明确的问题："你能连上十二个小时的班吗？"至今这件事仍让我感到不解：十年之后，就业办公室终于给我派了一份真正的工作。到了九月份，如果算上去年工作的天数，我甚至可以取消自己失业者的身份，就像个正常人那样。

有时想到这里，我感觉这并不是某种巧合。这么多年来，我的名字和号码一直躺在那个抽屉里积灰。直到有一天奇迹发生了：丁零……自从接了那个电话之后，我的人生就朝着克拉拉迈进了。

她光彩照人，充满活力。和我一起在乌拉尼奥街憋了一个冬天之后，她终于来到了户外。只不过她身后还带了一个我，这也改变了我和她父亲的关系，后者现在几乎不怎么看我。每当我来到他身边，他总会找个借口离开。他也不对我说早安，只是低着头"哎"地叫一声。看得出来，对于又得忍受我一个夏天这件事，他有满腹的牢骚。由于他女儿的原因，就连违章建筑的墙壁都知道，他今年还得雇我。

在整修期间我很勤快，即便我并不会什么泥瓦活儿。我只要搬东西，擦玻璃，擦地板。我把掉在地上的松针扫到一起，聚成一座座小山。克拉拉到处跑来跑去，身上的每个毛孔都散发着活力。回到布泰里海湾之后，她才有了种众神归位的感觉，而之前在我那里她被禁锢了好几个月。同样地，看到她如此活泼，我不免有些难受，因为我老是感觉她会摆脱我的掌控，就好像我对她来说根本不够。但这一次我克制住了自己，没有成天摆出一张臭脸。晚上回家时，我们已经快累死了，路上大部分时间我们都不说话。这时我就会想起某个泥瓦匠，和其他同伴不同，他长得颇为帅气，还有个到了中午就脱掉上衣的习惯，将自己铁一般的身材暴露无遗。他在阳光下和着水泥，就像一个正在摆姿势的模特，动作连男人都看得出神，而我们可没有十三戈比酒吧的那个菲利普一样的癖好。他就像是精瘦版的兰博，脖子上总是戴着一枚海军陆战队员那种闪闪发光的牌子。于是，我赶忙看向克拉拉，而她正在游廊里出神地看着眼前的美色。这样一来，我又必须咽下这苦涩的痛苦，费尽全力才能装出一副笑脸。不过有一天，我还是做出了一个疯狂的举动。

那是一个寻常的工作日下午，当时快要下班了，事情发生得很突然。我看着阿尔巴尼亚来的那位大明星在堆建材，他就像往常一样把打包成捆的建材搬到饭店后面小屋里的冰箱旁边。当他脖子上那个亮闪闪的铁片掉在地上时，我是唯一一个注意到的。像是被另一个自我驱使，我朝它走去。我走到空地中央，假装弯腰系鞋带，起身时我把那个小东西顺进了口袋，然后就走了。

回家的路上我一直都在想着它。我不知道自己着了什么魔，但我也不在乎。我眼前一直都是克拉拉朝着那个矮额头、形似阿喀琉斯的年轻人投去目光的画面。这幅画面激起了我的嫉妒，其他更惊人的画面接踵而至，比如他俩趁着我们忙于工作时私会。其中有一幅让我怒火中烧得甚至有些喜欢，他们躲在一个地方，一边干那事一边偷瞄着我，就像几个月前我在那个金发小男孩面前那样。

我将那枚军队的奖章藏在了一个抽屉深处。我的想法是时不时地去检查一下，看我漂亮的女友有没有发现。她要么就会正大光明地说出来，要么就会守口如瓶，因为拿不准这个小东西是怎么跑到我们衣服里的。我在试探她。有时候，一想到将要捉奸成功，我就会感受到一种不正常的愉悦。如果她对我没有任何不忠，我就准备撒个小谎，说是在露营地捡到的，谁知道怎么跑到了这里……爱情的病人往往会给自己挖比这还深的坑。

尽管如此，我看起来就像教士一样规矩。在克拉拉身边的是一个沉静放松的我，和刚开始那个会没事找事的萨穆埃莱完全不同。而我的内心已经打了成百上千场战役。只要发觉她有些分心，我就会解读成她想离开我。只要她多看一会儿书，体内的另一个我就会开始磨刀。"你看见了吗？"他在我耳边低语。"她在找一些其他地方的东西。"然后我就会悲从中来。

但我装得很好，表面上看我们那段时间过得不错，布泰里海湾已经开始接到预订。泥瓦匠一走，我立马觉得自己像个傻瓜。但是很快，我又开始胡思乱想，因为一到周末营地里就挤满了来海边打滚的内陆人，每个出现在海湾的男性都会盯着克拉拉。有时候去收酒杯，我不得不忍受着他们的评头论足，而我还得继续完成自己服务生的工作。直到下班后我们来到饭店后面抽烟，来驱散一整天人群带来的烦闷。不过和去年不同的是，现在克拉拉说话了，就好像突然开窍了一样。"跟我讲讲镇子的事情。"她说。

这好像变成了一种游戏。此前我的长篇告白留下了一个奇怪的尾巴，一个奇怪的地方，对此她的震惊一直没有停止过。于是，我开始在记忆中搜寻一些人物和老故事，这些人和事要么是从埃塞德拉奶奶那里听来的，要么是从高街区的街头巷尾耳闻的。我沉默了片刻，说："当时我还是个孩子，已经有了关于伊萨斯提亚家寡妇的传言……"她听得张大了嘴巴。有时候，我会深挖这些故事，最后甚至挖出了一些意想不到的细节。在此期间我就像绘制了一幅惊人的壁画，克拉拉沉迷其中。"你是编的吧？"她经常不可置信地说，两只眼睛瞪得像车灯一样圆。我摇摇头。其实有些地方撒谎了，不过，除了某些即兴发挥的细节之外，镇子的原貌被忠实地保留了下来，包括所有令人生厌的东西。她听得如痴如醉。

借着我勉强的回忆的浪花，我们进入到一个又一个房间。我们将很多人的生活串联起来，就像在串联画迷游戏里的数字。慢慢地，我们构建出了一个独特的轮廓，一切都在那里搁置着，周围的雾气好像已经有上千年历史，而我正是来自那里。

那里有侏儒和杀人犯，强盗和疯子。盛开时凋零的爱情、孤独组成的魔鬼……克拉拉在里面玩得很开心，很快她就能叫出所有人的名字了。最妙的是我还非常善于将自己嵌入到整个令人毛骨悚然的马戏团中去，讲我小时候的故事，我的眼睛似乎无处不在，随时准备捕捉各种细节。有时候就很滑稽，对于从那个鬼地方走出来这件事，我甚至感觉有些自豪，好像自己身上多了些传奇的味道。因为那个地方确实流淌在我的血液中，虽然不愿承认，但我的一切都指向那里，无论极好还是极坏。

某些下午，当她缠着让我带她去镇子上转转时，我甚至会小小傲娇一下，不情愿地摇着头，装作自己不是那么阴沉的人。马里奥已经成了她的神话。为了见到玛丽埃拉或者唐·劳罗她甚至愿意付钱，即便只是远远地看两眼。她梦想着去试探聋哑女侏儒，或者和我的象棋老师对面而坐，然后随便偷走一个棋子。

我喜欢看见她这么有激情地生活，这似乎也确认了她对我的感情。但我仍然没有勇气想象自己离开双门酒吧，来到老镇街头。一想到交叉路路口的台阶上不会再坐着埃塞德拉奶奶，我就感觉自己裂成了两半。

克拉拉经常有一搭没一搭地说一些让我惊讶的话。"我想过了。"她说，"镇子就像女人，不会忘记任何事。"或者，她会突然出现在卧室门口，"我知道是谁中了彩票……"然后用着了魔一样的眼神看着我，向我讲述一些她感兴趣的荒谬线索。最后，她的推测和真实混成了一体，正好契合了那个包含了神秘和双面人生的光环。"我发誓，"她说，脸上的表情好像看到了炉火上炙烤着的肉，"明天我也要到这样一个地方生活。"然后一天晚上，她好像得到了某种启示，就像个梦游者一样喃喃地念叨："得写下来。"

这就是那个度假季里唯一的话题。我仍然留意着那些流浪汉色眯眯的眼神，他们每个星期一都会从北方前来，个个挺着大肚子，长满老茧的脚后跟几乎是透明的。她做着笔记，纸上不再是无尽的签名，取而代之的是好几十幅图表。有几次，阿拉里科抓到她出神地看着前方，而游廊里的人们照例热火朝天地吃着晚饭。"心思要留在家里。"他的话吓了她一跳。我们的视线交汇了，有一份炸物什锦和一份土豆章鱼要端给七号桌。我们互相笑了笑。

我全程见证了她的这次狂热，完全没想到这样一个怪诞的计划竟能让一个人投入到废寝忘食的程度，要知道在饭店里当两个轮次的班总共要走上好几公里。但这毕竟发生了，纸张越积越厚。其中主要是一些天马行空的句子和没头没尾的备忘，上面全是星号和被划掉的内容。有时克拉拉会在吃午饭时突然愣神，我们饭店的工作人员都是提前吃饭，这时仍然会有一些乡巴佬来到吧台点卡布奇诺喝。她掏出笔记本，写下两句话，然后胸有成竹地把那两个句子圈起来。"这一条非常重要。"她说，然后继续吃饭，但是吃得很慢，好像在看着远方。

我们几乎不谈别的，整件事已经远超出我的视线范围，因为笔记已经写到了第三本，仍然有很多地下暗道不断冒出来。她在找标志，或者在创造标志。整个白天都是这样，夏天就这样从我们身边悄悄溜走。无数个漫长又愚蠢的下午就这样度过，时间好像都变得缓慢了，但她对镇子的热情不减反增。直到度假季闭幕的那一天，那种空虚感只有在连续一个夏天接触垃圾游客的人才能懂。

那天负责音乐部分的是两个家伙，女的是古巴人，负责挑逗大家跳舞，男的很胖，有一半的头似乎陷进了脖子里。和去年的普利亚人一样，他们也在假装演奏。与此同时，所有人都从原来的那个酒桶里取桑格利亚喝，贝佩露出灿烂的微笑将塑料杯子分发给众人。

九月十五日的晚上，我们没有躲在芦苇后面，而是搬了一张桌子到沙滩上。码头被照得透亮，那里正在装卸硫黄，下午又到了一条西班牙船。灯塔的光芒几乎将半个大区都照得如同白昼一般，与之相比，阿拉里科专门准备的礼花就相形见绌了。克拉拉像疯了一样翻找着自己的笔记本，一会儿往前一会儿往后。"这里连不上。"她说，指着一个地方，或者说："这个人物可以往后放，先让他出现在别人的叙述中。你觉得怎么样？"

我打了个哈欠。我已经在饭店里忙碌了一个夏天，最后一个月连一天都没休息。我只想着第二天的懒觉，其实直到现在我都不敢相信当时真的睡懒觉了。克拉拉用腿拱了我一下，"我喜欢把镇子看成是个魔鬼。"她专心地说。接着她惊跳了一下，重新恢复了热忱，"不过到底是它吃了它的居民，还是居民在一点点撕咬它呢？"

*

突然来了一阵狂风，老旧的百叶窗就被吹开了。撞击声非常可怕，右边的那扇刹那间就脱落了，被旋涡一样的风吹走，另一边的还在勉力支持，但已经开始随处乱撞。这让我想到了一头不小心掉落陷阱而受伤，如今正在抽搐的猛兽。艾莱奥诺拉对此毫无察觉，仍然将脸陷在枕头里熟睡着，没有任何灾难能将她吵醒。我把呼吸声降到最弱，就像为了不破掉咒语。她的睡眠就像一个魔法水晶：如果她睁开眼睛，包括我们在内的一切都会跌落下来，摔成碎片。我就这样一动不动地待着，看着眼前的停滞，而身边的每个原子似乎都在一个个破碎。吊灯不停地晃动，它的嘎吱声是一种光谱式的，同时不断地将上面的灰尘撒到我们身上，弄得皮肤有点痒。闪电将整个房间照亮，就像巨大的闪光灯，一心想要把我们从绝望的藏身之地赶出去，同时也把我们扒拉个精光。我们俩一起被永远篆刻在了这里。

我们之所以选择科西嘉岛，是因为天气预报显示那里会有至少连续十天的坏天气。"再聪明的人也不可能提前这么久猜中天气。"一上来我就说。只有在旅途进行到一半时我们才有可能受到太阳的搅扰。克拉拉则耸了耸肩，"他们说雨至少下到周四，这已经够激动人心了。"

虽然云层压得很低，天边也泛出紫色，利沃诺的海面却像桌面一样平静。被风肆无忌惮地吹着很舒服。所有的游客都像弱智一样被困在室内，而我们却尽情享受着扑面而来的秋意。在汗流浃背了一个夏天之后，还没过几天就需要把外套领子拉过耳朵，就像做梦一样。我们在最后一座栈桥驻足，在这里说话至少不会被人群的嘈杂声淹没。这时我没有来由地说了一句："这是我第一次度假。"刚说出口我就后悔了，因为克拉拉向我投来了一个特别的眼神，介于不安和同情之间，也许还有害怕。然后她拉着我一只胳膊坐下，背靠着轮渡正在上下浮动的铁皮外壳。"我带了一样东西。"她脸上的那种表情我从未见过，"不过不要取笑我。"

听她读前几页的时候我很不舒服。然后又好了，然后又不好了……也许是因为那总是不经意间到来的海浪让我感到眩晕。与此同时，她在劫掠我，不，是在大庭广众之下，在最后一座栈桥上将我开膛破肚，因为读到镇子的时候就像在读我自己。

听着迪沃和弱智男孩的故事，我感觉他们像在我出生时就注入血液中的分子。那些声音本已被我埋葬，如今借着女朋友的笔墨获得了重生。有一些桥段里加入了一些戏剧性的想象，但是某种本性还是被保留下来了。我认得它。

她读了大概一小时，然后停下了。我们一起安静地待了几分钟，只是看着船只不断地划过海面。"你喜欢吗？"最后她细声细语地问。我本来很想用另一个问题回答："这东西你是什么时候写的？"因为这几个月来我们几乎一直形影不离，除了那些笔记之外，我从没见她写过什么。然而，她已经写完了四章。这意味着，只要愿意，她可以在我不知情的情况下做任何事。我看着她，克拉拉的表情马上就变了，皱起了眉头。然后我倒在了她身上，将脸埋进了她的臂弯，什么话也没说，我们就这样享受着铁皮的摇曳待了很长时间。

科西嘉待我们不错，我们就像身处阳光灿烂的十一月。我们开着黄色雷诺走街串巷，享受着早已变得陌生的旅行和孤独的感觉。

我们喜欢在暴风雨中停在沙滩或是观景台上，眺望耸立在水中的巨大岩石。我们在乡村饭馆吃饭，在被人遗忘的小旅馆过夜。早晨我们重新上路，随便进到哪个小村子里，那种感觉真的像行走在奇异世界。我们的计划是环岛一圈，期待着海边突如其来的陡坡或山脊。我很喜欢西海岸的风光，因为那里给了我一种能躲过马莱玛目光的感觉，我从来都没离它那么远过。然而，第三天当看到一个"格罗塞托－普鲁尼亚"的岔路时，我浑身的血都凉了。"它永远都不放过我。"我当时就恐惧地想。她还没来得及去看上面写了什么，就听见我大声说："请直走，拜托。"

镇子全程陪伴着我们。到最后，那前几章甚至也点燃了我：有什么事真的发生了。克拉拉可怜地求我施舍更多细节，这样就能填满一段情节。这对我来说是件好事，这就好像是它在直面我的目光。也有种可能是，我终于得以窥见那个我背负了一生的大口袋里装的是什么哀伤。

只要没有行驶在小镇的街道上，我们就会马上谈起这个话题。我们坐在一个小酒馆的桌旁，首先点两杯酒，接着她就掏出活页本，用牙将绑线解开。"我们说说这个卡拉马约吧，"她首先发话，"他是个什么样的家伙？"或者她会盯着酒馆吧台后的那个小个子男人说："我们的马索是长这个样子吗？"我们的，她说。

最后我甚至觉得，她做这一切都是为了我。也许她感觉到有一面矗立了多年的高墙，将这块巨石以叙事的方式呈现在纸面上对我来说有百利而无一害。我没有逃避也是出于这个原因。这也是我想要感谢她的缘故，虽然没说出来，但参与其中就是我的方式。

我们去游览博尼法齐奥城墙的那天，天公终于决定停下雨水的脚步。天台空无一人，镇子里也一样，好像那里就是上帝专为我们而准备的。我们看着悬在深渊边上的房子。还有海鸥，不断吹袭的狂风让这些动物像疯了一样大声叫着。我们浑身又冷又湿，但我们就是不能舍弃眼前的景象，石头同时接受着海风和浪花的冲刷。有那么一瞬间，我被一些碎石吸引了注意力。它们好像身穿上千年的外衣行进在暴风雨的冲刷之下。突然一阵狂风吹来，我甚至往后倒退了一步。这时我向身边看了一眼，克拉拉已经不在了。

*

这次震动太剧烈，床往一侧至少挪动了一个手掌宽的距离。镇子所在的这块大石头正咕噜作响，好像我们所在的下面有一条岩浆巨蛇。然后又是一瞬间：第二面百叶窗也被吹下来了，连一点脱落声都没有，也许声音全被吸进了旋涡。在我们和外面的暴风骤雨之间，如今只隔着一层薄薄的玻璃。

两天后，他们在岩石中间找到了嵌在里面的她。

人们在跟我说话，但他们好像都在一层厚厚的镜片后面，他们的面孔看起来只是一些模糊的轮廓，没有眼睛也没有嘴。我只记得她最后在小巷子里说的话。突然她在一扇老旧的大门前停下了，眼神涣散，"这个疏忽简直不可饶恕。"说话间她已经掏出了活页本。她开始写起来："朋友弗里茨的女孩，刚开始的那个，打仗时的小木屋。最后她怎么样了？也许她再也没认出装扮成另外一个人的旧爱？泰姆佩斯蒂已经是个名人了，报纸上有很多报道，而且……"来到天台上时，我们正在说这件事，但眼前的景观让我们都屏住了呼吸。克拉拉马上掏出照相机，朝围栏跑去。

一张又一张的脸重叠在一起，不断向我抛出问题，所有这一切又伴随着漫长如臆想的瞌睡。有时候我会往极坏处想，以为自己终于死了，或者我会冒出一个邪恶的反应，就像恶魔一样对自己说："克拉拉不在了，我自由了。"

他们只是一直问个没完，有时还板着脸：是我把她推下去的吗？每一次我的脑袋都像是受到了一次枪击。"我当时在看巨人。"我勉强说出来一句话，自己的声音就像是从另一个房间传来的。

同时他们搜查了乌拉尼奥路，而我全程呆坐在沙发上。他们在找证据，找一个动机，找某个能为那个可怕的举动提供佐证的东西。克拉拉是个健康的女孩，无论肉体还是精神。她自杀的可能性是被最先排除的。最后那枚军队奖章突然从抽屉底下冒了出来，他们马上就把它放在了我面前。"你认识这个人吗？"他们说。

上面写着一个我不知道怎么念的姓名，但是从我脸上的反应，他们可以猜得出来，这不是个无足轻重的小玩意儿。我差一点儿笑出来，最后我说："是我放的。"这是实话。

无数个电话接踵而至。我一直在说这只是个嫉妒心导致的无意之举，而他们却解读出了一个并不存在的故事……但是揣测的机器已然开动，所有人都想要一个答案，而且马上就要。我感觉自己正在坠入他们用语言安排好的陷阱，而我一点都不在乎。

那个泥瓦工马上就承认了：是的，度假季刚开始时，他和那个从城墙上坠下的女孩曾经有过一段过往，但只是肉体上的，没有感情。不超过三次，最多四次，也许是五次，但他不能确定。他还承认是自己将徽章送给克拉拉的。

"他在说谎。"我说，但是每次说完之后都安静得有些奇怪，就连法院给我委派的律师看我的眼神也很奇怪。因为在所有人的眼里，完美的闭环已经形成了：几个月前我发现了一桩奸情，我等到九月份过了才开始行动，我在等一个完美的时机，远离家乡又没人注意。然后我从一个风景如画的地方把背叛自己的女朋友推了下去，复仇的欲望才得以满足。甚至还有很多她的朋友出来做证：我是个阴暗病态的家伙，从来不想和其他人为伍。最积极的是卡米拉，她恨不得将我啖肉饮血。

　　所有的这些事就只是发生了而已，我在看它们的时候采用的是过去的那种视角，隔着几光年远，把自己排除在人类世界之外。最后我几乎不怎么说话了，而报纸则仍在头版刊登着惊悚的大标题。他们找到了自己的猎物，用此来喂饱省里烦闷的大众，要知道平时这些报纸的销量少得可怜。所有人都高声要求我被关进萨菲路一段时间，好能品尝一下未来三十年里等待我的生活是什么样的。一群群的人聚集在窗下骂着难听的话。然后有一天我看见泥瓦匠上了电视。他坐在那种挤满了毒舌但爱哭的女人的午后会客厅里。我听着那些可怕的谎言，感觉心在滴血。在主持人的步步紧逼之下，那个魔鬼编造出了一个完全不同的克拉拉，那个故事完全合了摄影棚里那些太太的胃口。他连演都没演好。比如他说到，如果知道后来会发生什么，他都完全不会去碰那个美丽的姑娘。他说这话的时候直视着摄像机镜头，就和我四目相对。他应该感觉到了自己的过错。他甚至还板起了脸，接着就是一阵掌声。几天后，我看见他出现在一则牛仔裤广告里，上身赤裸着。广告词是："抓住激情的果实。"看到这里我就疯了。我带上为数不多的积蓄，逃离了乌拉尼奥路，虽然之前我已经收到了禁足令。

　　起初，我甚至没想到过可以回镇子，但最重要的是逃离那个陷阱。摩托车行驶在柏油路上，盲目地穿过一条条路，驶过一个个路口。最后我也不知道怎么就来到了市郊公路上。这时我才想起了远方那块原本满是污水的平原后面还耸立着的那些山巅。我一路爬坡，最后手腕似乎都要脱臼了。

*

风时不时地停一下。风太大了，有那么一瞬间，我好像成了意义的孤儿。随之而来的寂静是致命的。雨点垂直落下，一点一点地变得不可见。其他的噪声随之而来：嗒嗒声和呜咽声在周围响起，就好像我们在一艘经过世纪暴风雨后遍体鳞伤的大帆船内。接着从远处传来了恐怖的轰鸣声，玻璃随之颤抖起来。艾莱奥诺拉的呼吸声很重，完全沉浸在自己的梦境中。但就在几公里之外，好像有一个世界从山顶跌落，不知将要撞向何处。

镇子荒无一人。我在街道入口处前的最后几家阳台下站了很久。我感觉血液如潮涌一般。逃跑的心情是如此迫切，在过了最后几个弯之后，我差点撞上了一个在路中间走路的小男孩。现在旅途的疲劳已经让我完全麻木了，我甚至觉得自己没有踩在地上。

除了摩托车钥匙之外，我的钥匙链上还有罗马街的钥匙。我出于某种原因没有扔掉它们。而交叉路的这个家我有后来配的扁钥匙，也有原来的老钥匙，这些年来它们已经成了某种类似护身符的东西。我这一辈子所有的行踪都体现在了那一串东西里。

最后，我下定决心。我向前迈开了像机器人一样僵硬的步伐。我穿过外庭院，把钥匙插进已经变黑了的锁眼，我的动作好像将一把匕首插进巨人的胸膛。我转动钥匙，费了点儿力气，接着我听到第一声"咔嗒"。那个声音的来源好像并不是外面，而是我的体内。

当我打开门后，迎接我的是一股沉滞的空气，和沉睡的恶龙呼出的味道一模一样。我差一点就转身下山，重新回到乌拉尼奥路躲避。最后我还是鼓起勇气，迈过了门槛。

一切都还是老样子，只不过蒙上了一层灰。这好像是一件拒我于千里之外的袍子，在这一切中间，我才是那个不受欢迎的分子。味道、失落的细节，无不像火焰一样重新点燃那些清晰的画面，我的呼吸开始加快。一张餐椅被拉了出来，就好像有人刚从那里离开。

有一点我心知肚明：他们很快就会追过来。我不会反抗，因为我这辈子就没反抗过。现在我只需要在过去的老宅里喘口气，享受片刻镇上的宁静。宁静，我发觉这可能就是我逃跑后最想追寻的。我摸了一下开关，老吊灯亮了起来，虽然刚开始它似乎还犹豫了一会儿，不知是不是发泄在电线里攒了十年的那点仅存的电力，但它工作正常。这些年里，我一直付着交叉路这里的费用，就像是任务一样。也许是因为我内心里清楚，我注定了要回来。

我进了大卧室，里面明暗交杂。我正是在这里为埃塞德拉奶奶守了整整一晚灵。我看见了原来的印花被子。镜子上盖着的白色床单已经变成了一块破布。我坐到床垫边上，面朝墙壁，心里还期望着下一秒能有个声音传来："萨穆埃莱，快来，饭好了。"我向后倒下，升起一片灰尘。我就这样两眼盯着幽暗的天花板，等着宪兵的到来。

但他们没来。我在桌边等了一个下午，身上的厚外套一直没脱，看着屋里的明暗变化。直到黑暗降临镇子时，我才起身。然后我就去了商店。

艾莱奥诺拉，在那个老食品店里看见她就像上帝开的一个玩笑。她就像是无法到达的悬崖上最上面一个凸起处长出的一朵无比罕见的花……我们只交换了一个眼神而已。

到了第三天我开始想，也许警察开始在街上搜捕了，也许他们想当然地认为，没有哪个傻瓜会再回到这里藏身。不过这也只是时间问题：只要出门，我就会引来众人的目光。我所在的这个地方，人们都是把电视机拴在脖子上的，为了摆脱日复一日年复一年的单调，他们愿意付出任何代价。比如为了能拿起电话过一回当主角的瘾，他们很多人宁可杀掉自己的父母。如果之后能看见亮闪闪的手铐就更好了。

但还有另一种可能：也许当差的人已经知道我的所在了，他们只是不愿意打草惊蛇。说到底，我躲在那个石头里凿出来的镇子甚至相当于遵守邻里文明守则。

我像个幽灵一样，总是在同一时间出门。我走得很快，一直贴着墙，三分钟后再拿着那一点买来的东西贴着墙回去。我不知道能这样躲多久，同时我尽可能地收拾家里。我把画摘下来，清理掉成堆的灰尘。我擦掉玻璃上和镜子上沉积的污渍。我擦地板，掸被子。这能帮助我不至于疯掉。因为清理掉那些污秽的同时我也清理掉了沉积在体内已久的另一团污秽。有些时候非常难熬，我看一切的眼神突然就变了：也许，可能我自己也没有意识到，我已经准备好将自己也献祭给这片山巅。在最近的几个月里，我和克拉拉玩了一个危险的游戏，我们以掌控某些生命的毁灭为乐，而它们就诞生在这个穷乡僻壤之中。"这是一个召唤。"我有时会这样想，然后全身的血都凉了，因为最后镇子确实做出了回应。

生活给我为数不多的赠予就来自那个面色苍白的女孩干净忧伤的脸，她和我一样，也恰好身处这个炼狱。她就是唯一的一束光。这里常年有一层雾气，每天中午才散去，下午四点就又重新笼罩了一切，而她是雾中唯一能让我抬起头的光芒。这是某一天我偶然产

生的念头。突然我就走出了悲伤，这件事我后来消化了很久，因为
我无法原谅自己。但是最后我对自己说这很正常，我们是仅有的年
轻人。也许我只是需要和一个与我境遇相仿的人说两句话，即便只
是年龄相仿。还得是某个尚未经历高街区的铁石心肠洗礼的人……
但这只是我的一厢情愿，因为那个女孩肯定知道这一星期以来每天
下午五点出现在食品店的家伙是谁，从哪里来，为什么来。当不得
不招呼我的时候，她也确实有些不对劲。她从来不抬头，还会变得
紧张，甚至紧张到东西都拿不住。

接着有一天，我看见一个身影出现在街口。

*

又一次震动之后，一幅画掉在了地上。画框是旧的，飞行了一
米半之后，它摔得粉碎。但我没有难过，甚至还微笑了一下……孩
童时期我就经常驻足在前面，那时画就已经有些泛黄了。上面的小
个子农民正捧着一堆秸秆，肩膀上还扛了一捆麦穗。"他和你一模
一样啊。"每次看到我出神地看着那幅画时埃塞德拉奶奶总会这样
说。也许她只是随口说说，只是为了逗我。"别说了。"我不高兴地
说。我用尽全力看着画里的孩子，就是看不出和镜子里的我有任何
相似之处。有一点简直让我发狂：他在微笑，一副敏捷而顽皮的模
样。这让我意难平：难道我出去的时候总是这样一种表情吗？那样
的话高街区的那些小孩说的就没错，他们总是准备好用言语嘲弄我。
一般他们会拿我母亲开玩笑，话都是从自己父母或者谁那里学来的。
他们以为羞辱她就能伤害我，然而我其实毫不在意。有时我会撞见
埃塞德拉奶奶手里拿着一张照片。发现我在身边后，她总是会做出
一副好像在生气其实又没有的表情，说："等她回来之后我可有的是

话要说。"虽然想假装调笑，但她的声音却是悲伤的。"她在哪里都行。"这句回答她经常挂在嘴边，而我心里毫无波澜地去倒了杯奶。

艾莱奥诺拉将我的人生分成了两部分：在她之前，在她之后。虽然身后时刻孕育着灾难的威胁，至少我们此刻是全新的，被宽恕的，重要的。我们就像两个距离遥远的点，一直在互相追寻，在经历了一切之后，最后不顾一切地汇聚在交叉路。

有时我对她说："就是因为发生了那些悲剧，我们最后才走到了这里。"她马上就会岔开话题，或者吻过来让我闭嘴。她就是这样宽广，能够接受我的一切，完全不在乎过往发生的一切。

随着时间的推移，会与她分离就成了我最担心的事，完全超越了其他。我很难控制心绪，那就像一波我无法控制的海浪，不管有没有发生真正的冲击，它总是与我如影相随。我不知道人类世界里在发生什么。直到那时，陷阱的入口才慢慢打开。在镇上手机是无用的，我也不想冒着众人目光的扫射，穿过整个老镇去买一份仍在屠杀我的报纸。

我们就生活在爱情的小舟之中。艾莱奥诺拉从店里溜出来，穿过路口降落到我这里。在有些日子里，光是发现她站在我面前我就想：我的人生是完美的。因为这里是我唯一应该在的地方，在她身边。

周六是最痛苦的。一想到会几乎两天见不到对方，我们就完全说不出话来。这还没有算上警察这个未知数，他们随时会把我抓走，送我上被告席，然后将我投入冰冷的监狱。我不愿意。我榨取着每一秒钟，用尽全力将它铭刻在心里：那就是我的金子。它太过闪耀，再有黑暗的日子我会受不了。

艾莱奥诺拉说再也不走了的那天，我感觉自己被确诊没救了。有那么一刻我好像看见了我自己，一个逃犯，如今在自己的老宅里和另一个逃亡者在一起。我都不愿去想报纸会怎么报道。我只需要想想卡米拉就够了，那个肥女人有一种对黑暗的嗜好："他这么快就不在意了。"她的声音似乎就在耳边。而艾莱奥诺拉在哀求我不要把她赶回那个小屋，在那里她就像只困兽，连一分钟都待不下去。这时我才想明白了。

我们的脑中逐渐形成了一张巨大的图纸。在大多数人看来，我们的爱情就是最恶毒的渎神，甚至背叛了对死者的记忆。两个令人生厌的存在意外地在一个小镇相聚，像两个怪物一样惺惺相惜。全世界都在试图阻止我们，而我们合二为一，连这个世界都要感谢这次相会。我们的拥吻带来草长莺飞。我们播撒下的光就连被背叛的迪诺·瓦伦蒂也不知不觉从中受益，但我们还要战斗。

我们将自己一直武装到牙齿，走上战场，而我们的武器就是沉默和耐心。我不在的时候，艾莱奥诺拉不点灯，也不走动。"我们今天晚上走吧。"她每天都说。我抓住她的手。"他们在到处找你。"然后我想到了乌拉尼奥路。我现在还不敢相信竟然没有人来到镇子以克拉拉案子的名义将我绳之以法。我无论走到哪里大家都关门闭户。消息传出去也已经有一段时间了。只要某个人的侄子听到风声，一大堆记者就会蜂拥而至。但什么都没发生，他们好像把我忘了。"再等两天。"我说。

在此期间我表现得还和平时一样：照常出去，很快回来；全程低着头；能不开口就不开口。一天晚上从商店出来时，我差点撞上一个看上去不太自在的老人。我马上离开了，朝着家的方向走去。回到家我马上对艾莱奥诺拉说了一句她听不懂的话："我看见泰姆佩斯蒂了。"

我是后来在路上才认出他的。将现在的他和以前双门酒吧的他联系在一起并不容易。岁月将他风化，他的眼神里现在只剩下不安。"谁？酒鬼吗？"她轻佻地说。但她马上意识到这件事开不得玩笑：我看上去心烦意乱。那个男人是我唯一拥有过的父亲，现在却成了这个样子，就像是自己的废墟。什么都不剩了。镇子把他榨干了，让他成了一堆行尸走肉。路上我还遇见了一个人，就在那一排阳台的末尾，即将进入交叉路的上坡那里，聋哑女侏儒突然冒了出来。我像往常一样低下头，径直向前走，避免眼神交流。但她挡在了我前面，我不得不抬起头，看见她变形的小身躯。我们就这样僵持了几秒。"他们叫警察了。"这几个字好像是在阴影之中由一个衰弱的女童用一种奇怪的声音说出来的。有一瞬间，我甚至感觉是镇子的墙壁在说话，接着女侏儒就从我身边溜走了。我继续往前走，觉得自己在做梦。

艾莱奥诺拉严肃地看着我。她很过意不去，因为自己轻佻地对待了我遇见自己风烛残年的老恩师这件事。我没有说女侏儒的事，但我突然被一股情绪席卷。"镇子的存在只有一个意义，那就是尽快离开。"我抓住她的手说，"我们现在就走。"

*

雨也停了。不仅如此，突然之间一切都停了。只有一些雨水仍在从屋檐掉落。最后的声音也消失了，连远处的咕噜咕噜声也销声匿迹。只有天空还活跃着，不时出现一些无声的闪电。低矮的云层慢慢地染上了一种特殊的绯红。照射进房间的光线既像日出又像日落，囚禁了世界上最长的夜晚。

头几次帕拉泽西医生试着用较短的话来解释事情经过："追逐

的时候，你从一个急转弯摔了出去，最后动用了直升机才把你救出来。"

我突然发现自己置身于那个医院病房里。由于几个星期没动弹的缘故，我的身体僵硬得就像花岗岩。一直有一种轰鸣声似乎从远处传来，就像有一台怎么都接近不了的发动机。

第二天，我终于能说出这几个字："艾莱奥诺拉，她在哪里？"

"你需要休息。"医生回答，然后向护士做了一个手势，后者拿出了已经准备好的注射器。

我经常睡觉，但一睁眼就发现自己仍在那里。"他们从后面追上来了。"我费力地低声说，心里想着当差的人能马上把那些畜生抓起来，但什么都没发生。而且他们还把一杯一指高的水递到我嘴边。"喝了它。"他们说。

那些日子很奇怪，一切都停滞了。一切都像欲言又止，思想也经常偏离轨道，甚至会变弱、消失。而我就在那里，重新苏醒的创伤让我麻木，而药物让我意识模糊。

不过我还是一点一点地恢复了力气，和他们说话时也能保持哪怕只有一点的清醒，不过我还是经常有灵魂出窍的感觉。在例行检查之后，帕拉泽西让其他人都出去了。他搬来一张椅子，在我床边坐下，想和我聊一会儿。他一边说一边在膝盖上的活页本上写着什么。这个举动让我感觉有些奇怪，摸不着头脑，因为这不像是对待一名普通的患者。他似乎对我格外关注。堂堂一位主治医师竟然亲自过问我，只让别人负责给我打针。"那外面为什么有宪兵？"有时候我会问。"你们该找的不是我。"医生无视了我的问题，鼓励我继续说下去。他利用了我的麻木，有时我会不自觉地就开口说话。头脑里积压的想法很多，于是我就跟随第一个想到的一直说下去。但我又翻车了，话经常说不完，就像遇到了一条死胡同。"我怎么在说这个？"我感觉很不自在，一种巨大的疲劳紧接着袭来，而且我还要与一种慢性的恐惧对抗：我发现自己无法干脆利索地说明白一件事情，说到一半就会搁浅。帕拉泽西医生仍在鼓励我："像你睡了这么长时间之后，大脑也需要时间活动活动腿脚。"

在所有的一切当中，我记得最清楚的就是艾莱奥诺拉，即使我一想到她不在身边就万分痛苦，我还会怀疑她是否没能在那次事故中活下来。但他们一直拒绝回答关键问题。或者他们回答了，而我在之前的昏睡中忘记了……说起她来的时候我不会糊涂。不过很快我就会被牵挂打败：她在哪里？你们隐瞒了什么吗？我开始变得愤怒，但就像其他情绪一样，怒火也会很快消失。于是我放弃了，任由自己进入奇怪的梦境，许多无法理解的画面交替出现，就像发高烧时那样。一天，帕拉泽西又把椅子搬到了床边。不过这次他没有像往常一样做例行的寒暄，而是用一种特殊的眼神盯着我。接着他说："我不知道你有没有准备好，但现在唯一的办法就是试一试。"

他给我讲了一个奇怪的故事，说我在里波拉平原上被拦住了，之后一直被追到了山顶的急转弯处，在一个急转弯处我飞了下去，摩托车摔了个粉碎。

"这就是你遭遇的事故。"医生最后总结说，"你很幸运。"

我看了他一会儿，然后爆笑起来。"你把我和另外一个人搞混了。"我说。这很好理解，因为那个地方的路简直不是人走的。

帕拉泽西医生又低头看向了手里的纸张，重新抬起头来的时候他一脸严肃："我知道，你以为那段经历是真的。有时会这样，这是大脑自我保护的机制。"

我也变得严肃起来，现在已经不好笑了。他长出了一口气，继续说:"两个月前你离开了位于乌拉尼奥路的公寓,没有遵守你要履行的义务。之后没多久交警就把你拦住了,然后就开始了追击。你可能都没有意识到那次撞击……那就是中断发生的时刻。其实你在一个陡坡上摔下去了。而在你的想象中,你一直到了镇子。"

我真的开始怕了。"你们搞错了,我不知道什么乌拉尼奥路……"

帕拉泽西医生勉强笑了笑。"这叫逆向性遗忘。听你说的话,好像你忘记了过去十年发生的事。不过不用着急,你会……"

我已经不想听这些蠢话了:"艾莱奥诺拉,她在哪里?"

房间里一片寂静,他用冰冷的眼神看着我。接着我听到了这句话:"萨穆埃莱,你说的那个女孩并不存在。这段记忆是假的。"

我开始变得狂躁起来,最后医生只能叫来护士把我绑起来。

*

我试着动一下身子,但刚把身体的重量压在膝盖上,行军床的网架就爆发出成百上千的爆裂声。在镇子不自然的寂静中,这就像是一架走了音的小提琴的呜咽。艾莱奥诺拉一动也没动。她就躺在那里,赤裸又放松着。照进房间的红色将她映得更加完美。她身体的轮廓凸显出来,就像是用笔尖在昏暗中绘制出来的。最后我还是起来了。脚跟刚碰到地面,我就感到一阵深入骨髓的寒冷。我一口气下了床,就那么站着,毫无遮拦,整个人淹没在这暴风雨后的天光中。然后我迈出了第一步,冰冷的地板好像并不情愿迎接我的到来,我好像走在一缕空气上。那些不安的灵魂应该就是这样移动的。

当时我还不知道,但都是真的,刚刚醒来的冲击让我忘记了乌拉尼奥路、布泰里海湾和科西嘉。我还忘记了克拉拉,以及她蛇发女妖般的头发。我唯一记得的就是那天晚上的事故，山上的急转弯处紧紧追赶的木材货车……直到最后的撞击。我不敢发誓，但在回忆那个最后时刻的时候，我似乎看见了一颗狼头从森林里向路边伸了出来。

他们进了病房，发现我一脸怒气。"你们都是浑蛋，"我说，"你们应该叫醒我。"

宪兵每八个小时换一次班，每班两个人。有一个北方口音的年轻人，每次到了之后都会探身进来，嫌恶地看我一眼。如果旁边没别的人，他会说一些这样的话："那个小婊子在梦里找我了，我就一直狠狠地干她。"边说他还边模仿一些动作。

现在艾莱奥诺拉已经彻底不在了。我像一个被撕碎的人，活在一个毫无疑义的梦里。我等着睡意来袭，希望一睁眼就发现自己真正的人生里有一个待拯救的花一样的姑娘。"你在拒绝现实。"帕拉泽西医生在聊天时一直说着这句话。"这可以理解，我能理解。但早晚你需要面对这一切，需要克服它，这是早晚的事。"然后他又说，"你还记得是怎么到镇子来的吗？"

他一直在问这个问题，好像这才是一切的关键。"我是在那里生的。"我嘟囔着说。接着就涌来无数见证了我人生路径的文件：租房合同、两三年前开始的临时工。而有一件事情现在我非常清楚：埃塞德拉奶奶刚去世不久。这就是我回到那座山上的原因。我花了好几天时间才把这为数不多的事情理清楚。直到我像往常一样来到商店，看见了她，艾莱奥诺拉。作为给我的答复，他们又向我展示了另一堆废纸。其中一些甚至显示，我被怀疑因为嫉妒杀死了一个女孩。一般我会环视房间一周，使个眼色说："如果你们连这些都能搭建出来的话，伪造几份报道不是轻而易举的事。"我向他们表示了怀疑。

帕拉泽西医生很有耐心。除了对我格外关注外，他似乎也非常在意我的经历。他不断从自己的笔记本上抛出一些奇特的理论，就好像在拼一幅马赛克，而最终的面貌我自己也无从知晓。但我也无法逃离谈话的折磨。"我和办案的人谈过了。"他说，"已经定性了，是无意识的。"

他说的是镇子，我那个连他都非常熟悉的老家。"我知道降生在马莱玛的山尖上意味着什么。"有时候他会这样自言自语。他正是这时将我俘获的，也正是这时让我感到了害怕，因为我感觉他是真实的。谈到自己的父亲如何被卡莫拉的爆炸影响时，他眼中闪烁的泪光让我无法呼吸，监测我心跳的仪器突然加速。有一天，他甚至提到了聋哑的侏儒兄妹，小时候他曾和高街区的一帮孩子一起捉弄过他俩。

他一直都对一种推测特别感兴趣，每每说起来就像是一个证据，让我发疯："这次事故将你弹射到了那里，老镇的街道上。你回到了镇子，只不过你创造了自己的另一个版本。这两个月来，你一直无意识地扮演那里的上帝，你为那里赋予你的印记、你的回忆、你的伟大和缺点，你以为这就是真实，你甚至还为自己安排了一个待拯救的爱人。"

刚开始我很难接受，不过慢慢地我可以适应了，避免刻意压抑自己。我将这个江湖郎中的废话解读为追求某种存在感，眼睛全程看着天花板。听见这些话的时候，我连眼睛都不眨一下："关于你记得的那次撞击，被锯木厂那伙人追击后的那次，很明显，这是醒来之后的应激。在你的镇子你已经死了。下一秒，你再睁开眼时已经到了这个房间。"

他是如此固执又坚定，有时我甚至都开始怀疑自己以为知道的某些人物的真实性，比如像父亲一样的泰姆佩斯蒂。也包括其他一些我对其印象不是太深的人物，他们就像千年神话中的那些次要人物。

不过我还是无法摆脱对艾莱奥诺拉的思念。帕拉泽西医生就像在使用手术刀，他每天都向我注入一种新的意识。对那个花一样的姑娘的爱恋一点都没减弱，即便我每天都遭受言语的轰炸，每天醒来时发现自己还被钉在床上的感受也恐怖无比。有一天，我又一次吐露了心声："如果这就是现实，那我也不想活了。"

最痛苦的时刻是早上。在经历了醒来时的冲击后，痛苦的康复过程又开始了。宪兵守在门口，上厕所时我在前面慢慢地挪着步子，而他们在后面亦步亦趋。他们就在门口等着，其间不断拿话激我。我从马桶上站起来后，他们就说："看看坑里，看看你自己的样子。"最后是那个北方的毛头小子给了我灵感。"要我就不活了，"那天他对同伴说，"从窗户跳下去。"

说到底，我不是为了自杀，而是为了回家。我被禁锢在了一个邪恶的世界，我有可能在牢房里被关一辈子，而且我觉得自己无罪。最重要的是，这个世界没有艾莱奥诺拉，这样一个世界我才不在乎。"她在等我。"我不时地自言自语道，并不在意别人是不是能听见。但如果想重新回到她的怀抱，光是睡一觉已经不够了。我需要纵身一跃，也许这一切的意义就是看我有没有胆量：我准备好抛弃一个世界而投身于另一个了吗？

我用事实回答了这个问题。那次他们要把我转到高层病房，那里专门收治一些已经在康复期的病人。突然我摆脱了看守的控制，一口气跑向走廊，从六楼的窗户跳了下去。

*

才跑了两步我就已经喘不过气了，身体的虚弱出乎我的意料。虚弱像烟雾一样缠绕着我的全身，我感觉像是又变成了那个未定的人，身体的轮廓像云一样捉摸不定。然后就是眩晕，但只有那么一瞬间，我马上就稳住了心神。也许这是对于颤抖的习惯。我在幽暗的老房间里待了很长时间，地板突然变成了水……窗户是一个充满了晦暗光线的长方形，好似通往地狱的入口。我又迈过了几块地砖，现在终于能看见里面的景象了。我终于看清了一切真相。

死亡就是一眨眼的事。从六楼跳下之后，我又回到了中街，暴风雨不断拍打在身上。天空一片黑暗。路上的积水甚至已经没过脚面。我想到的第一件事是：我回来了。这句话不能轻易说给镇子听。

我一次次地用手摸着自己的脸。也许在回家途中我撞上了一块又滑又贼的石头，头部受到撞击的我才昏迷了半个小时。埃塞德拉奶奶冬日最爱的忠告是：小心路面，结了冰之后滑得很。这些坡上可没少摔死人，从路上到床上，从床上再到墓地里，也就二十分钟的事。

我之前做了一个晦涩的梦，那种感觉甚至好像持续了好几天。但在鼓起勇气之后，我还是把那个梦抛在了脑后。我现在就在那里，拥抱着摆脱梦魇获得重生的喜悦。我现在只想一路跑到交叉路，接受艾莱奥诺拉的拥抱，同时也将她从黑暗中解救出来。我会将一切都告诉她，用吻的潮水淹没她，然后开始我们一直梦想的逃亡，之前的那次我应该只是昏了过去。最后我再说："今天晚上就走。"我真的准备好上路了，即使外面大雨倾盆。接着有什么事发生了。

那是一道闪电，然后是一次足以晃动大地的震动。黑暗再次降临时，我已经没有了之前的热情，因为我开始记起来了。

那种感觉就像是上帝为我注入了另一种意识。突然，心灵深处的一只眼睛睁开了，就在一瞬间我跨过了整整十年，看到了整个故事的全貌。不，我跨过的是一生。我躺在病床上的这些天，帕拉泽西医生一直想让我看清这个故事。

看到我自己从空中落下时我几乎要跪倒在地。我并没有很坚决，这次跳跃更像是一次审判，好像我不得不亲自重温克拉拉生命的最后几秒，那天正是我将她从城楼上推下去的。前一秒她还在我身边，看着眼前展开的暴风雨。她趴在城墙上，用照相机对准了正在冲刷岩石的潮水，脚尖都几乎没有沾地。我只需要走到她身后，俯下身来，抓住她的腿一推，她就掉了下去。她连尖叫的时间都没有。也许她叫了，但一阵旋风瞬间就吞噬了声音。接着一阵狂风把我吹了一个趔趄，这时我才回过神来，就只剩我一个人了。

小时候，埃塞德拉奶奶不喜欢看见我坐在棋盘前，我能出神地看着棋子整整一个小时，连碰都不碰。当我把奖杯和奖牌带回家时她也不以为然。"谁知道你怎么这么喜欢这些小方格。"她经常淡淡地说，也不像是在等我回答。因此她也不喜欢泰姆佩斯蒂，在她看来，老头只会往我脑袋里灌输一些怪东西。"不应该把对父亲的渴望寄托在一个可怜虫身上。"有一次她说。她说出这句话自己也不好受，因为我能听出她在压抑自己的哭腔。接着就进入了另一个时期。她给我端来一个茶碟，上面放着折了两次的白色手帕。再上面放了一粒小小的蓝色药丸，形状长得像葵花子。她一边将半杯水递给我一边说："萨尔基尼诊断出了你失眠的原因。吃了它你就能一觉睡到明天。"

她坚信失眠是我病症的根源。病症来得毫无来由，我会做一些事情，说一些话。下一秒我就回过神来，全然不记得刚才发生了什么。有俗事的烦恼时我更容易犯病。我的学生生涯就是个证据，因为那个年纪的孩子做事都很鲁莽，我经常被记过，甚至被停学。那是一种双重的折磨，我要忍受人们指责一些我不记得做过的行为，没说过的话……而且在受不了他们的攻击之后，我经常把对方的鼻子打破。要么在路上偶遇同学或老师时，我恶语相向。埃塞德拉奶奶去见校长的时候骄傲得像个军官。"萨穆埃莱没有错，"她说，我就在身边，"都是班里那些坏小子和小贱妇惹得他。"

药物还是有效的，但我失去了所有的天赋。它将我眼前的那层纱拿走了，而我睡起来就像死猪。但如果来到棋盘前我就泯然于众人，魔力不再，只有快到晚上的时候我才能恢复一点意识。那就像是一种炙热的冷战，眼前的世界随之稍稍挪动了一点，让我暂时变成了以前的样子。我把自己关在屋里，沉迷于棋子之间，但一般不到半小时，埃塞德拉奶奶就会像老鹰一样喊叫着："来啊，晚饭好了。"最后是放在银色茶碟上的甜点。

吃药并不能将我的大脑从纠缠中解救出来，最根本的躁动从早上开始就已经在公共汽车的底部坐下窝来，但是我最起码不会因为一些记不得的事情被围住扇耳光。甚至还有一些很平静的日子，大家好像已经忘了我，但仍然离我远远的，因为我已经变成了奇怪的人，随时随地会爆发，就连老师叫我上讲台时腔调都不一样了。

在棋盘上，我则构建着各种不同的世界。每场比赛开局时都一样，接着就发生了什么，最多第四步或第五步。就像生活一样，那些不期而至的遭遇很美妙，我全情投入在里面，同时操纵着黑棋和白棋。我就像走进了一个迷宫，里面充满机会和放弃，精心筹划的战术以及令人窒息的逆转。技术在这里毫无用处：它就像走路，会走就可以了。游戏的精髓在于，萨穆埃莱·拉迪同时在我身前和身后，而我向他发起了挑战。所以我会赢，但我每次又都会无可救药地输掉。我只想获胜，哪怕只是在那张缺了一角的棋盘上。僵局甚至比被一个疯子一样的新手击败还要令我难以忍受，生活也一样。

埃塞德拉奶奶的药片夺走了我的金子。想骗过她很简单，我只需要去厕所里把药吐掉，但如此一来我就会犯病，那样她就会悲伤。让自己保持冷静就意味着能让这个把我拉扯大、让我衣食无忧的女人拥有好心情。让埃塞德拉奶奶精神好非常重要，因为她已经上岁数了，精神头儿远比那些治疗髋部骨质疏松的针剂要管用得多。而且萨尔基尼一直都说，我的病应该很快就会好，只是这个年龄里特有的问题，因为我在消化被抛弃的创伤。

然而病症并没有过去，我也已经来到了二十岁。在大学上完课后我把自己关在租来的房间里，忍受着病症的发作。从客厅里传来了被开到最大音量的电视的声音，因为沃尔皮莱奥尼太太耳背，根本意识不到声音有多大。有时她会敲我的门，我看见她手里拿着一个木头托盘，上面放着一杯香茶和一盒黄油饼干。"你的大脑需要加点燃料。"她总是喜欢这么说。然后在双数日子的六点整我会接到电话。"吃药了吗？"电话另一头的埃塞德拉奶奶说，通常这是电话里的第一句话。"吃了。"我总是这样回答，这不是撒谎。或者当我意识到没吃药时，我就马上跑过去吞下一颗葵花子一样的药片。有时就是用我放在写字台上积灰的那杯茶顺下去的。在其余时间里我从来都不喝，通常天刚黑一点的时候，我会打开三楼的窗户，将茶倒在下面那条少有人迹的小路上。

但也有的时候，由于专心学习或者突如其来的睡意，我会失去平日的理性。有一天上课的时候，我突然发现全班人都直勾勾地看着我，老师厉声说："你认为自己很有趣吗？"我拿起自己的东西就跑掉了，完全不知道刚才发生了什么。直到现在我也无从知晓。

一天晚上电话准时响起之后，沃尔皮莱奥尼太太来敲门了。开门之后我发现她面色苍白地站在门口。她看了我一会儿，最后终于从嘴里挤出几个字来："萨穆埃莱，你先坐一会儿……"

他们是在圣巴斯蒂亚诺的台阶上发现埃塞德拉奶奶的，那里的每一级台阶有长凳那么高。她当时应该是像其他逛周五市场的女人一样在那里歇脚的，因为去往高街区的上坡还很长。

"她好像在想事儿，"第二天早晨迪沃板着脸向我讲述事情经过时说，"她的眼睛睁得很大，就那样……'这天儿真好啊，亲爱的埃塞德拉。'我说。但另一边一点反应都没有。我又说，'埃塞德拉，我跟你说话呢。你是在看地吗？'就是那时候我觉得不对劲……她好像就是在想事儿，我可怜的朋友。结果呢？"

我感觉自己被杀了。正是那个时候我决定停药。其他的也停了，我整个人扑到工作上，离开了那个咆哮之家的沃尔皮莱奥尼太太，离开了那台你刚踏进大楼门厅就能听见声音的电视机。我在各种饭店打工度日，全然不在乎一旦发病会让我被捕的事实，因为现在我已经到了会被铐上手铐的年纪。但最后却什么都没发生，虽然每天回到罗马街上的小窝时整个人都快散架了，但那一束光让我留了下来。于是我又拿出棋子，开始构建自己的宇宙，进行着一场又一场与自己的对决。有些着魔的我相信，只要能彻底战胜自己，我就能掌握决定一切的秘密，连让人死而复生也不是没可能。

*

　　在黑暗中待了太久之后，我一来到窗前就下意识地眯起了眼。阳光反射在玻璃上，白色阳光的刀刃似乎能把我的眼睛灼瞎。寂静依然在折磨我的鼓膜，而且一种讨厌的摇晃让我感到恶心。这时从钟楼传来了钟声，只有一下。在我听来，那就像是一百次地震。

　　也许正是埃塞德拉奶奶的死带走了伴随了我一生的啼哭。我低着头挨过一天又一天，不工作的时候就看着天花板，或者强迫自己出去走走。格罗塞托很美，因为它似乎像我一样在号叫，我一圈又一圈地转，双手抄在衣服兜里，用指尖不断摩挲着底部的褶皱，这样我好像就抓住了什么东西。我一边走一边观察着周围的人，从自己的宇宙飞船上远远地看着各种橱窗。有时我也会进商场，一般是圣诞期间，那时的孤独就像一根钉子一样牢牢嵌入心里。不过是嵌入别人心里，而不是我的，因为狼群中一条落单的狗总是最显眼的。于是我混入人群之中，那时我经常感觉自己就像一滴毒药，从小那就是我对自己的想象。我凑到一家人身边，他们正对着货架上的东西发出赞叹。有时我的肩甚至会碰到那个年轻妈妈，或是那个身后的新生儿每啼哭一声脸色都要难看一分的爸爸。我就假装和他们是一起的。我就这样呼吸着那种气息，捕捉到各种名字和特殊的气味。他妻子微笑的样子就像一种令你毛骨悚然的求助。还有他颤抖的双手，被各种购物车包围中，他唯独看向的是那个带防恐慌门把手的紧急出口。与此同时，有那么一会儿，我在其他人眼里就像个正常人。于是我想："正常原来就是这样。"我觉得没什么大不了的，不仅如此，脱离群体对我来说就像从肩上卸下了一个装满了砖头的包。

有一天，当我进行这种实验时，我突然想做点出格的事。我一低头，看见了一个小男孩。他就像我一样，站在这个又大又新、独一无二的购物场中的一条走道上。我看了看四周，然后问他："你迷路了吗？"他点点头。他已经怕得连话都说不出来。我看了他一会儿。"你叫什么？"我平静地问。"米凯莱。"他回答。我笑了笑。"你好，米凯莱。"然后向他伸出一只手，他抓住了。

牵着那个米凯莱走路有一种奇怪的感觉。他的心跳得厉害，虽然他戴着手套我一样能感觉出来，不过我的胸腔里也毫无来由地打着鼓。我们走在人群中，上了年纪的太太们甚至投来了和善的眼神。她们应该觉得我是个年轻爸爸，或者和蔼的大哥哥。我们站在一个灯光璀璨的服装店的橱窗前，看见了我们的倒影。正是这时我听到了一声声嘶力竭的嘶吼："米凯莱！"我转过身去，看见了一个三十岁上下抹着浓妆的女人。她一下子跪倒在地，紧紧抱住了孩子。接着她拥抱了我。她以为我是在将孩子带到某个柜台前，好通过高音喇叭发布寻人启事。她不知道的是，其实我是在往出口走，要把孩子带出去。

我有时就是会有这样的冲动，不知什么时候就会到来。通常我都只是想想而已，很少会转化为实际行动。就像我看着米奴的时候，她是斯特拉卡利家养的猫，像雪一样白。那位太太自己住，离我家就隔了两户，在博尔扎诺街的拐角。她养的这个小东西经常跑到街上。有一天，我发现它跑到了我栖身的车库前的小亭子里。我抓住它，悉心地养了两个星期。每天早晨我去酒吧喝牛奶咖啡，看着那个女人焦急的神情。她挨个找到街坊，问有没有在街上看见那只小猫。我付完钱，接着又回到自己的窝里。我一拿到罐头米奴就马上跑到塑料盘子旁边呼噜起来。她喜欢和我在一起，而我喜欢让那个老人从早晨开始就在窗前盯着外面的路面。有几次我还当着她的面去扔装着猫砂的袋子。直到有一天我决定试试小猫，打开了家门。但它一动没动，就窝在沙发上。于是我拎起它的脖子，把它带回了它自己的家。当看见小东西时，斯特拉卡利夫人差点儿激动得背过气去。她还邀请我进去，我最后还推脱了一刻钟，因为她坚持要往我兜里塞一百块当酬谢。"我如果有一百万就全都给你！"她大叫道，高兴坏了。最后我只能接过那些钱。

我会窃取别人的快乐。有时我还做得相当过火，但这种情况也并不罕见。比如我会暗地里挑起同事间的争端。如果克里斯蒂娜刚摆好餐具，我就偷偷地把勺子放在刀的位置上，其实我还有点儿喜欢她。她总是对大堂经理唯命是从。我知道这种行为不正常，但看着那个女孩一边被训斥一边不断辩解着说自己真的把餐具都摆好了，一种特殊的快感就在我心中油然而生……有时我还会让两个脾气最不好的同事打起来。在超市里，我偷偷地往老太太的包里塞进超市的商品，等她们出门时就会警报声大作。

我还会往别人兜里或者包里塞一些小字条，捏造出并不存在的外遇故事。我从电话簿里随机找到一个号码，从电话亭里打匿名电话。我会随时打到城市的任意一个角落。另一边接了电话之后我就在那里一句话都不说。这样重复了一个月之后，从他们的那一声"喂"里我都能听出他们已经疯了，因为那个音节好像还没说出口就已经死在了嘴里。如果无论何时都会有幽灵一般的电话打来，任何人都会这样。有的人惊慌到最后还会试着问："妈妈，是你吗？"或者"卡洛塔，拜托了，你就说句话吧……"

在酒吧吧台上，我会让人们放在咖啡旁边的钥匙消失不见。在我的小窝里，我在一个旧柜子上专门摆放着各种东西。我经常擦拭它们，然后继续让各种东西来到我的手中。

随时都可能发生。也许前一秒我还走在某条街上，下一秒我张开手，就发现里面多了个耳环或者钱包。有一次我甚至发现自己手里牵着一条灰色的卷毛狗，它正安静地走在我身边。我赶忙扔掉手里的狗绳，朝着离自己最近的街角跑去。

我又开始发病了。和往常一样，只有几秒钟，但后果已经和以前不一样了。我只是偷东西。我从来都没被抓到过。这就意味着，虽然会发病，但我其实没受什么影响，甚至对自己的行为还很漠然。有一天我走在市中心，突然感觉身后有什么东西在压迫我。我从裤子后兜里掏出了一个银质相框，里面的照片是一个英俊的男孩，穿着一身军装。回到小窝之后，我研究了很长时间。在底边白色锯齿形的边缘用小字写着几个已有些褪色的字：卡尔洛，1943。这肯定是个重要的物件，对于他父母来说意义重大。不过最重要的是，这不像是我能在街头偷到的东西，商店里也不可能。也许我是进了某个人的家。

在我的灵魂深处长年以来都有一场风暴展开。我用尽全力阻止思想踏足那里，因为一旦发生，我就会被困在一些比自己还要大的问题里。我很痛苦。我眼睁睁地看着自己做的一切，看着我试图将别人拉进伴随了自己一生的静态风暴里。或许我是想被抓住，这样我才能从僵局里出来。我仍然坐在那张棋盘前，紧张得武装到牙齿，和一个同样斗志昂扬的我作战，为了能将对手掐死，就算蜕一层皮我也在所不惜。失败像是我注定了的唯一道路。

所以我才偷窃，我在别人的生命里挖出裂痕。我用这种方式强化着日子的牢笼，否则它就要在我眼前关闭，让我看不到尽头。我受不了那种牢笼。自从我来到这个世界的第一天起，那个至高的标签一直在我前额纤薄的皮肤上灼烧。也就是从我被抛弃的第一天起，我平白无故地诞生于宇宙之中，然后被禁锢在一段无比艰难的人生中。我也没有复仇的对象，因为所有人都是。直到有一天我迎来了意料之外的爆发：克拉拉她带着无尽的光环，以饱满的生命力，将我从虚无中解救了出来，然后禁锢在了另一个地方，甚至比之前更甚。

我只能解救自己。和蛇发女妖一样，虽然美丽，她仍然是个魔鬼，只消一个眼神就能将你变成石头。我只能砍掉她的头。

*

钟声的回音一点点消失了。之后又是寂静，在这个无声世界里，我同往常一样像个孤儿。于是我决定了，睁开眼睛。透过交叉路的窗户我看见了所有的真相。这是一个邪恶的视角，但也能给人安慰。耳朵里响起了遥远的响声，然而马莱玛峡谷一片寂静，好像在等待着：六楼的玻璃；飞跃；然后重新降落在这里，在这片介于生与死之间的中间地带。最起码我在这里遇见了爱人。

身后隐约传来了一阵沙沙声。她的声音在说："你已经醒了？"然后大地颤动了。绯红的天空中又响起了一阵雷声，为这个没有尽头的夜晚的暴风雨重新注入能量，而它行将结束。

镇子
中街

　　迪沃·瓦伦蒂坐在餐桌旁，和妻子一起等着世界末日的到来。突然，他说起了几年前发现的一张纸，上面写着很多妻子与之有染的人的名字。"你让我很痛苦，玛丽埃拉，"他本想这么说，"本来你期望着圆满，最后却像个空袋子一样过了一辈子……"他的身体剧烈地抖了一下，这时才对女人露出了自己的脸。"把手给我。"他喃喃地说。他在克制自己，就好像在酝酿一次极端的复仇。接着他探身过去，两个人十指相交。尽管如此，迪沃的脸上还是露出了灿烂的笑容，下巴上沾满了泪水。玛丽埃拉感觉自己被一种难以度量的情感淹没了，但还没等她说出什么，只听见一声巨响，屋顶塌了。

*

　　在镇子外面一点，过了急转弯后的第一座房子里，格拉齐耶拉·塞里在生命的最后时刻还在用塔罗牌占卜。每次都会出来同一张牌，就像宿命。百叶窗被风吹得发出响声。街上已经被长蛇一样的浓稠泥浆覆盖了好几天，什么都看不见。她又想起了维莉亚奶奶教她占卜时说的话。"这是一种被惩罚的傲慢。"她总是指着塔牌说，"选择傲慢的人会面临一次严酷的惩罚，因为缺少了谦卑。"格拉齐耶拉第一次占卜时还是个孩子。"这代表的是巴别塔的塔尖。"奶奶又说，同时小心翼翼地取出了那张牌，"人类建造它是为了能抬起头直视上帝，而上帝一下子就让塔垮掉了。"

看到小女孩更疑惑的时候，维莉亚奶奶就会加上一句："想要毁掉这个渎神的建筑的话，主只需要打个响指，接着风暴就降临了。"

*

马里奥·斯尔维斯特里直到最后时刻仍守着妻子，虽然心已经在别处。他之前见过了一位年轻女孩儿的微笑。"来，再喝口汤。"他把勺子往阿德莱德那骨瘦如柴的脸凑近了一点。突然，她抬起了一只手，将冰冷的手掌放在丈夫的脸上。她笑了，眼里充满同情。

*

阶梯路上的泥越积越稠。由于无处可去，泥浆越积越多，裹挟着树木的残枝和动物的尸骸一点一点地充盈了每条小巷。阿黛莱·钱蒂尼饿得直挠墙。她都不敢照镜子，她感觉眼前看到的是个傻子，虽然有的是钱，但她从来都没花钱储存过食品。如今她绝望地被囚禁在了这所房子里。她打开食品柜，用指尖聚拢仅剩的食物残渣，舔着瓶底的那点果酱。而且，她似乎还听到了死在那里的囚犯的笑声。不仅如此，从房间里还传来了妈妈乌鸦一样的嗓音："你就吃钞票吧！"

桌上放着卡拉马约的画本，在突然涌入的泥水中间，它们显得那么显眼。"亲爱的路易吉，泥淖肯定烦到楼梯下面的你了吧。"阿黛莱想到，那个彬彬有礼的小男人被泥石流击碎冲刷到盆地，最后尸骨无存，一想到这里她的心就碎成了两瓣。把那些本子拿在手里之后，悲伤和另一种不安混合在一起。打开之后，她有了一种渎神的感觉，就好像打开了一个死者的棺木。卡拉马约从未给她看过自己画的肖像，也许阿黛莱本该尊重他的意愿……但现在她已经打开了，就这么简单。

镇子。没有一页上画着伊萨斯提亚家的寡妇，只有从112房间看出去的老镇风景，沙发后面就是那扇窗户，而女人曾经无数次在上面赤身裸体地躺着。这时阿黛莱有一种恐怖的感觉，接着突然开始大笑。"我拜托卡拉马约画自己，本来是想看看画家眼中的我是什么样的，"她又继续想，"但他看到的却是奸情，而我根本没被画上去。"

有时候，饥饿来得实在太过猛烈，她甚至开始流起了口水。之后她就像变了个人，开始把画纸撕下来塞进嘴里，以此来寻求慰藉。她一直嚼一直嚼，等到画纸变成了糊状的东西就咽下去。而画本已经稀巴烂，开膛破肚地躺在桌子上。

＊

就连双门酒吧的方寸之地也被泥淖堆满，最后还挤破了玻璃橱窗。马索倒了一指头高的苦艾酒，一饮而尽。之后他低下了头，开始做那件做了一辈子的事：刷杯子。"今天不怎么样。"他闭着嘴嘟囔了一句，泥水已经到达柜台的搁脚板。"这样也行，早关会儿门……"

＊

山间的第一块石头脱落下来，将一块山体带向了盆地，动作很缓慢，带着整个城市的巨响。多梅尼克·菲奥拉尼透过厨房窗户看见有一块巨石从上面滚下，其裹挟的树木和泥土足以将整个大区淹没。爸爸坐在桌旁，眼神空洞。不过当巨响离得越来越近时，他抬起了头。"这回谁来赔我们的作物？"他说。儿子笑了笑，然后拖着双腿来到了他背后。他从兜里掏出一直带在身上的屠刀，把那个父亲割了喉。但他没让父亲倒下去，多梅尼克·菲奥拉尼直到最后一刻还紧紧地攥着父亲的头。"最起码是我杀了你。"他静静地说，而对方则极力挣开双臂。"最起码是我……"直到最后大地冲毁了玻璃，刹那间吞没了整座房子。

*

暴风雪中显现出的光亮让身处嫂子家的安乔利诺吃了一惊。他是例行过来串门的，在门口看见那个和丈夫如此相似的人时，女主人还是会被吓得折损百年寿命。佩皮塔一星期都没离开过他，因为它还是觉得这是自己的老主人。而索尼娅·安蒂奇一想到自己和一个和阿奇勒一模一样的人身处同一屋檐下，就感觉自己行走在疯狂的边缘。不过她很喜欢在晚上无忧无虑地和那个同性恋亲戚钻到被子底下。他们什么都不做，只是待在那里，屋里一片黑暗，外面的电闪雷鸣似乎没有尽头，而猫咪正在他们脚边不停地蠕动。

*

当镇子真的开始塌掉时，萨尔基尼医生拿着一瓶兴奋剂来到窗边。他看着塔楼断成两截，倒在了斜坡上，最后消失在悬崖的另一边。这时他笑了，笑容和面对弥留之际的病人时一模一样。

*

苏珊娜·科奇在对着镜子化妆。她已经看到了窗外被埋葬的盆地，上面还漂浮着小船一样的石块，但下一秒就被旋涡吞没。东边的山尖已经不见了裂开一半的尖顶形状，圣马尔蒂诺只剩下残骸，树木则只剩下一点根和地面相连。她又画了一遍眼线，涂完口红之后抿了抿嘴，以便让颜色更均匀些。接着她来到衣柜前，拿出了还裹着尼龙纸的婚纱。她穿了进去，但后面的拉链还开着，因为已经没人帮她拉了。接着她坐到了床上。而丽日酒店已经在悬崖边倾斜，就像其他所有东西一样。

*

在经过了无数次震动之后，棋子从桌上掉下，原来的棋局全毁了。阿尔维塞·巴尔贝里尼念了句"万福马利亚"。他抬起头，看见约兰达正随便坐在客厅一角的凳子上。吊灯像一个疯狂的钟摆在她头顶上来回晃动。"世界末日也不能让你离开那些小人是吗？"她阴沉着脸看着他，整个人就在爆发的边缘。丈夫看了她一会儿，然后深呼吸了一口，弯下腰捡起了棋子。

*

皮耶拉·德尔·卡西诺决定给哥哥写一封信，对方已经被穿戴好在房间里关了两天。亲爱的朱利亚诺，结果还是你先走的。镇子正在天旋地转，好像在说：谁都逃不掉……书架上的书掉下来，其中就有她写的那几本引来无数人前来马莱玛观光的书。这就是镇子复仇的方式，让一切陷落。总的来说这是件好事，明天报纸就要疯了。所有像魔鬼一样禁闭在自己体内的恶忍受不了对自己的嫌恶。和所有没有希望的事物一样，它会最终消散……突然她抬起头，开始高声唱起一首歌，就是小时候母亲经常唱的那首。结局就这样降临了，她什么都没感觉到，眼前突然一黑就什么都没了。

*

朝向锡耶纳方向的山脊全部崩塌了，在跌进山谷之前还坚持了几秒。雷纳托·斯塔乔利感觉脚下的大地消失了，但他最终还是走到了窗边，用尽全力抓住了阳台的围栏。在下坠过程中，他看见盆地那边山的一角仍然在，闪电在黑色的天空中编织出红色的蜘蛛网。此时他脑中出现的是某个星期六的玛达莱娜·坎切利，就在瓦伦蒂诺的舞场上。她是如此地真切，他好像又一次爱上了那个女孩，一切仿佛就在昨天。他将她保留到了最后一刻，这辈子干过这么多蠢事之后，他希望能有个好的死法，心中有火焰。

*

卡斯帕尔·胡博在昏暗的灯光下盯着棋盘。他面前的是英国式开局，只有一个白棋的兵进到了C4，两边的马对峙着。灰尘从天花板落到棋盘和棋手的头上，天花板已经出现了好几条裂缝。男人来到黑方一边，但身体没有移动。他这样已经两天了。

又一次震动之后，房子的一面墙裂开了一条缝。然后崩塌开始了，整个房间开始旋转。虽然棋子已经飞得到处都是，但卡斯帕尔·胡博的视线一直没有从棋盘上挪开。满墙的棋谱和剪报在他身边旋转。画从墙上脱落。地上的家具倒伏，地板刹那间就弯曲了。他用手将方桌紧紧地扣在地板上。一切来得太过突然，在天灾里，他突然就忘记了棋该怎么下。某处的一盏灯熄灭了，只留下他像个面对着数学方程的孩子，虽然他已经在棋盘上过了一辈子。公寓就是证明：里面摆满了奖牌和奖杯，而现在一切都坠入了泥淖和遗忘的旋涡里。最后泥石流来了，卡斯帕尔·胡博瞬间被淹没在碎石中，到最后也不知道自己是谁。

*

森林边缘的农舍被从阿尔托山而来的石块冲走了。年轻人看着浪从窗户涌进来，里面弯折的树木看起来就像秸秆。唯一哭了的是克里斯蒂，但也没发出声音。鲍里安在茶几旁削了个苹果。他喜欢把皮削成一整条。他把削好的皮放进正在抖动的盘子里，但他最终没有成功，因为巨响和黑暗同时降临了。

*

暴风雨打在医院的玻璃窗上。马尔科·帕拉泽西进了自己的房间。关上门之后，他就这么站了一会儿，记者们叽叽喳喳的声音好像还在耳边。萨穆埃莱·拉迪自杀的消息已经传遍了全世界，但那些人仍然不依不饶，想要打听到更多细节。帕拉泽西已经走到了写字台前，他坐到椅子上，想到了这个世界的复杂性，在那里人可以失去或找到自己的一部分，或者像上帝一样掌控一切；也可以穿得像个被世界遗弃的人，和随便某个地方的人混在一起，待在一个被诅咒的乡下的角落里；又或者，也可能只是一个梦的角落。

*

艾莱奥诺拉睁开了眼睛，过了一会儿她才搞清楚自己在什么地方。最近一段时间里她经常这样，一般做完爱之后她就睡了。

在昏暗中她看见了萨穆埃莱的身影。他就站在那里，窗边。透着紫色的光线照亮了他的轮廓。周围静得有些不正常。"你醒了？"她最后说。她起身，将被单裹在身上。

她走到萨穆埃莱身边时小心翼翼，好不让别人看见自己。房间里的灯开始晃动，发出吱吱嘎嘎的声音。艾莱奥诺拉紧贴着墙。"你在抖。"她看着萨穆埃莱，低声说。

他没穿衣服，站在那里，看着眼前的马莱玛。艾莱奥诺拉看着闪电照亮他的瞳孔。接着萨穆埃莱转过身子，就那样待了一会儿，好像整个人被按下了暂停键。他微笑着，但显得很僵硬。

他们挽住了对方的手，刚开始很缓慢，就像在嬉戏，最后就紧紧地握在了一起。"只是场暴风雨而已。"她说，没有看外面。

萨穆埃莱轻轻地把她拉到身边，让她暴露在窗外的视线里，然后抱紧了她。艾莱奥诺拉把脸伏在了他的胸膛上，好像要隐藏自己。但最后她下定决心，将目光移向了盆地。

她看见了毁灭。黑色仍在前进，镇子已经所剩无几，只剩下他们所在的那个石块。其余只剩下了一片废墟，火光照亮了渐变色的天际线。马莱玛峡谷已经变成一个混杂了浓雾和泥水的旋涡。这时最后一批石块到来了，翻覆了剩下的地面。她也想起来了。

在又一条闪电里，她看见了和父亲的那次争吵。多年积攒的怒火在一个寻常的下午爆发了，原因是一本旧书从她卧室置物架上消失了。她怒气冲冲地上了路，觉得自己可以走上好几天，根本没有

想那段从出生开始就该放弃的、为了一个软弱的父亲而屈就自己的
人生。不过这一次她犯了一个更严重的错误：她也抛弃了幻想。艾
莱奥诺拉生在一无所有的平原上，但也长在另一个时代——赫特福
德郡——的广阔天地里。她在那里长成了少女，又变成了女人，假
装自己是班内特姐妹中的一个。她在那里找到了安慰，在书页中平
复了那个年纪里的喧哗和疑惑，那个地方的生活虽然也很艰难，但
至少有达西先生出现。剥夺那个世界无异于杀了她，所以她就选择
了仅剩的选项：在身无分文的情况下鼓起勇气走上矿区的老路，希
望用这种方式获得重生。她已经离镇子渐行渐远，每一步都是一种
怨恨，她根本感受不到落下的细雨，每当有车经过时细雨就被灯光
照亮，成了薄雾，遮蔽了她的视线。最后她听到了喇叭声。下一秒钟，
艾莱奥诺拉就栖身在了乡下的腹地。

　　现在她紧紧抱着男孩哭了。当又一声巨响让地板开始晃动时，
她的指甲深深地陷进对方的皮肉。她一边呜咽一边颤抖，呼吸开始
变得急促。接着从另外一个房间传来了碎裂的声音。

　　“只是场暴风雨而已。”她又说了一遍，满脸是泪。

＊

　　在那次追逐中，开着白色小货车的男人被对面全速蹿出来的一
个火球吓到了。他看着那个东西从雨中突然出现，带着浅蓝色的光
芒和发动机飞轮的噪声。他下意识地向右闪避，撞到了路边一个正
在专心走路的女孩。这一点萨穆埃莱永远都不得而知。

　　同样，他也不知道艾莱奥诺拉并没有死于这次撞击，仍然在医
院里活着，只不过并没有好转的迹象。父亲一刻都不离开她身边。
他一边大声读着那本书上的内容，一边看着熟睡中的女儿。而且，

他还时不时地瞄一眼正在监测女儿心跳的仪器。有时候他会飞一样跑到主治医师那里，因为好像看到了一个波动……

在最初的几个星期里，隔壁房间那个家伙醒来的消息让他难以承受，也就是那个人导致了自己独女的事故。那些日子非常难熬。那面薄墙挡不住那个白痴的叫声，世界上有这么多人，他单单喊了一个名字：艾莱奥诺拉。就这件事帕拉泽西医生一本正经地解释了好几遍：病人应该是从护士那里听来的名字，或者是开车的时候听到的……"处于昏迷状态的人仍然保留了接收信息的功能，而且会在大脑中进行加工。"这是主治医师的原话，但他从来都没有提过那个男孩发生了什么。幸好一切都结束了，只需要从窗户跳下去就一了百了。男人想到这里总是会自言自语道："神之正义。"

在很多天里，两个年轻人挨得都很近，只有一墙之隔。现在他们正在窗边十指相交，外面是一场没有尽头的毁灭，两个人都被困在了最后的这一隅。她心神不宁，惊讶于自我的意识，也惊讶于让自己来到这里的因缘际会。

萨穆埃莱紧紧地抓着她。他对这个世界一无所知，但有一句话他肯定能说出来：艾莱奥诺拉是他所知道的最真实的事物。突然他看了看她，笑着说："感谢你梦到了我。"

在医院病房里，男人正大声朗读着达西先生出现在舞会上的那一幕，他傲慢的举止先是引起了所有人的崇拜，后来又被所有人嫌恶。

毫无征兆地，仪器的监测灯停止了闪烁。